10대라면 반드시 알아야 할 세계 고전 40

10대라면 반드시 알아야 할
세계 고전 40

초판 1쇄 발행 2023년 8월 31일
초판 2쇄 발행 2024년 1월 30일

지은이 신성권

펴낸이 박세현
펴낸곳 팬덤북스

기획 편집 김상희 곽병완
디자인 김민주
마케팅 전창열
SNS 홍보 신현아

주소 (우)14557 경기도 부천시 조마루로 385번길 92 부천테크노밸리유1센터 1110호

전화 070-8821-4312 | **팩스** 02-6008-4318
이메일 fandombooks@naver.com
블로그 http://blog.naver.com/fandombooks

출판등록 2009년 7월 9일(제386-251002009000081호)

ISBN 979-11-6169-249-4 03800

10대라면
반드시
알아야 할

세계 고전 40

팬덤북스

차례

프롤로그 ·8

1장 고대부터 전해오는 지혜의 동양 고전

01. 《논어》 동아시아의 영원한 고전 _ 공자의 제자들 ·16
02. 《맹자》 대담한 필치로 왕도정치를 논한 책 _ 맹자 ·21
03. 《순자》 선은 후천적으로 습득하는 것이다 _ 순자 ·31
04. 《도덕경》 천하는 무위로써 다스려진다 _ 노자 ·41
05. 《장자》 절대자유의 경지를 추구하다 _ 장자 ·53
06. 《법구경》 부처의 육성이 담긴 진리의 시구 _ 원시불교 편찬자들 ·62

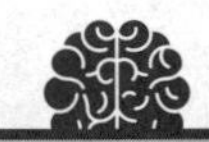

2장 고단한 삶과 인간의 마음을 이해하기 위한 고전

07. 《차라투스트라는 이렇게 말했다》 초인에 이르는 길 _ 프리드리히 니체 ·74
08. 《존재와 시간》 죽음을 직시하고 본래적 존재가 되어라 _ 마르틴 하이데거 ·87
09. 《꿈의 해석》 무의식의 방을 여는 열쇠 _ 지그문트 프로이트 ·96
10. 《심리학과 종교》 심리학적인 측면에서 종교를 분석한 책 _ 칼 구스타프 융 ·104

3장 역사와 경제의 원리를 이해하기 위한 고전

11. 《역사》 역사의 의미를 바꾼 역사서 _ 헤로도토스 ·118
12. 《사기》 동양 역사서의 근간 _ 사마천 ·126
13. 《국부론》 인간의 이기심에서 경제원리를 찾다 _ 애덤 스미스 ·137
14. 《자본론》 자본주의의 모순을 고발하다 _ 칼 마르크스 ·144
15. 《프로테스탄티즘의 윤리와 자본주의 정신》 독실한 신앙심이 낳은 자본주의 정신 _ 막스 베버 ·156

4장 사고의 깊이를 더해주는 사고사의 고전

16. 《방법서설》 진리에 도달하기 위한 방법론 _ 르네 데카르트 ·166
17. 《순수이성비판》 사고사의 코페르니쿠스적 전회 _ 임마누엘 칸트 ·175
18. 《역사철학강의》 역사란 절대정신의 자기실현 과정이다 _ 게오르크 헤겔 ·181
19. 《일반 언어학 강의》 인간은 언어에 갇힌 존재다 _ 페르디낭 드 소쉬르 ·192
20. 《철학적 탐구》 언어의 의미란 그 사용이다 _ 루트비히 비트겐슈타인 ·199
21. 《종의 기원》 생물은 자연선택으로 진화한다 _ 찰스 다윈 ·205
22. 《과학혁명의 구조》 과학은 패러다임의 전환을 통해 발전한다 _ 토마스 쿤 ·213

5장 정치사상의 근본을 배우는 고전

23. 《국가론》 철인 왕이 통치하는 국가 _ 플라톤 ·222
24. 《정치학》 정치, 중간계급에 열쇠가 있다 _ 아리스토텔레스 ·229
25. 《군주론》 도덕과 정치는 분리되어야 한다 _ 니콜로 마키아벨리 ·238
26. 《한비자》 동양의 마키아벨리가 쓴 법가사상의 경전 _ 한비자 ·245
27. 《리바이어던》 군주의 권력은 민중들의 신약으로 탄생했다 _ 토마스 홉스 ·255
28. 《정부론》 현대 민주주의의 토대를 마련한 책 _ 존 로크 ·266
29. 《사회계약론》 프랑스 혁명에 영향을 끼친 책 _ 장 자크 루소 ·274
30. 《자유론》 모든 인간은 자유를 가질 권리가 있다 _ 존 스튜어트 밀 ·279
31. 《정의론》 자유와 평등을 종합해낸 책 _ 존 롤즈 ·290

6장 우리나라를 이해하기 위한 고전

32. 《대승기신론소》 대승불교철학의 가장 우수한 해설서 _ 원효 •300
33. 《삼국유사》 한민족 문화콘텐츠의 보고 _ 일연 •312
34. 《근사록》 사물의 이치를 탐구하여 선한 본성을 회복한다 _ 주희 •321
35. 《성학십도》 성군의 길을 제시한 10개의 그림과 해설 _ 이황 •332
36. 《성학집요》 조선의 제왕을 위한 성리학 교과서 _ 이이 •345
37. 《목민심서》 백성을 부양하는 마음을 담은 책 _ 정약용 •355
38. 《기학》 동양의 정신, 서양의 지식을 만나다 _ 최한기 •363
39. 《동경대전》 사람이 곧 하늘이다 _ 최제우 •370
40. 《조선상고사》 역사는 아와 비아의 투쟁이다 _ 신채호 •379

참고문헌 •390

프롤로그

왜 고전을 읽어야 하는가?
우리는 고전을 통해 무엇을 얻을 수 있는가?

고리타분해보이긴 하지만, 그 대답은 고전의 사전적 정의에서 찾아볼 수 있다. 고전의 사전적 정의는 '오랫동안 많은 사람에게 널리 읽히고 모범이 될 만한 문학이나 예술 작품'이다. 다시 말해, 한 시대를 잠시 풍미하고 사라지는 작품이 아니라, 시대와 국경을 초월하여 널리 읽힐 만큼 큰 가치를 지닌 작품을 뜻하는 것이다.

고전에는 저마다 그렇게 불릴 만한 이유가 있다. 현재 많은 사람들이 가지고 있는 고민 대부분은, 이미 기나긴 역사 속에서 누군가가 철저하게 고찰하고 분석을 시도했던 주제들이다. 아주 먼 과거로 돌아가도, 국가와 문화가 달라도 결국 인간의 본성은 변하지 않는 것이기 때문이다. 사실, 고전의 현대성은 그 고전을 지은 철학자의 출생연도와는 별로 관련이 없다. 진정으로 위대한 작품은 특수성 속에서도 보편성이 나타난다.

• 삶의 목표도 없고, 매일 무의미한 시간을 보내고 있습니다.

- 열심히 일해서 인정받고, 가정도 꾸렸지만, 행복하지가 않습니다.
- 인간관계가 너무 힘듭니다. 왜 인간은 모두와 화목하게 지낼 수 없는 걸까요?
- 공부를 통해 진리를 깨닫고 싶은데, 무엇을 어디서부터 봐야 하는지 감이 잡히지 않습니다.
- 모든 표면적 현상 배후에 존재하면서 이 세상을 움직이는 근본적인 힘은 무엇일까요?

우리가 살아가면서 마주하는 다양한 문제들은 이미 모든 시대를 관통해서 존재해왔던 것들이다. 그래서 여러분이 지금 껴안고 있는 어떠한 고민과 의문도 고전의 핵심을 익히면 금방 정리될 것이다. 막연한 생각으로 혼자 침대 위를 뒹구는 것보다는 이미 그 주제에 대해 다루고 분석한 고전들을 참고해보는 편이 나을 것이다.

하지만 문제는 고전이 너무나 어렵다는 것이다. 양이 방대한 것은 둘째치고, 고전은 특수한 시대적 배경에서 탄생한 것이기 때문에, 현재를 살아가는 우리에겐 설명이 다소 부족하게 느껴질 수 있다. 오늘날의 시각에서 볼 때, 진리와 거리가 먼 오류들도 발견되고, 여성을 재산의 일부로 취급하는 등 받아들이기 어려운 부분들도 존재한다. 또한 고전 특유의 전문용어와 추상적 문체는 그 이해를 더욱 어렵게 만든다. 우리 귀에 익은 유명한 고전들도 막상 펼쳐보면, 이해할 수 없는 문장들로 가득 차 있음을 알게 된다.

이러한 문제를 해결하기 위해 이 책을 집필하였다. 어쨌든 우리는 바쁜 사람들이다. 몸은 하나지만 사회적으로 다양한 의무를 동시에 이행하고 있으며, 새로운 지식을 습득하고 지성을 재정비하기에도 우리는 너무 바쁘다. 고전에 보석이 숨겨져 있다곤 하지만, 그 보석을 캐내는 데 너무나 많은 시간을 할애할 수는 없다는 말이다. 세상에는 다양한 고전이 존재하지만, 그것들의 핵심을 단기간에 독파하여 자기 것으로 만들 수 있게 도와주는 고전 안내서가 꼭 필요하다.

이 책을 집필하기에 앞서, 서점에 나와 있는 다양한 고전 안내서를 살펴보았지만, 대부분 지나치게 '넓고 얕게' 다루는 경향이 있었다. 적정한 넓이에 적정한 수준의 깊이를 지닌 고전 안내서는 생각보다 많지 않았다. 우리가 고전을 공부하는 궁극적 이유는 인간과 인간을 둘러싼 세계를 다양한 시선에서 해석할 수 있는 통찰력을 기르는 것에 있다. 독자들의 부담을 줄이기 위해 난해한 이론을 쉽고 간결하게 요약하는 것도 중요하지만, 그렇다고 고전을 너무 얕게 다루면 궁극의 목표를 달성할 수 없게 된다. 그저 단편적인 상식을 습득하는 차원에서 벗어날 수밖에 없다는 말이다. 이에 필자는 서울대학교에서 선정한 세계 고전 리스트를 참고해, 고전 40개를 엄선해내는 한편, 이를 적절한 깊이로 풀어내는 데 심혈을 기울였다. 이 책의 제목에 '10대'라는 단어를 넣은 것은 수능 세대인 10대들을 위해 지은 것임을 강조하면서도, 인문고전에 입문하는 성인들에게도 적합한 '책'임을 강조하기 위해서다. 10대 청소년들도 이해할 수 있는 수준으로 쓴 책이니 부담 없이 고전에 다가갈 수 있다는 의미다.

독자들은 이 책을 통해 고전의 세세한 모든 지식을 얻어낼 순 없겠지만, 적어도 사유능력의 향상에 있어서는 고전을 실제로 읽은 것과 유사한 효과를 볼 수 있을 것이다.

고전을 선정할 때 고려한 기준은 다음과 같다.

• 인간과 사회에 대한 통찰력을 증진하는 데 도움이 되는 고전
• 인류사적으로 중요한 시대적 배경에서 탄생한 고전
• 한국인으로서 한국을 이해하는 데 반드시 읽어야 할 고전
• 상식적인 측면에서 반드시 접해야 할 고전

물론, 이 책에 다루어지지 않은 고전이라고 해서 결코 낮은 가치를 갖는 것은 아니다. 모두 훌륭한 고전이지만, 독자들의 효용과 만족도를 높이기 위해 주요 고전을 선택적으로 다루었음을 알아두기 바란다. 그리고 필자는 각 고전에 대한 서술에서 일관된 구성을 꾀하지 않았다. 고전에 따라 그 특성에 차이가 있고, 우리가 우선적으로 취해야 할 부분도 각기 다르기 때문이다. 담겨 있는 내용 그 자체만으로도, 분명한 깨달음과 통찰력을 제공해주는 고전도 있지만, 그 고전이 쓰인 시대적 배경, 저자의 철학과 삶에 대한 이해가 중요한 고전도 있다. 이에 필자는 각 고전에 일관된 구성을 꾀하기보다는, 각 고전의 특성에 맞게 소제목을 짓고 그 분량을 조절하였다.

끝으로 여러 고전을 읽다 보면 반드시 고전들 사이에서 모순을 발견하게 될 것이다.

고전에는 각 시대에서 가장 탁월한 사유를 한 사람들의 철학이 담겨 있지만, 똑같은 현상을 두고도 서로 다른 해석을 내리기도 하고, 양립할 수 없는 결론을 내기도 한다. 우리는 그 혼란을 받아들여야 한다. 우리의 사고력은 이 모순들 사이에서 진정으로 성장하게 될 것이니 말이다.

"책을 한 권만 읽은 사람이 가장 무섭다."라는 말이 모든 것을 함축적으로 설명해준다.

고전을 접할 때 주의할 점은, 해당 고전을 맹신하거나 그것에 등장하는 지식과 이론을 교조적으로 추구해서는 안 된다는 것이다. 여러 고전을 함께 읽어야 하는 이유가 여기에 있다. 인간이 지적으로 성장한다고 함은, 모순을 수용하는 능력을 기르는 것과 관련이 있다. 모순을 수용한다는 것은 작은 지知에 갇히지 않음을 말한다. 세계를 두고 각기 다른 해석을 펼치는 고전을 다양하게 접하고, 또 그것들에 대해 고민함으로써 우리는 인간의 본질과 사회의 현상에 대해 총체적이고 입체적으로 사고할 수 있는 힘을 가지게 될 것이다.

인문고전을 연구하는 작가

신성권

1장

고대부터 전해오는 지혜의 동양 고전

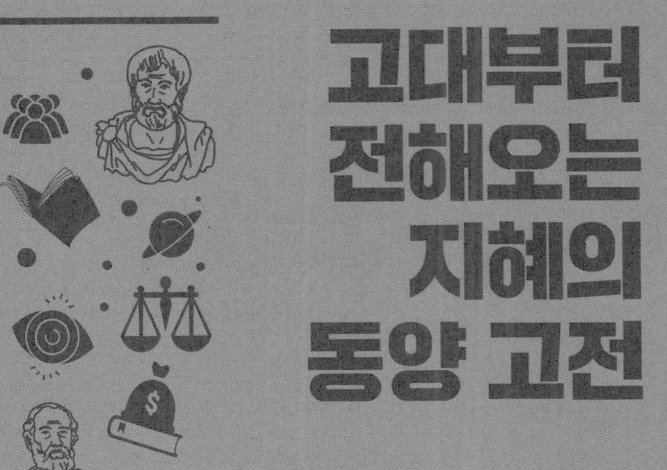

1

《논어》 동아시아의 영원한 고전

공자의 제자들

공자 孔子, B.C 551 ~ B.C 479

중국 춘추시대 말기의 사상가로 유가의 시조다. 이름은 구丘, 자는 중니仲尼이다. 노나라 사람으로 여러 나라를 두루 돌아다니면서 인仁의 실현을 정치적 이상으로 하는 덕치정치를 강조했다. 말년에는 교육에 전념하여 3,000여 명의 제자를 길러 냈고, 공자의 사상은 2천 년 가까운 세월 동안 중국은 물론 동아시아 왕조의 국가이념으로 자리 잡으며, 동아시아 인문주의의 원형이 되었다. 《논어論語》는 공자가 세상을 떠난 후 그의 제자들이 그의 언행을 모아 지은 책이다.

유가의 시조

공자의 사상을 정확히 이해하기 위해서는 그 시대적 배경을 알아야 하니, 잠깐 춘추전국시대에 대해 언급하겠다. 주나라는 봉건제를 채택하여 중앙은 왕이, 각 지방은 혈족인 제후들이 다스리게 했다. 그러나 이후 시간이 지날수록 중앙의 통제력이 약해지고 예법이 무너지면서 지방의 힘 있는 제후들이 서로 세력을 과시하고 전쟁을 벌였다. 이 혼란의 시대를 춘추전국시대라고 한다. 춘추시대까지만 해도 주나라 왕실은 명목상이나마 건재했지만, 전국시대에 이르러서는 이러한 관념이 없어지고, 각 제후들이 스스로 왕을 자처하며 힘을 다투었다. 공자의 사상은 이러한 혼란기에 탄생했다. 그의 생애에 대해서는 사마천의《사기史記》에 언급되어 있는데, 그는 겨우 3살 때 아버지와 사별하고, 가난한 집안 형편 속에서 어머니와 함께 살았다고 한다.

공자는 어린 시절부터 총명하고 예의 바른 아이였다. 그 당시는 조상을 섬기는 제사를 아주 중요하게 여겼으며, 조상이 후손들과 가문을 지켜준다고 믿던 시기였다. 또한 제사를 지내는 절차에는 사람이 살아가면서 지켜야 할 도리와 예절이 담겨 있었다. 그래서 공자는 제사 지내는 법을 아는 것이 무엇보다 중요하다고 여겼고, 스스로 제사 지내는 법에 따라 절을 하며 놀았다.

유가의 시조답게 그는 어렸을 적부터 도道와 예禮에 밝았던 것이다.

성장한 공자는 자신의 이상에 따라 정의로운 정치를 실현해 보고자 14년 동안 여러 나라를 유세誘說, 자기 의견이나 주장을 많은 사람이 알고 이해하도록 잘 설명하여 널리 알리며 돌아다니는 것 했지만, 결국 뜻을 이루지 못하고 고향으로 돌아와 제자들을 양성하고 유교의 경전을 정리하는 데 온 힘을 기울였다.

유가 사상가들은 공자와 맹자의 사상을 경전으로 만들었는데, 그 대표적인 것이 바로 '4서5경'이다. 《역경易經》《시경詩經》《서경書痙》을 한데 묶어 '3경'이라 부르며, 여기에 《춘추春秋》《예기禮記》를 더해 '5경'이라고 부른다. 그밖에 《논어》《대학大學》《중용中庸》《맹자孟子》를 '4서'라고 부른다. 《대학》과 《중용》은 《예기》의 내용에서 '대학편'과 '중용편'을 독립시킨 것이다.

《논어》에 담긴 인仁 사상

《논어》는 '학이學而'편부터 '요왈堯日'편까지 20편으로 되어 있고, 전반 10편을 상편, 후반 10편을 하편으로 구분하기도 한다. 《논어》의 내용은 공자의 말, 공자와 제자 사이의 대화, 공자와 당시 사람들과의 대화, 제자들의 말, 제자들 사이의 대화 등으로 구성되어 있다. 물론 이들 모두는 공자라는 인물의 사상과 행동을 보여주려는 데 초점이 맞추어져 있다. 《논어》의 전 편에는 공자의 인仁 사상이 흐르고 있다.

인은 공자가 제시한 가장 핵심적인 정치·도덕이념이다. 인이라는 개념은 다분히 추상적이어서 막상 한 마디로 정의하려고 하면 쉽게 입이 떨어지지 않는다. 그만큼 유형화하기가 어렵고 손에 잡히지 않는 개념이다. 인은 특정한 덕목을 지칭할 때뿐 아니라, 모든 덕목을 포괄하는 개념으로도 사용된다. 공자 역시 때와 장소, 사람에 따라 인은 제각각 다르다고 말하고 있다. 하지만 이 책은 철학 초심자들을 위한 것인 만큼 언제 어느 상황에서도 관통할 수 있는 인의 핵심적 개념을 파악하여 전달하고자 한다.

인이란 사람다움이다. 풀어서 설명하자면, 인이란 사람이 그것에 의하여 인간으로 규정될 수 있게 하는 인간의 본질이다. 인은 사람을 사람답게 만든다. 그래서 인자仁者란 완전한 덕을 갖춘 인격자와 동의어이다. 공자사상의 중심은 인이며 인의 가장 순수한 상태가 효孝, 부모와 자식 사이의 사랑 와 제悌, 형제 사이의 사랑 이다. 공자는 효제孝悌를 인간 행위의 가장 중요한 덕목으로 삼는다. 그래서 효를 바탕으로 수신제가를 이룬 후에 치국평천하를 완성하는 것이 곧, 군자의 도리인 것이다.

다음은 충忠과 서恕이다. 충서忠恕란 남을 배려하는 것이다. 충이란 자기가 이루고자 하는 것이 있으면 남도 이룰 수 있도록 배려하는 것이고, 서란 자신이 원하지 않는 것을 남에게 강요하지 않는 것이다. 충과 서를 합하여 충서의 도라고 하는데, 이것은 곧 인을 실현하는 방법이다. 그래서 인이란 결국 다른 사람을 사랑하는 것이다. '仁'은 '人'과 '二'가 결합된 글자다. 두 사람이 사이좋게 살아간다는 의미이기도 하다.

사실 공자가 인이라는 개념을 제시한 것은 당시의 시대적 배경과도 밀접한 관련이 있다. 공자가 살던 시대는 전쟁터에서 수많은 사람들이 죽어나가고 윤리와 도덕이 상실된 절망의 시대였다. 공자는 이러한 사회적 혼란을 배경으로 하여, 이상적인 사회를 이룩할 수 있는 철학의 핵심으로 인이라는 개념을 제시한 것이다. 하지만 우리가 주의해야 할 점은 공자가 말한 인이라는 사랑은 보편적·무차별적 사랑이 아니라 차별적 사랑이라는 데 있다. 공자는 신분적 위계질서를 긍정했고 공자의 사랑은 지배계급 내부에만 국한된 상호 배려의 정신이었다. 공자는 인뿐만 아니라 예라는 개념을 적용함에 있어서도 귀족계급을 편애하였다. 하지만 공자가 말한 차별적인 사랑은 효와 제 그리고 충과 서를 사회 전반으로 차등적으로 확장하여 화목한 세상을 이루고자 했다는 점에서 의의가 있다.

정명正名 사상이란?

공자가 활동했던 시대는 춘추시대 말기였다. 제후국들 사이의 다툼이 잦았으며, 제후국 안에서도 반란이 끊임없이 일어났고, 탐관오리들의 부정부패가 만연하였다. 이러한 혼란스러운 사회에 대하여 공자는 안정되고 질서가 잡힌 사회를 이루는 데 가장 중요한 것이 정명의 확립이라고 생각했다. 정명**正名**사상은 말 그대로 사물과 그 사물의 이상적 본질을 가리키는 이름이 서로 합치될 때 이상적인 사회가 도래된다는 사상이다.

즉 임금이 임금답고, 신하가 신하답고, 아버지가 아버지다우며, 아들이 아들다우면 세상의 질서가 안정되고 이상적인 왕도정치**王道政治**가 실현되리라는 것이다. 만약 통치자인 임금이 임금답지 못하면, 비록 주어진 권력으로 인해 명목상 통치자 행세를 한다고 할지라도 진정한 통치자라고 볼 수 없다. 인간사회에 무질서·부패·부도덕 등이 만연한 까닭은, 각자가 자신의 이름이나 직함에 합치되지 못한 데에 그 원인이 있기 때문에, 공자는 사회구성원 모두가 자신에게 부여된 이름에 상응하는 책임과 의무를 완수해야 한다고 보았다.

교육 제일의 목표는 군자 양성에 있다

공자는 당시의 사람들이 도덕성을 상실하고 예악禮樂이 무너졌기 때문에 사회가 혼란에 빠졌다고 진단했다. 결국, 유가사상의 교육적 목적은 사람들의 도덕성을 회복시켜 소인을 군자로 길러내는 데 있다. 군자는 교양 있는 인격자로서 도덕적인 덕목과 함께 현실 생활에서 예의를 행하는 자다. 공자는 "예에 맞지 않으면 보지도 말고, 듣지도 말고, 말하지도 말며, 움직이지도 말라."고 하였다. 예는 선으로 인정되는 가치체계로 모든 사람들에게 적용되어야 할 기준이자 이상으로 작용한다.

성인聖人이 유가에서 말하는 인을 완전하게 구현하는 인격자라면, 군자君子는 완전한 인격자에는 이르진 못했으나 거기에 이르고자 끊임없이 노력하여 인격이 상당한 수준에 도달한 사람이라고 정의할 수 있다. 공자는 성인에 이르는 것은 매우 어려운 일이지만 누구나 끊임없이 노력하면 군자에 이를 수 있다고 하였다. 그래서 그는 사람들이 군자에 이르도록 하는 것을 교육의 제일 목표로 삼았다.

공자에 따르면, 군자는 물질적인 가치에 휘둘리지 않으며 정신적인 가치를 추구한다. 반면 소인은 물질적인 것에 집착하여 사리私利에 민감한 인간 유형이다. 군자는 여러 사람과 어울리지만 결코 부화뇌동附和雷同하지 않는 데 반해, 소인은 부화뇌동하면서 사람들과 화합을 이루지 못한다. 군자는 겸손하고 태연한 데 반해 소인은 교만하다.

세계 고전 한눈에 보기!

《논어》는 공자와 그의 제자들의 어록을 엮은 경전이다. 공자가 세상을 떠난 후 그의 제자들이 그의 언행을 모아 책으로 펴낸 것으로, 전편에는 공자의 핵심 사상인 인仁 사상이 잘 담겨 있다. 공자가 살던 시대는 전쟁터에서 수많은 사람들이 죽어나가고 윤리와 도덕이 상실된 절망의 시대였다. 공자는 이러한 사회적 혼란을 배경으로 하여, 이상적인 사회를 이룩할 수 있는 철학의 핵심으로 인이라는 개념을 제시한 것이다.

인이란 다른 사람을 사랑하는 것이며, 사람이 그것에 의하여 인간으로 규정될 수 있게 하는 인간의 본질이다. 인은 사람을 사람답게 만든다. 공자는 실천을 전제로 한 개인의 도덕적 규범인 인과 공동의 규범인 예를 강조하여, 사람들을 군자로 길러내는 것을 평생의 과제로 생각했다.

2

《맹자》 대담한 필치로 왕도정치를 논한 책

—— 맹자

맹자 孟子, B.C 372~B.C 289

맹자의 이름은 가軻, 자는 자여子輿다. 공자와 더불어 유가의 대표적인 사상가이자 교육가이다. 중국 전국시대의 사상가로 공자의 인 사상을 발전시켜 성선설性善說을 주장하였으며, 이를 바탕으로 왕도정치에 의한 이상적인 세계의 건설을 주장했다.

유가의 집대성자

유가의 시조는 공자이지만 유가를 집대성하고 그 이름을 크게 떨친 인물은 맹자다. 맹자가 활동했던 전국시대에는 강력한 제후가 왕을 자칭하고 무력으로 천하의 패권을 장악하려고 하였다. 이런 상황에서 맹자는 공자의 인 사상을 발전시켜 성선설을 주장하였으며, 이를 바탕으로 제후들에게 패도정치**覇道政治, 권세나 무력으로 다스리는 정치** 대신 인과 덕을 바탕으로 하는 왕도정치를 펴도록 주장하고 다녔다. 왕도정치는 민생의 보장에서 시작하여 도덕적 교화로 완성된다. 군주가 덕에 의해 백성을 교화하는 정치를 하고 백성이 그 덕에 화답함으로써 나라 전체가 도덕적인 관계로 맺어진다는 것으로, 왕도정치는 사람의 본성이 선하다는 성선설을 전제로 한다. 하지만 그의 주장은 제후들에게 널리 받아들여지진 못했다.

맹자 역시 공자처럼 어릴 때 아버지와 사별하고 홀어머니 슬하에서 성장했지만, 조숙하고 어른스런 공자와는 다르게 말썽꾸러기였다고 전해진다. 하지만 맹자는 일찍이 유학을 접할 기회가 많았으며, 그의 어머니 역시 교육에 지극 정성을 다했기 때문에 그는 공자 못지않게 위대한 유가 사상가로 성장할 수 있었다. 맹자의 어머니는 그가 교육적으로 유익한 환경에서 자랄 수 있도록 거처를 세 번이나 옮겼는데, 이 일화는 맹모삼천지교孟母三遷之教로 불린다. 이 말은 맹자의 어머니가 맹자의 교육을 위해 세 번이나 이사를 한 가르침이라는 뜻으로, 그만큼 자녀교육에는 주변 환경이 중요함을 이르는 것이다.

우수한 재능에 말썽꾸러기였던 그는 점차 용기가 넘치고 과단성 있는 지식인으로 성장했다. 그가 이상정치를 논할 때는 왕 앞에서도 거침이 없었다고 전해진다. 이익을 추구하는 것에 대해 왕을 신랄하게 비판하는가 하면 왕이 민생을 위한 제구실을 하지 못할 경우 왕위에서 물러나야 한다는 급진적인 주장을 펼치기도 했다.

《맹자》, 대담한 필치로 왕도정치를 논한 책

《맹자》는 양혜왕梁惠王 편, 공손추公孫丑 편, 등문공滕文公 편, 이루離婁 편, 만장萬章 편, 고자告子 편, 진심盡心 편의 7편으로 구성되어 있다. 각 편은 다시 상하로 구분이 되어 있어 총 14권이 전해진다. 이중 양혜왕, 공손추, 등문공의 3편은 맹자가 제후들을 만나 그들과 대화한 내용을 담은 것이고, 나머지 4편은 고향에 돌아온 맹자가 제자들과 정치에 대해 논한 내용이 담겨 있다. 이 책에서 맹자는 인간의 본성은 선하다는 성선설에 기초해 지식인들의 자율적 도덕원리에 입각한 인정과 왕도사상을 피력했으며, 그 사상의 전모가 그 당시 제후, 제자들과의 대화 속에서 생생한 필치로 전개되고 있다.

《맹자》는 《논어》와 달리 내용이 더욱 통일성 있고, 설득력 있으며, 그 문장에서 박력이 느껴진다. 때문에 오랫동안 수많은 제자백가 사상서 중 하나로 묵혀 있다가 당나라 한유韓愈가 격찬하면서 주목을 받기 시작했다. 남송의 주자朱熹가《대학》《중용》《논어》와 함께 사서 가운데 하나로 삼은 뒤로 유학의 필독서로서 위상이 격상되었다.

인간의 본성은 선하다

맹자는 인간의 본성이 선하다는 성선설을 주장했다. 물이 위에서 아래로 흐르듯, 인간 역시 선한 것을 따르려는 성질이 있다는 것이다. 물이 아래에서 위로 흐르는 경우가 있다면 그것은 외부의 인위적인 변수나 강제력이 발동한 결과일터, 물이 아래에서 위로 흐르는 것이 어찌 물의 성질이라고 할 수 있겠는가. 마찬가지로 본래 선한 마음을 가진 인간이 악행을 저지르는 것은 그 사람을 둘러싼 사회적 환경이나 제도가 불합리하게 왜곡되어 있거나 통치자들의 과오에서 기인하는 것이다.

그렇다면 인간의 본성이 선하다는 사실을 어떻게 알 수 있을까?

그는 인간의 본성이 선하다는 것을 증명하기 위해 '우물가의 어린아이'를 예로 들어 설명했다. 만약 어떤 사람이 지나가는 길에 어린아이가 우물 속으로 빠져 들어가는 광경을 보았다고 하자. 이 광경을 보는 사람은 누구나 그 어린아이에 대해 애처로운 마음을 갖게 될 것이다. 우리의 이러한 마음은 천성에서 비롯되는 것이다. 우리가 우물 속으로 빠진 아이를 보고 슬픈 감정을 느끼는 이유는 그 아이의 부모와 친분을 의식해서도 아니고, 아이의 부모나 동네 이웃들에게 보상이나 칭찬을 받기 위해서도 아니다. 이처럼 인간은 누구나 타인의 고통을 차마 보지 못하는 마음을 가지고 태어났다.

공자는 사람은 누구나 태어나면서부터 인의 덕을 가지고 있다고 보았다. 인은 인간의 본성으로 사람을 사랑하는 마음이며 배려하는 마음이고 인간을 인간답게 하는 마음이다. 맹자는 이러한 공자의 인을 받아들여 인을 인간다움이라고 하였으며, 공자가 말한 인을 인仁, 의義, 예禮, 지智의 4가지 덕, 즉 4덕四德으로 확장하였다.

맹자는 누군가를 불쌍하고 측은하게 여기는 마음측은지심은 어짊의 시작이고, 부끄러워하는 마음수오지심은 의로움의 시작, 사양하는 마음사양지심은 예의 시작, 옳고 그름을 가리는 마음시비지심은 지혜의 시작이라고 말했다. 다시 말해 측은지심惻隱之心, 수오지심羞惡之心, 사양지심辭讓之心, 시비지심是非之心은 4가지 선한 마음의 단서인 것이다. 인간의 어짊과 의로움과 예의바름과 지혜의 실마리는 이미 태어나면서부터 우리 마음속에 깃들어 있다. 인간의 선한 본성의 실마리가 되는 이 4가지를 4단四端이라고 부른다. 그러므로 누구든지 타고난 천성대로 행동하면 선해질 수 있다.

- 측은지심 : 남을 불쌍하게 여기는 착한 마음으로 인仁의 단서가 된다.
- 수오지심 : 자기의 옳지 못함을 부끄러워하고, 남의 옳지 못함을 미워하는 마음으로 의義의 단서가 된다.
- 사양지심 : 겸손하여 남에게 사양할 줄 아는 마음으로 예禮

의 단서가 된다.

- 시비지심 : 옳음과 그름을 가릴 줄 아는 마음으로 지智의 단서가 된다.

우리는 우리의 선한 본성을 잘 보존하고 널리 키워나가기 위해 무엇을 해야 할까?

맹자는 인간이 타고난 천성에 따라 선하게 행동하기 위해서는 용기를 길러야 한다고 주장했다. 여기서 용기란 스스로 의롭다고 생각하면 어떠한 외압에도 겁을 내지 않고 당당하게 행동하는 것을 말한다. 대장부로서 큰 뜻을 이루고자 한다면 시련을 극복하고 유혹을 물리치는 굳센 신념이 있어야 한다. 도덕적으로 높은 경지에 오른 사람은 위험한 상황 속에서도 굴복하지 않고 도덕적 원칙을 준수할 수 있다.

호연지기를 기르자

맹자에게 있어 하늘은 만물의 근원이며 우주의 주재자다. 그리고 사람의 본성 속에는 하늘의 뜻을 깨닫고 따르는 속성이 있다고 말했다. 맹자의 이러한 사고는 하늘의 질서를 인간의 도덕 원리로 삼는 천명天命과 천인합일天人合一 사상에 근거해 있다. 인간은 하늘이 주신 본성의 도를 올바로 터득하고 충서를 실천함으로써, 우주 천지만물과 합일하여 호연지기浩然之氣를 이룰 수 있다고 하였다. '호연지기'는 크고 넓게 뻗친 기운이라는 뜻으로 맹자는 이 '호연지기'를 길러야만 흔들리지 않고 굳센 마음으로 도덕적 신념을 지킬 수 있다고 하였다.

맹자는 '호연지기'를 의가 쌓여서 생기는 것이라고 표현한다. '호연지기'는 떳떳함에서 오는 용기이다. 올바름에 대한 내면의 목소리에 집중하고, 그 올바름에 대한 믿음이 강해지면 세력이 형성되어 몸 밖으로 표출되는 것이다. 그 올바름에 대한 실천을 통해 경험이 축적될수록 그 올바름에 대한 믿음은 더욱 견고하게 형성되어 떳떳해질 것이고, 그것을 몸으로 실천해내는 행동력 역시 점점 강해질 것이다. 세력이 몸을 통해 행동으로 발산될 때 그것은 정신적인 것이 물리적인 힘을 갖는 육체를 통해 표출되므로, 정신적 용기이기도 하지만 동시에 육체적 용기이기도 하다. 여기서 중요한 점은 내면의 소리를 들었을 때 어떠한 외부의 압력이나 장애에도 불구하고, 자신의 도덕적 신념을 실천하려는 의지가 있어야 한다는 점이다. 진실에 항상 깨어 있으며, 그것을 실천하려는 의지를 가져야 한다.

왕도정치와 혁명론

맹자는 성선설을 바탕으로 개인의 도덕적 가치를 국가사회적 차원에서 실현하기 위한 개념으로 왕도정치를 제시한다. 왕도정치는 인과 덕을 바탕으로 하는 정치로, 이利보다는 인의로써 나라를 다스려야 한다는 정치이론이다.

맹자는 양혜왕에게 다음과 같이 충고했다.

만약 임금께서 어떻게 내 나라를 이롭게 할까 주장하신다면, 대부들

도 어떻게 하여 내 집안을 이롭게 할까 하고 말할 것이며, 또 선비나 백성들도 어떻게 나 자신을 이롭게 할까 하고 말할 것입니다. 이렇게 위아래가 서로 자기 이익만을 위해 다툰다면 나라는 위태로워질 것입니다. _《맹자》, 양혜왕梁惠王 편

그만큼 맹자는 의를 추구한 인물이다. 맹자가 의를 강조한 것은 맞지만 그렇다고 백성들의 민생을 소홀하게 여겼던 것은 아니다. 왕도정치는 백성들의 민생문제, 즉 먹고사는 문제를 해결해줘야만 달성될 수 있기 때문이다. 맹자는 인간의 선한 본성을 위에서 아래로 흐르는 물의 성질에 비유했다. 물이 아래에서 위로 흐른다면, 그것은 물의 성질이 그렇기 때문이 아니라 다른 환경적 변수나 외압에 의한 것이다.

따라서 인간이 타고난 본성대로 선하게 살기 위해서는 인간, 다시 말해 백성들을 둘러싼 사회적 환경이 선한 본성을 발현하는 데 장애가 되지 않도록 개선되어야 하는 것이다. 흉년이 들어 백성들이 굶주린다면 백성들은 그 선한 본성에도 불구하고 스스로 생존하기 위해, 다른 사람의 재물을 빼앗을 것이고 심지어 살인을 저지를 수도 있다. 그러므로 왕은 나라의 산출량을 향상시켜 풍년에는 백성들이 배불리 먹고, 흉년에는 굶어 죽지 않도록 해야 한다. 맹자는 농업 생산량을 증대시켜 백성이 배부르고 따뜻하며 안락하게 살아야 한다고 주장했다. 오늘날의 관점에서는 민생안정이 당연한 정치적 과제지만, 그 당시 맹자의 민생안정은 제후들의 횡포에서 백성들의 재산과 생명을 보장하라는 뜻이기도 했기 때문에 다소 위험한 발언이기도 했다.

맹자는 이익과 힘을 숭상하고 권모술수權謀術數를 조장하는 패도정치보다는 인의와 도덕을 핵심적 가치로 하는 왕도정치가 더 우월하다고 믿었다. 맹자는 패도정치는 악덕할 뿐만 아니라 천하를 통일하고도 오래가지도 못한다고 지적했다. 제아무리 강력한 힘을 가진 군주라 할지라도 중대한 잘못을 저지르거나 군주로서 의무를 이행하지 못한다면, 백성들의 마음에서 멀어질 것이고 기반을 잃은 군주는 왕위에서 쫓겨나게 될 것이다. 심지어 백성들이 왕을 몰아내거나 살해할 수도 있다. 그는 백성을 사랑하고 민생을 안정시켜 민심을 얻어야만 참다운 군주가 될 수 있다고 보았다. 이처럼 맹자는 성선설에 기반하여 정치사상가로서 당당한 면모를 보였다. 하지만 백성의 지지를 받지 못하는 왕은 언제라도 물러나야 한다는 그의 주장은 왕들의 정치적 근간을 뒤흔들 수 있는 위험한 발언이라, 그의 초상화와 글이 문묘에서 제거되기도 했다.

맹자의 군자론

맹자는 성인과 군자를 엄격히 구분하지는 않았다. 그는 성인과 군자를 아울러 대인大人이라는 말을 쓰기도 했다. 그는 인의예지의 본성적 마음을 확충시키면 대인이 되고, 감각이나 욕망의 노예가 되면 소인小人이 된다고 하였다. 성인과 군자, 즉 대인이란 도덕적 인격을 갖춘 사람이며 누구나 노력하면 대인의 경지에 오를 수 있다고 한다. 대인이 되기 위해서는 첫째, 하늘이 내려준 본성의 도를 올바로 터득하고, 둘째, 선한 마음의 본체인 양지良知를 존양해야 한다.

맹자가 묘사한 대인의 모습은 다음과 같다.

스스로 돌이켜보아서 의롭지 못하다 생각되면, 비록 허름한 옷을 입은 미천한 사람 앞에서도 우리는 두려워하지 않을 수 없으나, 스스로 생각해서 의롭기만 하다면 천만 명의 사람과 대적할지라도, 나는 당당히 나아갈 수 있다. _《맹자》, 공손추公孫丑 상편

그리하여 부귀로도 이 사람의 마음을 어지럽히지 못하고, 빈천으로도 이 사람의 지조를 바꾸지 못하며, 위엄과 무력으로도 이 사람 뜻을 꺾지 못한다. _《맹자》, 등문공滕文公 하편

세계 고전 한눈에 보기!

《맹자》에는 인의에 바탕을 둔 왕도정치가 담겨 있다. 맹자는 인간의 본성은 하늘이 부여한 것이기 때문에 수양을 통해 외부의 압력과 환경을 극복하고 타고난 본성대로 행위할 줄 알게 되면 본연의 선한 존재가 될 수 있다고 하였다. 인간의 어짊과 의로움과 예의바름과 지혜의 실마리는 이미 태어나면서부터 우리 마음속에 깃들어 있고, 측은지심, 수오지심, 사양지심, 시비지심이 바로 그 실마리에 해당한다.

맹자는 인간의 본성은 선하다는 성선설을 바탕으로 개인의 도덕적 가치를 국가적·사회적 차원에서 실현하기 위한 개념으로 왕도정치를 제시한다. 왕도정치는 인과 덕을 바탕으로 하는 정치로, 이利보다는 인의로써 나라를 다스려야 한다는 정치이론이다. 이 책에서 그 사상의 전모가 그 당시 제후나 제자 들과의 대화 속에서 생생한 필치로 전개되고 있다. 《맹자》는 《논어》와 달리 더욱 주제의식이 뚜렷하며, 내용에 통일성이 있고, 설득력이 있으며, 그 문장에서 박력이 느껴진다.

《순자》 선은 후천적으로 습득하는 것이다

— 순자

순자 荀子, B.C 298~B.C 238

순자의 이름은 순황荀況, 자는 순경荀卿이다. 맹자와 같은 시대를 살았지만, 맹자가 성선설에 기반하여 덕치주의를 주장한 데 반해, 순자는 인간의 본성은 악하다는 성악설性惡說에 근거하여 '예'로써 교육하고 다스려야 한다는 예치주의禮治主義를 주장했다.

원래 인간의 본성은 악하다

인간의 본성은 선할까? 악할까? 아니면 인간은 선하지도 않고 악하지도 않은 존재인 것일까? 맹자는 인간의 본성은 하늘이 부여한 것이기 때문에, 수양을 통해 외부의 압력과 환경을 극복하고 타고난 본성대로 행위할 줄 알게 되면 본연의 선한 존재가 될 수 있다고 하였다. 그렇다면 맹자의 말마따나 인간은 그 본성이 선함에도 불구하고 왜 다른 사람의 물건을 훔치고 살인을 하는 등 사악한 행위를 저지르는 것일까?

이 질문에 대해 순자는 인간의 욕심에 주목한다. 인간의 본성은 선한 면도 있는데, 욕망 때문에 정치적 · 사회적으로 혼란을 초래한다는 말이다. 인간은 자신의 이익을 추구하며, 자신의 이익과 쾌락을 위해 다른 사람에게 해악을 끼칠 수 있는 존재다. 또 남을 시기 질투하기 쉬우며, 그대로 두면 서로가 가진 좋은 것들을 빼앗기 위해 다투게 되어 사회가 어지럽게 된다.

사람들이 주어진 본성에 따라 살아가게 되면 세상이 무법천지가 될 것이므로, 마땅히 성현의 예를 배우게 하여 교화시켜야만 이상 사회를 이룩할 수 있다는 것이 《순자荀子》에 담긴 순자 사상의 핵심이다. 오늘날 우리가 보는 《순자》는 20권 32편으로 구성되어 있으며, 대부분이 순자가 저술한 것이고 일부는 제자들이 기록한 것이다.

선은 후천적으로 습득하는 것

인간의 본성은 원래 악한 것이니, 선이란 인위적으로 된 것이다. 인간은 나면서부터 이익을 추구하게 마련이므로, 그대로 내버려두면 서로 싸우고 빼앗고 하여 양보란 있을 수 없을 것이요, 또 나면서부터 남을 미워하고 시기하게 마련이므로, 그대로 내버려두면 남을 해치고 상하게 할 줄만 알 뿐 신의나 성실성은 없을 것이다.

_《순자》, 성악 性惡 편

맹자는 인간의 천성을 선하다고 본 반면, 순자는 악하다고 보았다. 맹자는 사람의 본성이 선하기 때문에 여러 가지 환경적 변수와 자극 속에서도 그 본성이 잘 발현될 수 있도록 하는 취지에서 교육을 강조한 반면, 순자는 사람의 악한 본성을 억제하기 위해 외부에서 가해지는 후천적이고 인위적인 교육이 필요하다고 보았다. 다시 말해 인간은 날 때부터 이익을 구하고 그 과정에서 서로 질투하고 미워하는 습성이 있기 때문에, 그대로 놔두면 싸움이 그치지 않는다는 것이다.

그러므로 이것을 고치기 위해서는 성현의 예를 배우고 정신을 수련해야만 한다고 주장하였다. 순자는 각 개인들이 예를 학습하고 이기심을 극복함으로써 보다 도덕적인 세상을 만들 수 있다고 보았던 것이다. 성인과 군자 그리고 소인의 구별은 결국 후천적인 노력에 달려 있게 된다. 그에 따르면, 성인은 스스로가 후천적 노력을 통해 자신의 본능과 욕망을 극복하고 그 본성을 선하게 만든 경우에 해당한다.

순자가 말한 성악설의 '성' 자는 맹자가 말한 성선설의 '성' 자와 다소 차이가 있다. 인간에게는 이성과 욕망이라는 것이 함께 존재한다. 인간의 본성을 선하다고 규정한 맹자는 인간의 본능이나 욕구보다는 옳고 바른 것을 분별할 줄 아는 이성을 본성이라고 본 것이고, 인간이 악하다고 규정한 순자는 인간 본성의 도덕적인 측면에 주목한 맹자와 달리 인간 본성의 생리적 욕구와 욕망에 주목한 것이다.

순자는 소인뿐만 아니라 군자도 생리적 욕구와 욕망을 가지고 있다고 보았다. 다만 소인은 욕구에 지배당하지만 군자는 예를 통해 도덕적 원리를 내면화하고 절제할 수 있다고 보았다. 이것은 본성인 욕구와 욕망을 억제할 의식적 노력이 있느냐 없느냐의 차이다. 순자는 그러한 의식적 노력을 제도화하려고 했고 그것이 바로 예치禮治다.

순자가 말하는 예가 지나치게 형식적이고 통치적인 기능에 치우친 것 같지만, 그는 예가 단순한 형식에 그치는 것이 아니라 내면의 도덕성으로 이어질 수 있다는 점을 강조했다. 예는 처음에는 외형적인 형식에 불과하겠지만, 성현에게서 예를 배우고 익혀 지속적으로 실천하는 과정을 통해 어느새 도덕적 원리가 내면화되어 악한 본성을 선하게 변화시킬 수 있다고 보았다. 이것을 화성기위化性起僞라고 한다.

유가와 법가의 경계에 서다

인간의 이기적이고 악한 본성에서 초래되는 사회적 혼란을 바로잡기 위해 순자가 제시했던 예치사상은 한비자韓非子, 이사李斯와 같이 법을 지키도록 강제하고 어길 시 처벌하는 법가사상의 논리로 이어진다. 인간과 사회를 예로써 다스리느냐, 법으로써 다스리느냐의 차이가 있을 뿐이다. 다만, 순자가 제시한 예치는 한비자가 말한 법치와 다음과 같은 점에서 차이가 있다.

법치는 객관적인 법을 마련하고 널리 선포하여 상과 벌로써 사회질서를 수립한다는 의미다. 반면 예치는 강제력보다는 도덕적인 교화를 통해 범죄를 미연에 방지하고 사회의 혼란을 바로잡는다는 의미다. 병으로 비유를 들면 예치가 사전예방이고, 법치는 병에 걸린 다음의 치료법이다. 예치가 제도보다 사람의 자발성을 앞세운 것이라면, 법치法治는 사람보다 제도를 앞세우는 것이다.

과학적 사고에 입각한 사상

공자와 맹자는 하늘의 명령을 최고의 도덕원리로 보았다. 하지만 순자에게 있어 하늘은 단지 자연적인 것에 지나지 않는다. 《순자》의 천론天論 편에서는 전통적인 천관을 근본적으로 부정하고 있다. 천재지변, 즉 지진, 가뭄, 홍수는 자연현상에 불과할 뿐 왕의 정치적 과실과는 관련이 없다. 제아무리 성군이 백성들을 지극정성으로 보살펴도 가뭄과 역병이 일어나 백성들이 굶주릴 수 있으며, 폭군이 등장하여 백성들을 괴롭혀도 풍년이 들어 배불리 먹을 수도 있다. 순자는 이렇듯 인간을 하늘에서 독립시켰다. 이러한 논리를 바탕으로 그는 사람이 반드시 하늘을 정복해야 한다는 다소 과격한 표현을 쓰기도 했다.

그렇다면 순자의 관점에서 인간은 하늘을 어떠한 태도로 다뤄야 할까? 하늘의 움직임은 인간사와 독립된 자연현상에 불과하므로, 사람은 하늘의 움직임에서 규칙과 법칙을 알아내어 그것을 삶에 유용하게 활용해야 한다는 입장을 취한다. 인간은 가뭄이 들것을 대비하여 저수시설을 마련해야 하고 홍수에 대비해서 수도를 마련해야 한다. 이런 점에서 순자는 당시 사상계에서 드물게 존재했던 과학적 사고를 지닌 사상가였고, 이상보다 현실을 중시한 서양의 철학자 아리스토텔레스에 비유되기도 한다.

동방의 아리스토텔레스

공자와 소크라테스는 모두 정치적 혼란기 속에서 세상을 구하고자 하는 해법을 제시했다. 공자는 인을 소크라테스는 진리를 추구했다는 점에서 차이가 있지만, 두 철학자는 모두 자신이 절대적인 어떤 존재에게서 특별한 사명을 위임받았다고 생각했다. 소크라테스는 자신이 아폴론 신에게서 그리스인을 교화시킬 임무를 부여받았다고 생각했고, 공자는 자신이 무슨 일을 하든지 하늘의 지시를 받고 있다고 확신했다. 소크라테스와 공자 모두 신성한 사명의식에 따라 제자들을 양성하고 당시의 수많은 사람들을 가르쳤다.

맹자와 플라톤은 현실보다는 이상을 추구했다. 플라톤의 이데아론과 이상국가론, 맹자의 성선설과 왕도정치는 이상적인 지향점이 될 수는 있겠지만, 구체적 현실에 적용되기 어렵다는 문제를 가지고 있다. 현실 속의 인간이 항상 이성에 따라 합리적으로만 움직이는 것은 아니기 때문이다. 오히려 인간은 이성보다는 내적 욕망과 무의식의 지배를 많이 받으며, 그것을 인정하고 반영하는 이론을 제시하는 편이 현실에서 더욱 가시적인 결과를 내기에 유리할 것이다.

반면 이상보다 현실에 대한 관찰을 중시했던 순자와 아리스토텔레스는 각각 그들의 사상적 스승 격인 맹자와 플라톤의 사상에 대해 비판적이었다. 플라톤과 달리 현실에 대한 관찰을 중시했던 아리스토텔레스처럼. 순자는 좀 더 현실적인 논리를 내세웠던 유가의 현실주의자였다. 순자가 살던 전국시대는 강대국들의 세력다툼으로 전쟁이 창궐하고 사회적 계급이 동요하던 시기였다. 이 혼탁한 세상 속에서 순자는 현실 속에 존재하는 인간 본래의 모습을 직시하고 그것을 개선하기 위한 엄격한 법과 예와 같은 인위적 장치의 필요성을 느꼈다.

세계 고전 한눈에 보기!

《순자》는 20권 32편으로 구성되어 있으며, 대부분 순자가 저술한 것이고 일부는 제자들이 기록한 것이다. 맹자는 인간의 천성을 선하다고 본 반면, 순자는 악하다고 보았다. 다시 말해 인간은 날 때부터 자신의 이익을 추구하며, 자신의 이익과 쾌락을 위해 다른 사람에게 해악을 끼칠 수 있는 존재다. 또 남을 시기 질투하기 쉬우며, 그대로 두면 서로가 가진 좋은 것들을 빼앗기 위해 다투게 되어 사회가 어지럽게 된다. 사람들이 주어진 본성에 따라 살아가게 되면 세상이 무법천지가 될 것이므로, 마땅히 성현의 예를 배우게 하여 교화시켜야만 이상사회를 이룩할 수 있다는 것이《순자》에 담긴 핵심이다.

성인과 군자 그리고 소인의 구별은 결국 후천적인 노력에 달려 있게 된다. 그에 따르면, 성인은 스스로가 후천적 노력을 통해 자신의 본능과 욕망을 극복하고 그 본성을 선하게 만든 경우에 해당한다. 맹자는 사람의 본성이 선하기 때문에 여러 가지 환경적 변수와 자극 속에서도 그 본성이 잘 발현될 수 있도록 하는 취지에서 교육을 강조한 반면, 순자는 사람의 악한 본성을 억제하기 위해 외부에서 가해지는 후천적이고 인위적인 교육이 필요하다고 보았다.

《도덕경》 천하는 무위로써 다스려진다

——— 노자

노자 老子, B.C 579~B.C 499 추정

중국 춘추시대 말기의 사상가로 성은 이李, 이름은 이耳, 자는 담·백양伯陽이다. 주나라의 왕실도서관에서 사서로 일했다고 전해진다. 그에 대한 정확한 정보는 많지 않으나 공자보다 연장자이며 공자가 젊은 시절 그에게 예를 물었다고 전해진다. 유가가 명분과 인위적인 교육을 강조한 데 반해, 도가道家의 시조인 노자는 무위無爲를 강조했다. 유가의 인위적인 도덕이 본래의 순수한 인간을 위선적으로 만들고 있음을 지적하고 좀 더 근원적인 앎으로 나아가려고 했다.

《도덕경》, 무위의 통치술을 논한 책

도가는 기원전 500년경 중국에서 유가보다 먼저 발생했다. 우주만물을 생성하는 궁극적 실재를 '도'로 보고 그 사상을 펼쳤기 때문에 '도가道家'라고 하며, 노자가 《도덕경道德經》을 집필하고, 이후 장자가 크게 발전시켰기 때문에 노장사상이라고 부르기도 한다. 도가는 유가는 물론, 법가, 묵가 등 중국의 학파에 광범위한 영향을 미쳤다. 특히, 유가의 순자와 법가의 한비자에게 큰 영향을 미쳤으며 훗날에는 유가의 집대성자인 주자에게도 영향을 미쳤다.

노자가 활동하던 시대는 춘추시대 말기로 전란이 빈번하게 일어나는 매우 혼란스러운 시대였다. 주나라 왕권은 크게 약화되어 명분만 유지되고 있었고, 천하를 차지하기 위한 제후국들 사이의 세력다툼이 끊이지 않았다. 위정자들의 가혹한 수탈로 백성들의 생활은 나날로 피폐해져 갔으며, 악법과 폭정에 지친 백성들은 차라리 죽기를 원했다. 노자는 지식과 문명의 발전으로 욕망과 거짓이 확대되고 인간이 본연의 순수한 마음을 상실했기 때문에 당시 사회적 혼란이 초래된 것으로 진단했다. 그는 "지혜가 생기고부터 큰 거짓이 생겨났다."라고 말한다. 사회적 혼란을 바로잡기 위해 유교가 명분과 인위적 교육을 강조한 데 반해, 도가의 시조인 노자는 무위無爲를 강조하면서 작은 지식과 지혜에서 벗어날 것을 주문하였다.

윤희尹喜의 권유에 따라 노자는 5,000자의 작은 책 한 권을 쓰게 되었는데 이것이 오늘날 《노자》 또는 《도덕경》으로 불리는 책이다. 책의 제목만 보면, 삶을 살아가는 방식과 윤리에 대해서만 다룰 것 같지만, 1장에서 81장까지 전체적으로 정치철학, 다시 말해 통치술의 성격이 강한 책이다.

유교의 인위성을 비판하다

공자는 인간이라면 누구에게나 적용되는 보편적 본질이 있다고 보았다. 다시 말해 선으로 인정되는 특정한 가치체계를 내면화하고 그것과 일체를 이룸으로써 우리는 보편성 속으로 편입되는 것이다. 이것이 바로 공자가 추구한 교육의 목표인 것이다. 공자는 "예에 맞지 않으면 보지도 말고, 듣지도 말고, 말하지도 말며, 움직이지도 말라."고 하였다. 예는 선으로 인정되는 가치체계로 모든 사람들에게 적용되어야 할 기준이자 이상으로 작용한다.

하지만 노자는 특정한 기준을 상정하고 이를 모든 사람들에게 적용시켜야 한다고 보는 공자식의 사상에 반대한다. 공자가 제시하는 인간의 길이 제아무리 도덕적으로 선하다 할지라도 그것이 하나의 기준으로 적용되는 한 결국은 사회적 차별과 구분, 억압을 초래할 것이기 때문이다. 일정한 기준을 상정해서 구성원들을 거기에 가두기보다는, 구성원들에게 자율성을 보장해주는 편이 훨씬 효과가 크다는 것이 노자의 생각이다. 노자는 개별적 존재로서의 내가 독립적으로 성장하는 것을 중시하고, 공자는 보편적 이념으로 무장한 개인들이 모인 공동체를 중시한다고 볼 수 있다.

공자는 노자에게 찾아가 예에 대해 물은 적이 있는데, 노자의 답변은 다음과 같다.

"당신이 높이 평가하는 요순시대의 성현의 예, 그것을 말했던 이들의 기와 뼈는 이미 썩어 사라졌소. 남은 것은 오직 그들의 말뿐이오. 내가 당신에게 말하고 싶은 것은 이것이오. 군자는 때를 만나면 수레를 몰고 거들먹거리지만, 때를 만나지 못하면 티끌처럼 누추하게 떠돌아다니게 될 뿐이오. 내가 듣기로 진짜 훌륭한 장사꾼은 자신이 가지고 있는 가장 좋은 물건은 깊이 감추어 남에게 보이지 않는다고 했소. 마찬가지로 진정으로 덕이 있는 군자의 얼굴은 마치 어리석은 듯 보이게 되오. 당신은 교만과 욕심을 버리고, 있어 보이는 얼굴빛과 모든 것을 자신의 뜻대로 하려는 마음을 버려야 하오. 이는 모두 당신에게 이롭지 않소. 내가 당신에게 말하고자 하는 것은 이것뿐이라오."

노자는 공자의 사상과 행동에 비판을 가하고 있다. 그러나 노자의 뜻을 헤아린 공자는 다음과 같이 말하며 제자들을 향해 그에 대한 존경을 표했다.

"새는 자신이 능히 날 수 있음을 알고, 물고기는 자신이 능히 헤엄칠 수 있음을 알며, 짐승은 자신이 능히 달아날 수 있음을 안다. 하지만 달아나는 것은 망에 걸리고, 헤엄치는 것은 낚싯줄에 걸리며, 날아다니는 것은 화살에 맞는다. 용에 이르렀을 때에야 비로소 바람과 구름을 타고 하늘로 올라갈 수 있음을 이제까지 알지 못하였다. 오늘 노자를 보며 마치 용을 본 것만 같았다."

도道란 무엇인가?

노자가 말하는 도란 우주만물을 생성시키는 근원이자, 우주를 우주일 수 있도록 하는 궁극의 원리이고 본체이다. 노자는 만물의 배후에 있는 참된 자연의 원리를 도라고 보았다. 노자는 우주만물, 다시 말해 현상계에 존재하는 여러 사물들은 우리의 감각기관에 의존하여 지각할 수 있지만, 도의 본체는 의식적 감각을 내려놓는 상태에서만 지각할 수 있다고 하였다.

도는 형체가 없어 우리의 감각기관을 통해 볼 수도 만질 수도 맛볼 수도, 냄새를 맡을 수도 없기 때문이다. 도는 우리의 인식능력 밖에 존재하므로 오직 신비적 직관을 통해서만 인식할 수 있다. 여기서 말하는 직관은 우리의 경험적 지식이나 의식적 추리과정을 건너뛰어 단번에 앎에 이르는 것을 의미한다.

다만, 노자는 도란 우주 만물 외부에 따로 존재하는 것이 아니라 만물과 더불어 존재한다고 했다. 도는 만물로 생성되며, 만물은 소멸하여 도로 다시 되돌아간다. 이 생성과 소멸의 과정은 끊임없이 일어난다. 도는 우주 안에 가득 차 있는 무형의 존재로, 우주 만물보다 먼저 존재해왔고, 시공을 초월해 있으며, 만물과 더불어 생성소멸하면서 존재한다.

도는 보이지 않지만, 보이는 것 중에서 도와 가장 비슷한 것은 물이다. 노자는 물이 자연의 원리에 따라 작용하는 도에 가장 가깝다고 하여 물을 좋아하였다. 물은 만물을 이롭게 하면서도 다투지 않는다. 그래서 도에 가깝다. 물은 무엇과도 다투거나 경쟁하지 않으며, 커다란 바위가 자신의 앞길을 막아도 그저 묵묵히 돌아서 갈 뿐이다. 물은 모두가 가려하지 않는 낮은 곳에 임하길 주저하지 않는다. 하지만 물은 이런 자신의 운명에 순응하여 결국 가장 탁월해진다.

그럼 덕은 무엇인가? 《도덕경》은 그 제목처럼 도뿐만 아니라 덕에 대해서도 다룬다. 도가 우주의 궁극적 실재 또는 근본원리라면, 덕은 보편적인 도가 개별적 사람이나 사물에 깃들어진 각 개체의 원리를 말한다. 다시 말해 도가 근본적 원리라면, 덕은 구체적 실천인 것이다. 도가 구체적 인간이나 사물 속에서 자연스럽게 구현될 때 얻어지는 힘이 덕이다.

도를 도라고 부른다면, 그 도는 도가 아니다

노자는 "도를 도라고 부른다면, 그 도는 도가 아니다. 이름을 이름이라 부르면 그 이름은 그때의 이름이 아니다."라고 하였다. 도를 도라는 언어개념 속에 집어넣어 버리면, 그 개념화된 도는 실상의 도를 나타내지 못하는 것이다. 노자는 이미 인간의 언어나 관념이 실재의 모습을 나타낼 수 없다고 판단했다. 노자는 도를 제외한 만물을 상대적인 것으로 간주했다. 의식의 작용에 의해 개념화되고 고정된 현상계는 사실 변화무쌍한 상대적 세계에 지나지 않으며, 노자는 이를 유명有名의 세계라 불렀다. 인식주관의 경험적 세계 인식은 그 절대성에 대한 인식이 아니라, 단지 개념화에 불과하다. 노자는 언어회의론자임이 분명하다. 하지만 노자 자신도 언어로 표현 불가능한 도를 《도덕경》에서 글로 표현하고 있는데, 이는 도가 부득이하게 언어에 의해 설명될 수밖에 없다는 역설로 받아들여야 한다.

도라는 것은 이름이 없고, 그것을 개념화하여 해석을 시도할수록 불분명해지는 것이다. 노자는 도라는 것은 끊임없이 생성소멸하는 에너지로, 형체가 없어 인간의 인식능력으로는 그 실체를 파악하기 어렵다고 했다. 도는 시공간의 한계를 초월해 있기 때문에 무극無極이다. 우주의 근원, 우주 만물 구성의 근원이 되는 본체를 태극太極이라고 하는데, 무미무취無味無臭하고 무성무색無聲無色하므로 무극이라고 한다. 만물이 돌아가야 하는 근본적 도라고 할 수 있다. 하지만 여기서 무라는 것은 단순히 아무것도 없다는 뜻이 아니라 어떠한 모양도 가지지 않았지만, 이 세상의 형체를 갖는 모든 존재를 탄생하게 하는 무이다. 공자는 도를 인간의 윤리에 국한시켜 설명하고 있지만, 노자가 말하는 도는 우주의 근본을 의미한다.

천하는 무위로써 다스려진다

노자가 말하길 "도는 언제나 일부러 하지 아니 하지만 하지 못하는 일이 없다."고 하였다. 이것은 도의 무위라는 기능을 말하는 것인데, 이는 아무것도 하지 않는 것을 말하는 것이 아니라

'억지로 하지 않음' '조작하지 않음' '자연스럽게 함'을 뜻한다. 그래서 위무위爲無爲라고 하는 것이다. 다시 말해, 아무것도 하지 않는 것이 아니라 무위를 행行하는 것이다. 억지와 인위人爲를 피하고 자연스럽게 행하는 것을 의미한다.

이를 통치에 접목하면 위무위의 정치가 된다. 천하는 무위로써 다스려진다. 노자는 가장 탁월한 군주는 백성들이 그의 존재만 알뿐 그의 기능을 인지하지 못한다고 하였다. 군주의 지나친 개입과 인위를 경계하는 것이다. 노자는 나라를 통치하는 것을 작은 생선 지지는 것에 비유했는데, 그만큼 조심스럽게 다뤄야 함을 의미한다. 작은 생선은 예민하여서, 어지럽게 휘저으면 살점이 떨어져 나가 요리를 망치게 된다. 이는 무위정치를 가장 잘 드러내는 설명이다. 《도덕경》 57장에서도 천하에 금기가 많아질수록 백성은 점점 가난해진다고 말하고 있다.

노자의 무위사상은 세상의 혼란을 바로잡고자 인, 의, 예, 지, 충, 효 같은 도덕적 가치를 핵심적 가치로 내세웠던 유가와 배치된다. 인과 의라는 것도 결국은 인간이 인위로 만든 것으로 그것은 인간의 순박한 본성을 해치고 도리어 세상을 더욱 혼란스럽게 만들 뿐이다. 억지로 꾸미는 행위는 미봉책에 불과할 뿐 오래가지 못하고 그치게 마련이다.

다시 말해 큰 도가 없어지고 나서 인과 의가 나타난 것이며, 육친이 화목하지 못하자 효도라는 것이 나타났으며, 나라가 혼란에 빠지자 충신이 나오게 된다는 것이다. 우리는 이러한 형식에 치우친 인위적 허례虛禮를 버림으로써 자연스러운 덕을 회복할 수 있는 것이다.

공자는 '군군신신부부자자君君臣臣父父子子'라는 정명사상을 토대로 명분을 바로 세워 혼탁한 세상을 바로잡으려고 했으며, 반대로 노자는 이름에 집착하지 말 것을 주문한다. 이름이 있고부터 사람들이 하나의 명칭에 구속되어 자기 자신이 없게 되고 쉽게 동류에게 돌아가 무리를 짓고 서로 다툰다고 보았기 때문이다. 자기 자신을 보호하는 길은 무명無明에 의존하는 것이다.

작은 지식을 버린다

노자는 무지無知를 강조했는데, 인간은 무엇인가를 알면 알수록 고통과 번뇌에 빠지게 되고, 현실에 불만을 갖기 쉬워 사회가 더욱 혼란스럽게 되기 때문이다. 여기서 말하는 지知는 자잘한 지식, 신념화되고 이념화된 지식을 말한다. 지의 좁다란 범위에 갇힌 사람은 구분이 뚜렷하고 확신에 차 있기에 똑똑해보이기 쉽지만, 사실 세계를 반 쪽밖에 보지 못하는 헛똑똑이에 불과하다. 노자는 이러한 작은 지식과 지혜를 버려야 한다고 강조한다. 노자에게 우愚는 '어리석음'을 의미하는 것이 아니라 작은 지식에서 벗어남을 의미한다. 노자가 교육을 자체를 반대하거나 부정하는 것으로 오해해서는 안 된다. 작은 지적 세계에 갇히지 말아야 함을 강조하는 것이다.

소국과민, 노자가 제시하는 이상사회의 모델

노자가 제시한 이상적인 국가는 인구와 영토의 규모가 작으며, 최소한의 규칙과 질서로 백성들이 지혜와 욕망, 물질을 추구하지 않고 소박함을 즐기는 나라다. 노자가 활동하던 시대는 전란이 빈번하게 일어났고, 매우 혼란스러운 시대였다. 이 시대적 배경 속에서 노자는 전쟁이 없는 사회를 꿈꿨다. 그렇다면 전쟁이 없는 평화로운 상태는 어떻게 달성할 수 있는가? 노자가 제시한 이상 사회의 모델은 소국과민小國寡民이다.

그는 나라와 나라 사이의 독립성을 중시했는데, 최소한의 생존을 위한 인구에 의해 구성된 국가를 유지하는 것이 상호충돌을 막을 수 있는 가장 좋은 방법이라고 본 것이다. 영토가 좁고 인구도 적지만 행복한 삶을 충분히 누릴 수 있는 국가, 생활은 단순하고 소박하지만, 만인이 편안하게 생업에 종사하며 유유자적한 생활을 할 수 있는 국가, 이것이 그가 그린 이상적 국가다. 노자는 인간이 본래 타고난 순수한 상태 그 자체로 살아가는 것을 이상적인 삶으로 규정하기 때문에 인위적 문명과 제도를 거부한다.

하지만 노자를 반문명주의자나 반정부주의자로 오해해서는 안 된다. 노자나 공자나 모두 문명을 추구하는 사람들이다. 다만 그것을 추구하는 방식에 차이가 있을 뿐이다. 공자는 인간 누구에게나 있는 공통의 본질인 인을 기준으로 문명을 건설할 것을, 노자는 자연의 운행 원칙을 인간 세상에 적용하는 방식으로 문명을 건설할 것을 주장하는 것이다. 노자가 말하는 자연은 인위적 제한을 가하지 않은 것이며, 이는 사회적 질서, 제도, 지식을 모두 부정하는 게 아니라 최소화하자는 것을 말한다. 노자가 소국과민을 제시한 배경도 알아둘 필요가 있다. 노자 당대는 대국들이 땅을 넓히고 백성의 수를 늘리기 위해 서로 전쟁을 일삼고 있었다. 이에 대한 안티테제로서 노자는 소국과민을 제시하고 있는 것이다.

만약 한 국가가 막대한 군사력을 기반으로 토지를 넓혀 간다면, 반드시 주변국들을 침범하게 되고 자연히 주변 국가는 생존을 위해 경쟁력 확보 차원에서 막대한 자연자원을 낭비하게 될 것이다. 이러한 악순환이 계속되면 결국 강국 사이에 필연적으로 전쟁이 발생하게 된다. 그러므로 이 세상은 아주 작은 국가를 유지하고, 인구는 생존을 위한 최소한의 범위 내로 구성되어야 한다. 장자 역시 노자의 소국과민을 이상적인 사회 형태로 받아들였다.

노자가 제시한 소국과민은 현대사회에 어떤 화두를 던지는가?

문명이 발전하고 나라가 거대화된 오늘날, 노자가 제시한 소국과민은 그저 허무맹랑한 이야기에 지나지 않는 것일까? 현대사회에서도 소국과민이 던지는 화두는 여전히 유효하다. 소국과민은 커다란 조직을 작은 단위로 쪼개서 관리 및 운영하자는 것과 관련이 있기 때문이다. 조직이 커지고 구성원의 수가 증가할수록 기업은 조직을 기능별로 나눠서 운영할 필요가 있다.

특히 창의성과 다양성, 그리고 관계가 중시되는 오늘날, 각 개인들을 일정한 틀에 가두기보다는 개인들이 각자의 개성과 자율성을 발휘해 자발적 통합을 이루도록 하는 편이 효과적일 것이다. 이는 본질적 규칙을 상정하고 각 구성원들을 그 테두리 내로 편입시켜 조직을 운영하자는 공자식의 통치사상과 배치되는 것이다. 현대사회에서는 노자식의 통치사상이 더 적합하다.

세계 고전 한눈에 보기!

《도덕경》은 당시 춘추시대라는 현실에 바탕을 두고 국가의 경영을 논한 책이다. 삶을 살아가는 방식과 윤리에 대해서도 다루지만, 1장에서 81장까지 전체적으로 정치철학, 다시 말해 통치술의 성격이 강한 책이다. 《도덕경》의 핵심은 도와 덕 그리고 무위다. 도는 우주의 궁극적 실재 또는 근본원리이고, 덕은 그 도가 구체적 인간이나 사물 속에서 자연스럽게 구현될 때 얻어지는 힘을 의미한다. 도가 근본적 원리라면, 덕은 구체적 실천인 것이다. 무위는 단순히 아무것도 하지 않음을 의미하는 것이 아니라 억지와 인위를 피하고 자연스럽게 행하는 것을 의미한다.

공자는 인간이라면 누구에게나 적용되는 보편적 본질이 있다고 보았고, 선으로 인정되는 특정한 가치체계를 내면화함으로써 천하를 안정시킬 수 있다고 보았다. 그러나 노자는 인위적인 지식과 제도를 최소화함으로써 문제가 자연적으로 치유되기를 바랐다. 공자가 제시하는 인간의 길이 제아무리 도덕적으로 선하다 할지라도 그것이 하나의 기준으로 적용되는 한 결국은 사회적 차별과 구분, 억압을 초래할 것이기 때문이다. 기준을 상정해서 구성원들을 거기에 가두지 말고, 구성원들이 자발적이고 자율적으로 행동할 수 있게 해주는 것이 훨씬 효과가 크다는 것이 노자의 생각이다.

5

《장자》 절대자유의 경지를 추구하다

장자

장자 莊子, B.C 369~B.C 286

장자의 이름은 주周, 자는 자휴子休다. 송나라의 몽읍蒙邑에서 출생했다. 중국 전국시대의 사상가로 제자백가 가운데서도 노자의 철학을 발전시킨 도가의 대표자이다. 유교의 인위적인 예교禮敎를 부정하고 자연으로 돌아가자는 자연철학을 제창하였다.

장자는 언어적 재능이 매우 탁월한 사상가였다. 그는 보통의 철학자들과 다르게 비유적이며 환상과 유머가 가득한 철학서를 남겼는데, 《장자莊子》는 사상적으로 뿐만 아니라 문학적으로도 작품성이 훌륭하다.

절대자유의 경지를 추구한 철학자, 장자

《장자》는 장자와 그의 사상을 계승한 제자와 후학 들의 사상을 기록한 책으로 지금은 상당 부분이 소실된 상태다. 책의 정확한 구성에 대해서는 의견이 모아지지 않고 있다. 지금 유통되고 있는 판본은 4세기에 곽상郭象이 내편 7장, 외편 15장, 잡편 11장, 이렇게 총 33장으로 추린 것이다. 왜 이렇게 나누었는지는 분명하지 않다. 다만 내편 7장의 많은 부분이 장자 본인의 저작으로 여겨지고 있고, 외편과 잡편은 후대의 인물들이 쓴 것으로 추정되고 있다. 특징은 다소 시적이고 추상적인 문체로 사상을 드러내는 노자의 《도덕경》과는 달리, 풍부한 우화와 각종 비유로써 사상을 설명하고 있다는 점이다. 이때문에 이해하기가 비교적 쉽다는 평을 받는다.

《장자》는 '유교의 인위성에 대한 비판' '제물론' '자유'가 핵심골자다. 장자는 유가의 핵심인 인의예지를 비판했다. 그것은 이상적 기준을 상정하고 외적 규범으로서 개인에게 따를 것을 요구하는 것인데, 시켜서 하는 것은 곧 자연의 반대라는 것이다. 제물론과 관련해서 장자는 인간의 상대적이고 유한한 인식에 대해 다양한 방식으로 의문을 제기하는 한편, 절대적인 도의 관점에서 만물을 인식할 것을 주장하였다. 다음으로 자유는 외부의 간섭이나 규제 없이 본성을 따르는 것을 말한다. 장자는 결코 자신의 자유를 정치권력, 명예, 돈으로 교환하길 원하지 않았다. 인위성에 대한 비판과 제물론에 대해서는 뒤에서 자세히 다루도록 하고 여기서는 자유에 대해 설명하도록 한다.

《장자》에 나타난 장자의 철학은 절대자유의 경지를 추구하고 있다. 다음의 일화를 함께 읽어보자.

어느 날 장자의 현명함을 들은 초나라의 위왕이 신하 두 명을 보내 그를 재상으로 삼겠다는 뜻을 전달했다. 그때 장자는 강가에 앉아 낚시를 하고 있었는데, 장자는 다음과 같이 말하며 재상이 되길 거부했다고 한다.

"아주 귀한 소 한 마리가 있는데, 이 소의 털은 모두 같은 색으로 희우犧牛라고 불립니다. 이 소는 매우 귀한 대접을 받으며 여러 해 동안 좋은 먹이를 먹고 성장하지만 결국 왕실의 종묘에 재물로 바쳐질 운명에 처하게 됩니다. 특히 소가 재물로 바쳐지기 전에는 굉장히 아름다운 비단옷이 입혀집니다. 마찬가지로 내가 재상이 된다면 여러 해 동안은 좋은 대접을 받으며 신분이 상승한 것처럼 보이겠지만 사실은 감시당하는 것과 다름이 없어서 자유를 잃게 될 것입니다. 그때는 한 마리의 돼지가 되고 싶어도 될 수가 없게 됩니다. 그러니 나에게 더 이상 재상이 되라고 하지 마십시오. 나는 차라리 더러운 시궁창에서 노닐며 즐길지언정 나라를 가진 제후들에게 얽매이지는 않을 것입니다. 나는 죽을 때까지 벼슬하지 않고 내 마음대로 즐겁게 살겠소."

결국 초나라 위왕의 초대는 무산된다. 여기서 우리가 주목할 점은 소의 근본적 불행은 죽음이 아니라 자유를 잃은 것에 있다는 점이다. 자유를 잃었기에 생명마저 잃게 된 것이다. 그는 자연스러운 삶을 원했다. 그는 결코 자신의 자유를 정치권력, 명예, 돈으로 교환하길 원하지 않았다. 인간이 물질적 욕망과 명예욕을 내려놓는다는 것은 사실 사회적으로 쓸모없는 인간이 되는 것이다. 쓸모없는 인간이기에 오히려 더욱 자유로워질 수 있다. 쓸모 있는 존재가 되기 위해서 애쓰지 않으므로 스스로를 고통스럽게 하지 않는다. 쓸모가 없기에 위험에 처하지 않게 된다. 이는 장자가 쓸모없는 것의 쓸모 있음, 다시 말해 무용지용無用之用의 이치를 말하는 것이다.

장자는 헛된 성공을 쫓아 자신을 괴롭히는 자를 자신의 그림자를 피해 달아나는 사람에 비유했다. 그는 자기 그림자에서 벗어나기 위해 더욱 힘차게 달리지만 결국 한 발자국도 벗어나지 못하고 지쳐 쓰러지고 만다. 만약 그가 처음부터 나무 그늘 아래에 앉아 있었더라면 그림자가 생기지 않았을 것이다.

이상과 신념을 비판하다

장자는 인간의 물질적 욕망과 명예욕만을 극복하려 한 것이 아니다. 그는 바람직한 사회를 만들려는 사상가들의 이상과 신념마저도 극복하려고 하였다. 특히 도덕적 기준을 상정하여 인위적으로 옳고 그름을 나누고 이상적인 사회를 만들려 했던 유가를 비판했다. 도덕에는 옳고 그름에 대한 기준이 반드시 전제되는데, 어떻게 하면 옳은 것이고 어떻게 하면 그릇된 것인지가 명확하다. 하지만 도가에서는 옳고 그름의 기준마저 극복하려고 한다. 옳고 그름의 기준이 있을 수는 있지만, 언제 어디서나 모든 주체에게 적용되는 절대적인 기준이란 존재하지 않으며 모든 것은 상대적이라는 것이다.

토끼는 풀을 최고의 음식으로 여기지만, 호랑이는 다른 동물의 살점을 최고의 음식으로 여긴다. 동물은 각기 살기 좋은 곳, 맛있다고 느끼는 음식, 암컷을 유혹할 때의 미적 기준이 모두 다른데, 인간 역시 이와 다르지 않다. 인간 역시 좋아하는 음식, 미적 기준, 살기 편한 환경이 개인마다 다르다. 이는 더 나아가 어떤 사회나 조직이 유일한 기준을 절대적 가치로 상정하고 이를 개인들에게 강요해서는 안 된다는 논리로 발전한다.

사람들은 언제나 자신의 이상에 절대적 가치를 부여하며 자신의 생각이 절대로 틀리지 않는다고 생각한다. 그래서 자신들의 가치관에 반하는 생각을 갖는 사람들이, 이 세상에서 모두 사라진다면 이상적인 사회가 도래할 것이라고 생각한다. 하지만 인류의 역사가 증명하듯, 언제나 그 결과는 지옥이었다. 유대인을 학살한 히틀러가 그랬고, 일본의 제국주의가 그랬으며, 자국민을 대량학살한 캄보디아의 폴 포트 정권이 그랬다.

세상의 혼란은 피차의 시비에서 비롯된다

모장毛嬙과 여희麗姬는 사람들이 미인이라 하지만 물고기는 그녀들

을 보면 물 속 깊이 들어가고, 새는 그녀들을 보면 높이 날아가고, 고라니는 그녀들을 보면 후다닥 달아난다. _《장자》

제물론齊物論과 관련해서 장자는 인간의 상대적이고 유한한 인식에 대해 다양한 방식으로 의문을 제기하는 한편, 절대적인 도의 관점에서 만물을 인식할 것을 주장하였다. 만물은 일체一體이며, 그 무차별 평등의 상태를 천균天均이라 하는데, 이러한 입장에서 보면 생사生死도 하나이며 꿈과 현실의 구별도 없다. 이와 같은 망아忘我의 경지에 도달하는 것이야말로 수양의 극치라고 하였다.

장자는 감각기관을 통해 들어온 정보를 바탕으로 사유하고 분석하여 얻은 앎은 진정한 앎이 아니라고 한다. 그것은 어디까지나 현상계의 사물에 대한 지각에 불과할 뿐이다. 그는 작은 지혜를 버려야 큰 지혜를 발휘할 수 있다고 하였다. 지식과 관념. 이성적 사유를 모두 떨쳐버리고 마음을 비워야 한다. 장자는 안다는 것은 천박한 것이라고 하여 일상적 지식을 거부했다.

사자와 호랑이는 사슴을 잡아먹고 사슴과 토끼는 풀을, 뱀은 개구리를 잡아먹는다. 과연 이들 중 어느 것이 참된 맛을 알고 있는가? 우리가 흔히 지식이라고 말하는 것들은 대부분 일정한 표준을 상정한 다음에야 옳고 그름을 판단할 수 있는 것이다. 하지만 우리가 임의로 상정한 그 기준이 절대적으로 옳다고 볼 수 있는가? 민물고기에게 바다에 대해서 아무리 설명을 해봐도 이해를 하지 못하는 것은 주체가 공간에 구속을 받기 때문이고, 인간이 도에 대해 이야기를 들어도 이해를 하지 못하는 것은 자신이 이미 알고 있는 앎에 속박되어 있기 때문이다. 인간은 철저하게 자신의 입장에서 이익을 따지며, 자신과의 관련성에 따라 사물을 중요한 것과 중요하지 않은 것으로 구분한다.

동물이든 인간이든 모든 존재는 자신의 인지체계 내에서 사물을 판별할 수 있으며 자신의 앎의 한계를 곧 세상의 전부로 알고 살아가고 있다. 그러므로 우리가 참된 진리를 깨우치기 위해서는 먼저 '나'에 대한 집착을 내려놓고 고정관념을 버려야 한다.

큰 지혜를 얻고자 한다면 반드시 작은 지혜를 버려야만 한다. 자신의 존재를 망각하고 마음의 분별적 지각능력을 버려야만 크고 밝은 지혜를 얻을 수 있다. 공자가 강조한 서恕는 뒤집어서 말하면 결국 자신이 원하는 것을 남에게도 행하라는 뜻인데, 과연 자신이 원하는 것을 타인이 항상 원할 것이라고 단정 지을 수 있는가? 공자가 상정한 타자는 관념 속에서 정립된 타자이지만, 장자가 상정한 타인은 삶과 현실에서 마주하는 타자이다. 자기본위, 자기중심적 사고체계에서 타인을 상정해놓고 타인을 대하게 되면 의도치 않은 나쁜 결과를 초래할 수도 있다.

장자는 자기 자신을 잊는 경지에 이르러야 나와 우주 만물 사이에 경계가 없는 천인합일天人合一의 경지에 도달할 수 있다고 하였다. 자아自我에 대한 집착을 내려놓는 경지를 좌망坐忘, 천인합일天人合一, 물아일체物我一體, 무아無我의 경지 등으로 다양하게 표현할 수 있다. 장자는 무아의 경지에 이른 사람을 지인至人, 천인天人, 대인大人이라 칭했다. 지인은 즐거움도, 싫음도, 사랑도, 증오도, 쾌락도, 고통도 초월하여 생사와 시비의 이해득실 앞에 초연한 사람이다.

언어를 부정하다

우리는 언어를 통해 지식을 습득하고 그것을 다른 사람에게 전달한다. 언어라는 것은 학문적으로나 일상적으로나 우리 삶에 있어 없어서는 안 될 사상의 전달수단이다. 하지만 장자는 언어의 한계를 분명하게 지적하고 있다. 도라는 것은 형체가 없으므로 우리의 감각기관으로 인식할 수 없을 뿐 아니라, 언어로 개념화하여 부르는 것도 불가능하다. 언어는 특정 대상을 가리키는 하나의 명칭이지만 그것이 가리키고자 하는 대상을 정확하게 반영할 수는 없으며, 심지어 왜곡시킬 수도 있다.

언어는 그 어떤 명칭으로도 그 사물이나 대상을 완전 그대로 나타낼 수 없다. 더구나 '도'라는 것은 형체가 없기에 더욱더 언어로 표현하기가 어렵다. 도는 들을 수도, 볼 수도, 말할 수도 없는 오묘한 것으로, 이를 말하고 표현하기 시작하면 이는 이미 도가 아니다. 도는 규정하거나 설명할 수 없는 것으로 이것은 아니고, 저것은 아니라고 하는 배제식 화법을 써서 점진적으로 나타낼 수 있을 따름이다. 언어라는 것은 진리에 가까운 어느 지점까지 우리를 안내해줄 수 있지만, 결코 정확한 목적지에 우리를 데려다 줄 수는 없다. 이것이 언어의 한계다.

그래서 노자는 "아는 사람은 말하지 않는다. 말하는 사람은 사실 알지 못한다."라고 하였다. 장자 역시 도란 말로 표현할 수 없는 것이며 이름을 붙일 수 없다고 하여, 도를 진정 아는 사람은 그것에 대해 말하지 않는다고 하였다. 노자와 장자가 도를 설명하기 위해 사용하는 '도'라는 단어도, 사실은 그것을 조악하게나마 지칭하고자 사용하는 수단에 불과하다.

언어는 대상을 정확하게 전달하지는 못하지만, 상을 밝히는 유용한 수단이다. 우리는 언어를 통해 어떤 대상에 대한 상을 이해하고 상을 살펴서 뜻을 알아야 한다. 우리는 뜻을 얻은 뒤 상을 드러내는 데 사용한 언어를 빨리 잊어야 한다. 이는 통발은 결국 물고기를 잡기 위한 것이므로 물고기를 잡으면 통발을 치워야 하는 것과 같은 이치다.

세계 고전 한눈에 보기!

《장자》는 '유교의 인위성에 대한 비판', '자유', '제물론'이 핵심 골자다. 장자는 유가의 핵심인 인의예지를 비판했다. 그것은 일정한 기준을 상정하고 외적 규범으로서 개인에게 따를 것을 요구 하는 것인데, 시켜서 하는 것은 곧 자연의 반대라는 것이다. 다음으로 자유는 외부의 간섭이나 규제 없이 본성을 따르는 것을 말한다. 장자는 결코 자신의 자유를 정치권력, 명예, 돈으로 교환하길 원하지 않았다.

마지막으로, 제물론과 관련해서 장자는 인간의 상대적이고 유한한 인식에 대해 다양한 방식으로 의문을 제기하는 한편, 절대적인 도의 관점에서 만물을 인식할 것을 주장하였다. 만물은 일체이며, 그 무차별 평등의 상태를 천균이라 하는데, 이러한 입장에서 보면 생사도 하나이며 꿈과 현실의 구별도 없다. 이와 같은 망아의 경지에 도달하는 것이야말로 수양의 극치라고 하였다.

6

《법구경》 부처의 육성이 담긴 진리의 시구

——— 원시불교 편찬자들

고타마 싯다르타 Gautama Siddharta, B.C 563~B.C 483

불교를 창시한 인도의 성자로 성은 고타마Gautama, 瞿曇 이름은 싯다르타Siddhārtha, 悉達多이다. 고苦의 본질을 탐구하고 중생을 구제하고자 수행에 들어갔으며, 후에 깨달음을 얻어 '붓다Buddha'라 불리게 되었다. 그의 존칭은 불타佛陀, 여래如來, 세존世尊, 석존釋尊 등을 비롯하여 십여 개에 이른다. 《법구경法句經》은 기원 전후에 태어난 인도의 '법구法救, Dharmatrata'가 인생의 지침이 될 만한 부처님 말씀을 모아 팔리어로 엮은 불교의 경전이다. 석가의 입멸 후 등장한 경전 중에서도 비교적 빠른 시기에 편찬된 만큼, 석가의 말씀에 가장 가까운 순수성을 지닌 문헌이라 볼 수 있다.

《법구경》, 붓다의 육성이 담긴 진리의 말씀

석가모니 부처는 예수나 소크라테스처럼 자신의 가르침을 기록으로 남기지 않았기 때문에, 부처 사후에 제자들이 기억에 의존해서 기록을 해야 했다. 부처의 말씀을 정리하고 편찬하는 작업을 결집結集이라고 하며, 여러 경전들이 결집되기 시작하였는데, 이 가운데에서도 《법구경》은 현재까지도 가장 널리 읽히는 경이다. 《법구경》은 기원 전후에 태어난 인도의 '법구法救, Dharmatrata'가 인생의 지침이 될 만한 부처님 말씀을 모아 팔리어로 엮은 불교의 경전이다. 판본에 따라 내용에 다소 차이가 있지만, 현재 우리나라에서 읽히고 있는 《법구경》은 전 26품品에 423편의 시를 수록한 팔리어본의 국역과 전 39품品으로 구성된 한역漢譯 《법구경》의 국역 2가지 종류가 있다.

경전이면서 동시에 우리 인생에 지침이 될 만한 좋은 시구詩句들이 많이 등장하기에 《법구경》을 불교의 '시편' 혹은 '잠언 시집'이라고도 한다. 석가의 입멸 후 등장한 경전 중에서도 비교적 빠른 시기에 편찬된 만큼, 석가의 말씀에 가장 가까운 순수성을 지닌 문헌이라 볼 수 있다. 그리고 불교의 모든 것은 여기서 시작하였다. '법구경'을 팔리어로는 Dhammapada, 산스크리트어로는 Dharmapada라고 하는데, 'dharma'는 '법', '진리'라는 뜻이고,

'pada'는 발foot을 뜻했지만 점차 그 의미가 확대되어 '길', '말씀' 혹은 '시'라는 뜻이 되었다. 따라서 '법구경'은 '진리의 길' 혹은 '진리의 말씀'이라는 의미이다.

불교 입문을 도와주는 잠언 시집

불교의 시초인 석가의 가르침은 어떠한 것이었을까? 오늘날처럼 각종 난해한 불교이론들을 제자들 앞에서 설파하셨을까? 《법구경》은 아마도 불교경전 중에서 세계에 가장 널리 알려진 경전일 것이다. 《법구경》은 석가의 말씀을 시 형식으로 엮은 경전으로, 무엇보다도 내용이 쉽고 간결하며 아름답고도 담박한 시어로 구성되어 있기 때문이다. 불교의 핵심과 요체가 간결한 게송 안에 집약되어 있기 때문에, 불교에 대한 깊은 이해가 없는 사람들도 《법구경》만은 별다른 저항감 없이 접할 수 있다. 이는 부처가 생전에 우리 모두의 마음에 불심이 있다는 깨달음을 평민들에게 설파하였기 때문이다. 석가의 설법은 일부 귀족 계층이 아닌 평민이 쓰는 언어인 팔리어로 전해졌으며, 종이가 없던 당시 암송하기 쉬운 운문 형식으로 남아 있기에 태생적으로 지금의 어려운 불교 교리와는 거리가 멀다.

《법구경》에 나오는 구절 몇 개를 인용해본다. 《법구경》의 설교는 평이하고 간결한 듯 보이지만, 직관적이고 마음 깊숙이 파고드는 특징이 있다.

항상恒常할 것 같아도 모두 다 없어지고

높은 데 있는 것도 반드시 떨어지며
모이면 반드시 헤어짐이 있고
태어난 것은 언젠가는 죽고만다.

_ **한역** 漢譯 **《법구경》, 무상품** 無常品

총명한 이는 지혜로운 이를 만나면
마치 혀가 음식 맛을 아는 것처럼
곧 도의 깊은 뜻을 깨닫게 되나
어리석은 사람은 아무리 가까이 해도
마치 국자가 국맛을 모르는 것과 같이 알지 못한다.

_ **팔리어본 《법구경》, 우암품** 愚闇品

뿌리가 다치지 않고 튼튼하면
나무는 잘려도 다시 성장하듯,
애욕을 모두 없애지 않으면
이 괴로움은 언제나 되풀이하여 일어나리

_ **팔리어본 《법구경》, 애욕품** 愛欲品

이처럼 생활에서 깨달음과 교훈을 줄 수 있는 세련된 시구가 《법구경》에 많이 등장한다. 그래서 《법구경》은 불교인들뿐만 아니라 비불교인들에게도 널리 읽히고 있는 것이다. 이 경전의 가장 큰 특징은 어떤 교리상의 문제나 계율적인 쟁점이 아니라, 부처님의 가르침을 따르는 가장 근본적인 문제를 다루고 있다는 점이다. 결국 《법구경》의 요지는 '어떻게 믿어야 하는가?'와 '어떻게 살아야 하는가?'의 두 가지 문제로 귀결된다.

불교도들에게는 쉽고 간결한 시로써 불교에 입문할 수 있게 도와주는 입문서라고 할 수 있고, 비불교도에게는 삶의 의미를 알려주는 격언집이라고 할 수 있을 것이다. 불교에 대해 깊은 이해가 없는 사람들까지도 《법구경》만은 별다른 저항감 없이 접한다는 사실은, 바로 《법구경》만이 가진 깊은 지혜의 보편성 때문일 것이다. 자신의 마음을 닦는 일, 모든 욕망과 집착에서 벗어나는 일, 밝은 지혜를 구하는 일에 대한 설교는, 모든 인간에게 필요한 것으로 왜 《법구경》이 가장 널리 읽히는 대중적인 경전으로 자리 잡고 있는지 알 수 있다. 《법구경》의 내용은 종교적·도덕적인 교훈으로 넘쳐 있기에 일찍이 '동방의 성서', '불가佛家의 논어'로 그 이름이 알려지고 있다.

사법인, 불교의 근본 교리

부처님의 깨달음 가운데 가장 근본적이며 당시의 다른 사상과 비교해 특별히 두드러진 사상이 이른바 삼법인설三法印說이다. '모든 존재는 변하고 있다'는 제행무상諸行無常과 '모든 사물은 실체가 없다'는 제법무아諸法無我, 그리고 '열반의 세계만이 고통이 없는 진리의 세계이다'라는 열반적정涅槃寂靜의 3가지를 삼법인이라고 하며, 여기에 일체개고一切皆苦가 더해지면서, 사법인四法印이 되었다. 여기서 법인法印이란 영원불변의 진리인 교법敎法의 표상을 말한다. 인印은 진리로서 허망하지 않다는 의미를 담고 있다. 그래서 사법인은 4가지 불변의 진리라는 말이며, 불교의 근본 교리를 이룬다. 설하는 순서에 대해서는 여러 가지 주장이 있으나, 여기서는 제행무상, 제법무아, 열반적정, 일체개고의 순으로 설명하니, 알아두길 바란다.

- **제행무상 : 모든 것은 변화하며 일정한 모양으로 머물러 있지 아니하다는 것.**

그럼에도 중생들은 자신의 오감에 의해 지각되는 우주의 만물이 항상 일정 불변하다고 생각하기 때문에 그릇된 견해를 가지게 된다. 이 세상의 모든 것은 무상할 따름이다. 여기서 무상하다는 것을 그 자체로 허무하다거나 비관적인 것으로만 이해해서는 안 된다. 우리는 무상함을 깨달음으로써 현상에 미혹되지 않을 수 있기 때문이다. 모든 것은 변화하는데 인간이 상常, 항상성을 바라고, 사물에서 잠시 드러나는 현상을 유형화하고 고정시켜 집착하는 데서 고통이 초래된다. 우리는 무상함을 생각함으로써 집착이나 교만함을 버리게 된다.

- **제법무아 : '나'라고 하는 실체가 없다는 것이다.**

우주의 모든 것은 인연에 따라 이뤄질 따름이다. 모든 주체는 다른 주체와의 관계 속에서만 존재할 뿐 근본적으로 '나'라고 할 만한 것은 없다. 우주의 에너지와 물질이 인연에 따라 만나 인간이라는 주체로 나타나기도 하고 개나 고양이로 나타나기도 한다. 그리고 죽으면 다시 분해되어 우주로 돌아간다. 애초부터 '나'가 없는데, 어찌 이 육신이 살았다고 할 수 있으며 떠나간 사람들을 죽었다고 말할 수 있다는 말인가? 사정이 이러함에도 어리석은 중생들이 자기 실체를 믿고 '아我'에 집착하기 때문에 스스로 고통을 자초하게 되는 것이다.

석가는 삼법인에서 제법무아를 말하고 있는데 이는 독립적 존재로서의 자아를 부정하는 것이다. 그런데 제법무아의 개념에 따르면, '나'라는 주체가 없는데 그렇게 되면 윤리적 행위의 주체를 논할 수 없게 되는 문제가 생긴다. 하지만 석가가 말하는 무아는 '나'에 대한 집착을 물리치는 것에 있는 것이며, 여러 가지 요소들이 일시적으로 모여 발생한 주체인 '나'를 부정하는 것은 아니다. '자아'는 요소들의 일시적 집합체에 붙여진 이름에 불과하지만 우리가 살아가는 동안은 분명 경험적 자아로서 존재한다. 석가는 도덕적 책임을 가진 주체로서의, 열반涅槃을 향해 나아가는 주체로서의 경험적 자아를 긍정한다.

다만, 현생의 '나'는 여러 요소들의 집합체일 뿐, 영원불멸한 실체인 '나'는 존재하지 않는다고 보았다. 윤회는 영혼의 환생이 아니라 집착이 여러 요소를 모아 현생에 다시 태어나는 것이다. 힌두교의 윤회는 불교의 윤회와 다소 다르다. 힌두교의 윤회는 영원한 자아가 있어서 윤회한다는 관점이다. 석가모니 당시의 인도 종교들은 모두 불생불멸의 영원한 존재로서의 본체를 인정하였다. 영원불멸하는 개인적인 실체를 아트만Atman이라고 하였다. 제행무상이란 누구에게나 쉽게 받아들여질 수 있는 것이지만, 제법무아는 불교 이외의 종교에서는 인정되지 않는 불교 특유의 교설이다.

- **열반적정 : 모든 번뇌의 불꽃이 꺼진 평온한 마음 상태를 말한다.**

열반은 '불어 끄는 것' 또는 '불어서 꺼져 있는 상태'라는 뜻으로, 번뇌의 불을 불어서 끄는 것이다. 불교의 이상理想은 곧 열반적정이다. 석가모니가 인생의 고苦를 불가피한 것으로, 우선 단정하고 그것을 극복하는 종교적 안심安心의 세계가 엄연히 존재한다는 것을 가리키고 있는 것이다.

• 일체개고 : 일체란 모든 것이 힘들다는 뜻이다.

중생이 앞서 설명한 무상과 무아를 깨닫지 못하고 현실세계를 고정된 것으로 착각하고 그것에 집착하기 때문에 온갖 고통에 빠져 있음을 말하는 것이다. 무상이고 무아인 존재를 놓고 유상有常이요 유아有我이길 바라는 것은 중생의 헛된 욕망이고 곧 괴로움을 초래하게 된다. 석가는 삶 자체가 고苦라고 했다. 모든 인간은 태어나서 노병사老病死라는 고통을 겪게 된다. 그러나 무상과 무아의 이치를 깨닫고 나면 고통이 자연스럽게 없어지게 된다.

《법구경》에도 사법인의 근거가 되는 게송이 있으니, 옮겨 보면 다음과 같다.

> **'일체의 형성된 것은 무상하다'**
> **라고 지혜로 본다면,**
> **괴로움에서 벗어나니**
> **이것이 청정의 길이라네.**
> **_ 팔리어본 《법구경》, 길품**

'일체의 형성된 것은 괴롭다'

라고 지혜로 본다면,

괴로움에서 벗어나니

이것이 청정의 길이라네.

_ 팔리어본 《법구경》, 길품

'일체의 현상은 실체가 없다'

라고 지혜로 본다면,

괴로움에서 벗어나니

이것이 청정의 길이라네.

_ 팔리어본 《법구경》, 길품

세계 고전 한눈에 보기!

《법구경》은 불교의 가장 오래된 문헌으로 석가모니 사후, 그의 가장 기본적인 가르침을 짧은 경구로 적어놓은 교훈집이다. 엮은이는 법구로 알려져 있으며 현재 남아 있는 정보는 많지 않다. 《법구경》은 불교 경전 가운데 가장 부담 없이 읽을 수 있는 경전으로 불교에 대한 깊은 이해가 없는 사람들도 별다른 저항감 없이 접할 수 있다.

비불교도에게는 삶의 의미를 알려주는 격언집이라고 할 수 있고, 불교도들에게는 쉽고 간결한 시로써 불교에 입문할 수 있게 도와주는 입문서라고 할 수 있다. 무엇보다도 내용이 쉽고 간결하며 아름답고도 담박한 시어로 구성되어 있기 때문이다. 불교의 핵심과 요체가 간결한 게송 안에 집약되어 있기 때문에 예로부터 불교에 입문한 초학자들의 반려로서 필수적인 경전이었다. 불교에 대해 깊은 이해가 없는 사람들까지도 《법구경》만은 별다른 저항감 없이 접한다는 사실은, 바로 《법구경》만이 지닌 지혜의 보편성 때문일 것이다. 《법구경》에는 심금을 울리는 잔잔한 파문 같은 시구가 가득 차 있다. 그리고 그 파문은 진리의 가치를 일깨운다. 그래서 《법구경》은 말 그대로 '진리의 말씀'을 전하는 경전이다. 이 진리는 비범한 현학과 훈화로 포장되지 않고 통속적인 삶을 되돌아보게 하는 데서 은은하게 투영된다.

2장

고단한 삶과 인간의 마음을 이해하기 위한 고전

7

《차라투스트라는 이렇게 말했다》 초인에 이르는 길

프리드리히 니체

프리드리히 니체 Friedrich Nietzsche, 1844~1900

독일의 철학자이자 시인이다. 쇼펜하우어의 영향을 받아 이성 중심의 전통적 형이상학과 결별을 선언하고 의지의 철학으로 나아갔다. "신은 죽었다."라고 말한 그는 전통적인 서구의 기독교와 윤리 도덕을 비판하고 힘에 기반을 둔 도덕을 설파하여 당시의 지식인들을 경악하게 만든 철학사의 이단아다. 그의 사상은 오늘날 철학 분야뿐만 아니라, 신학, 심리학, 문학, 미학 등 수많은 분야에 걸쳐 큰 영향을 미치고 있다. 《비극의 탄생》《반시대적 고찰》《인간적인 너무나 인간적인》《차라투스트라는 이렇게 말했다》《선악의 저편》《도덕의 계보학》《이 사람을 보라》《권력에의 의지》 등을 남겼다.

니체의 삶

철학은 크게, 머리로 하는 철학과 가슴으로 하는 철학, 두 가지로 나뉜다. 전자의 경우 철학 이론 그 자체만으로도 충분한 이해가 가능하지만, 후자의 경우, 해당 철학자의 삶을 함께 고려하지 않고서는 완전한 이해에 도달할 수 없다. 니체의 철학은 후자 다시 말해 가슴으로 하는 철학에 해당한다. 니체의 철학은 그의 구체적 삶 속에서 잉태된 것이므로, 니체라는 사람에 대해서, 그리고 그의 인생에 대해서 먼저 살펴보지 않을 수 없다.

현대의 가장 위대한 철학가 중 한 명으로 꼽히는 프리드리히 니체는 1844년 독일 뢰켄에서 목사의 아들로 태어났다. 5살 때 아버지와 사별하고 어머니, 누이동생과 함께 할머니의 집에서 성장했다. 그는 어린 시절부터 음악과 문학에 천재적인 재능을 보였던 것으로 전해진다. 1864년에는 본대학에 진학하여 고전문헌학과 신학을 전공했으며, 불과 24살의 앳된 나이로 바젤대학의 고전문헌학 교수가 되었다. 그러나 1879년 건강이 악화되기 시작하여 교수직을 내려놓고 작품활동에 몰두할 수 있는 최적의 환경을 찾아 방랑생활을 하기 시작한다. 그는 주로 이탈리아와 프랑스 요양지에 머물며 저술활동에만 전념했다. 1888년 정신이상이 심화되었고, 그후 1900년 8월 25일까지 광인으로 살다가 생을 마감하였다.

니체는 평생 병을 달고 다녔다. 그는 구토와 극심한 두통을 자주 겪었으며, 아주 예민한 그의 눈은 아주 약한 빛에도 반응해 통증을 느꼈다. 고통이 심할 때, 그는 지속적인 집중력을 발휘할 수 없어 창작활동에 많은 제약을 받아야 했다. '삶은 곧 고통이다'라는 쇼펜하우어의 말은 그의 건강상태와 잘 들어맞았다. 그의 건강이 최악의 상태에 치달았을 때, 그는 오히려 자신의 삶을 치유하고 운명을 긍정하는 위대한 철학적 원리를 발전시킬 수 있었다. 니체는 자신의 나약함을 극복하기 위한 사상으로서 삶의 모든 고뇌를 초월하는 존재, 다시 말해 '초인'을 창조해냈다.

살다보면 고난이 닥치기도 하고 비극적인 사건이 일어나기 마련이다. 다만 그러한 상황에 부닥칠지라도 자신이 불운한 인간이라는 생각에 의기소침해 있어서는 안 된다. 오히려 고통을 품는 인생에 존경심을 품어라. 불면 날아갈 듯한 허접한 적군 한 명을 상대하기 위해 정예병 한 사단을 보내는 지휘관은 세상 어디에도 존재하지 않는다. 그러므로 고난을 인생이 주는 선물로 여겨라. 고통을 통해 정신이, 살아가는 힘이 더욱 고양되고 있음에 기뻐하라. _《우상의 황혼》

니체 스스로가 순탄치 않은 고통스러운 삶을 살았고 그것을 극복하는 과정에서 탄생한 철학이기에 그만큼 니체의 철학은 강력하다. 만약 니체가 고통 없이 안락한 삶을 살았다면, 늘 승승장구하는 삶을 살았다면, 초인은 탄생하지 못했을지도 모른다.

《차라투스트라는 이렇게 말했다》,
모두를 위한, 그러나 그 누구도 위하지 않은 책

《차라투스트라는 이렇게 말했다》는 니체가 40살 무렵에 집필한 책으로, 총 4부로 구성되어 있다. 구분은 철학서로 되어 있지만, 잠언아포리즘 형식의 철학서이기 때문에 문학작품으로 분류되기도 한다. 제1부는 니체의 분신인 차라투스트라가 10년 동안 산속에서 고독하게 수행하다 인간세상으로 내려와 신이 죽었음을 설파하는 이야기이다. 기독교에 대한 비판과 더불어 초인 사상 등이 설명된다. 제2부에서는 지복의 섬에서 활동한 이야기, 제3부에서는 영원회귀사상을 다룬다. 제4부에서는 신의 죽음에 괴로워하는 '더 높은 인간'과의 만남을 그리고 있으며, 절정에 이르러 운명을 사랑하고 삶을 긍정하자고 외친다.

니체는 미래에 도래될 인간에 대한 글을 썼다. 니체는《차라투스트라는 이렇게 말했다》에 '모두를 위한, 그러나 그 누구도 위하지 않은 책'이라는 부제목을 붙였다. 그리고 이 저작을 두고 '나는 이 책으로 인류에게 역사상 가장 위대한 선물을 안겨주었다.'라고 평가했다. 인류 모두를 위한 위대한 예언이지만 시대를 앞서 가는 엄청난 내용으로 동시대 사람들에게는 이해를 구하기 어렵다는 점을 본인 스스로도 잘 알고 있었던 것이다. 출판사는《차라투스트라는 이렇게 말했다》의 위대성을 알아보지 못했고, 니체는 이 책의 4부를 자비로 출판해야 했다. 출간 당시에도 이 책에 대한 세상의 반응은 철저한 무관심이었다. 니체는 출판사에서 받은 책을 주변 사람들에게 나누어주었지만, 그 누구에게도 긍정적인 평가를 받지 못했다. 하지만 그 당시 아무에게도 주목을 받지 못했던 니체의 저서는 훗날 수천, 수만 권의 책이 쓰이는 계기가 된다.

신은 죽었다

니체는 기독교에 뿌리를 내린 이 세상에 가장 도발적인 문장을 내던졌다.

"신은 죽었다."

기독교 집안에서 태어나 신학을 공부하며 자란 니체는 어째서 "신은 죽었다."라고 외친 것일까. 신이 죽었다고 말하는 니체는 단순한 무신론자인가? 니체는 정말 신이 존재하지 않는다는 사실을 증명한 것일까? 아니면, 신은 원래 존재했는데, 이젠 죽고 없다는 사실을 증명한 것일까? '신은 죽었다.'라는 니체의 문장은 오늘날에도 수많은 오해를 받고 있다. 우선 니체가 말한 '신'이 무엇인지부터 알아봐야 한다. 사람들은 니체가 말한 '신'이 무엇을 의미하는지 잘 모른다. 니체가 죽었다고 말하는 '신'은 기독교적 하나님이나 그리스도만을 의미하지 않는다. 여기서 신은 절대적인 가치, 진리 따위를 상징한다.

다시 말해 이제까지 인간을 지배해왔던 모든 종교적 · 철학적 · 도덕적 이념들을 상징적으로 표현하는 개념인 것이다. 서구의 사상은 필연적으로 기독교적 세계관에 뿌리를 내리고 있다. 기독교는 무엇이 절대적 진리인지, 무엇이 최고의 가치인지, 무엇이 선한 것인지를 설파하면서 우리가 어떠한 삶을 살아야 하는지를 우리의 의지에 앞서 미리 결정해버린다.

플라톤은 세계를 이분법적으로 접근하여 분석했다. 이것이 바로 현상계와 이데아의 세계이다. 현상계는 가변적이고 유한한 우리의 경험세계에 불과하지만, 이데아는 영원불멸하고 초경험적인 세계다. 참된 진리와 미는 이데아에 속해 있는 것이다. 세계를 이분법적으로 해부하는 이러한 접근은 수많은 버전을 가지고 있는데, 세계를 현상계와 물자체로 나눈 칸트가 그렇고, 기독교적 교리가 그렇다. 기독교도들 역시 플라톤과 칸트처럼 세계를 원죄를 가지고 태어난 인간들이 존재하는 '이 세계'와 천국에 있는 '저 세계'로 나누는 이분법을 가지고 있다. 세계를 '이 세계'와 '저 세계'로 나누는 것은 '이 세계'에 대한 암묵적인 폄하를 담고 있다. 증명할 수도 없는 '저 세계'가 우리에게 신성화된 의무를 부여하고 명령을 내림으로써 '이 세계'에 대한 가치를 폄하하는 것이다. 플라톤은 '이 세계'가 참된 세계가 아니라고 역설하며 기독교는 '이 세계'를 죄로 타락한 세계로 본다.

그래서 니체가 말하는 신은 '이 세계'를 폄하하는 기준이 되는 '저 세계', 즉 절대적 진리나 초월적인 선을 의미하는 것이다. 다시 말해 '신은 죽었다'라는 상징은 인간을 지배해온 전통적 가치와 도덕 원칙들이 힘을 잃었다는 것을 의미한다. 당시의 사회는 종교와 과학 사이의 충돌, 종교개혁으로 인해 인간을 지배해온 기독교적 가치와 도덕 원칙들이 힘을 잃기 시작했다. 사람들은 그동안 절대적 진리로 간주되어왔던 것들에 의문을 품기 시작했고 니체는 그것을 지적해 "신은 죽었다."고 표현한 것이다.

지금까지 인간을 지배해온 종교적 · 철학적 · 도덕적 이념이 사라지고 없는 시대, 이 빈자리를 무엇으로 채울 것인가? 우리는 이 허무함을 어떻게 극복할 것인가? 절대적 가치를 상실한 우리는, 대체 무엇에 의존해야 한다는 말인가? 니체는 우리에게 초인이 되라고 주문한다. 이제 신이 죽어 비어 있는 자리는 '권력에의 의지'를 추구하는 '초인'이 대신한다. 권력에의 의지란 살아 있는 모든 것의 내적 역동성, 주인이 되고자 하며 보다 크고 강력 하고자 하는 의지이다. 살아 있는 모든 것은 자신의 힘을 발휘하고 확장하려고 하는 의지를 갖는다.

권력을 추구하는 것은 악한 것이 아니다. 생명의 근본적인 현상일 뿐이다. 삶의 무상함과 고통을 긍정하면서 오히려 그것들을 자신을 강화할 수 있는 기회로 전환할 수 있는 인간만이 허무주의적 상황을 극복할 수 있다. 초인은 신이 없는 빈자리에 새로운 진리와 가치를 세울 수 있는 존재다. 이로써, 더는 절대적 가치에 의존할 필요도 없고 의지할 만한 완벽한 가치체계가 존재하지 않는다고 투덜댈 필요도 없다.

새로운 인간 유형인 초인은 누구인가?

니체가 말하는 초인은 하늘을 날아다니거나 자동차를 한 손으로 들어 올리지는 못하지만, 삶의 모든 고통을 초극하며, 끊임없이 자기 자신을 뛰어넘어 새로운 가치를 창조할 수 있다. 초인이란 외부의 가치를 따르지 않고 자신의 가치를 만드는 사람, 인간의 불완전성이나 제한을 극복한 이상적 인간을 말한다. 항상 자기 자신을 극복하는 존재이며, 자신과 세계를 긍정할 수 있는 존재이자, 지상에 의미를 부여하고 그 의미를 완성하는 주인의 역할을 하는 존재다. 앞서 설명했듯, 초인은 신이 없는 빈자리에 새로운 진리와 가치를 세울 수 있는 존재다.

니체는 《차라투스트라는 이렇게 말했다》에서 초인이란 '지성과 긍지로 가득 차 있고 생명력은 넘쳐나며, 그것으로써 자신의 한계에 끝없이 도전하여 자신을 높을 곳으로 끌어올리는 사람'이라고 서술하였다. 니체가 말한 초인은 대략 다음과 같은 인간으로 정의할 수 있다.

■ 니체가 말한 초인의 특징

- 남이 제시한 가치관에 기대지 않는 자.
- 고난과 고통이 있어도 거침없이 자신의 길을 걷는 자.
- 기성 질서와 권위에 현혹되지 않는 자.
- 나의 의지를 관철시키는 데 장애물이 있어도 담대한 태도로 밀어붙이는 자.
- 자신의 한계를 끊임없이 초월하는 자.
- 허무주의를 넘어선 자.
- 디오니소스적 긍정의 힘을 지닌 자.

니체가 말하는 초인은 우리가 흔히 생각하는 슈퍼맨과 다르다. 초인은 비극적 상황에서도 자긍심을 잃지 않고 기존의 가치를 뛰어넘어 새로운 가치를 창조하는 극복인克復人이다. 우리는 내면에 고통이 없는 상태를 곧 이상적인 상태라고 생각한다. 고통이 없는 상태가 바로 행복 그 자체인 것이다. 하지만 니체는 고통이 없는 상태를 행복이라고 말하지 않는다. 고통을 초극하는 자신의 힘을 경험하는 것이 행복이라고 말한다. 이런 관점에서 초인은 고난을 견디는 것에 그치지 않고 고난을 사랑하는 사람이며, 오히려 고난이 찾아오기를 촉구하는 사람이다. 자신의 가혹한 운명마저도 사랑할 줄 아는 존재가 초인이다. 안락한 생존에만 연연하는 인간, 아주 작고 불편한 자극에도 불평을 쏟아내는 인간은 초인超人과 대조되는 존재로서 니체는 최후의 인간, 말인末人이라 했다. '초인'과 대비되는 최후의 인간 '말인'은 쾌락과 만족에 빠진 나머지 모든 창조력을 잃어버린 사람들이다. 작은 쾌락이나 소일거리에서 행복을 찾는 대부분의 현대인들이 이러한 '말인'에 해당한다.

그렇다면 니체가 말하는 초인의 경지는 어떻게 해야 도달하는가? 니체는 어떤 존재가 초인에 도달하는 과정을 '낙타–사자–어린아이' 세 단계로 나누어 묘사했다.

• 1단계 : 낙타

종래의 모든 가치체계를 수용하며 자신에게 부여된 무거운 짐들을 등에 지고 사막의 길을 순종하며 걸어가는 단계이다. 사회의 통념이나 이론, 그 밖의 모든 규율과 법칙들에 대해서 앎이 낙타의 단계라고 할 수 있다. 종래의 가치체계에 대한 지식이 충분히 축적되고 난 후에야 비로소 이에 대한 비판이 가능하고 새로운 대안을 제시할 수 있다. 그래서 초인이 되고자 한다면 먼저 기존의 것을 수용하는 낙타의 정신을 거쳐야 한다.

• 2단계 : 사자

초원의 왕인 사자는 자유의 상징이다. 무조건적인 복종에서 벗어나 나 자신을 되찾아 나를 표현하는 단계이다. 사자는 자유를 갈망하고 고독을 견뎌내며 주체의식이 충만하다. 사자는 낙타처럼 '너는 해야 한다You should.'에 순종하는 정신이 아니라, '나는 하고자 한다I will.'라는 자유의지를 상징한다. 자신을 자각한 소수의 인간만이 뚜렷한 주체성을 가지고 기존의 질서에 의문을 제기할 수 있다. 하지만 자유에는 고통이 따르는 법. 우리가 사자이기 위해서는 고통을 감수해야 한다. 낙타는 타인이 부여한 짐의 무게를 감당하며 걸어가지만, 사자는 스스로가 만든 짐의 무게를 감당해야 한다. 기존 질서에서 벗어나 자유를 만끽한다는 것은 곧 불안이 뒤따르는 일이다. 사자는 반항하는 존재지만, 새로운 가치를 창조해내지는 못하기에 결국, 자신보다 강한 용사회적 관습체 앞에서 꼬리를 내리고 만다.

· 3단계 : 어린아이

어린아이는 있는 그대로의 자신을 받아들이고 삶을 그 자체로 즐기는 존재다. 특별히 무언가가 되려고 하지 않고 집착하지도 않는다. 자연스럽게 즐길 뿐이다. 개인을 억누르던 모든 사회적 관습은 어린아이 앞에서 힘없이 무너지고 만다. 어린이들은 놀이에 몰입하면서 부모나 다른 형제, 친구의 감정을 무시하고 자신의 욕구에 집중한다. 그만큼 자기 욕망에 충실한 상태다. 어린아이는 있는 그대로의 자신을 상징한다. 선입견도 없고 쉽게 망각하는 어린아이는 주변 환경, 타인, 나아가 자기 자신마저도 있는 그대로 받아들이는 순수한 긍정을 의미한다. 사자는 자신보다 강한 용을 보며 으르렁 거리지만, 어린아이는 용을 보고 웃는다.

니체가 말하는 가장 위대한 정신, 다시 말해 초인의 모습이다.

영원회귀, 현재의 삶이 영원히 되풀이된다면?

어느 날 낮이라도 좋고 밤이라도 좋다. 혼자서 적막하게 있는데 한 악령이 슬며시 다가와 이렇게 속삭인다. "너는 현재의 삶을, 그리고 지금까지 살아온 이 현실의 인생을 일획의 수정 없이 다시 한 번, 아니 무한 반복해서 살아야 한다. 새로운 것이라고는 아무것도 없다. 일체의 고통, 일체의 환호, 일체의 사유와 신음, 네 생애 가운데 있었던 작고 큰 일체의 것들이 동일한 순서, 동일한 결과대로 너에게 되돌아온다." 현존의 모래시계는 영원히 회귀한다고 말한다면 너는 굴복하지 않고 분노한 나머지 그렇게 말한 악령을 저주하겠는가 아니면 '너는 신이다. 나는 너 이상으로 신다운 것을 보지 못하였다.'라고 안도의 대답을 주겠는가? _《차라투스트라는 이렇게 말했다》

니체가 말하는 영원회귀에서는 내세를 인정하지 않는다. 지금 우리가 존재하는 현세에 주목한다. 이 세계는 신에 의해 창조된 것이 아니라 스스로 존재하고, 운동하며, 생성하며 소멸한다. 초인은 오직 현재의 삶, 순간의 생을 절대적 가치로 긍정할 뿐이다. 초인은 현실의 생을 너무나 사랑한 나머지 생의 모든 순간이 결코 소멸되지 않고 다시 회귀해서 영원히 되풀이되길 바란다. 물론 니체가 이 세계가 정말로 그렇게 돌아간다고 생각하는 것은 아니다. 이것은 일종의 사유실험이다.

마치 현재의 삶이 영원히 되풀이된다는 자세로 삶을 대해야 한다는 것이다. 내세를 상정하지 말고 현재가 무한 반복된다는 듯이 온 힘을 다해 삶을 살아야 한다는 가르침인 것이다. 그만큼 현실을 사랑하라는 이야기다. 영원히 되풀이된다고 해도 후회가 없을 만큼 우리는 성실하게, 최대한 멋지고 만족스럽게 살아야 한다. 이것이 바로 삶을 대하는 초인의 태도다.

초인에게 내세가 있다면 현실의 삶이 불만족스럽더라도 내세에서 더 만족스러운 삶을 기대하게 된다. 내세의 상정은 우리가 두 자리로 지탱하고 서 있는 현실세계, 즉 '이 세계'에 대한 암묵적인 폄하가 깃들어 있다. 그렇게 되면 우리는 현세의 삶을 소홀히 하게 된다. 권력에의 의지는 축소된다.

영원회귀란 허무주의의 가장 극단적 형태로서 인간을 궁극적 결단의 상황에 직면케 하는 최대의 무게를 갖는 사상이다. 여기서 아모르파티Amor fati, 다시 말해 운명애가 나온다. 아무리 힘든 운명이라도 단순히 견디는 것을 넘어 사랑하는 일이다. 인생에 있어 변경을 요구하지 않을 만큼 충실히 사는 것. 운명애는 맹목적으로 순환하는 것 같은 삶의 과정을 자기 고양의 필연적 계기로 승화시킬 수 있는 삶의 태도를 말한다.

우리가 다시 살고 싶지 않은 삶을 살고 있다면, 최선을 다하지 못하고 있음이 분명하다. 하루하루를 무의미하고 무기력하게 보내는 사람은 자신의 삶이 무한반복된다는 것에 대해 극도의 거부감을 넘어 두려움을 느낄 것이다. 그렇게 우리의 삶이 무한반복된다고 상상했을 때, 우리가 삶을 어떻게 살아야 하는지가 자명해진다.

세계 고전 한눈에 보기!

《차라투스트라는 이렇게 말했다》는 니체가 40살 무렵에 집필한 책으로, 총 4부로 구성되어 있다. 니체의 분신인 차라투스트라가 10년 동안의 고독한 수행 끝에, 인간세상으로 내려와 신의 죽음을 설파하는 이야기로 시작한다. 니체는 차라투스트라를 통해 기독교 사상과 전통적 가치관을 비판하고, 새로운 가치를 창조할 새로운 인간 유형, 다시 말해 초인을 설명한다. 절정에 이르러 운명을 사랑하고 삶을 긍정하자고 외친다. 이 작품은 인간의 고단한 삶에 대해 많은 생각을 하게 만든다. 사회의 보편적 가치에 지배당해 자신의 창조성이 사장되고 있지는 않은가? 지금의 삶이 무한 반복되어도 운명애가 식지 않을 만큼 충실하게, 후회 없이 살아가고 있는가?

8

《존재와 시간》 죽음을 직시하고 본래적 존재가 되어라

—— 마르틴 하이데거

마르틴 하이데거 Martin Heidegger, 1889~1976

20세기 독일을 대표하는 실존철학자다. 프라이부르크대학에서 신학, 철학을 수학. 마르부르크, 프라이부르크대학의 교수를 역임. 후설의 현상학에서 출발하여 기초적 존재론을 이룩하였으며, 키에르케고르의 영향을 받았다. 독일계 유대인 철학자이자 정치사상가인 한나 아렌트와 사랑에 빠지지만, 당시 하이데거는 유부남이었기에 관계는 오래가지 못했다. 나치의 지배 기간 동안에 나치에 가담한 일로 많은 비난을 받기도 한다. 《존재와 시간》등을 남겼다.

《존재와 시간》, 전통적인 존재론을 부정하다

《존재와 시간》은 하이데거의 기초적 존재론을 확립한 책이다. 하이데거는 저술 당시 본래 총 3부를 기획하였으나, 1부 2편의 '현존재와 시간성'까지만을 발표하였으며 그것이 현재 출간된 저작이다. 엄밀히 말하면 미완성작인데다가 인간현존재에 대한 존재의 물음에서 그쳤다. 《존재와 시간》이 발간된 것은 1927년이지만, 사실상 1923년경부터 쓰이기 시작하여 1926년 봄 즈음 원고가 거의 마감되었다고 한다. 그것은 이 책이 제1차 세계대전 직후에 벌어진 사회의 격동을 배경으로 탄생한 작품임을 뜻한다.

세계대전과 그 폐해는 수많은 지식인들에게 혼란을 주었다. 그동안 인간은 이성을 지닌 존재로서 합리적 판단을 통해 사회 질서를 건립하고 세계는 계속 발전해나갈 수 있을 것이라는 낙관론이 지배적이었다. 하지만 수많은 사람을 고통과 죽음으로 몰고간 전쟁의 현실은 이러한 낙관론에 의문을 제기하게 만들었고, 인간이라는 존재를 적나라하게 응시하고자 한 생철학과 현상학이 각광받기 시작했다. 하이데거는 이러한 상황 속에서 인간의 실존을 말하고자 이 작품을 저술한 것이다.

하이데거는 존재론을 주로 다룬 철학자다. 도대체 존재론이란 무엇인가? 이를 이해하기 위해서는 기본 개념을 먼저 파악해야 한다. 그는 《존재와 시간》에서 존재자, 존재, 현존재의 개념을 다룬다. 존재자는 인간과 자연, 그리고 모든 사물이 있음에 주목하고, 이것들을 총칭할 경우 사용되는 표현이다. 다시 말해 책상, 의자, 컵, 돌 등 존재해 있는 모든 것들을 지칭하는 말이다. 반면, 존재는 존재자들이 가진 고유한 특성을 말한다. 그리고 존재를 묻고 이해할 수 있는 존재자를 현존재라고 말한다. 인간만이 자신의 존재를 문제 삼으며 살아간다.

그래서 인간은 스스로 자기 자신의 존재를 떠맡는 자다. 현존재인 인간은 스스로 존재해야겠다고 마음먹은 것도 아닌데, 자신의 의지와 상관없이 이 세상에 내던져져 있으며 피투성, 被投性 , 끊임없이 자신의 처지를 염려하면서 무슨 일에든 의미를 부여하거나 어떤 것에서든지 의미를 찾으려고 한다. 하이데거가 생각하는 인간은 다른 동물과 다른 존재다. 기본적인 생리적 욕구가 충족되어도 그 이상의 것을 계속 추구할 수 있는 존재이며, 미래와 과거를 생각하는 존재이고, 고독과 허무감을 느끼는 존재이다. 이로 인해 우리는 인생의 다양한 선택의 갈림길 앞에서 결단을 해야 하며, 그 책임을 스스로 져야 한다. 다시 정리하면, 존재자란 세상에 존재하는 모든 것을, 존재는 그 존재자들이 지닌 고유한 특성을, 현존재는 자신의 존재를 고민하는 존재자 다시 말해 인간을 말한다.

하이데거는 지금까지의 철학이 존재자에만 관심을 가졌을 뿐, 근원적 의미의 존재를 고민하지 않았다고 이야기한다. 그는 인간이 스스로 자기 자신의 존재를 떠맡는다고 표현하며, 다른 존재를 알려고 하기 전에, 우선 인간 존재에 대한 깊은 고찰이 필요하다고 주장한다. 이렇듯 존재론은 바로 이러한 '존재'에 집중하는 학문이다.

물론 모든 인간이 자신의 존재를 물으며 살아가지는 않는다. 대부분의 인간은 타인 또는 사회가 정해준 규범과 가치에 따라 '비본래적 삶'을 살아간다. 자신의 개성을 망각한 채로 사회의 보편적 기준, 남들이 대부분 좋다고 인정하는 가치와 기준을 신봉하며, 살아간다는 뜻이다. 이러한 비본래적 삶에서 벗어나기 위해 우리는 어떻게 해야 하는가? 자기 주관대로 사는 본래적 삶을 살아가기 위해서는 일정 부분 세상의 보편적 기준과 부조화를 자초할 수밖에 없는데, 단순한 결심만으로는 그렇게 사는 게 쉽지 않을 것이다. 그래서 하이데거는 좀 더 극단적인 상황을 제시하는데, 그것이 바로 '죽음'이다. 인간은 죽음 앞에서 자신의 유한성을 깨닫고, 자신의 삶을 돌아보며, 다시 자신의 진정한 가치와 방향에 대해 확인할 기회를 얻게 된다.

한편, 하이데거는 존재의 의미를 시간성에서 찾는다. 현존재인간의 존재는 시간 속에서 그 의미를 드러낸다. 의미 있는 사건이 벌어지는 시간은 '눈앞에 있음' 즉 현전의 시간을 해체하는 현재를 포함한 과거, 미래를 동일 선상에 놓은 지평의 시간이다. 인간은 지금 이 시간에만 머물지 않고 과거를 돌아보며, 미래를 통찰하면서 가능성을 열어가는 존재다. 하지만 플라톤, 칸트를 비롯한 서구 형이상학 전체의 시간성이 현전의 시간에 붙잡혀 있다고 하이데거는 지적했다.

하이데거는 객관적 시간을 뛰어넘어 주관적·본래적 가능성의 시간을 소환할 것을 주문한다. 가능성의 시간은 이미 현존재자에게 주어진 본능이지만, 그 본능은 객관적 시간 속에 은폐되어 대부분의 인간은 현존재의 유한성을 망각한 채로 살아간다.

하지만 어느 날 돌연 듯 찾아온 불안, 그리고 시간의 유한성을 자각케 하는 종착점인 죽음 앞에서 존재는 그 모습을 선명하게 드러낸다. 하이데거는 죽음을 현존재의 실존을 명료하게 드러낼 수 있는 최고의 대상으로 삼는다. 인간은 결국 죽음이라는 사건 앞에서 시간의 유한성을 깨닫고, 이로써 본래적 시간을 되찾게 된다는 것이다. 실존의 본래적 시간은 새로운 발견이 아니라 은폐된 것들, 망각된 것들에 대한 소환이다. '본래적 시간' 그 자체는 추상적인 개념이지만, 현재의 삶을 살아가는 인간들에게는 실존 속 삶의 의미와 본연의 의지를 소환해내라는 충고의 메시지가 된다.

덧붙여, 하이데거는 자신의 철학이 결코 실존주의나, 실존철학이 아니라고 주장한다. 자신이 실존을 강조한 것은 맞지만, 자신이 중요하게 생각한 점은 실존을 통해서 존재를 규명하는 것이기 때문에 자신의 철학은 실존주의가 아니라 '존재론'이라는 것이다. 하지만 그의 존재론은 이전까지의 존재론과 다른 양상을 보인다. 이전까지의 철학자들은 '존재자'를 문제 삼았지만, 하이데거는 '존재'를 문제 삼고 있기 때문이다.

죽음을 직시하고, 본래적 존재가 된다

인간은 태어날 때부터 죽음을 안고 살아감을 늘 인식해야 한다. 인간은 죽음을 인식하고 살아가는 본래적 존재와 그렇지 않은 비본래적 존재로 분류된다. _하이데거

일상생활을 영위하다 보면 '나는 왜 존재하는가'라든가, '삶의 목적은 무엇인가' 등의 막연한 물음이 불안과 함께 순간적으로 밀려오는 경우가 있다. 이 막연한 불안감을 회피하지 않고 그 끝을 계속 추적해보면, 인간은 아무런 이유 없이 세상에 내던져진 존재이며, 언젠가는 죽음으로써 이 세계에서 강제적으로 퇴장 당하게 될 운명임을 깨닫게 된다. 죽음이 언제, 어떻게 다가올지 모르기 때문에 인간은 불안을 느낀다. 유한한 존재인 인간에게 죽음에 대한 불안은 인간 실존의 기본 전제다.

하지만 불안은 그 자체로 고통이므로 나쁜 것이고, 회피해야 할 대상일까? 이 지점에서 하이데거는 죽음에 대한 불안이 '비본래적 존재'가 '본래적 존재'로 도약할 수 있는 핵심 키가 될 수 있다고 주장한다. 본래적 존재는 진정한 자신으로서 사는 사람, 자신의 고유성을 지각하며 사는 사람이고, 비본래적 존재는 가짜 개성을 가지고 사는 사람이다. 현대인 대다수가 비본래적 존재에 속하며, 자신의 삶에 대한 실존적 고민을 회피하고, 삶의 방향성을 잃은 채 살아간다. 이들은 타인이 만들어 놓은 보편적 가치를 신봉하며, 그 속에서 조작된 욕망을 추구하고 자신의 존재를 망각한다.

비본래적 존재는 죽음을 직시하고 매순간 인식함으로써, 타인이 만든 세계에 더 이상 놀아나지 않고 늘 자신을 돌아보며, 죽음 앞에 당당한 삶을 살아갈 수 있게 된다. 이처럼 하이데거에게 있어 불안감은 떨쳐내야 할 감정이 아니라 자신의 고유성을 발견하고 삶을 더욱 풍성하게 만들어줄 도구가 된다. 하이데거는 죽음의 자각이 대단히 중요하다고 주장했다. 우리는 죽음을 미리 경험함으로써, 자신의 존재를 이해할 수 있고 고유성을 되찾을 수 있다. 그렇게 되면 이제 조작된 욕망과 가짜 개성을 주입하는 TV 프로그램 따위에 더는 흔들리지 않게 될 것이다.

더불어 산다고 해서 모든 문제가 해결되는 것도 아니다. 인간은 더불어 있기 때문에, 오히려 실존을 경험하기가 더 어렵게 될 수 있다. 왜 사람들은 무리 속에 서로 어울려 있는가?

인간은 고독 속에 있을 때, 혼자서 불안을 감당해야 하지만, 다른 사람들 사이에 섞여 존재를 희석시키면 불안의 정도를 낮출 수 있기 때문이다. 그래서 많은 사람들이 내면의 소리보다는 바깥사람들의 목소리에 촉각을 곤두세우는 것이다.

불안을 피하기 위해 자기 이해를 제쳐놓고 다른 사람들 속에 존재를 희석시키는 존재방식은 하이데거가 보기에 바람직한 삶의 방식이 아니다. 주변의 잡음을 끄기 위해 인간은 혼자 있을 필요가 있다. 자신에게 주입된 조작된 욕망과 신념을 모두 비우면, 내면의 소리를 잘 들을 수 있고, 자기 확신과 그에 따른 자기 고유의 결단을 불러올 수 있다. 대세를 따르는 가짜 개성에서 벗어나 진정한 '나'로서 삶을 살아갈 수 있는 것이다.

하이데거의 비본래적 삶

하이데거는 《존재와 시간》을 통해 20세기 지성계에 많은 영향을 끼쳤다. 장 폴 사르트르의 실존주의, 자크 데리다와 질 들뢰즈, 미셸 푸코의 후기구조주의, 한나 아렌트의 정치철학 등이 하이데거의 영향을 받았다. 하이데거의 철학적 업적이 위대하다는 것에는 대부분의 학자들이 동의할 수 있지만, 그의 삶에 대해서는 비판의 목소리가 많다. 철학자의 삶에서 자신의 철학적 신념과 어긋나는 행적들이 곳곳에서 발견되기 때문이다.

그는 당시 독일을 장악한 나치와 협력했다는 비판을 받는다. 특히 그가 1933년 프라이부르크대학의 총장으로 취임할 당시 내뱉은 연설은 많은 논란을 일으켰다. 학생들에게 노동과 군사 훈련 동참을 독려하였기 때문이다. 다른 연설에서는 히틀러 총통을 두고 독일의 진정한 현실이자 법이라고 발언하였으며, 동료 교수를 나치 당국에 반체제 인사로 고발하기도 하였다. 이러한 정황들을 고려해보건대, 그가 나치즘에 동조했거나 방관했다는 사실을 부정하긴 어려워 보인다. 본래적 존재로 살아갈 것을 주장한 철학자였지만, 철학자 본인은 비본래적 존재로 살아갔다는 점에서 그의 철학적 위상에 흠집이 생긴 것이 사실이다.

세계 고전 한눈에 보기!

《존재와 시간》은 하이데거의 기초적 존재론을 확립한 책이다. 존재론이란 무엇인가? 그는 《존재와 시간》에서 존재자, 존재, 현존재의 개념을 다룬다. 존재자는 인간과 자연, 그리고 모든 사물이 있음에 주목하고, 이것들을 총칭할 경우 사용되는 표현이다. 다시 말해 책상, 의자, 컵, 돌 등 존재해 있는 모든 것들을 지칭하는 말이다. 반면, 존재는 존재자들이 가진 고유한 특성을 말한다. 존재론은 바로 이러한 '존재'에 집중하는 학문이다. 그리고 존재를 묻고 이해할 수 있는 존재자를 현존재라고 말한다. 인간만이 자신의 존재를 문제 삼으며 살아간다. 그래서 인간은 스스로 자기 자신의 존재를 떠맡는 자다. 다시 정리하면, 존재자란 세상에 존재하는 모든 것을, 존재는 그 존재자들이 지닌 고유한 특성을, 현존재는 자신의 존재를 고민하는 존재자 즉, 인간을 말한다.

물론 모든 인간이 자신의 존재를 물으며 살아가지는 않는다. 대부분의 인간은 타인 또는 사회가 정해준 규범과 가치에 따라 '비본래적 삶'을 살아간다. 자신의 개성을 망각한 채로 사회의 보편적 기준, 남들이 대부분 좋다고 인정하는 가치와 기준을 신봉하며, 살아간다는 뜻이다. 이러한 비본래적 삶에서 벗어나기 위해 우리는 어떻게 해야 하는가? 하이데거는 죽음을 현존재의 실존을 명료하게 드러낼 수 있는 최고의 대상으로 삼는다. 인간은 결국 죽음이라는 사건 앞에서 시간의 유한성을 깨닫고, 이로써 본래적 시간을 되찾게 된다는 것이다.

9

《꿈의 해석》 무의식의 방을 여는 열쇠

——— 지그문트 프로이트

지그문트 프로이트 Sigmund Freud, 1856~1939

오스트리아의 신경과 의사이며, 정신분석의 창시자다. 히스테리 환자를 관찰하고 최면술을 행하며, 인간의 마음에는 무의식이 존재한다고 하였다. 그는 인간의 심리와 성적 욕망의 이해에 있어 오늘날까지 우리 사고에 영향을 미치는 혁명을 촉발했다. 《히스테리 연구》《꿈의 해석》《일상생활의 정신병리학》《성욕에 관한 세 편의 에세이》《토템과 터부》《정신분석 강의》《쾌락 원칙을 넘어서》《자아와 이드》 등을 남겼다.

무의식, 20세기 최대의 발견

지그문트 프로이트는 20세기 초반 정신분석학의 창시자로서 그는 심리학자라기보다는 본래 정신과의사였다. 정신분석학은 프로이트가 그의 정신과 환자들을 치료하면서 확립한 학문이라고 볼 수 있다. 정상인 인간이라면 자기가 한 행동에 대한 원인을 알고 있어야 할 것인데, 그가 치료하고 있는 환자들은 그 행동의 원인에 대해 모르고 있었다. 그런데도 환자들은 그러한 행동을 지속적으로 하고 있음을 프로이트는 발견했다.

이는 환자들이 의식하지 못하는 뭔가가 행동을 지배하고 있기 때문인데, 프로이트는 그것을 무의식의 세계라고 했다. 무의식은 우리 인간이 느낄 수 없는 생각, 충동, 욕망 같은 것들이다. 그는 인간의 마음은 의식보다 무의식에 의해 지배를 받고 있다고 주장한다. 우리가 알 수도 없고 느낄 수도 없는 무의식도 가끔 밖으로 정체를 드러날 때가 종종 있는데 바로 꿈을 통해서다. 또는 술에 취했거나 잠결에 의식이 희미해진 상태에서 실언을 통해서 드러나기도 한다.

정신분석학파에는 프로이트를 비롯해 칼 구스타브 융과 알프레드 아들러가 있는데, 같은 학파일지라도 이들의 주장은 다소 다르다. 프로이트가 무의식을 주로 성적인 부분에 치중해서 해석하려 했다면, 융은 좀 더 일반적 범주로 해석하려 하였다. 또한 융은 인간의 무의식은 개인무의식과 집단무의식으로 나뉜다고 하면서 인간에게는 오랫동안 쌓아온 지혜가 있다.고 주장했다. 아들러는 인간이 자신의 열등한 상태를 극복하려는 존재**우월성을 추구하는 존재**라 생각했고, 개인이 세상을 어떻게 바라보느냐에 초점을 두었다.

프로이트, 융, 아들러 모두 정신의학사에 커다란 영향을 끼친 사람들이다. 인간의 정신을 분석함에 있어 이들은 서로 다른 견해를 보였지만, 각자 자신만의 독자적인 영역을 개척했다는 점에서는 우열이 없다. 이들의 공헌은 오늘날까지도 인간의 정신세계를 분석하고 이해하는 데 아주 중요한 역할을 하고 있다.

《꿈의 해석》, 무의식의 세계를 열어젖힌 정신분석의 보고

《꿈의 해석》은 《정신분석학 강의》와 함께 프로이트의 정신분석학을 대표하는 저술이다. 공식적으로는 1900년에 출판되었지만, 초안의 대부분은 1896년 초에 완성된 상태였다. 추가적 연구와 보완을 통해 집필은 1899년 9월에 완료했고, 그 해 11월 4일에 출간되었다. 하지만 속표지의 연도는 1900년으로 되어 있다.

당시, 어느 무명의 심리학자가 쓴 《꿈의 해석》은 완전히 흥행에 실패했다. 초판에 겨우 600부를 찍었고 그것이 다 팔리기까지 무려 8년이나 걸렸다. 사람들이 이 책에 얼마나 관심이 없었는가를 짐작하게 한다. 하지만 프로이트는 "이러한 통찰력은 인생에서 단 한 번밖에 얻을 수 없다."라며 기뻐했다고 한다. 프로이트는 오래전부터 자신의 꿈에 열중해왔으며, 심리학적으로 꿈이 깊은 의미를 담고 있다고 믿었다. 수년 동안의 임상 경험과 연구를 거친 끝에, 자신의 발견을 출판한 것이고, 비록 흥행에는 실패했지만, 출판된 지 10년이 지나자 훨씬 유명한 책이 되었다.

프로이트는 두 종류의 정신을 제시한다. 하나는 의식적 정신으로, 이것은 의식적인 모든 생각과 기억을 포함한다. 또 하나는 무의식적 정신으로 성적이고 파괴적이며 충동적 욕구를 가지고 있다. 꿈은 일상에서 충족시키지 못한 우리의 욕구를 충족시키기 위해서 일어나는데, 충족되지 못한 욕구는 대부분 성적인 것이다. 프로이트는 인간이 오이디푸스 콤플렉스 같은 성적인 정념의 지배를 받으며, 의식은 이런 정념을 거의 인식하지 못한다고 믿었다. 우리가 잠들어 있을 때, 마음속의 리비도**성적 욕망**는 계속 그 해소를 추구한다. 따라서 모든 꿈의 핵심은 어떤 욕망을 실현하려는 시도이다.

꿈은 욕망의 충족과 관련이 있지만 그렇다고 모든 것이 무의식의 욕망대로 진행되진 않는다. 꿈은 의식과 무의식의 타협물이기 때문이다. 꿈은 무의식적 측면의 반영이 나타나기도 하지만 의식에 의해 수정되고, 왜곡되고, 변형되어 나타나게 된다. 예를 들어, 친구의 배우자에 대한 무의식적 욕망은 의식적 측면에서 직면할 때, 불편한 감정을 일으키므로 꿈에 그 욕망이 그대로 묘사되지 않는다. 그 불편함을 상쇄하고자 꿈속에서는 그 상징이 왜곡되고 변형된 형태로 나타나게 된다.

쉽게 말해, 무의식적 욕망이 꿈에 그대로 나타나는 것은 의식적 측면에서 불편한 것이므로, 그 묘사에 저항과 왜곡이 일어나는 것이다. 그래서 꿈은 해석이 필요하다. 꿈의 해석이란 꿈속에

숨어 있는 욕망이나 불안을 찾아내는 일이며, 이러한 꿈의 해석은 수면 중에는 자아 활동이 약화됨으로써 억압된 욕망이나 불안이 변형되어 의식에 떠오르는 것이라 상정하고 이루어지는 것이다. 프로이트는 《꿈의 해석》에서 의식이 무의식을 수정, 가공, 변형하는 여러 가지 유형을 제시했는데 이 중에서 가장 중요한 것이 압축과 전위다. 압축은 꿈의 내용들이 중간마다 끊기는 것을 의미하며 **생략을 통한 묘사**, 전위는 위험하거나 전복적인 욕망을 다른 것으로 대체해서 생각하게 하는 방어기제다.

정상인은 의식의 정신과 무의식의 정신을 조화시키지만, 신경증 환자는 두 정신 사이의 조화를 상실한 인간이다. 프로이트는 꿈을 해석함으로써 성적이며 무의식적인 쾌락의 원리와 의식적인 현실의 원리를 제시한다. 프로이트가 꿈을 해석하는 이유는 꿈과 신경증이 서로 유사한 구조를 가지고 있기 때문이며, 꿈의 구조와 성격을 밝힘으로써 신경증을 비롯한 정신질환의 구조와 성격도 밝힐 수 있고, 따라서 정신질환의 치료가 가능하다고 생각했던 것이다. 그는 꿈의 가치가 미래를 예견하는 데 있지 않고, 오히려 과거를 이해하는 데 있다고 했다. 그러면서도 꿈은 어떤 욕망을 충족된 것으로 보여주면서 우리를 미래로 이끌기도 한다고 했다.

현재 프로이트는 과학적이지 못하다는 비판을 받기도 한다. 주장만 있을 뿐 객관적 증거나 관찰이 결여되어 있다는 것이다. 그러나 시사점은 분명하다. 그동안 신의 계시처럼 영적 영역에 머물렀던 인간의 꿈을 이성적으로 해석하고 과학의 틀 안에서 분석하려고 했던 그의 시도는 과학의 절대성이 인간의 정신영역까지 본격적으로 다루기 시작했음을 의미한다.

자아의 세 가지 얼굴, 원초아, 자아, 초자아

프로이트는 인간의 마음을 무의식, 전의식, 의식으로 구분했고, 신경증 환자를 치료하면서 이를 다시 원초아id, 자아ego, 초자아superego로 구분하였다. 프로이트는 1923년 《자아와 이드》라는 논문을 발표했고, 여기서 자아, 초자아, 원초아의 개념이 세상에 소개되었다. 원초아는 우리가 욕망하는 것들이 깃들어 있는 곳이고 성적 충동인 리비도가 머무는 곳이다. 원초아는 무의식 속에 존재하며, 어떠한 사회적 규범이나 도덕적 잣대에도 영향을 받지 않고 쾌락이나 만족을 추구한다. 프로이트는 원초아를 성난 말에 비유했는데, 자아가 발달하지 못한 영유아는 사실상 원초아의 명령에 따라 행동한다고 볼 수 있다. 영유아는 배가 고프면 울고, 기분이 상하면 소리를 지르며, 배설 욕구가 느껴지면, 사회적 상황을 의식하지 않고 바로 해결하고 만다.

초자아는 원초아와 대조되는 개념이다. 초자아는 사회적 규범과 도덕적 기준을 통해 원초아가 무차별적인 욕망을 추구하는 것을 경계한다. 영유아는 사회적 관계에 노출되고 그때마다 새로운 기준들을 습득하게 된다. 그리고 이 기준들이 축적되어 초자아가 점진적으로 발전한다. 초자아가 발달하면, 인간은 죄책감, 자책, 수치심, 의무감을 느끼게 된다.

자아는 원초아와 초자아 사이에서 중재자 역할을 한다. 원초아는 욕망을 추구하게 하고 초자아는 사회적 요구를 제시한다. 그리고 자아는 이 둘의 간극 사이에서 욕망이 사회적 규범에 어긋나지 않도록 조정하는 역할을 한다.

세계 고전 한눈에 보기!

《꿈의 해석》에서 프로이트는 두 종류의 정신을 제시한다. 하나는 모든 생각과 기억을 포함하는 의식적 정신이고, 또 하나는 성적이고 파괴적이며 충동적 욕망을 포함하는 무의식적 정신이다. 꿈은 일상에서 충족되지 못한 우리의 욕구를 충족시키기 위해서 일어나는데, 충족되지 못한 욕구는 대부분 성적인 것이다. 꿈은 욕망의 충족과 관련이 있지만 그렇다고 모든 것이 무의식의 욕망대로 진행되진 않는다. 꿈은 의식과 무의식의 타협물이기 때문이다. 무의식적 욕망이 꿈에 그대로 나타나면 의식이 불편함을 느끼기 때문에, 꿈은 무의식적 측면의 반영이 나타나기도 하지만 의식에 의해 수정되고, 왜곡되고, 변형되어 나타나게 된다. 그래서 꿈은 해석이 필요하다.

꿈의 해석이란 꿈속에 숨어 있는 욕망이나 불안을 찾아내는 일이며, 이러한 꿈의 해석은 수면 중에는 자아 활동이 약화됨으로써 억압된 욕망이나 불안이 변형되어 의식에 떠오르는 것이라 상정하고 이루어지는 것이다. 의식이 무의식을 수정, 가공, 변형하는 여러 가지 유형이 있지만, 이 중에서 가장 중요한 것이 압축과 전위다. 압축은 꿈의 내용들이 중간마다 끊기는 것을 의미하며 생략을 통한 묘사, 전위는 위험하거나 전복적인 욕망을 다른 것으로 대체해서 생각하게 하는 방어기제다.

《꿈의 해석》이 과학적 근거가 부족하다는 비판을 받기도 하지만, 그동안 신의 계시처럼 영적 영역에 머물렀던 인간의 꿈을 이성적으로 해석하고 과학의 틀 안에서 분석하려 했다는 점에서 의의가 있다. 그의 시도는 과학의 절대성이 인간의 정신영역까지 본격적으로 다루기 시작했음을 의미한다.

10

《심리학과 종교》 심리학적인 측면에서 종교를 분석한 책

——— 칼 구스타프 융

칼 구스타프 융 Carl Gustav Jung, 1875~1961

프로이트와 쌍벽을 이루는 정신의학 분야의 개척자다. 분석심리학의 창시자이며, 집단무의식의 개념으로 심리학의 새로운 장을 열었다. 또한 자아가 무의식의 여러 측면을 발견하고 통합해나가는 개성화 과정을 설명했다. 특이한 점은 그는 심리학자이면서도 영적 능력이 우수했다는 점이다. 그의 가족 중에도 영능력자가 많았는데, 융의 어머니는 영적 능력이 우수했고, 그의 사촌 여동생도 영매였다. 융이 인간의 영혼에 관심이 많고, 어릴 때부터 남다른 신비한 경험을 하게 된 것은 가족에게서 받은 영향 때문이라 짐작된다. 그는 방송 인터뷰에서 "당신은 신을 믿습니까?"라는 진행자의 질문에 "저는 신을 믿을 필요가 없습니다. 저는 신을 압니다."라고 대답했다.

융, 분석심리학의 창시자

칼 구스타브 융은 스위스의 심리학자로 바젤대학, 취리히대학에서 정신의학을 공부하고 연구자의 길로 들어섰다. 융은 자신이 깊이 침잠한 정신분석의 세계에서 같은 사고방식을 가진 위대한 인물을 만났는데, 그가 바로 프로이트다. 둘은 만나자마자 서로를 한눈에 알아보고 즉시 의기투합했다. 융과 프로이트의 관계에 대한 가장 큰 오해는 두 사람을 사제지간으로 보는 것이다. 융은 프로이트와 만날 당시부터 32살의 매우 젊은 나이에도 불구하고 이미 중견학자로서 정신분석학 분야에서 이름을 날리는 등 나름 입지를 구축한 상태였다. 스승과 제자의 관계라기보다는 학자 대 학자라는 대등한 관계에서 서로 교류하고 논쟁을 했다고 봐야 한다.

프로이트는 융이 자신의 후계자가 되기를 원했고, 융을 국제정신분석학회의 초대회장으로 추대할 만큼 그에 대한 신뢰와 애정이 깊었다. 하지만 융은 서서히 서로의 학설이 다르다는 것을 깨달았고, 결국 1912년 프로이트와 다른 학설을 담고 있는《영혼의 변환과 그 상징들》을 발표한 것이 직접적인 원인이 되어, 둘은 결별을 하게 된다. 융은 이 책에서 프로이트의 정신분석학의 근간이 되는 '리비도'와 '근친상간'을 프로이트와 다른 각도에서 고찰했다. 프로이트는 리비도를 인간의 정신적 삶에 작용하는 성 충동으로 여겼지만, 융은 성적인 측면을 과도하게 부각시킨 프로이트의 리비도를 편협한 것으로 보았다. 융에게 있어 리비도는 프로이트의 그것보다 더 넓은 의미로 사용된다. 자연상태에 있는 일종의 욕구로서, 사람들이 무엇인가를 추구하게끔 하는 힘, 다시 말해 창의적 에너지로 보았다.

융이 창안한 분석심리학은 의식과 무의식 사이의 관계를 확립하고 이해하는 데 초점이 맞춰져 있다. 프로이트와 마찬가지로 무의식을 중요시했지만, 무의식에 대한 해석이 좀 달랐다. 융의 분석심리학은 인간 정신의 구조를 의식과 무의식으로 구분하는 데서 더 나아가 무의식을 개인무의식과 집단무의식으로 세분화한다. 프로이트는 개인의 자각 수준에 초점을 맞춰 개인무의식의 중요성을 강조하였으나, 융은 인류에서 보편적으로 나타나는 집단무의식의 개념을 강조하였다.

먼저, 의식은 자아에 의해 통제되는 부분으로, 현실을 인식하고 자신을 외부에 표현하는 기능을 한다. 개인무의식은 개인의 과거 경험에서 비롯되며 쉽게 의식화될 수 있는 부분이다. 집단무의식은 융의 독창적 개념으로, 분석심리학의 핵심을 이룬다. 집단무의식은 과거 선조부터 잠재되어 전해오는 것이며, 많은 세대를 거쳐 반복된 경험의 결과가 축적된 것이다.

집단무의식은 인류가 역사와 문화를 통해 공유해온 모든 정신적 자료의 저장소로, 우리가 의식하지 못하더라도 우리의 행동에 영향을 미치는 수없이 많은 원형으로 구성되어 있다. 원형이란 시간, 공간, 문화, 인종에 상관없이 인류에게 보편적으로 존재하는 가장 원초적인 심상을 말한다. 전 인류 역사에서 보편적이고 공통적으로 나타나는 문화적 주제들을 통해 드러나며 대모, 현자, 사기꾼, 페르소나, 아니마, 아니무스, 그림자 등의 원초적 이미지들을 포함한다.

원형 : 인류에게 보편적으로 존재하는 가장 원초적인 심상

원형이란 시간, 공간, 문화, 인종에 상관없이 인류에게 보편적으로 존재하는 가장 원초적인 심상을 말한다. 본능과 함께 유전적으로 갖추어지며 집단무의식을 구성한다. 원형들은 집단무의식 속에서 별개의 구조를 갖고 있지만, 서로 결합하기도 한다. 예를 들어, 악마의 원형과 영웅의 원형이 결합되면 무자비한 폭군 유형의 성격이 나온다. 따라서 개인마다 성격이 다르게 되는 것은, 모든 원형이 여러 형태로 결합되어 작용하기 때문이라고 할 수 있다. 원형에는 종류가 매우 많지만, 핵심적인 것들만 정리하면 다음과 같다.

■ 원형의 종류

- 대모 : 자신을 보호해주지만 동시에 구속하는 존재
- 현자 : 엄격하면서도 방황하는 사람을 이끌어주는 존재.
- 그림자 : 인간의 어둡고 동물적인 측면을 의미하는 원형. 그림자는 스스로 의식하기 싫은 자신의 부정적 측면을 말한다. 하지만 그림자는 자발성, 창의력, 통찰력 등 완전한 인간성 형성에 필요한 요소가 되기도 한다. 그림자를 너무 억압하면 창조성 또한 억압될 수 있다.
- 아니마와 아니무스 : 아니마는 남성의 내부에 있는 여성성

을, 아니무스는 여성 내부의 남성성을 의미한다. 남성이 여성적 본성을 억압하고 경멸하면 자신의 전체성과 창조성이 고립되게 된다. 그 반대의 경우도 마찬가지다. 성숙한 인간이 되기 위해서는 자기 내부에 잠재된 다른 성을 받아들이고 개발해야 한다.

- 사기꾼 : 권위를 조롱하고 무질서한 상태로 만들려는 충동
- 페르소나 : 사람이 사회생활을 할 때 요구되는 적절한 역할 가면 을 의미한다. 개인이 환경과 조화를 이루려는 적응의 원형이다. 너무 과해서도 안 되지만, 사회에 적응하기 위해서는 어느 정도 페르소나가 발달하는 것이 필요하다.
- 자기 : 자기 self 는 성격 전체의 일관성, 통합성, 조화를 이루려는 무의식적 갈망으로 성격의 상반된 측면을 균형 있고 조화롭게 만드는 역할을 한다. 집단무의식 내에 존재하는 타고난 핵심 원형으로 모든 의식과 무의식의 주인이다. 모든 콤플렉스와 원형을 끌어들여, 성격을 통일시키는 본래적이고 선험적인 '나'다. 자기는 다른 정신 체계가 충분히 발달할 때까지 나타나지 않으며, 일생에 걸쳐 분화와 통합을 통해 발달하는 과정을 거친다. 이를 개성화라고 한다.

《심리학과 종교》, 심리학과 종교 사이?

《심리학과 종교》는 융이 심리학적인 측면에서 종교를 분석한 책이다. 신경증의 치료보다는 환자가 꾼 꿈의 내용이나 환각 증상에 대한 분석에 더 집중하고 있다. 심리학을 통해 환자가 무의

식의 세계를 들여다보고, 나아가 자기실현을 할 수 있도록 돕고자 했던 융의 노력과 경험이 고스란히 담겨 있다. 《심리학과 종교》는 칼 융이 1937년 예일대학 테리 강좌에서 했던 강연 내용을 토대로 엮은 책이다. 이 책은 크게 1장 '무의식의 자율성', 2장 '도그마와 자연적 상징', 3장 '자연적 상징의 역사와 심리'로 나뉘는데 각 장의 내용은 유기적으로 연결된다.

제1장에서는 임상심리학의 근본문제와 임상심리학과 종교 사이에 존재하는 여러 관계에 대하여 서론적인 설명을 하고, 제2장에서는 무의식 가운데에 순수한 종교적인 기능이 존재하고 있는지를 확증하는 여러 사실들을 논하며, 제3장에서는 무의식 과정 가운데에 나타나게 되는 종교적 상징의 문제를 논한다. 이 책은 종교현상에 대하여 가치판단을 내리는 게 아니라 그 현상 속에서 발견되는 심리적 현상을 확인하고 있다. 가령, 신이라고 하더라도 그 신이 우리의 마음 가운데서 어떻게 인식되고 있는가에 초점을 두고 있다.

융은 1959년 영국 BBC 방송과의 인터뷰에서 신을 믿느냐는 진행자의 질문에 "나는 신을 믿을 필요가 없습니다. 나는 신을 압니다."라고 대답했다. 그는 신은 사람들로서는 도저히 알 수 없는 존재이지만, 인간의 삶에 강력한 작용을 한다고 생각했던 것이다. 신의 작용을 체험한 사람들의 삶은 그 체험을 하기 전과 결정적으로 달라지게 된다. 왜냐하면 우리는 어떤 명백한 사실을 체험적으로 알고 있을 때는 굳이 믿을 필요가 없기 때문이다.

융은 종교현상이 인류 역사와 더불어 시작되었고, 사람들의 마음속에서 강력한 힘을 발휘한다고 보았다. 여기서 종교는 일상적으로 말하는 종교와 다르다. 종교에 대한 그의 정의는 아주

넓다. 융에 따르면, 유명한 독일 루터교 신학자 루돌프 오토가 '누미노숨numinosum, 신성한 힘, 신비한 경험'이라고 부른 것을 양심적으로 관찰하는 것이 종교이다. '누미노숨'이란 인간의 의지가 닿지 않는 곳에서 발생하는 신비한 작용이다. 예를 들어, 원시인이 태양이나 번개 등에 신성을 부여하며 마음에 품었을 공포와 경외감 등을 뜻한다.

융은 현대인들이 겉으로는 아무리 종교 집회에 참석할지라도 마음 깊은 곳에서 신과 관계를 맺지 못하여, 세속적인 것들에 마음을 빼앗기면서 흔들리고 있다고 진단하였다. 이러한 그의 주장은 그의 개인적인 삶과 밀접하게 관계된다. 정신분석을 창시한 프로이트가 세속적 유대주의의 바탕에서 신을 환상에 불과한 존재로 보았던 것과 달리, 융은 루터교 목사였던 그의 아버지와 유럽 사회의 기독교적 분위기 때문에 신적 현상의 실재성을 간과하지 않은 것이다아마도 영적 능력이 우수했던 가족사의 영향도 받았을 것이다.

융은 특히 이 책에서 무의식 세계에 대해 중요하게 다루고 있다. 융은 무의식이 의식에게 전하는 메시지에 귀를 기울이면, 심리적 문제를 해결할 수 있다고 말한다. 그렇다면 무의식은 어떻게 알 수 있을까? 무의식은 '꿈'을 통해 메시지를 전하므로, 꿈을 분석해보아야 한다. 《심리학과 종교》에는 이와 관련해 융이 만났던 환자들의 사례가 담겨 있다. 융은 신경증 환자가 꾼 꿈에 특히 주목했다. 꿈에 나타나는 종교적 상징을 해석하면 환자의 무의식 세계를 이해할 수 있다고 생각한 것이다. 물론, 무의식은 상징을 통해 꿈에 드러나기 때문에 꿈을 분석하는 일은 간단하지 않다. 상징은 여러 세대를 거쳐 전해 내려온 '원형'을 포함하고 있는데, 이를 제대로 분석해야만 꿈의 비밀을 풀 수 있다.

융은 틀에 박힌 이론에 얽매이지 않고, 각각의 환자를 각기 다른 방식으로 접근하며 꿈을 분석해나갔다. 프로이트와 융의 접근 방식은 많이 달랐다. 우선 프로이트는 일정한 체계를 만들고 그것으로 모든 정신증상을 해석하려고 한 데 반해, 융은 환자의 생각을 억지로 이론에 끼워 맞추지 않고 그 자체로 존중했다.

정신과 환자를 치료하는 의사였던 융은 가끔 환각에 시달리며 자신도 병에 걸린 것은 아닌지 두려워한 시기가 있었다. 이런 경험 때문에 융은 환자가 느끼는 고통을 공감하면서, 왜 이런 증상이 생기는지에 대해 열린 자세로 고민할 수 있었다. 마침내 융은 자신의 학문을 체계화하여 분석심리학을 창시했다. 또한 분석심리학을 환자의 존엄성과 자유를 보호하고 환자가 자신의 뜻에 따라 살도록 돕는 데 목표를 둔 학문으로 정의했다. 오랜 학문적 동료인 프로이트를 떠나 융 자신만의 길을 걷게 된 것이다.

정신치료의 목표는 개성화에 있다

사람들은 흔히 자아Ego가 자기 정신 전체의 중심인 줄 알며, 지금 보고, 듣고, 느끼며, 생각하는 것들이 전부인 줄 알며 살아간다. 하지만 그것은 정신의 지극히 작은 부분에 불과하고, 정신 전체의 중심은 그것보다 훨씬 더 큰 '자기Self'인 것이다. 사람들이 의식적으로 모든 것을 재단하며 자아 중심적으로 사는데 자아의식은 결코 정신의 중심이 될 수 없다. 자아는 의식의 중심일 뿐 정신 전체의 중심이 아니다. 인간의 정신은 자아가 지금 생각하고 판단하는 내용들로만 구성되어 있지 않고, 그것들을 무한하게 뛰어넘는 내용들까지 포괄하고 있는 것이다. '자기'는 성격 전체의 일관성, 통합성, 조화를 이루려는 무의식적 갈망으로 성격의 상반된 측면을 균형 있고 조화롭게 만드는 역할을 한다. 모든 콤플렉스와 원형을 끌어들여, 성격을 통일시키는 본래적이고 선험적인 '나'다.

자아가 자기와 긴밀한 축을 이루면서 자기의 내용을 그대로 실현시키게 하는 것을 융은 개성화 과정이라고 하였으며, 정신치료의 목표는 개성화 과정에 있다고 주장하였다. 사람들이 개성화를 이룰 때 인격의 중심은 변화된다. 그전까지 '자아' 중심적으로 살면서 고통을 당하다가 '자기' 중심적으로 되면서 전체적인 삶을 살게 되는 것이다. 그래서 융은 개성화를 다른 말로 재중심화라고 하였다.

개성화는 고유한 자기 자신이 되는 것으로, 무의식적 내용을 의식화하고 통합해가는 자기실현의 과정이다. 개성화를 이룬 사람들은 전체적 인격을 실현하게 되어 더 이상 무의식의 충동에 휩쓸리지 않으며, 다른 사람의 시선을 의식하지 않고, 해방된 삶, 자유로운 삶을 살게 된다. 그것은 다른 어느 것과도 비교할 수 없고, 가장 자기다운 것을 실현시키는 것이다. 우리는 개성화라는 말을 '자기 자신이 되는 것' '자신의 내면에 있는 자기를 실현시키는 것이라고 바꿔 쓸 수 도 있는 것이다. 다만 개인이 자신을 정확히 인지하지 못하고 자기를 실현하는 것은 불가능하므로, 융은 자기실현을 달성하는 것에 앞서 정확한 자기인식을 중시했다.

융은 우리가 내면의 그림자**스스로 의식하기 싫은 자신의 부정적 측면**를 대면하고 껴안을 때 자기실현 즉 개성화의 단계로 나아갈 수 있다고 한다. 개성화가 일어나면 자아와 자기의 관계가 밀착되어 모든 성격 구조에 대한 의식이 확장된다. 이때 우리는 무의식의 내용들을 의식의 영역으로 더 많이 가져올 수 있다. 인류 경험의 저장소인 집단무의식에 대해 개방적이게 됨으로써, 나와 다른 사람의 구분이 사라지고 인류에 대하여 더욱 많은 연민의 정을 느낄 수 있게 된다. 융은 이러한 자기실현이야말로 인간에게 있어 궁극적 삶의 목표라고 보았다. 개성화를 통해 우리는 자신의 고유성을 억압하지 않고, 인간의 집단적 사명을 보다 바람직한 방향으로 충족시킬 수 있다. 이점에서 개성화를 자기실현이라고 말하는 것이다.

세계 고전 한눈에 보기!

《심리학과 종교》는 융이 심리학적인 측면에서 종교를 분석한 책이다. 신경증의 치료보다는 환자가 꾼 꿈의 내용이나 환각증상에 대한 분석에 더 집중하고 있다. 심리학을 통해 환자가 무의식의 세계를 들여다보고, 나아가 자기실현을 할 수 있도록 돕고자 했던 융의 노력과 경험이 고스란히 담겨 있다.

이 책은 크게 1장 무의식의 자율성, 2장 도그마와 자연적 상징, 3장 자연적 상징의 역사와 심리로 나뉘는데, 이 책은 종교 현상에 대하여 가치판단을 내리는 게 아니라 그 현상 속에서 발견되는 심리적 현상을 확인하고 있다. 가령, 신이라고 하더라도 그 신이 우리의 마음 가운데서 어떻게 인식되고 있는가에 초점을 두고 있는 것이다. 그는 신은 사람들로서는 도저히 알 수 없는 존재이지만, 인간의 삶에 강력한 작용을 한다고 생각했던 것이다. 신의 작용을 체험한 사람들의 삶은 그 체험을 하기 전과 결정적으로 달라진다. 왜냐하면 우리는 어떤 명백한 사실을 체험적으로 알고 있을 때는 굳이 믿을 필요가 없기 때문이다. 융은 현대인들이 지금 겉으로는 아무리 종교 집회에 참석할지라도 마음 깊은 곳에서 신과 관계를 맺지 못하여 세속적인 것들에 마음을 빼앗기면서 흔들리고 있다고 진단하였다. 특히 그는 무의식을 중시했는데, 현대인에게 의식이 지나치게 발달하여 무의식과의 접촉이 원활하지 않게 되자 의식과 무의식의 균형이 깨지고 정신적으로 취약해진 것이다. 사람들이 의식적으로 모든 것을 재단하며 자아 중심적으로 사는데 자아의식은 결코 정신의 중심이 될 수 없다. 자아는 의식의 중심일 뿐 정신 전체의 중심이 아니다. 정신 전체의 중심은 그것보다 더 큰 '자기'이다. '자기'는 모든 콤플렉스와 원형을 끌어들여, 성격을 통일시키는 본래적이고 선험적인 '나'다. '자아'가 '자기'와 긴밀한 축을 이루면서 자기의 내용을 그대로 실현시키게 하는 것을 융은 개성화 과정이라고 했으며, 이것이 바로 정신치료의 목적이라고 말했다. 개성화는 고유한 자기 자신이 되는 것으로, 무의식적 내용을 의식화하고 통합해가는 자기실현의 과정이다.

3장

역사와 경제의 원리를 이해하기 위한 고전

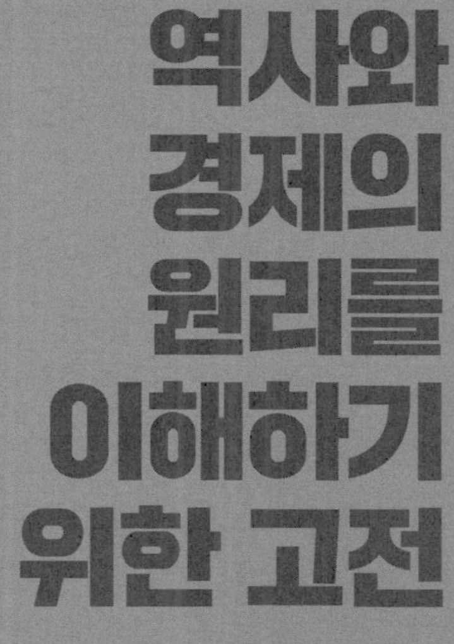

11

《역사》 역사의 의미를 바꾼 역사서

—— 헤로도토스

헤로도토스 Herodotos, B.C 484~B.C 425

그리스 역사가이다. 서양에서는 '역사의 아버지'로 불린다. 페르시아 전쟁사를 다룬 《역사》를 썼다. 《역사》에는 일화와 삽화가 많이 담겨 있으며 서사시와 비극의 영향을 받은 것으로 여겨진다. 그리스인 최초로 과거의 사실을 시가가 아닌 실증적 학문의 대상으로 삼았다.

그리스와 페르시아의 전쟁, 그 이상의 복합 역사서

흔히 '역사의 아버지'로 불리는 헤로도토스의 《역사》는 그리스와 페르시아의 전쟁을 골자로 하고 있으며, 페르시아 전쟁의 역사를 기록했기 때문에, 《페르시아 전쟁사》라고도 한다. 페르시아 전쟁은 BC 492년부터 BC 479년까지 지속된 페르시아 제국의 그리스 원정전쟁으로, 그리스의 여러 도시국가들은 페르시아 제국에 연합대응하여 성공적으로 공격을 막아내었다.

그가 서술한 《역사》의 서언은 다음과 같다.

> **이 글은 할리카르나소스 출신 헤로도토스가 제출하는 탐사 보고서다. 이 책은 사람들이 행했던 사실들에 대한 기억이 쇠퇴하지 않고 오래 보존되도록 하기 위해서, 그리고 그리스인이나 이방인이 보여 주었던 위대하고 놀라운 활동들이 영광스러운 보상도 받지 못한 채 잊히는 일이 없도록 하기 위해서, 그리고 동시에 그들의 불화의 원인이 무엇이었던가를 밝히는 데 있다. _《역사》**

간단히 설명하자면, 헤로도토스의 꿈은 그리스·페르시아 전쟁을 조사하고 연구한 내용을 기록으로 남기는 것이었다. 사람들이 이루어낸 일들이 시간이 지나면서 잊히는 일을 막고 싶었던 것이다. 대제국 페르시아의 성립과 흥망성쇠, 고대 세계의 제왕 다리우스와 크세르크세스의 치세와 찬란했던 메소포타미아 문명…. 과연 동양과 서양이 본격적으로 맞붙은 최초의 전쟁, 페르시아 대전은 어떻게, 왜 일어나서 어떤 결과를 가져왔는가? 그는 생생한 탐험경험을 흥미진진한 이야기와 함께 기록했다. 이렇게 해서 탄생한 책이 모두 아홉 권에 달하는《역사》다. 헤로도토스가《역사》를 어떻게 구상해서 어떻게 서술하였는가 하는 문제는 고대 사가들의 견해에 따라 다르지만, 현재 9권으로 된 것은 저자 자신에 의해서가 아니라 후대의 편집자에 의한 것이라는 견해가 타당하다.

한편《역사》는 전쟁사를 다루면서도 결코 전쟁 이야기만을 다루고 있지는 않다. 페르시아 전쟁을 중심으로 하고 있는 이 책은 실제에 있어서는 광범위한 지역에 관한 지리적 정보와 풍속 및 정치적 상황에 관한 다양한 내용을 다루고 있다. 그 저작의 전체적인 핵심이 페르시아 전쟁에 있음은 주지된 사실이나, 정작 크세르크세스의 침공이 기록된 것은 7권에서 9권에 이르는 작은 부분에 지나지 않는다. 그외의 다른 부분에서는 그 전쟁 자체와는 전혀 상관이 없는 수많은 지리적 지식과 풍습 및 역사에 관한 상세한 기술로 가득 차 있다.《역사》전체에 있어 개개의 부분들은 매우 독립적인 성격을 띠고 있다. 그중에 특히 제2권과 제3권 전반부에 서술되고 있는 이집트에 관한 부분은《역사》의 전체적 구조에서 매우 독립적인 성격을 띠고 있으며, 이집트에 대한 방대하고 흥미로운 기록들로 이루어져 있다.

헤로도토스는 스스로《역사》가 탐사 보고서라고 했다. 실제로《역사》에는 그가 탐험한 지역의 지리, 풍속, 역사, 전해지는 이야기 등이 모두 실려 있다. 이 내용들은 모두 흥미롭고 풍성한 세계사 자료가 되고 있다. 헤로도토스는 들은 그대로 기록하고 전해지는 것을 그대로 전하는 것을 서술 원칙으로 삼았다. 이를 위해 갈 수 있는 곳이라면 어디든지 찾아다녔고, 현지에서 만난 사람들과 나눈 대화 내용이 9권으로 이루어진 《역사》의 가장 중요한 자료가 되었다.

역사의 의미를 바꾼 《역사》

그전까지 '역사'라는 말은 과거에 일어난 일을 시간순으로 적은 내용을 의미했다. 하지만 헤로도토스가 《역사》를 쓴 이후부터 역사는 '역사가가 과거 일에 대해 깊이 생각하고 연구한 내용'이라는 의미를 갖게 되었다. 그래서 그는 '역사학의 아버지'라고 불린다. 헤로도토스의 출현을 전후하여 그리스인은 신화적 역사인식의 단계를 넘어섰다. 사건을 만드는 것, 그리고 기록할 사건을 선택하는 것도 인간이라는 인식에 도달한 것이다.

그리스인은 역사가 전지적 신이 알려주는 것이 아니라 인간이 직접 조사하고 탐구한 결과라고 믿게 된다. 헤로도토스 역시 그리스인들의 시야를 넓혀 준 페르시아 전쟁에 자극받았고 좀 더 많은 사람들과 지역들에 관하여 탐구하기로 결심했을 것이다. 따라서 그는 개인적으로 할 수 있는 모든 조사를 행했고, 각계각층의 전문가들의 증언을 듣고 검토하며, 자기가 얻은 정보를 정확하고 충실하게 밝히기 위해 노력한다.

헤로도토스는 지리학적 · 민족학적 · 민속학적 부분들에서는 주로 견학과 현지 체험에 의존하고, 역사적 부분들에서는 개인이나 직업집단 예를 들어, 사제들, 익명의 지역 주민이나 도시들에서 들은 구전에 의존하는 방법으로 서술했다. 또한 헤로도토스의 역사 기술의 원칙은 '들은 대로 전할 의무는 있지만, 그것을 다 믿을 의무는 없다.'는 것이다. 그래서 그는 때로 한 쪽만을 대변하지 않고 상반된 견해들을 동시에 서술하기도 했다. 이렇게 서술된 헤로도토스의 《역사》는 풍부하고 다채로운 특유의 문체로 어둠에 묻혀 있던 고대의 세계를 활짝 열고, 여러 민족의 풍습과 종교에 대한 기록을 굉장히 상세하고 객관적으로 서술했다는 점에서 의의가 있다.

헤로도토스의 《역사》 vs 투키디데스의 《펠로폰네소스 전쟁사》

헤로도토스는 오랫동안 '역사의 아버지'로 불린 이유가 있다. 고대 로마의 정치가이자 작가인 키케로 Marcus Tullius Cicero, B.C 106~B.C 43가 헤로도토스의 《역사》를 최초의 역사서라 칭한 것에 기인한다. 키케로는 《역사》에 설화가 헤아릴 수 없이 많이 나온다고 지적하면서도, 그를 역사의 아버지라고 불렀다. 그것은 헤로도토스가 단순히 사실만을 기록해서가 아니라 모든 이야기를 사실로 뒷받침하려고 최선을 다했다는 점을 인정했기 때문이다. 이런 맥락에서 서양 역사서의 시작점은 헤로도토스의 《역사》로 볼 수 있다.

그러나 근대 역사학의 아버지라 불리는 레오폴트 폰 랑케 Leopold von Ranke, 1795~1886는 이에 비판적인 시각을 가지고 있었다. 그는 헤로도토스가 아닌 투키디데스Thucydides, B.C 460~B.C 400가 '서양 역사의 아버지'로 불려야 한다고 주장했다. 랑케는 "역사는 엄격한 사료 비판과 사실에 충실한 있는 그대로의 서술을 해야 한다."고 주장했다. 이런 점에서 투키디데스의 《펠로폰네소스 전쟁사》가 사실의 기록으로서의 서양 역사서의 출발점이라는 것이다.

《펠로폰네소스 전쟁사》는 투키디데스가 쓴 펠로폰네소스 전쟁이야기로 총 8권으로 구성되어 있다. 헤로도토스의 《역사》는 투키디데스의 《펠로폰네소스 전쟁사》에 비해서 사료 검증 능력은 부족하다고 평가받는다. 신화적인 이야기를 비롯해서 검증되지 않은 설화들이 무분별하게 섞어서 서술되어 있기 때문이다. 헤로도토스는 이전 세대와 달리 합리적인 방법으로 역사를 서술했지만, 아직 사실과 신화 사이를 오가는 면이 있으며, 서술 속의 인류는 여전히 신화를 매개한 역사의 현장을 살아가고 있다.

그럼에도 불구하고, 헤로도토스가 역사의 아버지로 불리는 이유는 무엇인가? 단순히 '최초'라는 타이틀에 의존해서 그렇게 불리는 것일까? 투키디데스는 "자신은 객관적으로 검증된 사실만 기록한다."고 했지만, 역사는 단순히 사실의 기록이 아니라, 사실을 엮어서 만든 이야기다. 사실 없이 역사를 서술할 수는 없겠지만, 그저 사실만 기록한다고 해서 역사가 되는 것은 아니다. 역사는 인간 사회의 흥망성쇠에 관한 이야기이다. '사실의 기록'은 역사 서술의 필요조건일 뿐, 그것만으로 역사라 할 수는 없는 것이다. 헤로도토스는 이야기를 중시한 역사 기술을 보였으며, 이는 그리스 로마의 역사 기술 전체에 지대한 영향을 미쳤다.

이 점에서 헤로도토스의 《역사》를 최초의 역사서로 보는 것이 무리는 아닐 것이다. 당시는 신화와 역사적 사실들이 뒤섞여 서사시의 형태로 구전되고 기록되던 시대였다. 그러나 헤로도토스는 처음으로 신화적 요소를 지양하고 서사시가 아닌 산문으로 기술했다. 《역사》는 과거의 사실을 시가가 아닌 실증적 학문의 대상으로 삼은 탐사보고서이기도 하다.

또한 헤로도토스의 《역사》는 최초의 포괄적이고 체계적인 역사서로서의 의의를 갖는다. 투키디데스가 그리스 폴리스의 내용에 집중했다면, 헤로도토스는 그리스 폴리스를 기본 골자로 하여 그리스 이외의 많은 민족에 대해 기록하였다. 특히 여기서 주목할 부분은 그들의 전투양상, 국가, 제도, 관습, 문화 등을 총망라하여 방대하게 서술했다는 데 있다. 실제로 헤로도토스는 페르시아 전쟁과 관련이 있는 그리스 본토의 모든 지방과 소아시아, 남이탈리아, 이집트, 트라케와 마케도니아 지방까지 직접 다니며 현지에서 보고 들은 것을 정리했다.

다방면에서 긁어모은 당시에 대한 기록은 현대 문화사 연구에 큰 귀감을 준다. 일례로, 고대 아프리카 역사에 관해 전해오는 문헌이 거의 부재한 상황에서 헤로도토스의 《역사》는 지식의 보고가 된다. 이렇다 할 문헌도 없던 상황에서 여러 도시, 수많은 사람에게서 끌어 모은 다양하고, 때로는 상반된 구전의 잡동사니들 속에서 페르시아 전쟁사를 하나의 통일체로 빚어낸 것이 그의 위대한 업적이며, 역사의 아버지로서의 공헌이라고 할 만하다.

세계 고전 한눈에 보기!

헤로도토스의 《역사》는 전 9권으로 그리스와 페르시아의 전쟁이 그 골자로 되어 있으며, 기원전 479년까지의 사실을 기록하고 있다. 페르시아전쟁의 역사를 기록했기 때문에, 《페르시아 전쟁사》라고도 한다. 하지만 《역사》는 전쟁사를 다루면서도 결코 전쟁 이야기만을 다루고 있지는 않다.

페르시아 전쟁을 다루기 전에 그 이전 근동의 역사를 요약해가는 것도 흥미롭고 유익하며, 일화들과 전체 사건의 큰 흐름을 조화롭게 구성해나가는 방식은 감탄을 자아낸다. 그 이전의 역사적 요약은 물론 지리와 종교 그리고 민족 등 다양한 분야의 내용을 방대하게 거론하고 있다. 그래서 우리는 헤로도토스의 역사를 복합적 역사서라고 말하는 것이다. 중간 중간에 삽입된 옛이야기나 설화에서도 이야기체 역사에 대한 그만의 매력과 타고난 재능을 유감없이 보여준다.

한편 헤로도토스의 《역사》는 역사의 의미를 바꿨다는 점에서 의의가 있다. 그전까지 '역사'라는 말은 과거 일을 시간순으로 적은 내용을 의미했다. 하지만 헤로도토스가 《역사》를 쓴 이후부터 '역사는 역사가가 과거 일에 대해 깊이 생각하고 연구한 내용'이라는 의미를 갖게 되었다. 사건을 만드는 것, 그리고 기록할 사건을 선택하는 것도 인간이라는 인식에 도달한 것이다. 그래서 그는 '역사의 아버지'라고 불린다.

12

《사기》 동양 역사서의 근간

사마천

사마천 司馬遷 B.C 145~B.C 86 추정

전한시대의 역사가이며 《사기 史記》의 저자다. 동양에서 역사학을 정립한 사람이라고 평가해도 지나치지 않을 만큼 동양 사학계에서 가장 위대하게 여겨지는 역사가 중 한 명이다. 한무제 漢武帝 의 태사령 太史令 이 되어 《사기》를 집필하였고 기원전 91년 완성하였다. 저술의 목표를 '인간과 하늘의 관계를 규명하고 고금의 변화에 통관하여 일가의 주장을 이루려는 것'이라 각각 설명하는데, 전체적 구성과 서술에 이 입장이 잘 견지되었다. 이 책의 가장 큰 특색은 역대 중국 정사의 모범이 된 기전체 紀傳體 의 효시라는 점이다.

궁형의 치욕을 《사기》의 완성으로 승화시키다

그의 선조 사마씨司馬氏는 대대로 주周나라의 역사 기록을 담당한 태사太史였다. 당시 역사를 기록하는 관직이었던 태사령太史令은 그다지 높은 벼슬이 아니었으나, 사마천은 자신의 직분과 가계의 뿌리에 대해 대단한 자긍심을 가지고 있었다. 7살 때 부친 사마담司馬談이 천문 역법과 도서를 관장하는 태사령이 된 이후 무릉武陵에 거주하였다. 사마담은 아들 사마천을 역사가로 키우기 위해 일찍부터 고전 문헌을 구해 읽도록 가르쳤다. 사마천은 10살 때 이미 고문으로 된 경서를 암송할 수 있었고,《좌전左傳》《국어國語》등과 같은 역사 문헌을 읽을 수 있었다.

20살이 되던 해 사마천은 2년 동안 천하 각지를 돌아다녔는데, 그가 천하 구석구석에 이르지 않는 곳이 없었다. 역사 유적을 탐방하여 잊힌 사람들을 찾고 사람들을 만나 인정이나 풍속을 이해하면서 여정을 보냈는데, 이 경험은 후에《사기》를 저술하는 데 큰 도움을 주었다. 사마천이 27살이 되던 해 한무제의 비서실 소속이던 낭중황제의 시종이 되었고, 황제를 수행하여 산천에 제사하고 강남江南, 산동山東, 하남河南 등 전국 각지를 유람할 수 있는 기회를 또 한 번 갖게 된다.

사마담은 사마천에게 태사령이 되어 자신이 완수하고자 했던

《사기》의 저술을 대신 끝마치라는 유언을 남기고 죽었다. 무제 원봉 3년 기원전 108년, 사마천은 37살이 되던 해에 부친의 직을 이어 태사령이 되었고,《사기》의 저술은 기원전 104년 사마천의 나이 42살 때 시작되었다. 그러던 중 '이릉 사건'이라는 뜻하지 않은 시련을 겪게 된다. 흉노의 포위 속에서 부득이하게 투항하지 않을 수 없었던 이릉李陵 장군을 변호하다 황제인 한무제의 노여움을 사 사형을 선고 받게 된 것이다. 당시, 사마천이 죽음을 면할 수 있는 길은 오십만 냥의 배상금을 내어 감형을 받거나 치욕을 감수하고 생식기를 절단당하는 궁형宮刑을 당하는 길밖에 없었는데, 집안 형편이 넉넉하지 못했던 그는 배상금을 낼 수 없었다. 결국 사마천은 태사령이 되어 역사를 기록해 달라는 부친의 유언을 지키기 위해 궁형을 자청하여 환관이 되었다.

사마천은《사기》를 완성하라는 부친의 유언과 역사가로서의 소명의식 때문에 옥중에서도 저술을 계속하였으며, BC 95년 황제의 신뢰를 회복하여 환관의 최고직인 중서령中書令이 되었다. 중서령은 황제의 곁에서 문서를 다루는 직책이었지만, 그는 환관 신분으로 사대부들의 멸시를 받았다. 이러한 모욕을 견뎌내고 사마천은 마침내《사기》를 완성하였다. 완성의 정확한 연대를 확인하기는 어렵지만, 기원전 91년 사마천이 친구인 임안에게 보낸 서한을 통해 추정해볼 수 있다. 서한에서 사마천은 자신이 옥에 갇히고 궁형에 처한 경위와 그에 더욱 분발하여 사기를 저술하는 데 혼신의 힘을 쏟은 심경을 고백하였다. 이 편지《보임안서報任安書》의 내용으로 보아《사기》는 이 시기BC 91년에 거의 완성된 것으로 보인다.

《사기》, 최초의 기전체 역사서

《사기》 이전의 모든 역사서는 시대별, 연월을 따라 사적을 기록한 편년체編年體의 서술 방식이었다. 《사기》는 이러한 편년체의 서술 방식에다 개인의 전기를 더 첨가하여 역사의 사실을 보충했다. 이러한 새로운 역사 서술 방식은 '본기本紀'와 '열전列傳'에서 명칭을 따서 '기전체紀傳體'라고 불리게 되었다. 기전체란 제왕의 즉위 연대에 따라 기록하는 단순한 역사 편찬 방식이 아니라, 통치자를 중심으로 하여 여기에 속한 신하들의 전기, 제도, 문물 등을 분류하고 서술하여 왕조 전체의 체제를 이해하기에 용이한 역사 서술이다. 이런 서술 방식은 역사적 사실뿐만 아니라 역사적 시각의 다양성까지 표현할 수 있어 생동감 있는 역사를 재현할 수 있는 커다란 장점을 갖고 있다. 다시 말해 역사적 인물의 여러 활동 및 그 결과를 총망라할 수 있기 때문에, 《사기》의 이러한 역사 서술 방식은 이후 중국 역대 왕조사의 편찬에 적용되었다. 이로써 《사기》는 후대 정사正史의 모범이 되었다.

《사기》의 저술 동기와 목적

사마천은 저술의 동기를 '가문의 전통인 사관의 소명의식에 따라 춘추를 계승하고 아울러 궁형의 치욕에 발분하여, 입신양명으로 대효를 이루기 위한 것'으로, 저술의 목표를 '인간과 하늘의 관계를 구명하고 고금의 변화에 통관하여 일가의 주장을 이루려는 것'으로 각각 설명하였다.

'이릉 사건' 이후 사마천의 개인적인 비극이《사기》의 저술 동기에 중요한 계기가 되었음을 알 수 있다. 궁형을 당한 사마천은 초인적인 인내심으로 수치와 고통을 극복하고 인간과 제도, 세상과 역사에 대한 균형감을 체득했다. 이런 경험 이후로 그는 모든 사실을 근거 위에서 검토하며 부당한 권력을 비판했으며, 이로써《사기》가 지배자의 역사서에서 민중의 역사서로 거듭날 수 있게 되었다. '이릉의 화'는 사마천의 인생뿐만 아니라《사기》의 서술 방향을 근본적으로 바꿔버린 사건이었다고 볼 수 있다.

'하늘과 인간의 관계를 구명한다.'는 것은 결국 '인간의 운명이란 무엇인가?'하는 문제다. 그는 하늘의 뜻과 인간의 의지 사이에서 그 경계를 냉엄하게 통찰하여 초자연적인 힘 또는 신에서 해방된 인간 중심의 역사를 발견했다. 따라서 걸출한 인물들을 다루는 열전에 가장 많은 비중을 할애하였고, 신비하고 괴이한 신화와 전설의 부류에 속하는 자료는 모두 배제하면서 주로 합리적으로 믿을 수 있다고 판단되는 자료만 채용하여 기록했다.

위대한 성현뿐 아니라 시정잡배가 도덕적 당위의 실천과 개인의 이익 사이에서 방황하고 고뇌하는 생생한 모습을 제시함으로써, 결국 역사는 '살아 숨 쉬는 인간'에 의해서 창조된다는 점을 극명하게 보여주고 있다.

'고금의 변화를 통달한다.'는 의미는 고금의 변화를 관통하여 국가의 흥망성쇠 및 개인의 성패원인을 분석하고, 그 결론에 근거하여 인간 만사의 근본과 핵심을 파악하고자 했다는 뜻이다.《사기》 저술의 최대 목적은 '일가지언一家之言'인데, 이는 사마천 스스로 독자적인 이론과 체계를 이루려는 것을 말한다. 그는 역사에 대한 이성적 통찰과 감성적인 이해를 통해 자신의 '일가지언'을 이루기 위해 온 힘을 기울였다.

《사기》의 구성과 내용

사마천은《사기》를 완성하고 2년 후에 사망하였다. 그는 자신의 저서를 《태사공서太史公書》라고 불렀지만 후한시대에 들어와《사기》라고 불리게 되었다.《사기》의 규모는 본기本紀 12권, 표表 10권, 서書 8권, 세가世家 30권, 열전列傳 70권 등 모두 130권에 이른다. 사마천은 이 130권편의 주제를 간단히 기술하고 제목을 달았다.

• 본기本紀

오제五帝부터 하夏, 은殷, 주周, 진秦, 한漢의 5대에 이르기까지의 대략 2,400년 동안의 역사를 움직인 제왕의 정치와 행적을 연대순으로 기록한 것이다.

• 표表

각 시대에 대한 역사를 도표화한 것이며 주로 '본기'와 '세가'에 나오는 제왕과 제후들의 흥망의 역사적 사실을 일람하기 위한 연표年表다. 사마천의 과학적인 사고와 정통을 중시하는 노력의 흔적이 잘 나타나 있다.

• 서書

일종의 문화사나 제도사의 성격을 갖는 것으로 역법曆法, 천문天文, 법제法制, 경제經濟, 예법禮法, 음악音樂, 치수治水에 이르기까지 여러 문물제도의 연혁과 변천 및 실제적인 운용을 기록한 분류사다.

• 세가世家

제왕 아래서 열국列國의 통치를 위임받은 제후諸侯들의 가문의 계보와 사적, 흥망성쇠의 과정을 나라별로 기술한 제후국의 역사이다. 춘추시대 12개 제후국과 전국시대 6개 제후국, 그리고 한나라에 들어오면서 각지에 임명된 제후왕들을 기록했다. 특히, 공자와 진승陣勝, 진나라를 치기 위해 제일 먼저 봉기한 민중의 지도자은 결코 제후에 오른 사람이 아님에도 불구하고 세가에 넣어 기록했다. 공자는 후세에도 존경을 받는다는 점에서 제후의 위치와 다를 바가 없다고 간주하여 포함시켰다. 한편 진승은 진나라에 반기를 들고 타도에 실패했지만, 진승이 봉한 제후들과 장상將相들이 결국 진을 몰락시켰다는 점에서 세가에 포함시켰다.

• 열전列傳

사마천이 가장 공을 들인 부분이자, 역사가로서 그의 천재성이 가장 잘 나타나는 부분이다. 여기서 그는 각 분야에서 걸출한 인물들을 선정하여 그들의 활약을 예리한 통찰력과 판단력, 그리고 풍부하면서도 적절한 상상력으로 묘사해냈다. 열전을 서술한 목적을 "의를 돕고 결연히 나서 기회를 놓치지 않고 천하에 공명을 세운 사람들을 위해 70여 편의 열전을 짓는다."라고 밝혔다.

《사기》의 결정체, 열전

《사기》는 비록 본기, 연표, 서, 세가, 열전이 유기적으로 연결되어 있지만, 그중 백미는 단연코 '열전'이다. '열전'은 《사기》 중에서 가장 많은 부분을 차지하고 있으며, 역사적으로뿐만 아니라 문학적으로도 가치가 매우 높아서, 《사기》의 결정체라 할 수 있다. 열전에 등장하는 인물들은 기본적으로 시대 순서에 따라 배열되어 있고, 시대상을 반영하거나 역사적 의의가 큰 인물이 주로 선정되었다. 백이伯夷와 숙제叔齊의 이야기부터 '본기'와 '세가'를 둘러싼 제왕과 제후들을 위해 일했던 영웅호걸, 자객, 서민, 귀족 등과 군왕의 총애를 받았던 여인까지 다양한 역사적 인물의 전기傳記를 기록하고 있다. 이뿐만 아니라 흉노, 조선 등 중국을 둘러싼 이민족의 풍속과 교화도 포함되어 있어 중국 전체의 광범위한 역사를 두루 다루고 있다. 사마천은 해당 인물에 대한 특징적인 면모를 골라 기록했는데, 이는 자신이 처한 특수한 입장에서 인물을 선정하고 자신의 역사관과 가치관에 따라 평가하고 해석한 그의 독특한 역사인식에서 기인된 것으로 볼 수 있다.

한편 열전에는 네 종류가 있는데, 오직 한 명만 다룬 편, 여러 명을 한 편으로 다룬 편, 비슷한 직업 혹은 유형의 인물들을 합쳐서 한 편으로 다룬 편, 그리고 중요 인물을 기록하고 그와 관련된 인물을 간략하게 덧붙인 편이 있다. 《사기》의 이 다섯 부분은 서로 긴밀하게 연계되어 있어 '열전'의 내용이 '본기'나 '세가'에 중복되어 나타나기도 하는데, 그것은 한 시대적·공간적 틀에서 복잡하게 이루어지는 인물군의 행적을 분류별로 따로 떼어낼 수 없는 데서 기인한 불가피한 것으로 보인다.

열전의 첫 주인공은 백이와 숙제 형제다. 주나라 무왕이 은나라 주왕을 멸하자, 신하가 천자를 토벌한다고 반대하며 주나라 곡식을 먹기를 거부하고 수양산에서 굶어 죽은 전설적인 형제 성인이다. 사마천은 이들의 비통한 운명을 논하며 부조리한 세상사에 대한 울분을 토로하고, 아울러 궁형을 당한 자신의 억울한 처지를 투영하고 있다. 그외 모진 치욕을 참아내고 세상에 이름을 떨친 관중, 오자서, 경포 등의 일생에 특별한 의미를 부여한 것에서도 《사기》의 끝부분에 '열전'을 마련한 저자의 저술 동기를 읽을 수 있다. 역사가로서의 사명감으로 궁형의 치욕을 초월한 사마천은 인생의 궁극적 의문을 탐구하는 자세로 기전체의 역사서를 집필한 것이다.

한편 백이열전에서 사마천은 두 가지 의문을 제기한다. 공자는 백이 형제가 다른 사람을 원망하는 일이 거의 없었다고 했지만, 과연 이들에게 원망하는 마음이 없었을까 하는 것이 첫 번째요, 바로 이어 권선징악에 의문을 던진다. 선하고 바르게 사는 사람이 행복하고 악하게 사는 사람이 불행하다면, 도덕과 행복은 일치할 텐데, 현실은 그렇지 못한 경우가 많다. 백이와 숙제 같은 사람은 인덕을 쌓고 행실을 바르게 했음에도 결국 굶어 죽었다. 공자의 제자 중 안연은 학문적으로 가장 뛰어났음에도 가난해서 술지게미와 쌀겨 같은 거친 음식도 배불리 먹지 못하고 요절하고 말았다. 사마천 자신도 불가항력적 상황에서 적군에 투항한 이릉을 변호하다가 궁형이라는 치욕을 당하지 않았던가? 도덕적으로 사는 것과 행복이 일치하지 않는다면, 인간이 도덕적으로 올바르게 살아야 할 이유는 무엇인가? 사마천은 "군자는 죽은 뒤에 자기 이름이 일컬어지지 않는 것을 가장 가슴 아파한다."라는 말로 백이열전을 마무리한다.

중국 중심의 역사관을 낳다

사마천의 《사기》는 인간의 운명에 관한 탐구, 기존에 없던 독창적인 역사 서술 방식, 뛰어난 문장력 등 여러 측면에서 높은 평가를 받아 마땅한 고전이다. 그러나 《사기》는 중국 통일관념에 영향을 미쳤고, 중국을 우주의 중심으로 보고 주변국을 모두 오랑캐로 보는 중화주의 역사관을 초래한 측면이 있다. 《오랑캐의 탄생》의 저자인 니콜라 디 코스모Nicola Di Cosmo가 "중국을 탄생시킨 이는 진시황이 아니라 역사가 사마천이다."라고 말한 것은 이런 측면과도 무관하지 않다.

세계 고전 한눈에 보기!

《사기》는 사마천이 이릉 사건과 관련하여 사형보다 더 수치스럽다는 궁형을 당하면서, 완성시킨 불멸의 고전이다. 역사적 사실을 시간의 흐름에 따라 기술하는 편년체가 아닌, 각 사건과 인물을 개별적으로 따로 기술하는 최초의 기전체 형식의 역사서라는 점에서 의의가 있다. 《사기》의 규모는 본기 12권, 표 10권, 서 8권, 세가 30권, 열전 70권 등 모두 130권에 이른다. 그중 백미는 당연코 '열전'이다. '열전'은 《사기》 중에서 가장 많은 부분을 차지하고 있으며, 역사적으로뿐만 아니라 문학적으로도 가치가 매우 높아서, 《사기》의 결정체라 할 수 있다. 여기서 그는 각 분야에서 걸출한 인물들을 선정하여 그들의 활약을 예리한 통찰력과 판단력, 그리고 풍부하면서도 적절한 상상력으로 묘사해냈다. 백이와 숙제의 이야기부터 '본기'와 '세가'를 둘러싼 제왕과 제후들을 위해 일했던 다양한 역사적 인물의 전기를 기록하고 있을 뿐만 아니라 흉노, 조선 등 중국을 둘러싼 이민족의 풍속과 교화도 포함되어 있어 중국 전체의 광범위한 역사를 두루 다루고 있다.

사마천은 열전의 첫 편인 '백이열전'에서 주나라 백성이 되는 것을 부끄럽게 여겨 수양산에 들어가 굶어 죽은 백이·숙제의 비통한 운명을 논하며 부조리한 세상사에 대한 울분을 토로하고, 아울러 궁형을 당한 자신의 억울한 처지를 투영하고 있다. 또 모진 치욕을 참아내고 세상에 이름을 떨친 관중, 오자서, 경포 등의 일생에 특별한 의미를 부여한 것에서도 《사기》의 끝 부분에 '열전'을 마련한 저자의 저술 동기를 읽을 수 있다. 역사가로서의 사명감으로 궁형의 치욕을 초월한 사마천은 인생의 궁극적 의문을 탐구하는 자세로 기전체의 역사서를 집필한 것이다.

《국부론》 인간의 이기심에서 경제원리를 찾다

—— 애덤 스미스

애덤 스미스 Adam Smith, 1723~1790

영국의 경제학자이자 윤리학자다. 고전경제학을 최초로 이론화하여 경제학의 아버지로 불린다. 그가 저술한 《국부론》은 자유방임주의를 표방한 최초의 경제학 저서이며, 오늘날 경제학의 원전으로 평가받고 있다. 《국부론》외에 《도덕감정론》을 남겼다.

《국부론》이 쓰인 배경, 중상주의 정책에 대한 문제의식

애덤 스미스는 16세기 말부터 18세기까지 유럽 각국을 휩쓸던 중상주의 경제사상을 비판했다. 당시, 중상주의는 금과 은을 부의 원천이라고 보았던 중금주의**重金主義, 화폐 또는 금, 은의 증가만이 나라를 부강하게 한다는 사상** 와 수출을 적극 권장하고 수입을 저지하던 보호무역주의를 중심으로 하는 정부의 경제규제를 말한다. 당시 상인들은 귀금속을 얼마나 가지고 있는지를 부의 척도로 삼았으며, 자신의 이익에 봉사하는 것이 국가의 이익에 부합한다고 생각했다. 이들은 나라의 '국부'가 금, 은, 화폐의 보유량에 따라 결정된다고 보았고, 국가 내부적으로 귀금속을 입수할 수단을 가지고 있지 못하다면, 무역을 통해 획득되어야 한다고 보았다. 또한 국가가 무역에 관여하여 재화의 수출량이 수입량을 초과하도록 해야 한다고 주장했다. 국가는 상인들이 부를 축적할 수 있도록 정책을 지원했다.

이러한 중상주의 정책은 비합리적인 국제 경제질서를 낳고 있었다. 당시 정부는 내수를 보호하기 위한 명목으로 상인들에게 돈을 받고 독과점을 허가해주고 있었다. 소수 거대 상인들의 독과점은 재화의 가격상승을 초래했으며, 국민들이 그 독과점의 폐해를 고스란히 떠안아야 했다. 정경유착, 소수 대자본으로의 경제력 집중 및 인위적 독과점은 중상주의 경제규제의 필연적 결과다.

중상주의자들은 부의 기준을 화폐나 귀금속의 보유량에 두었지만, 애덤 스미스는 부의 기준을 국민들의 생활수준에 두었다. 소수의 정치인 및 상인 등 일부 계층에게만 이익이 집중되는 것은 그가 생각한 국가의 부가 아니었다. 애덤 스미스는 이러한 문제의식을 가지고《국부론》을 집필했다.

보이지 않는 손에 맡겨라

애덤 스미스는 상인 및 기업과 결탁하여 자유시장 경쟁을 방해하는 정부에 환멸을 느꼈으며, 중상주의를 비판하고 국가의 간섭을 최소화하는 자유방임사상을 전개한다. '분업과 국민총생산', '무역과 개방의 중요성', '보호무역의 문제점' 들을 다뤘던 스미스의 시장 개념은 '보이지 않는 손'의 개념을 중심으로 전개된다. '보이지 않는 손'은 시장을 인도하는 보이지 않는 힘을 의미하는 개념이다.

다시 말해, 스미스는 개인이 자신의 이익을 위해 행동할 때 의도하지 않게 사회적으로 더 큰 이익을 증진한다고 믿었다. 국가가 개입하지 않고, 각 경제 주체가 자기 이익을 추구하도록 놔두면 사람들에게 필요한 재화가 알아서 공급되리라는 것이다. 우리가 저녁 식사를 기대할 수 있는 이유는 푸줏간의 주인, 양조장 주인 혹은 빵집 주인의 자비심 때문이 아니라, 보다 많은 이익을 챙기려는 그들의 이기심 덕분이다. 그는 인간들의 이기심이 우리도 모르는 사이에 사회의 복지를 증진시킨다고 믿었다.

보이지 않는 손은 자원이 효율적으로 할당되고 가격이 적절한 수준으로 설정되도록 한다. 이는 경쟁이 치열한 시장에서 수요와 공급의 변화를 반영하여 가격이 조정된다는 것을 의미한다. 이 개념은 근대경제학에서 말하는 '균형가격'으로 이어진다. 균형가격이란 수요량과 공급량을 일치시키는 가격을 말한다. 이 가격에서 소비자들은 원하는 만큼 재화를 살 수 있고 판매자들은 원하는 만큼 재화를 팔 수 있으므로 소비자와 판매자 모두 만족스러운 상태가 되는 것이다.

보이지 않는 손이 작동하게 되면, 정부는 국방 및 인프라와 같은 공공재와 서비스를 제공하기 위해서만 경제에 개입해야 한다. 스미스는 정부가 경제에서 제한된 역할을 해야 한다고 믿었다. 시장에 대한 정부의 개입이 수요와 공급의 자연력을 왜곡시켜 비효율과 가격상승을 초래할 것이기 때문이다. 《국부론》은 개개인의 경제활동에 자유경쟁을 보장하는 중재자로서의 정부를 요청한다.

한편 애덤 스미스는 경쟁의 중요성을 강조했는데, 그는 상품과 서비스가 가능한 가장 낮은 비용으로 생산되도록 하기 위해선 경쟁이 필요하다고 주장했다. 경쟁이 치열한 시장에서 생산자가 경쟁력을 확보하기 위해서는 재화를 비교적 낮은 비용으로 생산할 수 있어야 하는데, 이는 혁신, 가격인하 및 효율성 향상으로 이어지게 되는 것이다.

《국부론》에 대한 오해

이익을 추구하는 개인들의 이기심이 사회 전체의 이익을 높인다는 애덤 스미스의 주장이 오해를 사곤 한다. 개인들의 이기심을 무제한적으로 허용했다며 비판하는 것이다. 하지만 애덤 스미스는 인간의 끝없는 이기심을 결코 허용한 적이 없다. 그는 이기심이 사회도덕적 한계 내에서 발휘되어야 한다고 주장했다. 이는 그가 쓴 《도덕감정론》에도 나타나는데, 인간은 도덕적인 존재이고 경제도 도덕체계의 한 부분이라고 생각했다. 사실 《국부론》은 《도덕감정론》과 함께 읽어야 보다 정확한 이해가 가능하다.

자유방임을 외치며 정부의 개입을 최소화할 것을 주장한 부분은 오늘날의 입장에서 볼 때, 약자들을 외면하고 대기업의 논리를 옹호하는 것처럼 보이기 쉬우나, 애덤 스미스가 살던 시대적 상황은 오늘날과 정반대였음을 알아야 한다. 오늘날에는 정부의 개입이 경제적 약자, 중소기업에 대한 지원을 의미하는 면이 강하지만, 애덤 스미스가 살던 시대는 거대 상인 등이 정부와 결탁하여 중상주의 정책을 밀어붙이던 상황이었다. 그 당시 정부의 시장개입을 제한한다는 의미는 정부가 거대 상인들과 결탁해 그들의 독과점을 허가하지 말라는 뜻에 가깝다. 편견과 달리 그는 빈민에 대한 연민을 가지고 있었으며, 항상 약자의 편에 서 있었다. 게다가 그가 추구한 '국가의 부'는 특정 계층에 집중된 귀금속의 양을 늘리는 것이 아니라, 여러 계층의 사람들에게 돌아갈 필수품과 편익품을 늘리는 것에 있었다.

다만, 《국부론》이 쓰일 당시의 사회는 상업자본주의에서 산업자본주의로 넘어가는 과도기에 있었기 때문에, 자본주의의 전형적인 문제들인 빈부격차, 계급갈등, 주기적 불황 등이 심각하게 나타나진 않았다. 이때문에 애덤 스미스는 이들 문제를 깊이 고민하진 않았고, 자본주의에 대하여 다소 낙관적인 견해를 가지고 있었다.

세계 고전 한눈에 보기!

《국부론》은 영국의 고전파 경제학의 시조인 애덤 스미스가 1776년에 발간한 저서다. 스미스는 상인 및 기업과 결탁하여 자유시장 경쟁을 방해하는 정부에 환멸을 느꼈으며, 중상주의를 비판하고 국가의 간섭을 최소화하는 자유방임사상을 전개한다. 애덤 스미스가 말하는 '정부의 시장개입 제한'은 신자유주의자들의 주장처럼 독과점 대기업이 시장지배력을 이용하거나 담합하여 마음대로 이윤을 추구하도록 '방임'하라는 것이 아니라 정부가 거대 상인들과 결탁해 그들의 독과점을 허가하지 말라는 뜻에 가깝다. 당시 정부는 내수를 보호하기 위한 명목으로 상인들에게 돈을 받고 독과점을 허가해주고 있었다. 소수 거대 상인들의 독과점은 재화의 가격상승을 초래했으며, 국민들이 그 독과점의 폐해를 고스란히 떠안아야 했다.

이 책의 골자는 다음과 같이 정리할 수 있다.

첫째, 국가의 부의 원천은 물질 화폐, 금, 은 보다 노동이다.

둘째, 노동력 개선으로 부를 증진시킬 수 있으며 분업을 통해 생산성 향상을 가져올 수 있다.

셋째, 경제활동에서 개인이 자신의 이익을 추구하는 행위, '보이지 않는 손'에 의해서 사회 전체가 조화되는 방향으로 나아갈 수 있다.
넷째, 보이지 않는 손을 통해 공급과 수요가 균형이 되어 시장이 형성된다.
다섯째, 보이지 않는 손이 작동하게 되면, 정부는 국방 및 인프라와 같은 공공재와 서비스를 제공하기 위해서만 경제에 개입해야 한다.

《자본론》 자본주의의 모순을 고발하다

—— 칼 마르크스

칼 마르크스 Karl Heinrich Marx, 1818~1883

독일의 사상가이자 경제학자. 엥겔스와 함께 《독일 이데올로기》에서 유물사관을 정립하였고 《공산당 선언》을 발표했다. 공산주의 진영을 이끌던 소련이 붕괴한 후, 마르크스주의는 현실에서 힘을 잃고 말았지만, 오늘날에도 마르크스의 이론은 철학적으로 논할 가치가 많다. 자본주의에서 필연적으로 나타나게 될 문제와 모순점을 지적하고 이에 대한 해결책을 제시하고 있다는 점에서, 자본주의가 이어지는 한 '마르크스주의'는 생명력을 유지할 것이다.

변증법적 유물론

19세기 독일의 철학자, 포이에르바흐Ludwig Feuerbach, 1804~1872는 신이란 인간의 본질이 반영된 것에 불과한데도, 그 신이 절대적 권위가 되어서 오히려 인간을 속박하고 있다며, 기독교를 비판했다. 다시 말해 진리는 신이 아닌 인간 쪽에 있다는 말이다. 그는 신의 지배 하에 있는 인간은 원래 인간에게 있어야 할 진리에서 소외된 상태라고 생각했다. 따라서 포이에르바흐는 본래적인 것으로서의 인간성을 회복하는 일이 매우 중요하다고 주장했다. 그러나 마르크스는 그의 소외론에 이의를 제기했다. 그의 말마따나 본래적인 것으로서의 인간성이 애초에 존재한다면, 결국 그것은 신이라는 것과 별반 다를 게 없다는 것이다. 단지 신을 본래적인 것이라든가 인간성으로 대체시킨 것에 불과하다는 것이다.

마르크스는 본래적인 것이나 인간성이라는 것이 모두 신이라는 생각과 마찬가지로 인간이 제멋대로 만든 추상물에 지나지 않는다고 생각한다. 모두 원래부터 있었던 것이 아니고 사회적인 산물이라고 파악한다. 그래서 마르크스는 이러한 사회적 산물이 생겨난 매커니즘을 밝혀내기 위해 연구하였다. 마르크스는 헤겔의 제자인 포이에르바흐의 유물론을 차용해서, 자신만의 변증법적 유물론을 완성했다. 바로 하부구조인 생산수단과 경제가 상부구조인 문화, 정치, 종교, 법 등에 영향을 미친다는 것이다. 이는 결국 인간의 의식적 측면이 경제적 생산관계에 의해 규정되고 결정된다고 보는 것으로, 역사를 움직이는 원동력은 물질적 생산양식에 있다.

물질적 생산양식이 역사발전의 원동력이다

철학자들은 세상을 다양한 방식으로 해석했을 뿐이다. 중요한 것은 세상을 바꾸는 것이다. _《포이에르바흐에 관한 테제》

세상을 해석하는 데는 크게 두 가지 생각법이 있다. 하나는 유물론적 방법이고 다른 하나는 관념론적 방법이다. 유물론자는 모든 현상이 물질의 상호작용에서 비롯된다고 본다. 관념론자는 현실세계에 존재하는 것보다 인간의 사고에 존재하는 관념을 더 중시한다. 관념론자인 헤겔은 역사의 발전을 절대정신의 실현으로 이해하였다. 역사는 정립, 반정립, 그리고 종합을 통해 계단식으로 발전하며, 이는 절대정신이 그 본질을 실현해가는 과정이다.

첫 단계에서는 정설이 발생하고, 두 번째 단계에서는 정설에 대한 비판이 일어나며, 마지막 단계에서는 정설과 그 정설에 대한 비판을 종합하여 실재에 대한 더 크고 바른 이해가 가능해지게 되는 것이다. 여기서 헤겔의 철학이 다분히 관념적이라는 것을 알 수 있다. 다시 말해 정신을 우선시하고, 물질은 부차적인 것으로 취급하여 역사를 해석한 것이다.

반면, 포이에르바흐는 관념적인 헤겔 철학을 비판하고 유물론적인 인간중심의 철학을 제기했다. 유물론은 세계의 근원을 물질로 보는 사유방식이다. 물질이 모든 것의 근원이기 때문에 정신은 물질에 의해 일어나는 작용에 불과하게 된다. 정신은 뇌의 작용이며, 뇌가 죽으면 정신도 사라진다. 마르크스는 헤겔의 관념적 변증법을 선택적으로 수용하고 포이에르바흐의 유물론에 영향을 받아 세계변화를 설명하는 자신만의 사상을 정립했다.

우리 사회에는 학문, 예술, 종교, 정치, 교육, 법, 철학이 있다. 우리는 이런 것들이 관념적인 가치를 실현하고 있다고 믿지만, 마르크스에 따르면 이런 상부구조는 물질적 토대**생산양식**에 의해 좌우될 뿐이다. 다시 말해 학문, 종교, 예술, 정치 등의 상부구조는 단지 기득권자**자본가**가 자신들의 생산양식을 유지하기 위한 수단에 불과할 뿐이다. 그래서 사회를 변화시키려면, 상부구조를 바꿀 것이 아니라 혁명을 통해 생산양식을 빼앗아야 한다는 논리가 도출되는 것이다. 여기서 역사가 인간의 의식이나 사상에 의해 발전되는 것으로 본 헤겔과 달리, 그는 물질적 생산양식이 역사발전의 원동력이라고 보았음을 알 수 있다.

마르크스는 지금까지 존재했던 모든 사회의 역사를 '계급투쟁의 역사'로 규정하였다. 지배하는 자와 지배받는 자, 착취하는 자와 착취당하는 자, 가진 자와 가지지 못한 자 사이의 대립과 투쟁의 역사로 파악하였다. 지배자와 피지배자 사이의 대립 결과, 역사는 변증법적 발전을 거쳐 궁극적으로 인류는 계급 없는 평등 사회를 이룩할 수 있다고 마르크스는 주장하였다. 그는 인류의 역사가 5단계의 발전단계를 통해 계급 없는 평등사회로 나아갈 수 있다고 주장했다.

■ 마르크스가 생각한 역사 발전의 5단계

사회단계	주요 구성계급
원시 공산사회	무계급
고대 노예사회	자유민/노예
중세 봉건사회	영주/영노
근대 자본주의	자본가/노동자
미래 공산주의	무계급

헤겔은 역사의 발전을 절대정신이 정반합의 과정을 통해 그 본질을 실현해가는 과정으로 해석했다. 헤겔은 절대정신의 최종 목적이 자유의 실현에 있다고 보았다. 그래서 이 세상에 완전한 자유가 달성되었을 때가 곧 절대정신이 그 자체의 본질을 실현한 때이다. 한편 마르크스는 사회가 변증법에 따라 변할 것임을 인정하면서도, 여기에 유물론을 결합하여 역사발전의 원동력이 물질적 생산양식에 있음을 주장했다. 그리고 발전의 마지막 단계에는 계급이 없는 평등사회인 '미래 공산주의'가 놓여 있다. 이것이 변증법적 유물론을 역사변화의 과정에 적용한 사적 유물론이다.

《자본론》, 자본주의의 모순을 고발하다

《자본론》은 분량이 매우 방대한 저작으로 총 4부작으로 구성되어 있다. 마르크스의 생전인 1867년 제1권이 출간되었고, 마르크스가 평생을 들여 집필한 원고를 엥겔스가 정리하여 제2권과 제3권을 간행했다. 제4권은 마르크스가 남긴 여러 초고를 취합, '잉여가치 학설사'라는 제목으로 1900년대 초 카우츠키가 편집해서 출간했다.

마르크스의 《자본론》을 이해하기 위해서는 그 당시의 자본주의를 살펴봐야 한다. 애덤 스미스를 비롯한 정치경제학자들의 견해에 따르면, 노동은 부를 축적할 수 있는 수단이며 소유권의 정당한 원천이다. 그러나 이러한 주장에도 불구하고, 이후 마르크스가 활동하던 시절의 노동자들에게 있어 노동은 부의 원천이 아니라 생존의 함정이었다. 그들은 굶어 죽지 않기 위해 임금 노동자가 되어야 했다. 교도소에 수감된 죄수의 식량과 비교될 정도로 낮은 임금을 받으면서도 노동을 할 수밖에 없었던 것이 그 당시의 현실이었다.

당시 영국에서는 공장 주인들이 8살, 심지어는 그보다 더 어린아이들을 고용해 하루 평균 14~16시간 가까이 일을 시켰다고 한다. 어린아이들의 노동상황으로 비추어 볼 때, 성인 노동자들의 상황은 더 심각했을 것이다. 그 당시 노동자들은 장시간 노동에 시달리며, 죽도록 노력해도 결코 가난에서 벗어날 수 없었는데, 마르크스는 이런 현상을 보고 세상은 왜 부자와 빈자로 나뉘게 되는 것일까를 고민했다. 열심히 일하는 노동자들이 가난해지는 원인을 학문적으로 분석하기 시작했고, 이러한 이율배반적 현실을 파악하고 개혁하고자 하였다. 그렇게 세상에 나온 책이 바로 《자본론》이다. 그는 문제의 원인을 개인이 아닌 사회의 구조, 다시 말해 자본주의 시스템에서 찾았다. 그는 책에서 자본주의는 어떤 특징을 갖는지, 자본주의 경제는 어떤 원리에 따라 움직이는지, 자본주의 경제의 문제점은 무엇인지를 분석하고 있다.

《자본론》은 첫째, 잉여가치의 개념을 설명한다. 잉여가치란 자본가에게 고용된 노동자의 노동으로 생산된 생산물 가운데 생산수단의 손실을 보상하고, 노동자에게 노동의 대가로 지불하는 임금을 제외한 나머지 이윤 로 자본가가 수취하게 되는 부분이다. 자본가는 단지 생산수단을 소유하고 있다는 법적 사실만으로 이러한 잉여가치 형태로 생산된 가치를 소유할 수 있다. 좀 더 쉽게 설명하자면, 어떤 사람이 10,000원으로 가죽을 구매한 다음, 공장의 노동자에게 신발이라는 상품을 만들게 했다고 가정해보자. 이후 이 신발을 12,000원 받고 판매했다면, 처음의 10,000원이 12,000원으로 증가하여, 이 과정에서 2,000원을 더 벌어들이게 된다. 그리고 공장의 가동비용이 800원, 신발을 만든 노동자의 임금이 200원이라면, 최종적으로 늘어난 금액은 1,000원이 된다 쉬운 설명을 위해 다른 요소와 변수는 고려하지 않는다 .

이렇게 늘어난 화폐 1,000원을 잉여가치라고 부르며, 마르크스는 잉여가치를 얻기 위해 투자한 화폐를 바로 자본이라고 했다. 돈을 벌기 위해서 투자한 화폐, 다시 말해 화폐의 증가를 가져다주는 화폐가 바로 자본인 셈이다. 그리고 이 자본을 가진 사람을 우리는 자본가라고 말한다. 또 나아가 자본가들이 자본을 투자해 상품을 생산하고 판매해서 가치를 얻는 시스템을 바로 자본주의라고 하는 것이다.

마르크스는 자본주의사회에서, 자본가는 평생 자본가로 노동자는 평생 노동자로 살아가게 될 것이라고 말한다. 왜냐하면 자본가들의 자본금이 그대로 남아 있는 한 잉여가치는 계속 벌어들일 수 있기 때문이다. 일시적으로 잉여가치를 상실한다고 해도, 아직 생산수단이 남아 있는 한 노동자의 잉여노동 덕분에 자본가는 여전히 자본가로서 잉여가치를 얻을 수 있는 것이다. 이렇게 자본가는 계속해서 더 많은 자본을 모을 수 있는 반면, 노동자는 오히려 점점 더 일자리가 없어지게 된다.

둘째, 이런 잉여가치를 자본가가 소유하는 것을 가능하게 만드는 자본주의의 조건을 분석했다. 자본주의에서 노동자들은 정치적으로는 자유롭지만 생산수단을 소유하고 있지 않다. 반면 자본가는 생산수단을 소유하고 있다. 따라서 노동자는 생존을 위해 자신을 상품화해야 하고, 이로써 자본주의적 사회관계가 형성된다. 자본주의사회에서 노동자는 원시시대의 노예나 봉건시대의 농노와 다르지만, 생산수단을 소유한 자본가에게 사실상 예속되어 있으며, 자신의 노동 대가를 자본가에게 착취당하기 때문에 '간접적 노예'인 것이다.

자본가의 목적은 더 많은 잉여가치를 얻는 것이다. 그리고 자본가들은 잉여가치 증대를 위해 노동자들의 노동시간을 늘리기 시작했다. 노동자의 노동시간을 늘리게 되면, 더 많은 상품을 생산하여 더 많은 잉여가치를 얻게 되는 것이다. 하지만 급여는 그에 비해 터무니없이 적게 주었다. 여기서 '착취'라는 것이 발생하게 된다. 마르크스는 잉여가치가 노동자의 잉여노동에서 왔다고 생각했다. 노동자가 잉여노동으로 만들어낸 잉여가치에 비해 더 낮은 수준의 임금을 지급받고 있으므로, 그만큼 노동자들은 자본가들에게 착취당하고 있는 것이다. 그럼에도 불구하고 그 당시 노동자들은 제대로 된 항의조차 하지 못했다. 노조와 노동법도 없었을 뿐더러, 일자리를 구하려는 사람 또한 널려 있었기 때문이다. 노동자들은 생존을 위해 그렇게 불공평한 상황을 감내할 수밖에 없었다.

셋째, 임금이 노동자가 겨우 생존을 유지할 수 있을 정도로 낮은 것은 인구의 압력 때문이 아니라, 자본가들에게서 멸시받는 수많은 실업자군의 존재 때문이라고 설명했다. 자본주의에 의해 끝없이 확대 재생산되는 실업자군을 산업예비군이라 하는데, 이들은 노동자들 사이의 경쟁을 심화하고, 이는 노동자들의 처지를 더욱 불리하게 만들어 임금을 생존유지에 필요한 최소 수준으로 낮추고, 장시간 노동하는 것을 불가피하게 만든다.

넷째, 근대 정치경제학자들이 자본주의를 가장 이상적인 사회이념으로, 간주하고, 여기에 적절한 수정과 개혁을 기대하는 수준에서 그치지만, 마르크스는 자본주의를 노예제도나 봉건주의와 마찬가지로 역사에 있어 하나의 단계를 이루는 사회체제로 보았다. 자본, 이윤, 임금 등의 개념이 탈 역사적 개념이 아니라 역사적 개념이라는 것을 논증하는 게 《자본론》의 중요한 과제였던 셈이다.

마지막으로, 마르크스는 생산력의 발전에 있어서 자본주의적 생산양식의 기여를 인정하면서도, 고도로 발달된 생활양식에서는 자본주의적 관계가 생산력의 발전을 가로막는 질곡이 될 수 있음을 표현했다. 공황으로 인해 끊임없이 위기에 봉착하게 되는 것이다. 쉽게 말해, 기계가 노동자를 대신하면서, 더 이상 필요가 없어진 노동자들은 결국, 공장에서 쫓겨나 실업자가 되어버릴 것이고, 실업자가 된 노동자들은 돈이 없으므로, 소비를 못하게 된다. 그럼에도 불구하고 공장의 생산량은 높아졌기 때문에, 그렇게 팔리지 않은 상품은 창고에 재고로 쌓이게 될 것이다. 자본의 축적으로 인해 자본가는 새로운 기술을 도입하게 되고, 자본가들의 치열한 경쟁으로 인해 생산력이 높아졌지만, 사회 전체적 소비가 낮아지는 불균형이 나타나게 되는 현상을 마르크스는 자본주의 모순이라고 말했다. 1929년 시작해서, 미국 경제는 물론 전 세계 경제를 한순간에 몰락시킨 대공황도 바로 이 과잉생산이 주요 원인이었음을 상기해볼 때, 마르크스의 이러한 지적은 굉장히 타당해보인다.

마르크스의 《자본론》은 여전히 유효한가?

공산주의 진영을 이끌던 소련이 붕괴한 후, 마르크스주의는 현실에서 힘을 잃고 말았다. 자본주의가 붕괴할 거라던 마르크스의 예상은 빗나가고 오히려 공산주의가 붕괴하는 사태가 벌어지고만 것이다. 더구나 오늘날엔, 더 이상 자본이 자본가 개인의 독점 형태가 아닌 사회적 자본의 형태를 띠게 되었다. 중산층이 두터워졌고, 노동자들에 대한 극심한 착취가 사라졌다. 사회 전반적으로 복지수준이 향상된 것이다.

이런 상황에서 마르크스주의의 고전인 《자본론》을 다시 읽는 것이 과연 의미가 있을까? 마르크스주의는 현실에서 힘을 잃고 말았지만, 자본주의에서 필연적으로 나타나게 될 문제와 모순점을 지적하고, 이에 대한 해결책을 제시하고 있다는 점에서 오늘날에도 마르크스의 이론은 철학적으로 논할 가치가 많다. 경제대공황을 겪었던 자본주의 국가들이 위기를 극복하고 굳건히 존재하지만, 노동자들은 여전히 구조조정이나 비정규직 등으로 불안한 노동현실에 처해 있다. 그리고 빈부격차 문제는 여전히 사회의 대표적인 테제이다. 자본주의가 이어지는 한, 역설적으로 '마르크스주의'는 생명력을 유지할 것이다. 결과적으로 《자본론》이 틀렸을지는 몰라도 자본주의가 작동하는 원리와 자본주의의 문제점을, 《자본론》만큼이나 치밀하게 분석한 책은 없다는 데 여전히 많은 사람들이 동의하고 있다.

세계 고전 한눈에 보기!

칼 마르크스는 19세기 당시 노동자들을 가난과 굶주림에 시달리게 만들었던 원인을 치밀하게 분석하고 그런 현실을 바꿀 대안을 제시하고자 《자본론》을 썼다. 그는 책에서 자본주의는 어떤 특징을 갖는지, 자본주의 경제는 어떤 원리에 따라 움직이는지, 자본주의 경제의 문제점은 무엇인지를 분석하고 있다. 잉여가치의 비밀을 밝히는 것이 마르크스 경제학의 핵심 내용이다. 잉여가치란 자본가에게 고용된 노동자의 노동으로 생산된 생산물 가운데 생산수단의 손실을 보상하고, 노동자에게 노동의 대가로 지불하는 임금을 제외한 나머지 이윤 로 자본가가 수취하게 되는 부분이다. 자본가의 목적은 더 많은 잉여가치를 얻는 것이다. 그리고 마르크스는 잉여가치가 노동자의 잉여노동에서 왔다고 생각했다. 노동자가 잉여노동으로 만들어낸 잉여가치에 비해 더 낮은 수준의 임금을 지급받고 있으므로, 그만큼 노동자들은 자본가들에게 착취당하고 있는 것이다. 그럼에도 불구하고 그 당시 생산수단이 없었던 노동자들은 생존을 위해 그렇게 불공평한 상황을 감내할 수밖에 없었다. 한편 자본의 축적과 기술의 도입으로 기계가 노동자를 대신하면서, 실직하는 노동자들이 점차 증가하게 되는데, 이들은 돈이 없으므로 소비를 하지 못한다. 다시 말해 생산성이 향상되는 반면, 사회 전체적 소비가 낮아지는 불균형으로 공황이 발생하는 것이다. 마르스크는 이것이 자본주의 모순이라고 지적했다.

15

《프로테스탄티즘의 윤리와 자본주의 정신》

독실한 신앙심이 낳은 자본주의 정신 —— 막스 베버

막스 베버 Max Weber, 1864~1920

막스 베버는 19세기 후반기부터 20세기 초에 걸치는 시대에 활동한 독일의 저명한 사회과학자이자 사상가다. 그는 정치, 경제, 사회, 역사, 종교 등 학문과 문화 일반에 대해 박식하고도 깊이 있는 조예를 가진 학자였다. 19세기 후반기의 서구 사회과학의 발전에 크게 공헌하였을 뿐만 아니라 오늘날에도 철학이나 사회학 등에서 큰 영향을 미치고 있다.

금욕주의와 자본, 물과 기름을 섞다

《프로테스탄티즘의 윤리와 자본주의 정신》은 원래 논문으로서 1904년과 1905년에 두 차례로 나뉘어 처음 발표되었던 것이다. 책의 제목이 《프로테스탄티즘의 윤리와 자본주의 정신》인데, '프로테스탄티즘의 윤리' 라는 개념만 놓고 보면 종교적 교리 및 신앙심에 대해 논할 것 같고, '자본주의 정신'이라는 개념만 놓고 보면 자본주의의 뿌리가 된 경제적 원리와 그 가치를 논하려는 것처럼 보인다.

사실 두 개념 중 전자는 칼뱅주의의 금욕과 관련이 있고, 후자는 자본과 관련이 있다. '자본'이라는 기름과 '금욕'이라는 물은 한데 묶여 섞일 것 같지가 않다. 하지만 이 책은 흥미롭게도 종교적 특성에 집중하여, 자본주의가 어떻게 발달할 수 있었는지를 분석하고 있다. 세속과 거리가 먼 종교의 교리에 따른 금욕주의적 신앙의 태도가 어떻게 세속적 이익을 추구하는 자본주의를 발달시킬 수 있었을까? 흥미로운 연구주제가 아닐 수 없다.

이 책의 내용은 2부로 구성되어 있다. 1부에서는 당시 유럽 자본주의 경제의 최첨단을 이끄는 사람들 가운데 프로테스탄트가 많다는 사실을 지적하고 있으며, 2부에서는 금욕적인 프로테스탄티즘이 어떻게 자본주의 경제의 성공을 초래할 수 있었는지

그 경로를 분석하고 있다. 그의 문제의식은 왜 가톨릭Catholic이 아닌 개신교protestant의 지역에서 자본가들이 많이 나왔는가에 대한 답을 찾는 것이었다.

기독교에서는 16세기 종교개혁으로 기존의 로마 가톨릭에서 프로테스탄티즘이 생겨났다. 가톨릭교회의 지배는 온전하고 형식적이나 프로테스탄티즘의 지배는 가정 내의 사적인 생활부터 직업적이고 공적인 삶의 모든 영역에 이르기까지 생성할 수 있는 한, 가장 넓은 범위에 걸쳐 신도의 생활 전부를 규제했으며 한없이 성가시고 진지한 규율을 규제했다. 이와 같은 프로테스탄티즘의 지배로 자본주의 정신이 생겨남으로써 프로테스탄트는 경제적인 성공을 거두게 된다.

한편 막스 베버는 칼 마르크스와 같은 유물론적인 관점에 맞서 정신성의 우위를 지켜내고자 했다. 유물론자인 마르크스는 사회를 상부구조와 하부구조로 나누고 하부구조인 생산수단과 경제가 상부구조인 문화, 정치, 종교, 법 등에 영향을 미친다고 주장했는데, 이는 결국 인간의 의식적 측면이 경제적 생산관계에 의해 규정되고 결정된다고 보는 것이다. 그러나 베버는 프로테스탄티즘이라는 종교적 윤리가 자본주의 발달의 토대가 되었음을 밝히려 했다는 점에서 유물론적인 접근과는 상이한 접근을 한다. 이 책은 물질문명의 토대가 정신에 있음을 밝혔다는 점에서 마르크스주의에 대한 반론이기도 한 것이다.

노동을 통해 신앙심을 지켜내다

노동은 오래 전부터 인정된 금욕적 수단이다.

_《프로테스탄티즘의 윤리와 자본주의 정신》

수도승, 신부와 같이 종교적 신앙을 깊게 갖는 사람이 아닌 이상, 일반인이 교리에 충실할 수 있는 방법은 없을 것이다. 일반인들이 일상에서 종교적 교리에 충실할 수 있는 방법은 없을까? 베버는 이를 노동에서 찾았다. 우리는 일을 함으로써 에너지를 소비하고, 잉여 에너지가 쓸데없는 곳을 향하지 않게 되기 때문이다.

예를 들어, 부부의 성교는 '생육하고 번성하라'는 계명에 따라 신의 영광을 더하기 위해 신이 뜻한 수단으로서만 허용되기 때문에, 그 이상 엇나가지 않도록 금욕하는 자세가 필요한데, 노동은 사람의 욕구를 절제시킨다. 노동은 정신적으로나 육체적으로 지치게 만들기 때문이다. 결과적으로 노동을 통해 인간은 자신의 욕망을 잘 절제하고 신앙심을 지켜낼 수 있는 것이다.

서구의 직업윤리에 지대한 영향을 준 금욕적 프로테스탄티즘의 이념은 신의 은총을 얻기 위하여 끊임없이 노동할 것을 주장했고, 노동을 신에 대한 봉사로서 파악하여 게으름과 태만을 모든 악의 원천으로 보았다. 베버는 이러한 프로테스탄티즘의 윤리가 현시대의 자본주의에 어떠한 영향을 주었는가를 분석하였다.

독실한 신앙심과 금욕주의가 자본주의 정신을 낳다

> 자본 소유자와 경영자층, 상급의 숙련 노동자층, 특히 근대적 기업에서 높은 기술적 또는 상인적 훈련을 받은 구성원들은 현저한 프로테스탄트적 성격을 띤다. _《프로테스탄티즘의 윤리와 자본주의 정신》

위에서 인용한 말은 프로테스탄트 신앙을 가진 사람들이 영리 활동에 뛰어난 자질이 있어 상당한 부를 축적한다는 말이다. 막스 베버가 유럽사회를 관찰해보니, 프로테스탄티즘 특히 칼뱅주의이 성한 곳에서는 대체적으로 자본주의 또한 성했는데, 세속적 가치와 거리가 먼 종교의 교리에 따른 독실한 신앙적 태도가 어떻게 세속적 이익을 추구하는 자본주의의 발달을 가져올 수 있었을까?

베버는 이를 종교에서 찾았다. 특히 칼뱅 Jean Calvin, 1509~1564 이후 칼뱅주의 가치관에서 자본주의 정신을 찾아볼 수 있다. 칼뱅주의는 영리를 추구하는 행위는 하나의 윤리적 의무라는 색채를 띠고 있었다. 칼뱅주의 등 금욕적 프로테스탄티즘 종파의 신도들은 직업 노동을 신이 부여한 사명이라고 여겨, 조직적이고 합리적인 규율에 따라 노동을 이행했다. 이는 칼뱅의 구원예정설에 기인하는데, 칼뱅의 구원예정설은 쉽게 말해, 구원될 자는 이미 정해져 있다는 교리이다. 이는 인간이 자유의지로 선한 일을 한다고 해서 구원을 받는 것이 아니라, 절대적인 신이 누구를 구원할지 미리 결정해두었다는 것이다. 이 말을 들으면, 어차피 결과가 다 정해져 있기에 삶을 대충 살아도 되겠다는 생각이 들 수 있겠지만, 프로테스탄트 신도들은 그렇게 생각하지 않았다.

자신의 결과를 알 수 없는 상태로 삶을 살아야 한다면, 인간은 자신이 선택받았는지 버림받았는지를 끊임없이 생각하며 불안에 떨 수밖에 없을 것이다. 자연스럽게 인간은 자신이 선택받은 사람인지 어떻게 확신할 수 있을까를 고민하게 되고, 그 확신을 얻을 수단을 강구하게 된다. 당시 칼뱅주의는 구원될 사람은 이미 정해져 있고, 자신에게 맡겨진 소명에 따라 충실히 살아갈 때 구원에 대한 확신을 얻을 수 있다고 하였다. 다시 말해 직업적 사명을 통해 구원을 받는 다는 것이 아니라, 신이 내려준 직업에 최선을 다하면서 많은 돈을 벌 때 '나는 선택받은 사람'이라는 확신을 얻게 된다는 말이다.

여기서 바로 세속적 충동이 종교적 의무의 옷을 입게 된다. 이익을 추구하고 자본을 축적하는 것에 대한 윤리적 정당성이 확보되는 것이다. 열심히, 성실히, 그리고 체계적으로 돈을 버는 것, 그것도 많이 버는 것이 바로 신이 내린 명령을 수행하는 것이 된다. 이 명령을 성실히 수행하면 수행할수록 돈을 많이 벌게 된다. 개인이 축적한 부를 통해 그가 얼마나 신의 의무를 잘 이행했는지를 평가하게 된다. 그리고 이것이 구원의 확신에 대한 표식이 된다.

물론, 축적된 돈은 자신의 탐욕을 위해 사용되어서는 안 된다. 이 돈은 단지 신의 명령을 수행해서 부수적으로 따라온 것뿐이기 때문이다. 돈은 다시 합리적이고 체계적으로 사용되어야 한다. 생산에 다시 활용되어 돈을 또 모으게 되는 것이다. 이러한 선순환의 과정을 통해 부는 축적된다. 부자가 되는 것이다. 축적된 부는 생산적으로 투자되면서 자본주의가 발달하게 된다.

정리하면, 종교에 충실한 사람들은 속세에서 본인의 직업**소명**

에 충실함으로써 종교적 보상을 얻었다. 내세의 천국이 아닌, 현세에서의 천국의 구현을 꿈꾸었으며, 본인이 구원될 존재임을 확인하길 바랐다. 사람들은 신의 도구가 되어 자신의 직업적 사명을 달성하는 데 종사하였고, 그 과정에서 더 높은 효율과 더 많은 이익을 추구했으며, 최선을 다해 돈을 모았다. 그러는 동시에 교리에 따라 '금욕적 삶'이 강조되면서, 이들의 자본은 축적되고 축적된 거대한 자본이 서구사회의 발달한 제도 및 환경과 맞물려 재투자로 이어지고, 곧 초기 자본주의의 체제가 구축되었다는 것이 베버의 설명이다.

책의 말미에 베버가 서술한 근대 사회에 대한 성찰 또한 눈여겨볼 만하다. 그 또한 자본주의가 인간의 삶을 지배하고 폭주하는 것에 대해 미리 짐작하고 경계하고 있었다. 인간이 돈에 종속되는 현상을 간파한 것이다. '돈의, 돈에 의한, 돈을 위한' 경제는 인간의 정신성과 윤리성을 사장시키기 때문에 천박하다. 이런 자본주의 하에서의 인간은 말 그대로 자본의 노예다. 이럴 때야말로 초기 프로테스탄트들이 부에 대해 어떠한 태도를 가졌었는지 되돌아볼 만하다.

베버의 연구는 특정 시기에 특정한 종교집단을 중심으로 하고 있기에 일정 부분 한계를 지닐 수밖에 없다는 점에서 비판을 받기도 한다. 프로테스탄티즘과 자본주의의 관계를 의심하거나 부정하는 학자들도 존재지만, 책의 결론에만 천착하지 않고 주제를 다루는 방식에 주목한다면, 적잖은 인문과학, 사회과학적 통찰을 얻어갈 것으로 본다.

세계 고전 한눈에 보기!

《프로테스탄티즘의 윤리와 자본주의 정신》의 핵심이 되는 개념은 '프로테스탄티즘의 윤리'와 '자본주의 정신'이다. 베버가 말하는 '프로테스탄티즘의 윤리'는 칼뱅의 구원예정설이고, '자본주의 정신'은 노동의 자유로운 조직을 가능케 하는 자본주의의 관념론적 기반이다. 이 책은 흥미롭게도 종교적 특성에 집중하여, 노동이란 개념이 어떤 의미를 가지는지를 말하고 있다. 다시 말해 종교가 경제에 미치는 영향을 분석하는 책이다.

세속과 거리가 먼 종교의 교리에 따른 독실한 신앙적 태도가 어떻게 세속적 이익을 추구하는 자본주의를 발달시킬 수 있었을까? 추상적인 신학적 개념이 개인의 윤리와 생활양식을 만들고, 개인의 윤리와 생활양식이 자본주의 정신의 맹아가 된다는 것이 이 책의 골자다. 여기서 칼뱅의 구원예정설을 이해할 필요가 있는데, 칼뱅의 구원예정설은 쉽게 말해, 구원될 자는 이미 정해져 있다는 교리이다.

당시 칼뱅주의는 구원될 사람은 이미 정해져 있고, 자신에게 맡겨진 소명에 따라 충실히 살아갈 때 구원에 대한 확신을 얻을 수 있다고 하였다. 사람들은 구원의 확신을 얻기 위해 최선을 다해 자신의 직업에 종사했고 많은 돈을 벌어들였다. 그러나 동시에 교리에 따라 '금욕적 삶'이 강조되면서, 이들의 자본은 축적되고 축적된 거대한 자본이 서구사회의 발달한 제도 및 환경과 맞물리면서 투자로 이어지고, 곧 초기 자본주의의 체제가 구축되었다는 것이 베버의 설명이다.

4장

사고의 깊이를 더해주는 사고사의 고전

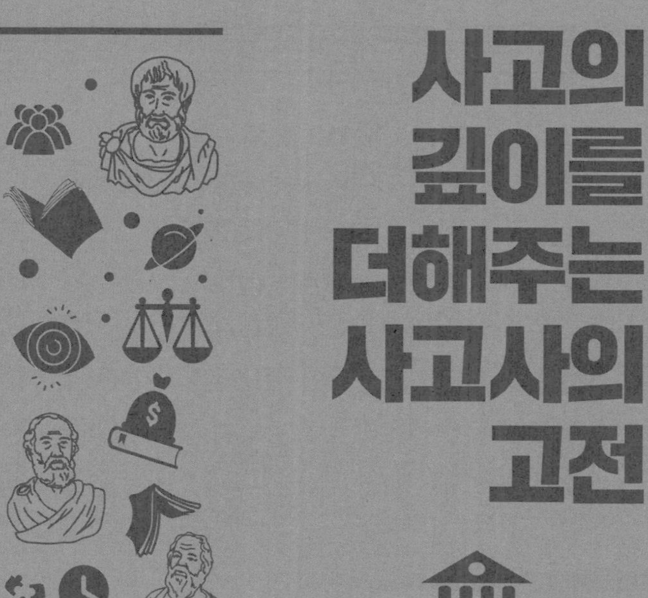

16

《방법서설》 진리에 도달하기 위한 방법론

—————— 르네 데카르트

르네 데카르트 René Descartes, 1596~1650

프랑스의 수학자이자 철학자다. 근대 철학의 아버지라고 불리며, 해석기하학을 창시한 인물이다. 그는 아침형 인간은 아니었다. 건강이 좋지 못해 늦은 시간까지 잠을 자야 했기 때문이다. 1650년 여왕의 초청을 받아 스웨덴을 갔지만, 이후 익숙하지 않은 궁정생활에 적응하지 못하고 지독한 감기에 걸려 폐렴으로 숨을 거두었다. 《방법서설》《성찰》 등을 남겼다.

중세와 근대 사이에서 태어난 철학자

데카르트는 중세에서 근대로 넘어오는 과도기에 태어난 철학자다. 중세는 서로마 제국이 멸망한 5세기부터 15세기까지 약 1,000년의 세월을 이르는 말이다. 이 시기 유럽에선 철학, 예술, 과학, 정치 등 모든 것이 신과 종교의 영향력 하에 있었다. 인간의 자유로운 상상력과 학문적 탐구는 제약을 받을 수밖에 없었다. 그래서 일부 학자들이 중세를 '암흑기'라고 표현하는 것이다.

중세의 끝물인 15세기 경에는 이탈리아를 중심으로 '르네상스Renaissance'라 불리는 문예부흥운동이 일어났다. 르네상스는 '재탄생'이라는 뜻을 가진 단어이다. 당대의 지식인들은 중세 이전의 시기, 다시 말해 고대 그리스·로마 시대의 문화에서 이상적 인간형을 재발견하고자 했다. '신'을 중심으로 사고하던 중세의 영향에서 벗어나 다시금 '인간'에 주목하고자 한 것이다.

'인문주의' 혹은 '휴머니즘'을 골자로 하는 이탈리아 지식인들의 르네상스적 사고는 이내 유럽 사회 전역으로 퍼져 나갔고 이로써, '인간'을 중심으로 하는 세계, '근대'의 문이 열렸다. 근대의 문이 열리자 그동안 신과 교회의 영향력 아래에서 제약을 받았던 학문들이 급속도로 발전하기 시작했다. 대표적인 것은 '과학'

분야였다.

특히 데카르트가 살아간 17세기는 교회의 교리와 과학적 발견과 성취가 서로 대립을 이루던 시기였다. 아이작 뉴턴은 만유인력, 미분과 적분 등 위대한 과학적 성취를 이뤄냈고, 코페르니쿠스는 태양중심설을 제기했으며, 갈릴레오 갈릴레이가 망원경으로 천체를 관측하고 지동설을 주장했다. 이들의 위대한 과학적 업적들은 인간에게 강한 자신감을 심어주었으며, 인식론의 형성과 발달을 가져왔다.

데카르트 역시 시대의 흐름을 감지하였고 중세가 아닌 근대를 선택했다. 1628년 네덜란드로 이주한 이후, 약 20년 동안 그곳에 머물면서 대부분의 저작을 완성했다. 네덜란드에서 처음 5년째, 그는 형이상학에 대한 짧은 논문과 저작 〈세계와 빛에 관한 논고〉를 내놓았다. 하지만 지동설을 주장했던 갈릴레이가 종교재판에 회부되어 유죄판결을 받는 모습을 보고는 자기 원고를 다시 책상 속에 넣어두었다.

그는 교회와의 불화를 원치 않았으며, 또한 모든 것을 감내하고 자신의 저서를 출판한다고 해도 아직은 그것이 온전하게 받아들여질 수 없는 시대임을 알았기 때문이다. 1637년에는《방법서설》이라는 책을 출간하는데, 정식 제목은 '이성을 올바르게 인도하고, 모든 학문에서 진리를 탐구하기 위한 방법의 서설'이다. 이 책의 흥미로운 점은 저자의 이름을 밝히지 않고 출간했다는 것과, 지식인들보다는 일반 대중을 염두에 두고 라틴어가 아닌 프랑스어로 저술했다는 것이다.

서양철학사에서 데카르트의 업적은 주체적 인간의 등장을 알렸다는 데 있다. 앞서 설명한 것처럼 데카르트 이전의 중세시대는 신 중심의 사회였다. 인간의 이성도 신의 존재를 증명하는 데 소용이 있을 뿐이었다. 하지만 데카르트는 그 중심에 인간과 인간의 이성을 놓음으로써 철학을 '신학의 시녀'라는 굴레에서 벗어나게 해주었다. 합리론이란 인간의 이성이 세상을 인식하고 파악하는 제1의 근원이라는 주장이다. 인간이 경험하는 감각은 지식을 제공할 수 없다. 그것은 불완전하고 믿을 만한 것이 못 되기 때문이다. 하지만 이성은 신이 자신을 닮은 인간에게 제공한 본유관념에 기초한 것이기에 믿을 수 있다.

그런 점에서 데카르트의 사유는 플라톤과 신플라톤주의, 중세철학과 맥을 같이하고 있다고 볼 수 있다. 하지만 데카르트가 근대 이전의 철학자들과 다른 점은 인간을 중심에 두었다는 점이다. 데카르트는 인간은 이성을 온전하게 사용함으로써 진리에 다가갈 힘이 있다는 믿음을 심어주었으며, 이성을 통해 주체성을 회복한 인간은 과학을 발전시키고, 세계를 지배하는 존재자로 우뚝 서게 되었다.

《방법서설》, 진리를 탐구하기 위한 방법론

그것을 사유하는 나는 필연적으로 어떤 것이어야 한다는 것에 주의했다. 그리고 "나는 사유한다. 그러므로 나는 존재한다."는 이 진리는 너무나 확고하고 너무나 확실해서 회의주의자들의 가장 과도한 모든 억측들도 흔들 수 없다. _《방법서설》

데카르트는 사람들이 갖는 지식의 체계를 검토하며, 더 이상

의심의 여지가 없을 때까지 의도적으로 계속 의심했는데, 이러한 사고방법을 방법적 회의라고 한다. 다시 말해 '방법적 회의'란 인간은 절대적으로 확실한 것을 인식할 수 없다고 하는 회의가 아니라, 절대적으로 확실한 인식을 찾기 위한 방법으로서의 회의이다. 감각은 인간을 때때로 기만하므로 감각으로 얻은 정보를 확신할 수 없다. 내가 사실은 꿈속에서 커피를 마시고 있는 것인데, 내가 지금 커피를 마시고 있다고 생각할 수 있는 것이다. 혀로 느끼고 있는 커피의 맛에 대한 정보도 꿈을 꾸고 있는 경우와 현실의 경우를 구분할 수 없으므로, 의심이 가능하다.

감각적인 것이 아닌 이성을 통한 추론도 마찬가지다. 이를테면 '2+3'이 원래는 '6'인데, 어떤 악마적 존재가 나를 기만하여, '2+3'이 '5'라고 생각하게 만들 수 있는 것이다. 내가 지금 악마에 의해 사유가 조종당하고 있을지 검토하는 것은 불가능하다. 하지만 그 어떤 의심을 하고 상상을 하든, 결국 그것은 내가 하는 것이다. 내가 악마에게 속는 경우라도, 속기 위해서는 '나'라는 존재는 반드시 있어야 한다. 그러므로 사유의 존재가 결론적으로 나의 존재를 입증한다.

곧 '나는 존재한다.'는 명제는 의심하려야 의심할 수가 없다는 것이다. 진리에 도달하기 위해 조금이라도 불확실한 것은 모두 의심해보아야 한다는 문제의식에서 출발하여 세계의 모든 것은 의심스럽지만, 의심하고 있는 자신의 존재만은 의심할 수 없다는 결론을 《방법서설》에서 내렸다. 그렇게 "나는 생각한다, 고로 나는 존재한다."라는 말은 가장 흔들림 없는 철학의 제1원리가 되었다. 데카르트는 이 원리를 토대로 자연학과 정치학, 의학 등 다양한 학문의 기초를 다지려 하였다.

《방법서설》은 대중을 염두에 둔 책인 만큼 독자들에 대한 배려가 가득하다. 하나하나 차근차근 설명해주는 서술방식에서 세심함이 묻어난다. 이 책을 프랑스어로 집필한 것 역시, 당시로써는 파격적인 일이었다. 그 당시 학문적 권위를 중시했던 지식인들은 라틴어를 사용해 책을 집필하는 것이 일반적이었으나, 데카르트는 지적 허영을 싫어하였고, 프랑스어를 사용하는 다수의 대중에게도 지식을 전파하고자 프랑스어로 책을 집필한 것이다.

데카르트는《방법서설》에서 이성을 잘 인도하고 학문에서 진리를 찾기 위한 방법론을 확립하여 제시하였다.

제1부는 여러 학문들이 탄탄하지 못한 기초 위에 서 있음을 지적하고 있다. 특히 뭇 학문들은 철학에 그 원리를 기초하고 있는데 철학에 있어서는 여러 논쟁만 있을 뿐 참되어 보이는 것은 없다고 생각하였다.

제2부는 방법서설의 핵심인 방법의 주요 규칙이 쓰여 있다. 여기서 '방법'이란 이성으로 가능한 모든 것의 인식에 도달하는 방법을 말하는데 네 가지로 요약될 수 있다.

첫째, 의심할 수 없을 정도로 확실하게 드러난 것 외에는 어떤 것도 참으로 받아들이지 말 것.

둘째, 어려운 문제를 해결하기 위해서는 쪼개서 탐구할 것.

셋째, 순서대로 생각하되, 가장 단순하고 알기 쉬운 것으로부터 시작해 복잡한 것에 다가갈 것.

넷째, 문제의 요소들을 다 열거하고 그 중 하나라도 빠뜨리지 말 것.

제3부에서는 이성을 통해 뭇 학문들의 기초인 철학의 부실한 구조를 허물고 기초를 다시 탄탄히 쌓을 때, 그 과정에서 규칙의

부재로 판단을 하지 못하는 상황을 대비해, 임시의 도덕규칙을 마련하고 있다.

첫째는 조국의 법률과 관습에 복종할 것, 종교를 지킬 것, 다른 모든 일에서는 현인들이 받아들이는 온건하고 극단에서 먼 의견들을 따를 것.

둘째는 행동과 태도를 확실히 할 것과 의심스러운 것도 받아들이면 어디까지나 따를 것.

셋째는 균형과 세계를 바꾸려고 하기보다는 자기 자신의 욕망을 바꿀 것을 제시하였다.

제4부에는 데카르트의 형이상학의 기초가 되는 신과 인간 정신의 현존을 증명하는 여러 근거들에 관한 내용이 있다. 의심하는 내가 있고 이런 나는 불완전한 존재이나 완전성이란 관념을 갖고 있으므로, 이런 완전성을 가진 존재는 필연적으로 있다는 것이다. 이런 존재는 감각으로 인식되는 대상이 아니며 오직 이성으로만 파악이 가능하다는 것이 데카르트의 주장이다.

제5부에는 첫 번째 진리들에서 연역해낸 자연법칙, 다시 말해 자연학 관련 탐구의 내용을 다룬다. 그는 인간 영혼과 동물 영혼의 차이점에 대해 설명했다. 동물은 말을 사용하거나, 말을 꾸며서 다르게 표현하는 등의 일을 할 수 없다. 또한 특정한 기능을 수행할 뿐, 다른 어떤 일들은 결코 할 수 없다. 그러므로 동물은 정신을 가지고 있지 않으며 마치 태엽을 돌려 기관의 배치에 따라 움직여지는 것과 같다. 그러므로 짐승들의 영혼과 우리의 영혼은 동일한 성질의 것이 아니며, 우리의 영혼은 신체에서 독립된 성질의 것이요, 따라서 신체가 죽는다고 같이 죽는 것이 아닌 불사不死임을 알 수 있다는 것이다.

6부는 자연학에서 획득한 몇 가지 일반적 원리들을 다른 특수한 문제에도 적용하면서 이 원리들의 효용을 논했다. 특히 의학의 발전을 꾀하면서 이 책을 집필한 이유도 서술하였다.

심신이원론, 정신과 육체의 구분

서구의 전통에서 육체는 정신에 비해 늘 찬밥신세였다. 정신이야말로 인간의 본질이며 진정한 '나'라고 믿었다. 신체는 단지, 불완전한 감각기관에 지나지 않았다. 정신이 오류를 범하면 사람들은 그 원인을 육체의 불완전성에서 찾고는 했다. 불완전한 감각기관인 육체가 잘못된 감각정보를 정신에 전달했기 때문에 정신이 오류를 범했다는 것이다. 그래서 서구에서는 철저히 인간을 정신과 육체로 구분했으며, 전자에는 불멸성과 완전성의 지위를, 후자에는 흙으로 돌아갈 불완전성의 지위를 부여하고 후자를 극복의 대상으로만 보았다. 이를 더욱 심화시킨 철학자가 데카르트다. 그는 인간의 신체를 정밀한 기계로 보았다. 다시 말해 정신과 분리된 신체는 그 자체로 고깃덩어리에 지나지 않는 것이다. 이 데카르트의 영향을 받은 철학자들은 감각에서 철저히 분리된 순수인식으로 나아가 진리를 구하고자 했다.

데카르트는 육체 없이 정신만 존재하는 상황을 상상했다. 데카르트는 육체와 정신이 서로 다른 존재라고 주장했다. 정신은 사유하지만 공간을 차지하지는 않고, 물체는 공간을 차지하는 연장선이라는 성질이 있지만 사유하지는 않는다. 인간은 두 실체의 영역에 걸쳐 있다. 물론 정신과 육체가 따로 작동하는 것은 아니다. 정신과 육체는 서로 연결되어 작동한다. 왜냐하면 인간은 정신과 육체를 가졌는데 그것들이 따로 놀면 문제가 생기기 때문이다. 이 문제를 해결하기 위해 데카르트가 제시한 것이 '송과선'이라는 독특한 기관이다. 우리 뇌의 뒤쪽 한가운데에 송과선이라는 기관이 있는데, 여기서 정신과 육체를 연결하는 작용이 일어난다는 것이다. 물론 송과선이 그런 역할을 하는지는 아직 알려진 바가 없다. 이 점 또한 '악령의 존재'와 같이 데카르트가 비판받는 부분 중 하나다.

세계 고전 한눈에 보기!

《방법서설》은 데카르트가 자신의 학문적 생애를 되돌아보며 쓴 자전적 에세이다. 이 책에서 데카르트는 이성을 잘 인도하고 학문에서 진리를 탐구하기 위한 방법론을 확립하여 제시하였다. 다시 말해 자신의 이성을 정확하게 끌어내어 모든 학문에서의 진리를 탐구하는 방법에 관한 이야기이다.

그 방법론으로서 데카르트는 방법적 회의를 제시한다. 방법적 회의란 사람들이 갖는 지식의 체계를 검토하며, 더 이상 의심의 여지가 없을 때까지 의도적으로 계속 의심하는 것을 말한다. 방법적 회의에 이른 끝에 '나는 생각한다, 고로 나는 존재한다.'라는 증명인식에 도달하고 사유의 존재가 결론적으로 나의 존재를 입증, 이것이 철학의 제1원리가 된다. 데카르트는 이 원리를 토대로 다양한 학문의 기초를 다지려 하였다.

17

《순수이성비판》 사고사의 코페르니쿠스적 전회

——— 임마누엘 칸트

임마누엘 칸트 Immanuel Kant, 1724~1804

임마누엘 칸트는 프로이센의 철학자이다. 서양 근대 철학사에서 데카르트에서 이어지는 합리주의와 존 로크에서 이어지는 경험주의를 종합하였으며, 인식론, 형이상학, 윤리학, 미학 등 분야를 막론하고 서양 철학의 전 분야에 큰 발자취를 남겼다. 칸트가 남긴 저작에는 3대 비판서인 《순수이성비판》《실천이성비판》《판단력비판》이 유명하다.

늦깎이 천재

칸트는 1724년, 가난한 마구상인의 아들로 태어났다. 아버지는 칸트가 22살이 되던 해 세상을 떠났고, 당시 대학에 다니던 칸트는 생계를 유지하기 위해 급히 일자리를 구할 수밖에 없었다. 어느 시골 귀족 집안에 들어간 그는 9년 동안 가정교사 생활을 이어갔고, 학업을 병행하여 31살의 나이에 박사학위를 받았다. 오늘날 기준으로 31살에 박사학위를 받는 것은 비교적 빠른 편에 속하지만, 그 당시로써는 꽤 늦은 편에 속했다.

그럼에도 칸트는 개의치 않고 자신만의 길을 걸어갔다. 칸트는 학위를 받은 후에도 정교수가 될 수 없었고 무려 15년 동안이나 시간강사 생활을 하였다. 사실 교수제안을 해온 대학이 몇몇 있었지만 자신의 철학을 완성하는 데 집중하기 위해 제안을 거절했다고 한다. 1770년 46살의 나이가 되어서야 쾨니히스베르크 대학의 정교수가 될 수 있었다. 사람들은 천재가 어린 시절부터 두각을 드러내고 세상에 가공할 만한 성과를 내리라 여기지만, 늦깎이 천재들도 얼마든 존재하는 법. 인고의 시간 끝에 빛을 내뿜은 칸트가 바로 늦깎이 천재의 전형이라 할 수 있다.

《순수이성비판》, 사고사의 코페르니쿠스적 전회

칸트의 철학은 《순수이성비판》에서 《실천이성비판》《판단력비판》으로 이어지는 3대 비판서를 골격으로 한다. 《순수이성비판》은 어떻게 인간이 지식을 창출해내며 사물을 알 수 있는지 인식론 를, 《실천이성비판》은 어떻게 인간이 윤리적으로 옳고 그름을 판단하며 그것을 실천할 수 있는지 도덕론 를, 《판단력비판》은 어떻게 인간이 심미적으로 아름다운 것의 여부를 판단하며 그것을 직관할 수 있는지 예술론 를 다루는 것이 특징이다. 결국 3대 비판서는 각각 진선미 眞善美 를 다루는 셈이다.

《순수이성비판》은 인식론을 다루는 작품인데, 인식론이란 앎의 근거를 탐구하는 학문을 말한다. 칸트가 활동했던 18세기의 인식론은 인간 의식의 원천을 이성과 경험으로 이해하고 두 원천 중 어느 것을 더 본질적인 것으로 보느냐에 따라 합리주의와 경험주의의 두 갈래로 나뉘어 대립하고 있었다. 데카르트, 스피노자, 라이프니츠에 이르는 합리론은 선험적 이성을 통해 지식을 얻을 수 있다는 입장이고, 로크, 버클리, 흄에 이르는 경험론은 감각 오감 을 통해서 지식을 얻을 수 있다는 입장이다. 오늘날에야, 두 견해가 통합적으로 받아들여지고 있지만, 과거 철학사에서는 치열한 논쟁이 있었다. 당시 이성을 신봉하던 합리론은 경험을 도외시하고 실체와 인식을 추구했기에 독단에 빠지기 쉬웠고, 신, 영혼, 불멸자 등 세계의 모든 문제를 해결하지 못했다는 한계에 봉착했다. 데카르트 입장에서는 절대자 신 는 사유될 수 있기 때문에 존재하는 것이지만, 경험론자의 입장에서는 경험될 수 있는 대상이 아니므로 절대자는 존재하지 않는다고 본 것이다.

특히, 흄의 회의론은 인간 지성을 분석하여 이성과 경험은 신학적 지식만큼이나 믿을 수 없음을 보여주었다. 흄에 의하면, 합리론이 주장하는 이성적 지식은 결코 확실하지 않다. 이성적 지식은 경험에서 추상작용을 거친 뒤에 이끌어낸 것이기 때문이다. 또한 이성적 지식의 근거가 되는 경험도 정확하지 않다. 경험이란 언제나 오류의 가능성을 내포하는 것이기 때문이다. 이제 과학이 근거로 삼았던 이성과 경험은 절대적이라고 볼 수 없다. 이렇게 신과 교회의 권위에서 벗어나 새롭게 꽃피던 근대의 과학은 철학적 뿌리부터 심각한 위기에 봉착하게 되었다. 칸트는 흄의 사상으로 인하여 이성의 합리성이 세계의 모든 것을 밝혀낼 수 있다는 독단적인 잠에서 깨어났다고 말한다. 칸트는 흄의 회의론을 극복하는 한편 이성과 경험의 확실성을 되살리기 위해 무려 11년 동안 고민했다. 그렇게 해서 1781년 나온 책이 《순수이성비판》이다.

'순수이성'이라 할 때의 순수란 것은 무엇인가? 그것은 경험에 대하여 순수하다는 것을 의미한다. 따라서 순수한 것은 선험적이다. 인식은 감각하거나 견문하는 것 등을 포함한 광의의 경험을 매개하는 것이나, 자기만의 것이 아닌 보편타당한 인식 속에는 선험성이 내재하고 있다. 이러한 선험적 인식을 가능하게 하는 능력이 바로 '순수이성'이다. 그러면 비판이란 무엇인가. '비판'에 대응하는 독일어의 '크리틱kritik'은 그리스어 '크리네인krinein'이라는 말에서 나왔다. 다시 말해 나눈다든지 구별하는 것을 의미한다. 그래서 《순수이성비판》이라는 책은 그 제목처럼 인식에 관하여 경험적인 것과 선험적인 것을 구별하고, 선험적 인식의 타당한 범위와 그 한계를 명쾌하게 하는 것을 목적으로 한다. 그리고 그 범위는 시간과 공간의 틀 속에 있는 현상계라고 한다. 현상을 초월한 사물 자체는 인식할 수 없다고 보는 것이다.

칸트는 이성만으로는 사물 그 자체, 즉 물자체를 결코 알 수 없다고 하였다. 우리 눈앞에 보이는 사과는 물자체가 아니라 현상일 뿐이다. 우리는 우리의 선험적 인식체계를 통해서 사과의 단면만을 인식할 뿐, 현상 배후에 있는 진정한 사과의 모습을 알 수 없다. 같은 사과가 개나 고양이, 뱀에게 각각 다른 모습으로 보이듯 인간은 자신만의 렌즈**선험적 인식체계**를 통해 사물을 바라보고 구성할 뿐이다. 칸트는 이성이 지닌 한계를 인정했지만, 그렇다고 전통적 형이상학을 전면적으로 부정하지는 않았다. 지식을 얻는 데는 경험도 중요하지만, 오감을 통해 수집한 감각자료를 이성이 해석했을 때, 비로소 지식이 될 수 있기 때문이다. '내용 없는 사고는 공허하고, 개념 없는 직관은 맹목적이다.'라는 그의 짧은 문장이 합리론과 경험론의 통합을 압축해서 설명해준다. 칸트에게 있어 경험과 이성 어느 한 쪽만을 사용해 답을 내는 것은 만족스러운 해결책이 아니었다.

칸트의 인식론은 붕어빵을 만들어내는 과정에 자주 비유된다. 붕어빵을 만들어내기 위해서는 '밀가루 반죽'과 '틀'이 있어야 한다. 붕어빵틀**선험적 인식의 틀, 즉 이성**이 없이 밀가루 반죽**감각자료**만 있으면 개차반이 되고, 밀가루 반죽이 없이 틀만 있으면 그림 속의 빵이 되고 만다. 그래서 어떠한 대상에 대한 참된 인식을 위해서는 이성과 경험, 모두 필요한 것이다. 칸트는 이성의 한계를 인정하는 한편, 우리의 인식이 보편적 필연성을 가지는 근거를 경험에 앞서 있는 선험적인 인식체계에서 찾았다. 인간은 물자체를 인식할 수는 없지만, 선험적인 능력인 이성을 통해 물자체에 대한 보편적인 판단을 할 수 있게 된다.

칸트는 인간 이성의 능력에 한계를 긋고 사고사의 코페르니쿠스적 전회를 통해 서양 근대철학을 종합했다. 주체가 대상으로 향하는 것이 아니라 대상의 감각자료가 주체로 향하고 주체가 그것을 구성해낸다는 것. 우리가 인식할 수 있는 시간과 공간의 테두리 안에서 이성의 역할을 정하는 것. 그렇기에 보편적 지식이 구원된다는 것. 이게 코페르니쿠스적 전회의 결과다. 이렇게 칸트는 이성의 기능을 회복시켰고 흄의 회의론에서 보편적 지식을 구원해냈다. 흄이 일으켰던 이성과 경험의 위기, 과학의 위기는 해소되었다. 한편 칸트는 신과 종교는 과학이 밝힐 수 없는 세계에 있다고 함으로써 과학의 위협에서 신을 지켜냈다.

《형이상학 서설》, 칸트 철학의 입문서

《형이상학 서설》은 '프로레고메나'라는 이름으로 더 잘 알려진 칸트의 명문 저술 《학문으로 등장할 수 있는, 모든 장래의 형이상학을 위한 서설》1783 이라는 긴 제목의 약칭이다. 칸트는 이른바 3대 비판서로 대변되는 '비판철학'을 통해 철학의 핵심을 전달하며, 그 가운데서도 제1비판서인 《순수이성비판》은 이 비판철학의 전모를 가늠할 수 있게 해준다. 그래서 많은 사람들이 《순수이성비판》을 통해 칸트철학에 입문하고자 한다. 하지만 이 책은 내용의 난해함과 방대한 분량 때문에 곧 부담을 느끼게 된다. 책의 난해함으로 인하여 독자들에게 많은 오해를 샀고 그 요점을 파악하기 쉽지 않다는 불평도 있어 왔다. 이러한 오해를 불식시키고 불평을 완화시키고자 칸트는 《순수이성비판》의 핵심 내용을 간추려 최대한 쉽게 풀어내는 작업에 착수했는데, 그렇게 해서 나온 책이 《형이상학 서설》이다. '형이상학을 위한 서설'이라는 제목을 붙인 것은 '순수이성비판'을 통해서 '일체의 형이상학을 가능하게 하는 원리들'이 제시되고 있기 때문이다.

《형이상학 서설》은 발간 당시 칸트 비판철학을 확산시키는 도화선이 되었고 칸트철학을 독일 대학과 사상계에 보편화하는 데 결정적 기여를 했다. 칸트의 3대 비판서는 그 부수적인 저술인 《형이상학 서설》을 매개로 비로소 대중성을 확보하게 된 것이다. 《순수이성비판》이 서울대학교 선정 인문고전에 들지 못하고 대신 《형이상학 서설》이 선정된 것은 이때문이 아닌지 짐작한다. 처음부터 《순수이성비판》으로 칸트 철학에 입문하는 것은 무리이니 《형이상학 서설》을 먼저 읽어볼 것을 권하는 것일지도 모른다.

세계 고전 한눈에 보기!

《순수이성비판》은 칸트가 1781년에 초판을 출간하고, 제2판을 1787년에 출간한 책으로, '어떻게 인간이 지식을 창출해내며, 사물을 알 수 있는지'에 대해 논한다. 순수이성이라는 단어를 사용한 이유는 다음과 같다. 인간의 지식은 경험과 판단에 의해서 만들어지는데, '경험'은 '후험적'인 것이다. 그래서 후험적인 '경험'이라는 요소를 제거한 채, 순수한 인간 이성만을 둔 채로 그 작용 방식을 논하고자 하였다. 다시 말해 '순수이성'은 오직 이성 그 자체만을 의미하는 것이고, '비판'이라는 단어는 '판단', '분석'이라는 의미를 내포한다.

《순수이성비판》은 책 제목처럼 인식에 관하여 경험적인 것과 선험적인 것을 구별하고 선험적 인식의 타당한 범위와 그 한계를 명쾌하게 분석하는 것을 목적으로 한다. 그리고 그 범위는 시간과 공간의 틀 속에 있는 현상계라고 한다. 따라서 현상을 초월한 사물 자체는 인식할 수 없다고 보는 것이 비판철학의 특징이다. 칸트는 이러한 작업으로 인간 이성의 그 작용원리와 근거를 제시함으로써, 모든 인간 지식의 참과 거짓에 대한 기준을 제시할 수 있을 것이라 생각하였다. 즉, 이성의 한계를 정하고 그 안에서 보편적 지식을 구원해내는 것이다.

18

《역사철학강의》 역사란 절대정신의 자기실현 과정이다

——— 게오르크 헤겔

게오르크 헤겔 Georg Wilhelm Friedrich Hegel, 1770~1831

독일의 관념론을 완성한 철학자로 평가받는다. 자연, 역사, 정신의 모든 세계는 끊임없이 변화하고 발전하며, 이를 정반합 구조의 변증법적 전개 원리로 설명할 수 있다고 했다. 이 이론은 훗날 마르크스주의로 비판적으로 계승되어 19세기 사회와 학문에 큰 영향을 미친다. 헤겔은 철학자란 그 시대의 정신을 말한다고 했다. 1806년 나폴레옹이 독일의 도시 예나에 진입했을 때, 그는 "나는 말을 타고 도시를 둘러보는 황제, 저 세계정신을 보았다."라고 말했다. 《역사철학강의》《정신현상학》《법철학 강요》 등을 남겼다.

《역사철학강의》 헤겔 철학의 입문서

역사는 절대정신이 자기 자신을 펼쳐나가는 과정이고, 절대정신이 살고 있는 집이다. _《역사철학강의》

역사철학의 최고의 고전으로 손꼽히는 《역사철학강의》는 헤겔이 1822년부터 1831년까지 베를린대학에서 5회에 걸쳐 강의한 내용을 그의 제자이자 동료였던 에두아르트 간스Eduard Gans가 엮어서 1837년 책으로 출간한 것이다. 당시 학생들의 강의록과 헤겔의 강의 노트를 참고하여 편집했다고 한다. 이로써 역사철학은 헤겔과 함께 철학의 중요한 한 분과가 되었고, 헤겔의 역사철학은 역사철학의 대명사로 여겨졌다. 이러한 사상사적 중요성 외에도 《역사철학강의》가 권고되는 이유가 하나 더 있다. 이 책은 헤겔의 강의안과 수강생의 필기를 바탕으로 편집되었기 때문에, 문체가 평이하며 내용도 비교적 이해하기 쉽기 때문이다. 또 미학강의나 철학사강의보다 일반적인 주제를 다루기 때문에, 이 책을 토대로 헤겔의 사상의 전모를 좀 더 쉽게 간취할 수 있다. 따라서 이 책은 일찍이 간스 이래 헤겔의 사상에 대한 입문서로는 적격이라고 여겨져 왔다.

헤겔의 역사철학강의에서 가장 중요한 개념은 절대정신과

이성 그리고 자유이다. 역사는 과거의 여러 사건들의 기록이 아니다. 역사를 면면히 흐르고 있는 절대정신, 다시 말해 시대정신에 의해 굽이치고 휘감기며 흐르고 흘러 오늘을 지나 미래로 굳건히 나아가는 것이다. 절대정신이 자기 자신을 펼쳐서 완성될 때, 세계의 역사도 완성된다는 것으로, 다시 말해 절대정신이 완전한 자유에 도달해서 자유가 실제적으로 이루어지면 역사도 완성된다는 것이 헤겔의 역사 인식이다.

이 책의 다른 중요한 주제는 세계의 역사로, 이는 지역이나 국가의 역사라기보다는 '세계' 자체의 역사이다. 헤겔은 역사적 사실들은 사람들의 눈에 보이는 대상이지만 그 뒤에는 보이지 않는 어떤 원리가 있다고 생각하고 자신의 역사철학 강의에 대해서 '철학적 세계사'라고 말했다. 이 말은 자신의 강의가 단순한 역사에 대한 일반적 반성이 아니라, 세계사 그 자체라는 의미다.

철학적 역사서술

《역사철학강의》에서 헤겔은 먼저 철학적 역사서술이 독립적인 지위를 가질 수 있는가 하는 물음을 제기한다. 이 물음에 답하기 위하여 헤겔은 역사서술의 방식을 몇 가지로 나눈다. 시원적 역사서술은 서술자가 서술되는 사건과 같은 시대에 속하며, 같은 정신 수준에 서 있는 경우이다. 이런 식의 역사서술은 주로 서술자가 직접 목격한 사건이나 들은 사건을 전하는 일을 한다. 다음으로는 반성적 역사서술이다. 여기서는 서술자가 서술되는 사건과 다른 정신적 수준에 서서 '자신의 정신을 가지고 역사적 사건을 서술한다.'고 평가한다.

반성적 역사서술은 한 나라와 민족의 역사를 포괄적으로 서술하는 일반사, 과거의 역사에서 어떤 교훈을 이끌어 내려는 실용적 역사서술, 사건 자체를 서술하는 것이 아니라 역사서술의 진실성을 가려내는 것을 목적으로 하는 비판적 역사서술, 그리고 마지막으로 한 특정한 영역의 발전과정을 서술하는 부문사로 나뉜다. 반성적 역사서술의 경우, 문제는 서술자가 자신의 서술관점을 형성하는 정신적 수준을 객관적인 것으로 정당화할 수 없기 때문에, 그 평가기준이 자의적이고 폭력적이라는 비판을 면할 수 없다는 사실이다. 반성적 역사서술의 이런 곤경에서 헤겔은 철학적 고찰의 필요성을 도출한다. 헤겔이 생각하기에는 정당화 가능한 보편적 관점을 제시하는 것이 철학의 몫이다. 헤겔은 반성적 역사서술이 한계를 갖지만, 동시에 철학적 역사서술의 가능성을 시사하고 있다고 생각한다.

반성적 역사서술 가운데 그가 특히 주목하는 것은 부분이다. 그는 예술이나 법, 종교와 같은 특정한 부문의 역사가 성립한다는 사실이 철학적 역사서술의 가능성을 정당화하는 데 유리하게 작용한다고 생각한다. 사람들은 각 부문에서 발전의 과정을 읽어 내는 것에 대해 대부분 동의한다. 그런데 각 부문사에서 채택되는 발전의 기준은 그 분야의 전문가들에 의해 임의로 선택되는 것인가? 아니면 부문들의 발전은 포괄적인 발전과정의 한 단면일까? 헤겔은 각 부문들의 역사가 서로 관련 없이 제각기 다른 방향을 취하는 것이 아니라, 정신이 각각 다른 영역에서 객관화되는 과정이라고 생각한다. 헤겔은 각 부문에서의 발전을 역사발전의 전체과정과 연결시키고, 역사의 전체 발전과정을 정신

또는 이성의 발전과정으로 포착할 때 철학적 역사서술이 성립된다고 생각했다. 그리하여 헤겔은 철학적 역사서술이 유일하게 전제로 삼는 것은 "이성이 세계를 지배하며, 따라서 세계사가 이성적으로 진행되어 왔다."는 생각이다. 철학적 역사서술이 실제로 해야 할 일은 이 전제를 실제의 역사과정으로서 확인하는 것이다.

절대정신의 실현과정과 자유의식의 진보과정으로서의 역사

헤겔에게 있어 역사란 절대정신이 자신을 실현해나가는 과정이다. 헤겔은 인류의 역사 속에서 절대정신이 자신을 실현해나가는 방법을 변증법을 통해 체계화하였다. 역사는 정립, 반정립, 그리고 종합을 통해 발전하며, 이 과정에 종말은 없다. 첫 단계에서는 정설이 발생하고, 두 번째 단계에서는 정설에 대한 비판이 일어나며, 마지막 단계에서는 정설과 그 정설에 대한 비판을 종합하여 실재에 대한 더 크고 바른 이해가 가능해지게 되는 것이다. 그에 따르면, 역사는 이러한 정/반/합의 과정을 통해 계단식으로 발전하는 것이었다.

헤겔은 인간의 인식구조가 계속 변한다고 생각했다. 우주관이 천동설에서 지동설로 바뀌고, 있는 것은 없게 되고, 없는 것에서 무엇인가 생겨나고, 생겨난 것에서 어떤 변화가 일어난다고 하였다. 다시 말해 끊임없이 정/반/합으로 변증법적으로 나아간다고 설명했다. 결국 인류의 역사란 절대정신이 그 본질을 실현해가는 과정이며, 절대정신이 보편적인 목적을 실현하기에 역사에서 우연은 존재하지 않는다. 헤겔은 절대정신의 최종목적이 자유의 실현에 있다고 보았다.

그렇다면 정신은 어떤 방법으로 자신을 실현하는가? 관념론자로 알려진 헤겔이지만, 실제적인 행위자는 이념이 아니라 개인들일 수밖에 없음을 분명히 한다. 그것도 반드시 자유이념의 실현을 위하여 활동하는 개안들이 아니라, 자신의 이해를 관철시키기 위하여 활동하는 개인들이다. 그런데 이런 개인들의 행위가 어떻게 보편성의 실현으로 나아갈 수 있는가? 개인들은 모르지만, 그들의 행위가 세계사의 목적을 꾀하는 '이성의 교활한 지혜'에 의해 조종되고 있는 것일까?

헤겔은 어떤 행위의 의미가 행위자의 의도에만 축소될 수 없다는 점을 지적함으로써 이 문제를 해결하려 한다. 이 문제와 관련된 그의 행위이론의 핵심은 다음 두 가지다. 하나는 자의적 행위들 사이의 충돌을 통하여 바로 행위의 자의성이 어느 정도 통제되는 일반적 행위체계가 생성될 수 있다는 사실이다. 다른 하나는 행위가 거의 언제나 행위자가 의도한 것 이외의 부수결과를 수반한다는 점이다.

개인의 이해가 걸려 있기에 행위가 이루어지지만, 실제 행위는 개인의 의도를 넘어서는 측면을 갖기에 개인의 의도와 무관하게 세계사적 과정에서 수단으로 작용할 수 있다. 헤겔이 특히 관심을 기울이는 행위자는 세계사적 개인들이다. 세계사적 개인들이란 고귀한 도덕적 목표를 가진 사람들이 아니라, 자신의 어떤 이해의 실현을 위하여 자신의 다른 모든 이해를 희생시킬 태세가 되어 있었던 정열적 인물들로서, 그의 실제 의도가 무엇이었든 결과적으로 세계사의 도정에서 중요한 전환을 가져온 행동을 한 인물들을 말한다.

1806년 나폴레옹이 독일의 도시 예나에 진입했을 때, 그는 "나는 말을 타고 도시를 둘러보는 황제, 저 세계정신을 보았다."라고 말했다. 역사적 위인들은 자신의 개인적 욕망을 성취하려고 과업을 달성하지만, 이들의 행동 뒤에는 세계정신이 자리하고 있다. 이들은 세계정신이 자신의 목적을 달성하기 위해 쓰이는 도구이며, 결국 위대한 일을 수행하게 되는 것이다. 이들 덕분에 자유로운 사람들의 수는 시대의 변화와 함께 점차 늘어났고, 이들은 세계 역사를 발전시켰다는 평을 받는다. 고대 그리스에서는 일부 귀족이나 시민만이 자유를 누릴 수 있었지만, 오늘날 독일에서는 만인이 자유를 누릴 수 있다. 이는 모두 절대정신 덕분이다. 이 세상에 완전한 자유가 달성되었을 때가 곧 절대정신이 그 자체의 본질을 실현한 때이다.

헤겔은《역사철학강의》에서 역사의 주인인 정신은 자신의 목표를 가지고 스스로 자연상태에서 벗어나 역사를 창조해나가는데, 이러한 역사의 발전과정이 국가 형태와 국가의 제도, 법률 등으로 나타난다고 했다. 헤겔은 현실에서 '정신의 완전한 실현형태'로서 국가를 제시한다. 이때 국가는 현실적으로 존재하는 공동생활로서, 공동의지 자체로 법, 도덕과 함께 존재한다.

국가는 일반적이고 본질적인 의지와 주관적인 의지의 통일체이고 이 안에서 공동정신이 성립하는 토대가 되는데, 헤겔에게는 이 공동체의 법칙이 우연한 것이 아니라 '이성' 그 자체라는 점이 중요하다. 그에 따르면, 국가의 목적은 이러한 공동정신이 인간의 현실적 생활이나 심정 안에서 생생히 존재하고 존속하게끔 하는 것이다. 나아가 헤겔은 국가야말로 궁극의 목적인 자유를 실현한 자주독립의 존재이고, 인간이 지니는 모든 가치와 정신의 현실성은 국가를 통해 주어지며, 국가는 신의 이념이 지상에 모습을 드러낸 것이라는 주장을 한다.

세계 고전 한눈에 보기!

역사철학의 최고의 고전으로 손꼽히는 《역사철학강의》는 헤겔이 1822년부터 1831년까지 베를린대학에서 5회에 걸쳐 강의한 내용을 그의 제자이자 동료였던 에두아르트 간스가 엮어서 1837년 책으로 출간한 것이다. 헤겔은 역사적 사실들은 사람들의 눈에 보이는 대상이지만 그 뒤에는 보이지 않는 어떤 원리가 있다고 생각하고 자신의 역사철학 강의에 대해서 철학적 세계사라고 말했다. 이 말은 자신의 강의가 단순한 역사에 대한 일반적 반성이 아니라. 세계사 그 자체라는 뜻이다.

헤겔에게 있어 역사란 절대정신이 자신을 실현해나가는 과정이다. 헤겔은 인류의 역사 속에서 절대정신이 자신을 실현해나가는 과정을 변증법을 통해 체계화하였다. 역사는 정립, 반정립, 그리고 종합을 통해 발전하며, 이 과정에 종말은 없다. 첫 단계에서는 정설이 발생하고, 두 번째 단계에서는 정설에 대한 비판이 일어나며, 마지막 단계에서는 정설과 그 정설에 대한 비판을 종합하여 실재에 대한 더 크고 바른 이해가 가능해지게 되는 것이다. 그에 따르면 역사는 이러한 정/반/합의 과정을 통해 계단식으로 발전하는 것이었다.

절대정신이 보편적 목적을 실현하기에 역사에 우연은 존재하지 않는다. 헤겔은 절대정신의 최종목적이 자유의 실현에 있다고 보았다. 절대정신이 자기 자신을 펼쳐서 완성될 때, 세계의 역사도 완성된다는 것으로, 다시 말해, 절대정신이 완전한 자유에 도달해서 자유가 실제적으로 이루어지면 역사도 완성된다는 것이 헤겔의 역사 인식이다.

역사적 위인들은 자신의 개인적 욕망을 성취하려고 과업을 달성하지만, 이들의 행동 뒤에는 세계정신이 자리하고 있다. 이들은 세계정신이 자신의 목적을 달성하기 위해 쓰이는 도구이며, 이들이 그 목적을 다 하면 무대의 저편으로 쓸쓸히 퇴장하고, 절대정신은 아무 일 없었다는 듯 새로운 인물들을 등장시키고 전진하기 시작한다. 결국, 이들의 등장과 퇴장으로 자유로운 사람들의 수는 시대의 변화와 함께 점차 늘어났다.

19

《일반 언어학 강의》 인간은 언어에 갇힌 존재다

——— 페르디낭 드 소쉬르

페르디낭 드 소쉬르 Ferdinand de Saussure, 1857~1913

스위스의 언어학자이자 기호학자로 구조주의 언어학과 현대기호학의 창시자이다. 구조주의와 포스트모더니즘 등의 단초를 마련하는 것에도 큰 공을 세웠다. 스위스 제네바대학에서 세 차례에 걸쳐 일반 언어학 강의를 했으며, 그의 제자인 샤를 바이와 알베르 세슈가 그 강의 내용을 엮어 간행한 책이 《일반 언어학 강의》다.

구조주의의 문을 열다

20세기의 언어학은 구조주의 언어학이라고 볼 수 있다. 구조주의 언어학은 체계에 관심이 있으며 구체적인 사실 속에서 어떤 추상적인 질서를 찾아내는 것이다. 언어학에서 구조주의 관점을 처음으로 제시한 사람은 스위스의 언어학자 페르디낭 드 소쉬르다. 소쉬르는 스위스 제네바대학에서 1907년, 1908~1909년, 1910~1911년 세 차례에 걸쳐 일반 언어학 강의를 진행했는데, 그의 제자들이 강의 내용을 엮어 간행한 책이 바로《일반 언어학 강의》다. 이 책에는 언어에 관한 소쉬르의 사상이 잘 정리되어 있다.

소쉬르는 언어를 랑그 **언어 체계와 규칙** 와 파롤 **랑그에 따라 실제 구사하는 말** 로 구분할 것을 주장했다. 또한 언어체계는 기호체계이며, 기호는 말소리와 개념, 즉 기표와 기의가 결합한 것으로 이들의 관계는 본질적으로 자의적이라고 주장했다. 그리고 언어가 하나하나 단독으로 의미를 갖는 것이 아니라, 다른 언어와의 차이 **대립** 를 통해 의미를 갖는 것이며, 인간은 언어를 통해 세계를 구분한다고 말하였다. 언어의 연구방법에 있어서는 언어의 역사적 연구인 통시언어학과 순수한 언어정태에 대한 연구인 공시언어학을 구별하였다.

우리는 보통 세계에 물리적 대상이 먼저 존재하고, 그 대상에 언어로 된 이름표를 붙인다고 생각한다. 이를테면, 사과라는 실체가 외부세계에 먼저 실재하고, 그것에 '사과'라는 이름표를 붙이는 것이다. 하지만 이 세상의 모든 사물이 사과라면, 굳이 '사과'라고 부를 이유는 없을 것이다. 배가 있으니 사과가 있듯, 소쉬르는 언어가 하나하나 단독으로 의미를 갖는 것이 아니라, 다른 언어와의 차이 대립 를 통해 의미를 갖는다고 생각했다.

또한 소쉬르는 인간은 감각에 의해서가 아니라 언어에 의해서 대상을 구분 및 식별한다고 보았다. 예를 들어, 한국어에는 나비와 나방이라는 말이 따로 있지만, 프랑스어에서는 나비와 나방 모두 빠삐용이라고 부른다. 이처럼 인간은 언어를 통해 세계를 구분한다. 세계가 이미 구분되어 있는 것이 아니라, 언어가 세계를 구분하는 것이다. 언어는 프리즘과 같이 세계를 분절시켜 우리에게 보여준다.

언어에 관한 소쉬르의 관점은 훗날 구조주의 언어학의 시발점이 되었으며, 구조주의와 더불어 미셸 푸코와 데리다로 대표되는 후기구조주의의 기반이 되었다. 구조주의란 어떤 현상의 의미를 그 본질 실체 에서 이해하려 하지 않고, 그 현상들을 연관시키는 사회적·문화적 구조 시스템 에서 파악하려는 사상을 말한다. 여러 사물의 본질을 제각각 파악하는 것은 불가능하므로, 대신 서로의 차이를 비교하면 각각의 의미를 이해할 수 있다는 것이 골자다.

흔히들 구조주의 인류학자 레비스트로스를 구조주의의 창시자로 여기지만, 그 역시 소쉬르의 언어학에 영향을 받은 사람이다. 언어 구조에서 힌트를 얻은 레비스트로스는 구조주의의 인식과 방법을 인류학 분야에 적용해 다양한 문제를 다룰 수 있었다. 소쉬르는 새로운 언어이론으로 당대의 학자들에게 큰 영향을 미쳤고, 그에게서 직접적인 영향을 받지 않는 학자들도 그의 이론과 동일한 이론적 기반에서 연구하였다.

랑그와 파롤

소쉬르는 언어를 랑그langue와 파롤parole로 구분했다. 랑그는 규범으로서 '언어 체계와 규칙'을 말하며, 파롤은 랑그의 문법 규칙에 따라 개인이 '실제로 하는 말'을 뜻한다. 예를 들면, 한국어의 문자체계와 문법규칙은 랑그에 해당하고, 이를 토대로 실제로 말을 통해 발음하는 것은 파롤이 된다. 다시 말해 랑그는 이론의 영역이고 파롤은 실천의 영역이다. 파롤의 활동은 근본적으로 랑그의 규칙에 근거해서 그 타당성을 보장받게 되므로 파롤은 랑그에 의존한다고 할 수 있다. 소쉬르가 파롤보다 랑그를 우선시한 것은 이때문이다. 하지만 언어 체계와 규칙인 '랑그'도 의도적이든 의도적이지 않든 실천적인 '파롤'을 통해서 끊임없이 수정되고 끊임없이 재창조되므로, 랑그와 파롤을 상호의존적 관계로 보아야 했다는 비판이 제기되기도 한다.

기표와 기의의 자의적 관계

랑그언어의 시스템은 '차이'로 성립되어 있으며, 그 차이는 '음성기호'와 '개념'의 측면에서 살펴볼 수 있다. 음성기호와 관련된 차이가 '시니피앙기표, signifiant'이고, 개념과 관련된 차이가 '시니피에기의, signifie'다. 예를 들어, 우리가 '얼음'이라는 말을 할 때 소리인 '얼음'은 시니피앙기표이 되는 것이고, 그 의미인 '물이 얼어 굳어진 것'은 시니피에기의가 되는 것이다. 시니피앙과 시니피에, 이 둘을 합쳐서 '사인기호'이라고 한다.

시니피앙기표과 시니피에기의의 관계에 있어 살펴볼 것들이 있는데, 첫째는 자의성이다.

기표와 기의의 관계는 자의적이다. 다시 말해 우리가 '물이 얼어 굳어진 것'을 '얼음'이라고 하는 것은 우연적이라는 뜻이다. 한국에서는 '얼음'이라고 부르지만, 미국에서는 'Ice'이라고 쓰고 부르는 것처럼, 우리가 사용하는 기표는 그것이 가리키는 개념, 다시 말해 기의와 어떤 명백한 이유를 통해서 필연적으로 연결되어 있는 것은 아니다. 만약 그 둘 사이에 필연성이 있다면, 지구상의 모든 나라가 한 가지 언어를 사용해야 할 것이다. 하지만 그렇지 않다는 점에서 둘의 연결관계는 '자의적'이라고 말할 수 있다.

둘째는 체계 속에서의 필연성이다. 앞서 살펴본 바와 같이 기표와 기의의 관계는 비록 자의적이지만, 체계 속에서 만큼은 필연성이 존재한다. '얼음'이라는 단어를 보거나 '얼음'이라는 소리를 들었을 때, 우리는 필연적으로 '물이 얼어 굳어진 것'를 떠올리게 된다. 그것은 우리가 특정한 언어를 사용하고 있는 이상, 그 언어의 체계 속에서 그 기표와 기의를 생각할 수밖에 없기 때문이다. 따라서 그 관계는 그 언어 체계 하에서 만큼은 필연적인 것이 된다.

통시언어학과 공시언어학

소쉬르는 통시언어학과 공시언어학을 구별하였다. 언어는 생성하며, 변화하는 유기체인데 그는 동시대에서 바라본 언어의 모습과 시간의 흐름에 따라 역사적으로 바라본 언어의 모습을 구분해야 한다고 주장했다. 역사의 어떤 시점에서든 한 언어는 사회적으로 규범화된 체계를 이루고 있다고 하면서 이 동시대적인 언어상태를 공시태라고 했다. 또한 어떤 언어든 역사적으로 변화할 수밖에 없는데 한 언어의 역사적 변화양상을 시간의 흐름에 따라 조망한 것을 통시태라고 하였다.

하나의 체계로서 언어를 연구하는 데는 통시적 접근보다는 공시적 접근이 요구된다. 19세기 언어학은 언어의 역사적 변화를 연구함으로써 언어가 이해될 수 있다는 신념에 기초한 통시적 연구방법이 지배적이었지만, 소쉬르는 이들이 경험적 현상에 집착함으로써 언어의 가장 독특한 특징인 전체적 혹은 체계적인 측면을 연구하는 데 실패했다고 생각했다. 체계로서의 언어를 연구하는 것이 중요하다고 본 소쉬르는 공시적 접근을 지지했다.

한편 그는 한 단어의 의미가 특정한 관계의 체계 안에서 특정한 시간에 발생하는 다른 언어들과의 관계에 의해 생성된다고 주장한다. 예를 들어, 개라는 뜻의 dog라는 단어는, 이것이 고대 영어인 docga에서 유래된 중세 영어 dogge에서 역사적으로 파생되었기 때문에 의미가 있는 게 아니라, 개라는 현재의 단어가 쥐와 고양이 같은 단어들과 가지는 차별적 관계 때문에 의미가 있다는 것이다. 모든 단어의 의미는 그 체계 안의 다른 기호들과의 관계에서 공시적으로 유래된다.

세계 고전 한눈에 보기!

《일반 언어학 강의》는 소쉬르가 스위스 제네바대학에서 강의했던 내용을 그의 제자들이 정리하여 출간한 책이다. 이 책에는 언어에 관한 소쉬르의 사상이 잘 정리되어 있다. 소쉬르는 언어를 랑그언어 체계와 규칙와 파롤랑그에 따라 실제 구사하는 말로 구분할 것을 주장했다. 또한 언어체계는 기호체계이며, 기호는 말소리와 개념, 즉 기표와 기의가 결합한 것으로 이들의 관계는 본질적으로 자의적이라고 주장했다.

그리고 언어가 하나하나 단독으로 의미를 갖는 것이 아니라, 다른 언어와의 차이대립를 통해 의미를 갖는 것이며, 인간은 언어를 통해 세계를 구분한다고 하였다. 언어의 연구 방법에 있어서는 언어의 역사적 연구인 통시언어학과 순수한 언어 정태에 대한 연구인 공시언어학을 구별하였다. 언어에 관한 소쉬르의 관점은 훗날 구조주의 언어학의 시발점이 되었으며, 20세기에 구조주의 사조의 바탕이 되었다.

20

《철학적 탐구》 언어의 의미란 그 사용이다

——— 루트비히 비트겐슈타인

루트비히 비트겐슈타인 Ludwig Wittgenstein, 1889~1951

영국의 철학자 비트겐슈타인은 《논리철학 논고》와 《철학적 탐구》를 통해 당시 철학의 중요한 주제였던 '언어'를 다뤘으며, 영국의 분석철학에 크게 이바지하였다. 처음엔 아버지의 권유로 공학을 공부했지만, 당대 최고의 철학자로 추앙받던 버트런드 러셀과의 인연을 계기로 철학의 길로 들어섰다. 그는 부유한 가정에서 태어났으면서도, 가족사가 불행했고 은둔생활을 즐긴 것으로 유명하다. 음악적 재능이 뛰어났지만 그의 저술은 딱딱했다.

《논리철학 논고》, 말할 수 없는 것에 대해 침묵해야 한다

비트겐슈타인의 철학은 전기와 후기로 나뉜다. 전기의 책이 《논리철학 논고》이고, 후기의 책은 《철학적 탐구》이다. 비트겐슈타인의 후기 철학을 대표하는 《철학적 탐구》를 이해하기 위해서는 전기 철학인 《논리철학 논고》의 내용을 살펴볼 필요가 있다. 《철학적 탐구》는 《논리철학 논고》에 담긴 기존 견해를 비판 및 수정하는 과정에서 쓰인 것이기 때문이다.

비트겐슈타인은 어느 날, 파리에서 일어난 교통사고에 관한 재판 기사에 영감을 받았다. 재판에서는 모형 차와 인형을 활용해 사건 현장을 설명하고 있었다. 여기서 모형들을 가지고 사건을 설명할 수 있는 이유는 무엇일까? 그것은 각각의 모형들이 실제의 차와 사람에 대응하기 때문이다. 초기의 비트겐슈타인은 우리가 사용하는 언어도 이와 같다고 보았다. 언어가 의미를 지니는 이유는 각각의 말들이 실제 상황을 반영하고 있기 때문이다.

언어는 명제의 조합으로 이루어져 있고, 세계는 상황들로 구성돼 있다. 그리고 명제들과 상황들은 각각 일대일로 대응하고 있으며, 똑같은 논리구조로 되어 있다. 세계란 물체가 모인 장소가 아니라, '해가 뜬다.' '영수가 카메라로 바다를 찍고 있다.'와 같은 사태사실의 집합체라는 것이다. 결국 옳은 명제는 세계를 옳게 반영해낸다. 이러한 언어와 사실의 관계를 그는 '사상'이라고 불렀다.

명제가 사건을 옳게 반영해내기 위해 필요한 것은 관찰이다. 정확히 관찰하면 '해가 뜬다.'와 같은 명제를 만들 수 있다. 역으로 말하면, '해가 뜬다.'는 것은 관찰에 의하여 진위를 판정할 수 있는 유의미한 명제다. 실제로 관찰하여 해가 뜨지 않으면 거짓 명제라고 판정할 수 있다. 또한 '영수는 카메라로 바다를 찍고 있다'라는 복합명제도 '그것은 영수다.' '영수는 카메라를 들고 있다.' '카메라가 찍고 있는 것은 바다이다.' 등으로 나눌 수 있다.

이와 같이 요소로 나누면, 결국 관찰에 의하여 진위를 판정할 수 있다. 하지만 '이 집에는 귀신이 살고 있다'라는 명제는 그것을 확인하기 위하여 무엇을 관찰해야 할지 알 수 없다. 그러므로 유의미한 문장을 만드는 것이 불가능하다. 그래서 비트겐슈타인은 "말할 수 없는 것에 대해서는 침묵해야 한다."라고 주장했다. '말할 수 없는 것'이란 실제로 관찰할 수 없는 형이상학적 가치와 요소로 분석할 수 없는 개념 등, 유의미한 문장으로 만들 수 없는 것이다.

그는 소크라테스 이래로 철학자들이 제기한 신, 자아, 도덕과 같은 문제들은 언어로는 말할 수 없을 뿐더러 논리로도 해결할 수 없는, 논의 자체가 무의미한 것으로 정리해 버렸다. 그는 언어의 한계 밖에 있는 것들은 철학이 다루어야 할 문제가 아니라고 주장했다. '진리란 무엇인가?' '신은 존재하는가?' 등의 문장은 참과 거짓을 판별할 수 없는 무의미한 문장에 불과하다. 비트겐슈타인은 《논리철학 논고》를 쓴 뒤, 철학계를 떠나기로 결심했다.

철학의 모든 문제가 자신의 책으로 해결되었다고 믿었기 때문이다. 실제로 그는 초등학교 선생이 되기 위해 시골로 내려갔다.

> **여기에 적힌 사고의 진리성에 대해서는 공격 불가능하며 완결적이다. 따라서 나는 모든 본질적인 점들에 있어서 문제의 최종적 해결점을 찾았다고 믿는다. _《논리철학 논고》 서문**

비트겐슈타인의 《논리철학 논고》는 훗날 논리실증주의자들에게 많은 영향을 주었다. 논리실증주의자들은 환상과 같이 모호한 말로써 철학적 사색을 즐기는 일체의 전통철학을 부정하고 어떠한 주장이라도 경험적으로 검증할 수 있을 때 의미가 있다는 입장을 견지했다. 논리적인 엄밀성과 명료한 개념의 사용을 중시하는 이들이 말하는 철학의 과제는 언어와 세계의 관계를 밝히는 것이라고 볼 수 있다.

《철학적 탐구》, 언어의 의미는 사용에 있다

언어에 대해 일상적인 사용의 장으로 생각하는 후기의 비트겐슈타인은 언어의 의미는 사용에 있다는 게임이론을 전개하여 초기의 《논리철학 논고》의 내용에 비판을 시도한다. 《논리철학 논고》로 모든 철학문제를 해결했다고 여겨 당당하게 철학계를 떠났던 그가 자기 철학에 문제가 있음을 발견하여, 그것을 바로잡고자 다시 되돌아온 것이다. 그가 죽은 뒤에야 《철학적 탐구》가 발간되었는데, 이 책은 자신의 초기 저서인 《논리철학 논고》

에 대한 비판을 담고 있다. 이 책에 따르면, 언어는《논리철학 논고》에 언급한 것처럼 세상의 무엇과 대응함으로써 의미를 갖는 것이 아니다.

식당에서 고객이 "짜장면!"이라고 외쳤다고 하자. 이 말에서 그는 여기에 짜장면이 있음을 확인하고 있는 것인가, 아니면 짜장면을 내오라고 주문을 하고 있는 것인가? 결국 요소 문장이 세계사건를 올바로 반영해낸다는 초기 비트겐슈타인의 사상이론이 성립되지 않게 됨을 알 수 있다. 더구나 여기에는 말을 사적으로 사용할 수 없다는 것도 증명되어 있다. "짜장면!"이라고 말한 사람은 상대에게 이해되지 않으면, 말을 옳게 사용한 것이 아니고, 그 말을 듣는 사람도 상대의 의도대로 파악하지 않으면 문장을 이해한 것이 아니다. 여기서 우리는 말의 의미는 그 말이 실제로 사용되고 있는 문맥에 따라 결정된다는 것을 알 수 있다.

그렇다면 언어와 그것이 가리키는 대상 사이의 명확한 관계를 밝혀서 오류가 없는 이상적인 언어를 만들려는 작업은 무의미하다. 그래서 비트겐슈타인은 "언어의 의미란 그 사용이다."라고 주장했다. 곧 언어는 세계의 사상도 사적인 정신작용도 아니고, 일정한 생활양식과 규칙에 따라 이루어지는 행위다. 그리고 일반인에게는 일반의, 과학자에게는 과학의, 철학자에게는 철학자의 언어사용에 대한 문맥과 규칙이 있다. 그래서 그는 이러한 여러 가지 생활형식, 문맥, 규칙의 체계를 총칭하여 '언어게임'이라고 불렀다.

후기 비트겐슈타인의《철학적 탐구》는 일상언어학파에 영향을 주었다. 일상언어학파는 일상생활에서 사용하는 언어의 분석을 중시하는 철학의 한 유파다. 논리실증주의자들은 논리적인 구문과 합치되고 또한 검증 가능한 언어표현을 중시하지만, 일상언어학파는 일상언어의 모든 표현이 진실로 의미하는 바를 언어 사용에 관한 분석을 통해 명확히 하는 것이 중요하다고 생각한다.

세계 고전 한눈에 보기!

전기의 비트겐슈타인은 《논리철학 논고》를 통해, 언어의 한계 밖에 있는 것들은 철학이 다루어야 할 문제가 아니라고 주장한다. 언어와 세계의 대응을 살펴봄으로써, 진위 여부를 판단할 수 있어야 의미가 있는 문장이며, 말할 수 없는 것에 대해서는 침묵해야 한다고 말했다.

반면, 후기의 비트겐슈타인은 기존의 입장을 바꾸어, 언어는 세상의 무엇과 대응함으로써 의미를 갖는 것이 아니며, "언어의 의미란 그 사용이다."라고 주장했다. 곧 언어는 일정한 생활양식과 규칙에 따라 이루어지는 행위다. 그는 이러한 여러 가지 생활형식, 문맥, 규칙의 체계를 총칭하여 '언어게임'이라고 불렀다. 그의 이러한 주장은 사후 출간된 《철학적 탐구》에 담겨 있다.

21

《종의 기원》 생물은 자연선택으로 진화한다

——— 찰스 다윈

찰스 로버트 다윈 Charles Robert Darwin, 1809~1882

진화론의 선구자 가운데 한사람으로 평가받는 영국의 생물학자다. 해군측량선 비글호에 박물학자로서 승선하여, 남아메리카·남태평양의 여러 섬과 오스트레일리아 등을 항해·탐사했고 그 관찰기록을 《비글호 항해기》로 출간하여 진화론의 기초를 확립하였다. 이후로도 진화론에 관한 자료를 끊임없이 보완 정리하여 1859년 《종의 기원》이라는 저작을 출간함으로써 세상에 진화사상을 공개 발표하였다.

《종의 기원》, 세상을 발칵 뒤집어 놓은 책 한 권

만일 어떤 개체들에게 유용한 변이들이 실제로 발생한다면, 그로 인해 그 개체들은 생존 투쟁에서 살아남을 좋은 기회를 가질 것이 분명하다. 또한, 대물림의 강력한 원리를 통해 그것들은 유사한 특징을 가진 자손들을 생산할 것이다. 나는 이런 보존의 원리를 간략히 자연선택이라고 불렀다. _《종의 기원》

1859년 11월 24일 세상이 발칵 뒤집혔다. 찰스 다윈이《종의 기원》을 출간했기 때문이다. 대체 그 책에 어떤 내용이 담겨 있었기에 이리도 세상이 떠들썩했던 것일까?《종의 기원》에는 생물종의 여러 개체 간에 다양한 변이가 있을 경우, 자연**환경**에서 유리한 형질을 가진 개체는 자연선택에 따라 생존하고 번식할 가능성이 높으며, 그들의 형질이 자손에게 전달된다는 내용이 담겨 있다.

그의 진화론에 따르면, 오늘날의 모든 생물은 아주 원시적인 생명체에서 시작해 수많은 세월 동안 자연선택을 거쳐 지금의 다양성을 갖추게 된 것이다. 다시 말해 현존하는 생물이 처음부터 그들의 현재 상태로 창조된 것이 아니라, 공통의 선조 생물에서 완만한 분기와 변화**종별의 연속적 변화나 멸종**를 거쳐 수목이 가지를 뻗는 것과 같은 패턴으로 현재에 이르렀다는 것이다. 이는 인간이라는 종種 역시 끊임없이 변화하고 번식에 성공하여 대자연에서 살아남은 수많은 생물종 중 하나에 불과함을 의미한다. 생물이 신에 의해 종별로 창조되었다는 특수 창조설도 부정된다.

이러한 입장은 지금 충분히 받아들여질 수 있는 것이겠지만 당시 신 중심의 유럽 사회에서는 그렇지 못했다. 당시 사람들은 생명에는 엄연한 위계질서가 있으며, 피라미드 가장 상층부에는 신이 직접 창조한 인간이 존재한다고 굳게 믿고 있었다. 모든 종이 공동 조상에서 갈라져 나왔다는 그의 이론은 신 중심주의에 대한 전면적 도전행위와도 같은 것이었다. 코페르니쿠스의 지동설이 우주의 중심에서 지구를 밀어냈다면, 다윈의 진화론은 지구의 중심에서 인간을 밀어낸 것과 같다.

사실 이 책의 원래 제목은 길었다. 초판은 '자연선택의 방법에 의한 종의 기원, 생존 경쟁에 있어서 유리한 종족의 보존에 대하여'라는 긴 제목을 가지고 있었다. 1862년 나온 6판부터 제목을 '종의 기원'이라고 줄여서 내놓았다. 그는 1859년 이전에 이미 책의 원고를 완성했지만, 자신의 이론이 사회적으로 얼마나 큰 파장을 초래할지 잘 알고 있었기 때문에 출간을 미루고 있었다. 대신, 자기주장을 뒷받침할 수 있는 가능한 모든 자료를 모으고 보완하는 한편, 자신의 주장에 찬성할 사람과 반대할 사람을 목록으로 정리해서 관리했다. 자신의 책이 출간되면 누가 공격을 해올 것인지, 그리고 어떠한 형태로 공격해올 것인지, 어떻게 공격에 대응할 것인지를 철저히 대비한 것이다. 출간 당시 그는 미리 자신의 지지자들을 많이 포섭해둔 상태였으므로 반대하는 사람들의 공격에 제대로 대응할 수 있었다.

다윈의 《종의 기원》이 사회에서 비판받고 받아들여지지 않았을 것이라 생각하기 쉽지만, 결과적으로 흥행에 대성공한 책이다. 당일 초판본이 다 팔렸을 정도로 엄청난 관심을 받았다. 이는 오늘날에도 달성하기 어려운 판매실적이다. 1859년 초판이 발행된 이후에도 13년 동안 많은 부분이 수정·보완되었다. 대부분의 책은 한 번 출간되고 나면, 조금의 오탈자나 내용 일부를 보완하는 정도로 수정이 이루어지지만, 《종의 기원》은 저자의 생애 전반을 거쳐 개정된 저작이다.

다윈은 진화론의 창시자인가?

《종의 기원》 1장에서는 비둘기 품종 개량에 대한 이야기가 나온다. 어느 비둘기는 교배를 통해 어떤 특징이 나타나는지, 그리고 이러한 특징은 어떻게 대물림되는지를 서술해두었다. 실력 있는 사육사들은 충분히 의도한 품종을 만들어낼 수 있다고 하는데, 다윈은 이를 '인위선택'이라고 하였다. 인위적으로 비둘기 변종을 만들어 낼 수 있다면, 자연에서도 충분히 가능할 터이다. 이것이 '자연선택'이다. 사실 19세기 영국에서는 비둘기의 새로운 품종을 개발하는 것이 꽤나 유행했었다. 그래서 출판업자는 《종의 기원》에서 비둘기에 대한 부분만 따로 떼어 책을 출간하는 게 어떻겠냐는 제안을 하기도 했다. 출간하면 잘 팔릴 것이 뻔했기 때문이다. 그만큼 다윈은 대중의 이해를 돕는 한편, 관심을 끌기 위해 당시 유행했던 비둘기의 사례를 넣은 듯하다.

다윈은 모든 생물체가 자연선택의 과정을 통해 시간이 지남에 따라 진화했다고 주장했다. 쉽게 요약하자면, 어떤 생명체가 살고 있는 자연환경에서 유리한 형질을 가진 유기체는 생존하고 번식할 가능성이 높으며, 그들의 형질을 자손에게 물려준다는 것이다. 이렇게 긴 시간이 흐르며 개체군의 특성에 변화를 가져오고 새로운 종의 개발로 이어진다. 그렇기 때문에 다윈은 모든 생명체를 거슬러 올라가 보면 공통의 조상이 있을 것이라 주장하는 것이다.

물론 다윈이 책의 서문에서 밝혔듯이 《종의 기원》이 나오기 이전에도 진화론자들은 숱하게 있어왔다. 그리스 철학자인 에피쿠로스와 데모크리토스는 이미 원자론을 통해 생물의 다양성을 설명하고 있었다. 또한 의사 집안에서 태어난 아리스토텔레스는 생물학적 분류학에서 그 기초를 마련했다. 16세기 이후, 르네상스 시대에는 과학의 발전과 함께 생물학 연구가 진전되면서 진화론은 더욱 성장하였다. 발견되는 동식물의 종이 증가하는 시기였었고, 당연히 종의 다양성과 변화에 대한 연구와 논의도 증가했다. 이로 인해 다양한 진화론이 우후죽순 등장했다.

이뿐만 아니라 프랑스 철학자이자 박물학자였던 뷔퐁Georges Louis Leclerc de Buffon, 1707~1788은 다윈보다 앞서 생물들이 진화한다는 의견을 내놓았고, 영국의 지질학자 찰스 라이엘Charles Lyell, 1797~1875도 먹이와 영역 싸움에서 강한 종이 승리·번성한다고 보았다. 프랑스의 생물학자 라마르크Jean Baptiste Pierre Antoine de Monet Lamarck, 1744~1829는 다윈에 앞서 진화론을 전개하고1801, 이것을 최초로 체계화된 학문으로서 제기했다1809. 그는 용불용설用不用說, 자주 사용하는 기관은 발달하고 그렇지 않은 기관은 퇴화한다을 주장했다. 대표적인 예로, 영양이 높은 곳의 나뭇잎을 먹기 위해

목을 늘이다 보니 기린이라는 새로운 종으로 변했다는 것이다.

다윈에 앞서 숱한 진화론자들이 있었다. 게다가 《종의 기원》 초판에는 진화라는 말조차 등장하지 않는다. 자연선택이라는 표현이 등장할 뿐이다. 그럼에도 다윈이 진화론의 창시자로 평가받는 이유는 무엇일까? 이는 풍부한 사례와 치밀한 논거 덕분이라고 할 수 있다. 그는 20대 초반부터 책을 출간하기까지 30년 가까운 세월 동안 수많은 사례를 수집하고 분석했으며, 이를 책에 반영하였다. 또한 평생 1만 통이 넘는 편지를 쓸 만큼 다른 학자들과 활발하게 교류했으며, 이들에게서 상당한 영감을 얻어냈을 것이다. 사실 다윈과 자주 교류한 월리스Alfred Russel Wallace, 1823~1913는 종과 진화에 대해 다윈과 거의 같은 결론을 내기도 했다. 이 모든 것들을 최종적으로 종합했기에 다윈은 그 누구보다도 일관성 있고 깊이 있는 저작을 남길 수 있었던 것이다.

> **지구의 생물체는 자신들 중 하나가 진실을 밝혀내기 전까지 30억 년 동안 자기가 왜 존재하는지 모르고 살았다. 진실을 밝힌 그의 이름은 찰스 다윈이다. 공정하게 말하면 몇몇 다른 사람들도 어렴풋이 알고 있었지만, 우리가 왜 존재하는지에 대해 일관성 있고 조리 있게 설명을 종합한 사람은 다윈이 처음이었다. _리처드 도킨스, 《이기적 유전자》**

다윈주의의 악용

우수한 종이 살아남는다는 진화의 논리는 우생학과 인종의 차별로 이어졌다. 자연에서 우월한 개체가 선택되고 살아남듯이, 사회에서도 우월한 개체가 선택되고 살아남는다는 논리가 성립된 것이다. 특히 전문직 중산층은 진화론을 사회에 적용해 사회다윈주의, 그리고 우생학으로 발전시켰다. 이런 우생학은 극단적으로는 장애인의 임신을 금지하고, 유색인종을 차별하는 논리로 악용되었다. 특히, 히틀러가 유대인을 탄압하는 근거로 우생학을 받아들였다.

하지만 다윈은 한 번도 사회다윈주의를 주장한 적이 없으며, 사람들이 제멋대로 다윈의 사상을 악용해 차별과 불평등을 정당화했다고 봐야 한다.

세계 고전 한눈에 보기!

《종의 기원》은 영국의 생물학자 찰스 다윈의 진화론에 대한 저서이다. 생물은 하나님의 손에 의해 종별로 창조되었다는 특수 창조설을 부정하고, 생물의 다양성과 적응성의 유래를 자연선택을 중심으로 한 자연의 과정으로서 설명했다. 다시 말해 현존하는 동물 및 식물이 처음부터 그들의 현재 형태로 개별적으로 창조된 것이 아니라, 완만한 변형에 의해 초기의 형태에서 지금의 형태로 진화돼온 것이라는 데에 방대하고 설득력 있는 증거를 제시했다. 이 책의 핵심 골자를 정리하면 다음과 같다.

첫째, 어떤 생명체가 살고 있는 자연환경에서 유리한 형질을 가진 유기체는 생존하고 번식할 가능성이 높으며, 그들의 형질을 자손에게 물려준다.

둘째, 긴 시간이 흐르면 개체군의 특성에 변화를 가져오고 새로운 종의 개발로 이어진다. 그렇기 때문에 모든 생명체를 거슬러 올라가 보면 공통의 조상이 있을 것이다.

당시 서구 사회는 신이 존재한다고 믿으며, 세상은 영원불변하다는 사상이 팽배했다. 이 책은 발간되자마자 서구 사회를 근본부터 뒤흔들었기에 종교계·과학계를 비롯하여 수많은 공격을 받았다. 그러나 흥행에 성공했으며, 결국 《종의 기원》은 생물학 역사상 가장 중요한 책 중의 하나로 손꼽히는 책이 되었다.

22

《과학혁명의 구조》 과학은 패러다임의 전환을 통해 발전한다

——— 토마스 쿤

토마스 쿤 Thomas Samuel Kuhn, 1922~1996

미국의 과학사학자이자 철학자다. '패러다임'이라는 새로운 개념을 창안해냈다. 그는 과학의 발전은 점진적으로 이루어지는 것이 아니라 패러다임의 교체에 의해 혁명적으로 이루어지는데, 이 변화를 '과학혁명'이라고 불렀다.

《과학혁명의 구조》, 과학은 패러다임의 전환을 통해 발전한다

《과학혁명의 구조》는 1962년 미국에서 출판된 순수과학서다. 20세기 대표적 과학사학자이자 철학자인 토마스 쿤의 저서로, 기존의 귀납주의적 과학관에 새로운 패러다임을 적용하여 과학 지식의 변천 및 발전을 설명하였다. 여기서 가장 핵심적인 개념은 패러다임 paradigm 이다. 패러다임이란, 어떤 한 시대 사람들의 견해나 사고를 지배하고 있는 이론적 틀이나 개념의 집합체를 말한다. 패러다임의 대표적인 예로는 프톨레마이오스의 천문학 또는 코페르니쿠스의 천문학, 아리스토텔레스의 역학 또는 뉴턴의 역학, 입자광학 또는 파동광학 등이 있다. 과학은 지식의 축적에 따라 점진적으로 발전하는 게 아니라, 새로운 패러다임에 따라 혁명적인 발전을 한다는 것이 쿤의 주장이다. 어느 단계에서 과학이론이 근본부터 뒤집혀 기존의 과학현상까지 모조리 설명할 수 있는 새로운 이론이 구축되는 것이다. 예를 들어, 프톨레마이오스의 천동설로 여러 현상이 잘 설명되지 않자, 코페르니쿠스의 지동설이 그 자리를 대체한 것이 대표적이다.

이 책의 내용은 부분적으로는 과학혁명을 주제로 하지만, 전체적으로는 과학의 발전이 어떻게 전개되는가에 초점이 맞추어져 있다. 쿤은 과학발전의 객관적 보편성에 이의를 제기하고, 과학의 발전은 과학이 이상 현상의 출현으로 위기에 부딪혀 붕괴될 때 일어나는 현상으로서 그 결과는 새로운 과학의 출현을 가져온다고 주장하였다.

정상과학과 이상과학

과학에는 두 종류가 있는데 하나는 정상과학이고 다른 하나는 이상과학이다. 정상과학은 통상의 과학으로 어떤 권위를 지닌 과학자 집단이 따르는 과학을 말한다. 대학에서 연구하는 과학은 대부분 정상과학의 범주에 있다. 특정 시기의 어떤 과학자들이 지키려고 고집하는 전통이 바로 '패러다임'이고 과학자들이 이렇게 특정한 패러다임을 받아들이고 그 틀 안에서 연구하는 모습을 '정상과학'이라고 부른다. 그러나 이러한 정상과학의 범주에서 설명되지 않는 현상이나 변칙적 사례는 나타나게 마련이고, 정상과학의 범주 내에서 이 문제를 해결하기 위해 이론에 약간의 수정을 가하거나 보충설명을 덧붙여 일시적으로 그 상황에서 벗어나고자 한다.

하지만 기존의 통상 과학과 전혀 다른 이론을 제시하면, 그것은 이상과학이라 불리게 된다. 이상과학이 처음에는 무시당하고 쉽게 받아들여지지 않겠지만, 새롭게 받아들여지고 고착화되면, 다시 새로운 정상과학으로서 제도화된다. 새로운 패러다임이 생성되는 것이다. 즉 과학은 '정상과학1 → 위기 → 과학혁명 → 정상과학2'의 과정으로 진보하는 것이다. 어떤 과학이론에 의해 과학적 지식이 발전하다가 그 이론으로는 설명할 수 없는 이상 현상이 나타나면, 그 시대의 과학자들이 공유하는 패러다임으로는 이 현상을 설명할 수 없는 경우가 생긴다. 그러면 이를 해결하기 위해 과학의 혁명, 다시 말해 패러다임의 변화가 일어나고 그 결과 새로운 과학이 출현하게 된다는 것이다.

《과학혁명의 구조》에서 쿤은 이를 진화론적으로 설명하고 있다. 과학혁명의 과정에서 새로운 패러다임이 형성된다. 그리고 새로운 패러다임의 방식에 따라 형성된 과학이 새로운 정상과학이며, 기존의 정상과학을 대체한다. 과학혁명을 통해 새로운 패러다임에 따라 이론이 바뀌면, 동일한 자연현상도 완전히 새로운 방식으로 보이게 마련인데, 이를 통해 쿤이 과학 발전의 불연속성을 강조하였다.

오늘날의 물리학 교과서는 학생들에게 빛은 광자, 다시 말해 파동과 입자의 특성을 아울러 나타내는 양자역학적 실체라고 가르친다. 그러나 빛의 그러한 특성을 규정한 지는 반 세기 정도밖에 안 된다. 20세기 초 아인슈타인, 플랑크 등 과학자들이 이런 생각을 발전시키기 전까지 물리학의 교과서는 빛이 파동이라고 생각했던 과학자들의 이론에 근거해 있었다. 빛이 파동인 이유는 슬릿에 통과시켰을 때 간섭 흔적이 나타나기 때문이다.

파동은 매질이 필요하다. 당시에는 우주 공간에 파동을 전달하는 매질이 있었다고 믿었고, 이것을 에테르라고 불렀다. 에테르란 광파를 전달하는 매질이라고 생각되고 있던 가상의 물질이다. 에테르의 존재를 신봉하던 당시 물리학자들은 모든 파동은 매질이 있어야 한다고 믿었다. 물결파는 물이라는 매질을 통해서, 소리는 공기라는 매질을 통해서 전달되듯, 빛 역시 에테르라는 매질을 통해서 전파된다고 본 것이다. 19세기 물리학자들은 전자기파와 중력파를 전하는 에테르라는 물질이 우주에 가득 차 있다고 믿었다. 과학자들은 그 에테르를 검출하기 위해 수많은 실험을 펼쳤지만 이렇다 할 결과가 나오지 않았다.

하지만 빛이 만약 입자라면 에테르라는 매질은 존재할 필요가 없게 된다. 아인슈타인은 광전효과**흙으로 만든 벽에 공을 던지면 흙이 살짝 튀어나오는 것과 같은 원리**를 통해 빛이 입자임을 증명했다. 하지만 이것만으로는 빛의 간섭 흔적을 설명할 수는 없었고, 결국 빛은 파동과 입자의 성질을 모두 갖는다는 패러다임의 전환이 일어나게 되었다.

어떤 이론이 하나의 패러다임으로 인정되기 위해서 그 이론은 그 경쟁 상대들보다 더 좋아 보여야 함에 틀림없지만, 그것이 당면할 수 있는 모든 문제를 설명해야 하는 것은 아니며 실제로 그렇지 못하다. 패러다임은 전문가들 그룹이 시급하다고 느끼게 된 몇 가지의 문제를 푸는 데 있어서, 그 경쟁 상대들보다 훨씬 성공적이라는 이유로 해서 그 지위를 획득하는 경우가 많다. 보다 성공적이라는 말은 단일한 문제에 대해서 완벽하게 성공적이라든가 또는 많은 문제에 대해서 상당히 성공적임을 의미하지는 않는다. 그 패러다임이 잘 들어맞는 얼마 동안, 그 전문 분야는 그 패러다임에의 의존 없이는 그 분야의 구성원들이 상상조차 못 하고 도저히 손댈 수 없었던 문제들을 잘 풀어낼 것이다. 그리고 적어도 그 성취의 일부는 언제나 영속성이 있는 것으로 판명된다.

세계 고전 한눈에 보기!

과학은 검증 과정에서 살아남은 것들이 조금씩 축적되면서 앞으로 나아가는 것처럼 보인다. 하지만 토마스 쿤은 《과학혁명의 구조》에서 과학은 지식의 축적에 따라 점진적으로 발전하는 게 아니라, 새로운 패러다임에 따라 혁명적으로 발전하는 것이라고 주장한다. 어떤 과학이론에 의해 과학적 지식이 발전하다가 그 이론으로는 설명할 수 없는 이상 현상이 나타나면, 그 시대의 과학자들이 공유하는 패러다임으로는 이 현상을 설명할 수 없는 경우가 생긴다. 그러면 이를 해결하기 위해 과학의 혁명, 다시 말해 패러다임의 변화가 일어나고 그 결과 새로운 과학이 출현하게 된다는 것이 이 책의 골자다. 어느 단계에서 과학이론이 근본부터 뒤집혀 기존의 과학현상까지 모조리 설명할 수 있는 새로운 이론이 구축되는 것이다.

패러다임이란, 어떤 한 시대 사람들의 견해나 사고를 지배하고 있는 이론적 틀이나 개념의 집합체를 말한다. 특정 시기에 과학자들은 자신만의 고유한 전통을 고집한다. 과학자들이 이렇게 특정한 패러다임을 받아들이고 그 틀 안에서 연구하는 모습을 보이는데 이를 '정상과학'이라고 부른다. 그러나 이러한 정상과학의 범주에서 설명되지 않는 현상이나 변칙적 사례는 나타나게 마련이고, 기존의 통상 과학과 전혀 다른 이론을 제시하면, 그것은 이상과학이라 불리게 된다. 이상과학이 처음에는 무시당하고 쉽게 받아들여지지 않겠지만, 새롭게 받아들여지고 고착화되면, 다시 새로운 정상과학으로서 제도화된다. 새로운 패러다임이 생성되는 것이다. 즉 과학은 '정상과학1 → 위기 → 과학혁명 → 정상과학2'의 과정으로 진보하는 것이다.

5장

정치사상의 근본을 배우는 고전

《국가론》 철인 왕이 통치하는 국가

——— 플라톤

플라톤 Platon, B.C 427~B.C 347

플라톤은 아테네 최고의 정치 명문가에서 태어났다. 20살에 소크라테스의 제자가 되어 그에게서 큰 감화를 받았다. 처음에는 정치가를 희망했지만, 혼란에 빠진 아테네의 민주정치를 위해 희생된 스승 소크라테스의 사망을 목격한 후 뜻을 바꾸어 철학자로서의 길을 가게 되었다. 이후 초월적인 이데아 Idea 가 참 실재 實在 라고 하는 사고방식을 전개했고 이는 서양철학사 전반에 지대한 영향을 미쳤다.

동굴의 비유

플라톤은 감각을 통한 인식이 전부가 아니라고 주장했다. 우리가 감각으로 받아들이는 것은 사물의 실재가 아닌 그것을 반영한 허구에 불과하다는 것이다. 이 말은 거짓되지 않은 존재는 감각을 통하지 않고도 인식할 수 있다는 의미다. 플라톤은 그 유명한 동굴 비유를 통해 이를 설명하고 있다. 그것은 다음과 같은 상황을 전개한다.

깊은 동굴에는 많은 죄수들이 벽 쪽만 바라보도록 묶여 있다. 그런데 그들의 등 뒤, 동굴의 입구 밖에는 태양이 있었다. 이 태양빛에 의해 동굴 벽에는 여러 사물들의 그림자가 생겼는데, 그 그림자는 마치 살아 있는 존재인 것처럼 죄수들의 눈앞에서 아른거렸다. 죄수들은 자신이 보는 것을 사물의 실재라고 여기지만 사실은 벽에 비친 그림자일 뿐이다. 이때, 이 죄수 중에 한 명의 철학자가 족쇄에서 풀려나 동굴 밖으로 벗어났다고 가정해보자.

그는 최초로, 동굴 밖에서 그림자를 만들었던 진짜 사물과 그러한 모양의 그림자를 가능케 했던 태양빛을 보게 된다. 그는 여태껏, 동굴 속에서 실재라고 여겼던 모든 것들이 불완전한 것이었음을 깨닫게 된다. 그는 다시 동굴로 돌아가, 아직도 동굴벽에 비친 그림자를 사물의 실재라고 믿고 있는 죄수들에게 동굴 밖에 사물의 실재가 있음을 설명해보지만, 그는 죄수들 사이에서 미치광이 취급을 받을 뿐이다. 플라톤은 동굴 비유를 통해 이데아의 세계를 엿볼 수 있는 철학자들이 직면할 위험을 경고했다.

플라톤은 동굴 비유를 통해 인간의 보편적 처지를 설명하고 있다. 다시 말해 대부분의 인간은 불완전한 감각에 의존하여 세상을 인식하고 있다는 것이다. 동굴 밖의 세계를 인식하는 것은 곧 참된 실재를 인식하는 것인데, 오직 소수의 철인만이 이성적 지혜와 통찰력을 통해 참된 이데아의 세계를 볼 수 있다, 이러한 이데아의 능력을 갖춘 철학자들이 정치를 했을 때, 진정한 이상국가가 실현될 수 있다고 플라톤은 생각했다.

이데아란 사물과 사고가 지닌 완전 불변한 본질을 말한다. 플라톤에 따르면, 이 세상에 존재하는 모든 것에는 각각의 이데아가 있다. 책상의 이데아가 있고, 삼각형의 이데아가 있고, 돌의 이데아가 있다. 우리가 일상에서 마주하는 사물들은 이데아의 복제물에 불과하며, 오직 지성으로서만 그러한 복제물들 너머의 참된 본질을 볼 수 있다.

《국가론》, 플라톤이 그린 이상국가

소크라테스와 그의 제자들의 대화를 담은《대화편》가운데 하나인《국가론》에는 플라톤이 생각했던 이상적인 국가의 모습이 담겨 있다. 그는 책에서 스승 소크라테스의 입을 빌려 이야기를 전개해나간다. 극에서 소크라테스는 국가의 탄생 이유를 '사람이 혼자서 살아갈 수 없기 때문'이라고 주장하며, 이를 해결하기 위해 함께 모여 살아가는 것을 국가라 부르겠다고 말한다. 이어서 그는 자신이 상상하는 국가의 모습을 설명해나가기 시작한다.

플라톤은 결코 민주주의자가 아니었다. 그는 자신의 스승 소크라테스가 결국 어리석은 민중들에 의해 죽임을 당했다고 보았기 때문이다. 소크라테스는 그 누구보다도 참된 정의와 진리를 추구했으며, 사람들에게 사고하는 법과 의심하는 법을 알려주었다. 하지만 끊임없이 질문을 던지며 상대방의 무지를 증명했던 그의 대화방식은 곧 상대방의 지적 수치심과 질투심을 유발하는 것이어서 사회적으로 공분을 사게 되었다.

시민 500명의 배심원으로 이루어진 아테네 법정은 젊은이를 타락시키고 신을 모독했다는 죄목으로 소크라테스에게 사형을 선고했으며, 소크라테스는 망명하라는 친구와 제자 들의 권유를 뿌리치고 결국 독배를 들었다. 스승의 죽음을 목도한 플라톤은 그 당시 아테네 민주주의를 이익과 욕망에 의해 좌우되는 어리석은 사람들에게 권력을 쥐어준 중우정치로 보았으며, 결국 타락할 수밖에 없다고 경멸하였다. 그가 생각했던 최고의 정치체제는 인간 가운데 가장 지혜로운 철인 왕이 다스리는 군주정이었다.

플라톤의 국가관은 그의 영혼론에서 출발한다. 플라톤에 따르면, 인간은 금, 은, 동이 섞인 영혼을 가지고 태어나며, 그 차이에 따라 각 영혼의 품계가 구분된다. 금은 이성, 은은 의지, 동은 욕망을 상징한다. 이성의 덕은 지혜이고, 의지의 덕은 용기이고, 욕망의 덕은 절제이다. 이 세 가지 덕이 서로 조화를 이룰 때 정의의 덕이 발생한다. 플라톤은 이 논리를 국가에도 적용했다. 국가 역시, 이성을 지닌 지배자계급**철인**, 용기를 지닌 수호자계급**군인**, 욕망을 지닌 생산자계급**직인**으로 나뉘어 있는데, 이들이 각자의 역할을 잘 수행하여 지혜, 용기, 절제의 덕이 조화를 이룰 때 국가나 사회적으로 정의의 덕이 실현된다는 것이다. 다만, 인간의 영혼이 이성에 의해 통제를 받아야 하는 것처럼, 국가 역시 지혜로운 사람, 다시 말해 철인 지배자에 의해 통제를 받아야 한다.

수호자 계급은 국가를 수호하는 막중한 임무를 띠고 있기 때문에 그 선발에 있어서 강한 힘과 더불어 용감하고 기개 있는 정신의 소유자가 적합하다. 지배자 계급의 경우, 수호자 계급에 속하는 사람 중에서 가장 덕망이 높은 사람, 또는 올바른 이성과 지혜를 지닌 철인이 바람직하다고 보았다. 여기서 흥미로운 점은 그가 수호자 계급에 속한 사람들이 서로 가족과 부인을 공유해야 한다고 주장했다는 점이다. 일명 부인공유제다. 이는 사회의 핵심을 담당하는 엘리트들의 엄격한 도덕적 책임을 위해서 나온 발상이다. 부인공유제를 통해 수호자들은 자신의 자식이 누구인지 알 수 없게 될 것이고, 그리되면 재산을 물려주고 싶은 욕망에서 벗어날 수 있게 되는 것이다. 국가의 권력을 소유한 수호자들이 부를 가져서 이를 자식에게 상속시킬 수 있다면, 그들은 기존의 다른 국가들에서의 지배계급과 다름없게 될 것이다.

하지만 플라톤이 말한 아내와 아들을 공유하는 것을 시작으로 하는 사유재산의 부정은 근본적으로 인간 본능에 역행한다는 문제가 있다. 이것은 곧 인륜에 어긋나는 것이며, 남보다 우월하려는 인간의 본능을 무시하는 것으로 현실성이 떨어진다는 지적을 받는다. 하지만 수호자 계급에게 엄격한 윤리와 도덕적 조건을 제시한 부분은 현대의 통치자들에 대한 성찰로 이어질 수 있는 부분이다.

한편 앞서 언급한 각 3계급은 각각 진선미에 대응한다. 지배자계급, 즉 철인은 진眞, 이성과 지혜에, 수호자 계급은 선善, 도덕성, 의지에, 생산자 계급은 미美, 아름다움과 욕망에 각각 대응한다. 플라톤은 인간 최고의 가치들인 삼위三位 '진선미'의 창시자인 셈이다. 이 논리는 서양철학사에도 지대한 영향을 미쳤는데, 일례로 칸트의 3대 비판서인 《순수이성비판》《실천이성비판》《판단력 비판》은 각각 진, 선, 미에 대응한다.

금	이성	지혜 (이성의 덕)	지배자 (철인)	진(眞)	학문
은	의지	용기 (의지의 덕)	수호자 (군인)	선(善)	종교
동	욕망	절제 (욕망의 덕)	생산자 (직인)	미(美)	예술

세계 고전 한눈에 보기!

소크라테스와 그의 제자들의 대화를 담은 《대화편》 가운데 하나인 《국가론》에는 플라톤이 생각했던 이상적인 국가의 모습이 담겨 있다. 그는 책에서 스승 소크라테스의 입을 빌려 이야기를 전개해나간다. 플라톤은 결코 민주주의자가 아니었다. 그는 자신의 스승 소크라테스가 결국 어리석은 민중에게 죽임을 당했다고 보았기 때문이다. 그가 생각했던 최고의 정치체제는 인간 가운데 가장 지혜로운 철인 왕이 다스리는 군주정이었다.

플라톤에 따르면, 이 세상에 존재하는 모든 것에는 각각의 이데아가 있다. 이데아란 사물과 사고가 지닌 완전 불변한 본질을 말한다. 우리가 일상에서 마주하는 사물들을 이데아의 복제물에 불과하며, 오직 이성적 지혜와 통찰력을 지닌 철인만이 참된 이데아의 세계를 볼 수 있다. 이러한 이데아의 능력을 갖춘 철인 왕이 나라를 다스릴 때 진정한 이상국가가 실현될 수 있다고 플라톤은 생각했다. 인간은 이성, 의지, 욕망을 지닌 존재고, 그 비율에 따라 영혼의 품계가 결정된다. 이성의 덕은 지혜이고, 의지의 덕은 용기이며, 욕망의 덕은 절제이다. 이 세 가지 덕이 서로 조화를 이룰 때 정의의 덕이 발생한다.

플라톤은 이 논리를 국가에도 적용했다. 국가 역시 지배자계급 철인, 수호자계급 군인, 생산자계급 직인의 세 가지로 나눌 수 있으며, 이들이 각자 자신의 의무를 충실히 이행하여 지혜, 용기, 절제의 덕이 조화를 이룰 때 사회적으로 정의의 덕이 실현된다. 다만, 인간의 영혼이 이성에 의해 통제 받아야 하는 것처럼, 국가체제 역시 지혜로운 사람, 즉 철인 지배자계급에 의해 통제를 받아야 할 것이다.

24

《정치학》 정치, 중간계급에 열쇠가 있다

——— 아리스토텔레스

고대 그리스의 철학자로 소요학파의 창시자이다. 그는 플라톤의 말마따나 이데아를 보았더라도, 공동체의 구체적인 요구를 초월한 철학자는 '올바른 정치'를 할 수 없다고 보았다. '실천적 지혜'를 통해 '철학적 지혜'를 보완해야 함을 역설한 것이다. 고대에 있어서 최대의 학문적 체계를 세웠고, 중세의 스콜라 철학을 비롯하여 후세의 학문에 큰 영향을 주었다. 《자연학》《니코마코스 윤리학》《형이상학》《정치학》《시학》 등을 남겼다.

현실에 충실한 체계적 사상가

아리스토텔레스는 플라톤의 수제자이며 서양철학의 기틀을 다진 것으로 평가받는 철학자다. 고대 그리스의 학문을 집대성한 아리스토텔레스는 중세 및 근대 사상의 형성에 지대한 영향을 미쳤을 뿐만 아니라, 오늘날 사용하는 철학용어 대부분이 그로부터 유래하였다. 그는 의사 집안에서 태어났는데, 그의 부친은 마케도니아 궁정의였고, 그의 어머니 역시 의사 집안에서 성장하였다. 아리스토텔레스가 생물학에 관심을 갖게 된 것은 의사 집안의 분위기에 영향을 받은 것이며, 플라톤이 철학의 열쇠를 수학에서 찾은 것처럼, 아리스토텔레스는 생물학에서 그 열쇠를 찾았다. 사실을 객관적이고 경험적으로 관찰하는 의사 집안 분위기는 그의 철학에도 상당 부분 영향을 주었을 것이다.

플라톤이 이데아Idea를 추구하는 이상주의자였다면, 그의 제자인 아리스토텔레스는 현실reality에 충실한 체계적 사상가였다. 플라톤이 이데아의 세계를 감각적인 세계를 떠나 존재하는 독립적인 세계라고 주장한 데 대해, 아리스토텔레스는 이데아란 개별적 사물 가운데 들어 있는 형상이라고 주장했다. 다시 말해 현실의 감각세계를 초월한 이데아 세계가 따로 있는 것이 아니라, 오히려 우리 눈앞에 보이는 개개의 사물이야말로 참다운 의미에서 실재인 것이다. 아리스토텔레스는 사물의 원형이 감각계 안에 깃들어 있다고 보았다. 이 세상엔 수많은 의자가 존재한다. 그 모양과 재질은 각기 다르다. 하지만 '앉게 한다.'라는 공통적 본질이 담겨 있다. 그렇다, 이데아는 따로 저 멀리 존재하는 것이 아니라 현실에 존재한다. 이처럼 그는 현실에서 이상을 찾을 수 있다는 점에서 현실을 강조했다. 또한 그는 플라톤의 말마따나, 이데아를 보았더라도, 공동체의 구체적인 요구를 초월한 철학자는 '올바른 정치'를 할 수 없다고 보았다. '실천적 지혜'를 통해 '철학적 지혜'를 보완해야 함을 역설한 것이다.

아리스토텔레스는 플라톤과 달리 이론철학과 실천철학을 날카롭게 나누었다. 인간의 덕은 잠재된 능력, 다시 말해 이성을 잘 발휘하는 데에 있다. 그런데 다시 덕에는 두 가지, 다시 말해 이론적 덕과 실천적 덕이 있다. 이론적 덕이란 지혜나 식견과 같이 이성 그 자체를 높여서 생기는 덕을 말하고, 실천적 덕이란 본능적 충동을 억제하기 위한 이성의 지배력을 말한다. 그리고 이러한 실천적 덕은 우리가 양쪽 극단을 피하여 중용을 지키는 데에 성립하게 된다.

여기서 말하는 중용은 산술적 중간이 아닌, 지나침과 모자람이 없는 적절한 상태를 말한다. 중용이란 곧 넘치지도 부족하지도 않게 행복을 추구하는 자세로, 이성적인 인식과 삶의 자세를 필요로 한다. 예를 들어, 무작정 적진에 뛰어드는 행위가 만용이고, 자신의 몸을 사리기만 하는 것이 비겁이라면, 용기는 적절한 때에 적을 공격하고, 적절하게 후퇴할 줄 아는 것이다.

《정치학》 정치, 중간 계급에 열쇠가 있다

아리스토텔레스는 《정치학》에서 국가의 정의와 목적, 이상국가, 시민의 정의와 자격, 각 정치체제의 종류와 특징, 공교육 등에 대해 폭넓게 다루고 있다. 플라톤이 이상국가에 대해 관념적으로 접근했다면, 아리스토텔레스는 현실을 중시한 사상가답게, 현실의 여러 정치체제의 생성과 변화를 관찰하고 현실적인 적합성을 검토해 체계적으로 제시하고 있다.

아리스토텔레스는 국가가 인간의 목적에 의해서 자연스럽게 생겨났다고 말한다. 세상 만물은 모두 목적을 가지고 있으며, 인간 역시 목적을 가지고 태어났는데, 인간의 최종 목적은 바로 행복이다. 행복한 삶을 위해서는 자급자족할 수 있는 공동체 생활이 필요하며, 이러한 공동체 생활을 영위하기 위해 자연스럽게 국가가 탄생했다고 아리스토텔레스는 정의한다**인간은 사회적 동물이다**. 인간은 태어나면서부터 공동생활을 하도록 되어 있기 때문에 모여 살게 되고, 마침내 국가를 이루게 된다. 물론, 개미나 벌과 같이 무리를 형성하는 군서**群棲** 동물들도 있지만, 인간은 언어를 사용하기 때문에, 생각을 할 수 있고 옳고 그름을 판단할 수 있다. 이때문에 인간은 정의와 법을 세우고 공동체의 수준을 넘어서는 국가를 형성할 수 있는 것이다.

세상에는 많은 공동체가 존재한다. 개인이 가정을 이루고, 그 가정이 모여 마을을 이루고, 그 마을이 모여 국가를 이룬다. 그 공동체들은 모두 선한 목적을 가지고 성립되었으며, 그 공동체 중에서 최고 수준에 있는 것이 바로 국가다. 국가는 최고 수준의 공동체이기 때문에, 국가가 가지고 있는 목적 또한, 다른 공동체

보다 최고 수준의 선을 가지고 있다. 국가가 가진 최고 수준의 목적은 바로 자급자족의 공동체를 구현하는 것이다. 자급자족의 공동체란, 다른 공동체나 외부의 도움 없이 스스로 모든 문제를 해결하면서 공동체를 유지해나갈 수 있는 완벽한 공동체를 말한다.

아리스토텔레스는 정치적 동물인 인간이 폴리스를 구성하며 살아가는 게 자연스럽다 보았으며, 폴리스의 특성을 기술하고, 다양한 국가들, 다시 말해 다양한 공동체들을 살펴보면서 어떤 정치체제와 사회체제가 있는지 분석하였다. 한 나라를 통치하기 위해 권력을 얻고 그 권력을 유지하며 행사하는 모든 행동이 정치이며, 그 권력을 어떻게 얻고 어떻게 유지하며, 누가 행사할 것인가에 대한 기본을 정해놓는 것을 정치체제라고 한다. 그는 지도층과 덕의 유무를 기준으로 정치체제를 왕정, 참주정, 귀족정, 과두정, 민주정, 혼합정의 6가지로 구분했다.

국가는 대체 어떤 형태로 운영되는 것이 바람직할까?

우선 왕정과 참주정은 서로 양극단에 위치한 정치체제다. 왕정은 플라톤이 제시한 것처럼 신에 가까울 정도로 완벽한 철인왕이 통치하는 형태이며, 참주정은 선동가가 대중을 선동하여 왕이 된 뒤 자기 자신만을 위해 통치하는 경우를 말하기 때문이다.

아리스토텔레스는 왕정과 귀족정을 이상적인 정치체제로 지목했다. 반면 참주정, 민주정, 과두정에 대해서는 매우 부정적인 평가를 내렸다. 참주정은 통치자가 사욕을 위해 폭력적인 지배를 하기 때문이고, 민주정과 과두정은 각각 소수가난하거나 부유한 양극단의 사람들의 이익만 고려하기 때문이다. 과두정은 덕으로서 뛰어난 것이 아니라 재력으로서 뛰어난 소수자가 지배하는 정치체제이다. 민주정은 형식적으로는 자유인이 전원 정치에 참여하는 정치체제이지만, 실제로서는 다수를 차지하는 빈민이 수적인 힘으로 지배하는 정치체제이다.

왕정과 귀족정이 이상적인 정치체제이긴 하나 현실에서 실현하기 어려운 상태라면 어떻게 해야 할까? 아리스토텔레스는 중용을 역설한 철학자답게 '혼합정'을 그 대안으로 제시한다. 여기서 말하는 혼합정은 과두정치체제와 민주정치체제를 전체적으로 혼합한 중간 형태를 말한다. 그는 가난하거나 부유한 양극단의 소수가 아닌 다수의 중간계급이 통치하는 형태로써 다른 정치체제가 지닌 단점들을 보완할 수 있다고 본 것이다. 극단적 영역에 놓인 소수의 사람들보다는 균형 잡힌 상태에 있으면서 국가 대부분을 구성하고 있는 다수의 사람들이 통치할 때 보다 더 올바른 정치적 결정이 나올 수 있다.

> **입법자는 언제나 자신의 정치체제 안에 중간을 포함해야만 한다. 왜냐하면 만일 그가 과두정적 법을 제정하려 한다면 중간에 있는 사람들을 겨냥해야만 하고, 민주정적인 것을 제정하려 한다면 이 법들에 의해서 중간에 있는 사람들을 끌어들여야만 하기 때문이다. 또 중간에 있는 사람들의 수가 양극단의 전부를 능가하는 그곳에서는 안정된 정치체제가 있을 수 있다. 귀족정치는 귀족들이 공정하게 정치를 하면 좋으나 사리사욕에 빠져 정치를 잘못하면 나쁘다. 민주정치는 대중들이 지혜로우면 좋으나, 무지하면 나쁘다. _《정치학》**

최선의 정치체제는 국민이 행복할 가능성이 높은 정체다. 하지만 행복한 국가를 만들기 위해서는 인간의 본성과 습관, 이성의 혁신이 필요하다. 아리스토텔레스는 인간이 완성되었을 때는 가장 훌륭한 동물이지만, 법과 정의에서 이탈했을 때는 가장 사악한 동물이라고 하였다. 인간은 지혜와 미덕을 위해 쓰도록 무기들을 갖고 태어나지만, 그 무기들은 너무나 쉽게 정반대의 목적을 위해서도 쓰일 수 있기 때문이다. 다시 말해 인간이라는 동물은 법과 정의로 다스려야 완성될 수 있고, 아리스토텔레스가 청소년 교육 등 공교육의 중요성과 시민교육을 강조한 이유가 여기에 있다.

한편 국가를 형성하는 가족관계, 가사 관리, 노예제도 등에 대해서 그는 지배자와 피지배자를 구분하는 논리를 가지고 있었다. 나아가 각자의 본성에 맞는 역할과 그에 수반되는 정도의 탁월함을 갖는 것이 효율적이라고 보았다**각자의 자질과 특성이 잘 발휘되는 국가가 번영할 수 있다고 보았다**. 노예의 존재를 인정하고 여성의 지위를 낮춰보았다는 점에서 오늘날 동의하기 어려운 부분도 분명 존재하지만, 그의 《정치학》에는 당시로서는 생각해내기 어려운, 시대를 앞서 가는 혜안이 곳곳에 담겨 있다.

먼저, 국가가 최선의 상태로 있는 것은 권력이 중간계급의 손아귀에 있을 때라고 상정한 부분은 오늘날에도 매우 합당한 논리에 해당한다. 국가가 중산층을 확대하기 위해 노력하는 이유는 완충지로서 양극화로 인한 계층 사이의 갈등을 완화할 수 있기 때문이다. 또한 그는 시민들이 어느 정도의 재산을 갖춰야 올바른 정치도 가능해진다고 생각했는데, 정신적 여유도 재산적 여유에서 나오는 것이기 때문이다. 재산이 없는 사람들은 먹고사는 일에 매달리느라 정치적인 일에 대해 깊이 고민하고 관여할 시간을 가질 수 없는 것이다. 경제가 낙후된 후진국일수록 국민들의 정치참여도가 낮은 것도 이 때문이다. 현실을 중시한 철학자답게 경제에 대한 언급도 빠뜨리지 않았는데, 생산을 중시하였던 그는 당시의 고리대금업이 불로소득에 해당한다고 하여 이를 강하게 비판했다.

현대사회로 건너와 보면, 노벨 경제상 수상자인 조셉 스티글리츠Joseph Eugene Stiglitz는 2013년 《불평등의 대가》라는 책을 쓰며, 사회적 불평등 현상은 사회에 균열을 심화시키고 파괴적 심리를 낳는다고 경고했다. 2015년 토마 피케티Thomas Piketty는 《21세기 자본》에서 불평등경제라는 상황을 제시하며 경제학계에 큰 반향을 일으켰고, 노동이 자본을 얻는 것보다 자본이 자본을 얻는 구조가 심화되고 있음을 지적하였다. 이렇듯 현대사회를 대표하는 키워드는 불평등과 양극화이고 이 문제가 고대 그리스 철학자의 저서에서 다뤄지고 있는 것이다.

세계 고전 한눈에 보기!

아리스토텔레스는 《정치학》에서 국가의 정의와 목적, 이상국가, 시민의 정의와 자격, 각 정치체제의 종류와 특징, 공교육 등에 대해 폭넓게 다루고 있다. 아리스토텔레스는 인간이 정치적 동물이기 때문에 정치공동체를 떠나 살 수 없으며, 국가를 이루어 공동생활을 하는 것이 자연스럽다고 하였다. 이렇게 형성된 국가는 대체 어떤 형태로 운영되는 것이 바람직할까?

아리스토텔레스는 여러 가지 정치체제를 논하면서도 왕정과 귀족정을 이상적인 정치체제로 지목했다. 다만, 현실적으로는 혼합정을 대안으로 내세웠는데, 가난하거나 부유한 양극단의 소수가 아닌 다수의 중간계급이 통치하는 형태가 현실적으로는 타당하다고 본 것이다. 극단적 영역에 놓인 소수의 사람들보다는 균형잡힌 상태에 있으면서 국가 대부분을 구성하고 있는 다수의 사람들이 통치할 때 보다 더 올바른 정치적 결정이 나올 수 있다. 그는 중산계층이 두터우면 극단적 민주정체나 극단적 과두정체의 폐해를 막을 수 있다고 했는데, 국가를 최선의 상태로 유지하는 열쇠를 중산계층에서 찾은 것은 오늘날에도 매우 합당한 논리에 해당한다. 현대사회를 대표하는 키워드는 불평등과 양극화이며, 국가가 중산층을 확대하기 위해 정책을 마련하고 지원하는 이유는 중산층이 확대될수록 양극화로 인한 계층갈등을 완화시킬 수 있기 때문이다 사회계급의 완충지.

25

《군주론》 도덕과 정치는 분리되어야 한다

—— 니콜로 마키아벨리

니콜로 마키아벨리 Niccolo Machiavelli, 1469~1527

16세기 르네상스기 이탈리아의 정치이론가다. 고대 철학이 '정치는 어떻게 되어야 할 것인가?'라는 당위적인 목표를 두고 도덕적 관점에서 정치를 서술했다면, 마키아벨리는 '정치가 실제 세계에서 작동하는 방식은 무엇인가?'라는 지극히 현실적인 관점에서 근대 정치철학을 개시했다. 마키아벨리는 남을 다스리는 사람은 야수적인 것과 인간적인 것을 잘 구사할 줄 알아야 한다고 하였다. 그의 《군주론》에는 국가를 온전히 보전하기 위해서는 엄숙한 도덕주의를 팽개치고 군주가 노련하게 권모술수를 부릴 수 있어야 한다는 내용이 담겨 있다. 《군주론》 이외에 《로마사논고》《피렌체사》《만드라골라》 등을 남겼다.

《군주론》, 메디치 가문에 헌정하는 책

마키아벨리는 피렌체의 최고 통치권력이었던 메디치 가문이 추방된 후 29살에 피렌체 공화정의 외교관으로 발탁된다. 이후 뛰어난 외교능력으로 다양한 실적을 올리며 당시의 명사들을 만날 기회를 만들게 된다. 그러나 이후 시련이 시작된다. 1512년 프랑스 군대가 교황 율리우스 2세의 신성동맹에 밀려 피렌체에서 철수하게 되었고, 따라서 프랑스의 지원을 받던 피렌체 공화정도 힘을 잃었기 때문이다.

결국 메디치 가문이 복귀하면서, 피렌체 공화정의 핵심인물이었던 그는 반메디치 인물로 낙인찍히게 되고, 공직에서 쫓겨나는 수모를 겪게 된다. 잠시 공직에 복귀하기도 하였지만, 메디치 가문 암살모의에 휘말려 수차례 고문을 당하기도 했다. 하지만 그는 끝까지 결백을 주장하면서 버텼고 덕분에 가까스로 풀려나서 멀리 피렌체가 보이는 작은 농장에 은거할 수 있었다. 이 시기의 마키아벨리는 재산 대부분을 몰수당했으며, 가족들을 부양하느라 힘든 나날들을 보내야만 했다.

그럼에도 마키아벨리는 공직에 복귀하기를 포기하지 않았다. 피렌체를 위하여 공직에서 일하기를 원했던 그는, 1513년 메디치 가문의 군주 로렌초 데 메디치에게 자신의 뜻을 전하는《군주론》을 저술하여 바친다. 다시 말해 《군주론》은 마키아벨리가 공직에 복귀하기 위해 지도자에게 헌정한 선물인 셈이다. 《군주론》에는 '위대한 로렌초 데 메디치 전하께'라는 헌사가 적혀 있으며, 마키아벨리는 이 책을 두고 '위대한 인물들의 업적에 관한 지식을 담은 책'이라 평했다. 그러나 마키아벨리는 목적을 달성하지 못했으며, 《군주론》은 이기적이며 교활하고 도덕적으로 잘못된 행위를 정당화한다는 이유로 이내 수많은 논란과 비판을 불러왔다. 《군주론》은 1513년 완성되었지만, 마키아벨리가 사망한 지 5년 뒤인 1532년에야 정식으로 출간되었다.

정치와 도덕은 분리되어야 한다

군주된 자는, 특히 새롭게 군주의 자리에 오른 자는, 나라를 지키는 일에 곧이곧대로 미덕을 지키기는 어려움을 명심해야 한다. 나라를 지키려면 때로는 배신도 해야 하고, 때로는 잔인해져야 한다. 인간성을 포기해야 할 때도, 신앙심조차 잊어버려야 할 때도 있다. 그러므로 군주에게는 운명과 상황이 달라지면 그에 맞게 적절히 달라지는 임기응변이 필요하다. 할 수 있다면 착해져라. 하지만 필요할 때는 주저 없이 사악해져라. 군주에게 가장 중요한 일은 무엇인가? 나라를 지키고 번영시키는 일이다. 일단 그렇게만 하면, 그렇게 하기 위해 무슨 짓을 했든 칭송받게 되며, 위대한 군주로 추앙받게 된다.

_《군주론》

그렇다면 《군주론》에는 어떤 내용이 담겨 있을까?

마키아벨리는 미켈란젤로, 레오나르도 다빈치가 활동했던 르네상스 시대 인물이다. 르네상스 시대를 흔히, 사회적으로 안정되고 예술적인 분위기가 꽃피웠던 낭만적인 시대로 여기지만, 사실은 그와 달리 분열과 혼란의 시대였다. 15세기 말 이탈리아는 독일, 프랑스 등이 통일된 국가 형태로 발전해나가는 것과 달리, 로마제국 멸망 이후 국가 분열이 더욱 악화되어 힘이 약해졌고, 외세의 침략에 고통당하고 있었다. 특히, 십자군전쟁 이후 각 도시국가들의 발달은 더욱 국가적 통합과는 거리가 멀어, 혼란에 박차를 가할 뿐이었다. 그 바람에 피렌체 공화국은 주변 상황에 따라 정국이 수시로 바뀌며 혼란에 휩싸이곤 했다. 마키아벨리의 대작 《군주론》은 이러한 복잡다단한 이탈리아의 상황을 배경으로 하여 쓰인 것이다.

《군주론》은 어떻게 하면 나라를 잘 다스릴 수 있는지, 어떻게 하면 이상적인 군주상이 되는지, 점령한 땅과 나라를 어떻게 다스려야 하는지, 평화시대에 군주는 어떻게 대처해야 하는지, 현명한 군주는 어떻게 처신해야 하는지, 정치는 어떻게 하는지, 또 인간의 어두운 본성을 말해주고, 그에 따라서 군주는 어떻게 대응해야 하는지를 다루고 있다. 정치술을 논하는 책인 만큼 마키아벨리는 인간 본성에 대해 적나라하게 꿰뚫고 있다. 그래서 《군주론》을 읽다 보면 '인간은 ~하기 때문에 ~해야 한다.'라는 문구를 자주 볼 수 있다.

마키아벨리는 《군주론》에서 도덕적으로 이상적인 인간을 상정하지 않는다. 길거리에서 우리가 흔히 마주하는 현실의 인간들이 어떠한 본성을 가졌는지를 말하고 현실적 대응책을 말할 뿐이다. 마키아벨리는 인간이란 두려워하는 상대보다는 의리와 정으로 연결된 상대를 배반하기가 쉬우며, 자신의 이익을 위해서라면 언제든 자신의 결정을 뒤바꿀 수 있는 존재라고 하였다. 마키아벨리는 군주가 이러한 인간의 본성을 이해한 상태에서 국가를 운영해야 한다고 생각했다. 어설픈 이타심, 동정심에 호소하여 국가를 운영해서는 안 된다고 보았다.

> **군주는 짐승의 방법을 교묘히 사용할 필요가 있으며, 야수 중에서도 특히 여우와 사자의 성질을 필요에 따라 쓸 수 있어야 한다. 사자는 강하지만 강함만으로는 올가미에서 자신을 지킬 수가 없고, 여우는 꾀가 많지만, 힘이 약해 늑대로부터 자기를 지키지 못한다. 따라서 올가미를 알아차리기 위해서는 여우일 필요가 있고, 늑대를 놀라게 하기 위해서는 사자일 필요가 있는 것이다. _《군주론》**

마키아벨리는 당시 국가를 신학이라는 관점에서 논의했던 방식에서 벗어나 **국가와 군주 본연의 자세를 도덕과 윤리로부터 단절시키고**, 보다 현실적으로 논하고자 했다.《군주론》에서 그는 정치는 도덕과 구별되는 고유의 영역이라는 주장을 펼쳤다. 군주에게 가장 중요한 일은 무엇인가? 나라를 지키고 번영시키는 일일 것이다. 국가를 지키고 국민들을 보호하기 위해서는 때로는 배신도 해야 하고, 때로는 잔인해져야 한다. 특히 분열된 이탈리아의 통일을 위해서, 군주는 강력한 리더십을 가지고 노련하게 권모술수를 부릴 수 있어야 한다.

하지만 이는 도덕에 대한 전면 부정이 아니며, 더 큰 도덕을 위해서는 세세한 부분에서 악덕을 행할 필요가 있다는 뜻으로 이해해야 한다. 국가들 사이에서 중대한 협상을 할 때, 군주가 정직함에만 얽매여 자국의 사정과 약점을 그대로 드러내 버린다면 어떻겠는가? 또한 '살인하지 말라.'는 십계명에도 적혀 있지만, 국가와 국민들을 보호할 의무가 있는 군주는 신앙심을 내려놓고 내부와 외부의 적을 처단해야 할 것이다.

일각에서는《군주론》이 군주의 행패를 비판적으로 풍자하기 위해 쓰였고, 마키아벨리가 가르치려 한 것은 군주가 아닌, 민중이라는 의견도 나온다.

마키아벨리는 왕들을 가르치는 척했다. 그러나 그가 진정으로 가르쳤던 이들은 바로 대중이다. _장 자크 루소,《사회계약론》

18세기 유럽의 철학자 루소는 자신의《사회계약론》에서 마키아벨리가 상정한 독자는 군주가 아니라 대중이라고 주장했다. 자유를 추구한 마키아벨리가 자신의 안녕과 평화를 한 사람에게 맡기는 것이 얼마나 위험한 일인지 대중들에게 알려주려고 이 책을 썼다고 본 것이다.

16세기의 금서, 21세기의 필독서

책 제목이 '군주론'이라고 해서 반드시 군주들에게만 도움이 되는 책은 아니다. 오늘날《군주론》이 자기계발서의 원조격이라 불리는 것은 다 이유가 있을 것이다. 지금은 개인 각자가 자신의 인생에서 군주이자 리더인 시대다. '나는 정치에 관심 없다.'라고 생각할지 모르겠지만, 정치가 꼭 나라의 국회에서만 벌어지는 일은 아니다. 가까이 회사에서도 사내 정치가 있고, 기타 모든 인간관계에도 정치가 있다. 당신은 군주로서 모든 인간관계에서 자기 자신을 지켜내야 한다. 마키아벨리의 《군주론》이 오늘날에는 적용되기 어렵다며 비판하는 지식인들도 많지만, 인간 본성에 대한 부분은 오늘날에도 여전히 유효하다. 인간의 본성은 과거에도 지금도, 미래에도 변하지 않는 것이기 때문이다.

세계 고전 한눈에 보기!

《군주론》은 나라를 다스리는 방법론을 다루는 고전이다. 마키아벨리는 인간이 '어떻게 살아야 하는가?'보다는 '어떻게 살고 있는가?'에 더 관심이 많다고 말한다. 다시 말해 이상적 인간상을 상정하지 않고 현실 속 인간의 본성을 전제로 정치술을 논하는 것이다. 마키아벨리는 당시 국가를 신학이라는 관점에서 논의했던 방식에서 벗어나 국가와 군주 본연의 자세를 도덕과 윤리로부터 단절시키고, 보다 현실적으로 논하고자 했다.

《군주론》에서 그는 정치는 도덕과 구별되는 고유의 영역이라는 주장을 펼쳤다. 군주에게 가장 중요한 일은 무엇인가? 나라를 지키고 번영시키는 일일 것이다. 국가를 지키고 국민들을 보호하기 위해서는 때로는 배신도 해야 하고, 때로는 잔인해져야 하고, 십계명에 반하는 살인도 해야 한다. 잔인함과 불신이 오랫동안 횡행하는 나라에서 인간적 신뢰에 부합하는 행동은 군주의 권위를 손상시킬 뿐이다. 군주는 당위와 신의보다는 현실과 이익을 바탕으로 상황을 판단하고, 노련하게 권모술수를 부릴 수 있어야 한다. 하지만 이는 도덕에 대한 전면 부정이 아니며, 더 큰 도덕을 위해서는 세세한 부분에서 악덕을 행할 필요가 있다는 뜻으로 이해해야 한다.

《한비자》 동양의 마키아벨리가 쓴 법가사상의 경전

—— 한비자

전국시대의 철학자로 본명은 한비 韓非 다. 학계에서는 누가 최초의 법가사상가인지에 대해 의견이 다소 분분하지만, 법가를 집대성하여 크게 발전시킨 사상가가 한비자라는 데는 이견이 없다. 한비자의 태생은 불확실하나, 한나라 패망 직전 재위한 한혜왕의 서자로 추측된다. 사마천은 노자한비열전 老子韓非列傳 에서 한비자가 진시황의 천하통일에 결정적 공헌을 한 승상 이사 李斯 와 함께 순자 밑에서 수학한 것으로 기록했다.

법가사상의 집대성자

전국시대 제자백가의 한 유파로 이상주의적인 유가사상과의 대립과정에서 발전한 현실주의적 사상이 바로 법가사상이다. 춘추전국시대의 정치적·사회적 혼란을 안정시키기 위해 유가는 인간의 선한 본성에 기반하여 인仁을 강조했지만, 세상은 안정되기는커녕 계속 혼란스럽기만 할 뿐이었다. 인간의 본성에는 분명 선한 면도 있기는 하지만, 기본적으로 인간은 자신의 욕망을 추구하는 존재이며 자신의 이익과 쾌락을 위해 다른 사람에게 해를 끼치고 악을 행할 수 있는 존재이기도 하기 때문이다.

완전한 덕德을 완성하여 성인의 경지에 도달할 수 있는 사람은 애초에 매우 극소수에 불과하다. 이는 어느 집단이든 자신의 이익을 가장 우선시하는 보통의 사람들이 항상 대다수를 차지함을 의미한다. 이러한 보통사람들로 구성된 천하를 다스리기 위해서는 이상주의적인 사상보다는 인간의 이기심을 전제하는 현실주의적인 사상이 필요한 법이다. 현실주의 사상가로서 한비자는 서양의 니콜로 마키아벨리에 비유되기도 한다.

인간은 태어나면서부터 허영심이 강하고, 타인의 성공을 질투하기 쉬우며, 자신의 이익 추구에 무한정한 탐욕을 지녔다. _니콜로 마키아벨리

한비자는 순자의 제자로 그의 성악설과 뜻을 같이했지만, 예禮를 통해 정의를 이루어야 한다는 생각은 현실에서 실현가능하지 않은 공론空論에 불과하다고 비판하면서 자신만의 철학을 세워 법가사상을 집대성하였다. 학계에서는 누가 최초의 법가사상가인지에 대해 의견이 다소 분분하지만, 법가를 집대성하여 크게 발전시킨 사상가가 한비자라는 데는 이견이 없다.

사실 춘추전국시대 제자백가로 활약하며 한비자처럼 방대한 기록을 남긴 학자는 없을 것이다. 대부분의 제자백가서는 후대인들의 가필에 의해 수정 보완된 경우가 많음에도 한비자의《한비자韓非子》는 총 55편으로 총 10만 자로 쓰여 있으며, 거의 대부분이 한비자의 글이라는 게 학계의 통념이다. 그만큼 논리적이고 짜임새 있게 구성되었다는 의미다.

현실 속의 인간에서 희망을 찾다

관념 속의 인간이 아닌 우리가 흔히 길에서 마주하는 현실 속의 인간들은 어떠한 특성을 가지고 있을까? 다음의 이야기를 통해 인간의 기본 속성에 대해 알아보자.

위나라에는 형편이 풍족하진 않았지만 서로를 사랑하며 화목하게 지내는 한 부부가 있었다고 한다. 어느 날 이 부부는 하늘에 소원을 빌었는데, 아내는 비단 100필을 내려달라고 하늘에 빌었다. 그러자 남편은 왜 겨우 100필이냐고 아내를 호통을 쳤다고 한다. 비단이 많으면 많을수록 좋은 것 아니겠느냐는 것이다. 그러나 아내가 말한다. 만약 그 이상의 비단이 내려진다면 당신이 첩을 두게 될 것이라고 말이다.

이는 남이 아닌 부부관계에서도 서로의 이익이 충돌하고 자신의 이익을 우선적으로 추구하게 된다는 것으로 인간 본성에 대한 아주 중요한 교훈을 주는 이야기다. 물론, 인간에게는 다른 사람의 이익을 위하는 순수한 마음도 있지 않으냐는 반론도 있을 수 있다. 하지만 남을 이롭게 하는 이타적인 행위가 사실은 자신의 이익을 극대화하려는 이기적인 마음에서 나오기도 한다는 점을 간과해서는 안 된다.

《오자병법 吳子兵法》의 저자 오기 吳起 는 무려 76전 무패의 명장이자 전략가였다. 오기는 병사들을 자기 아들처럼 돌보았는데, 어느 날 한 병사가 악성 종기로 고생하자 직접 병사의 종기를 빨아내어 치료해주었다고 한다. 하지만 그 병사의 어머니는 그 소식을 듣고 기뻐하기는커녕 울기 시작했고 주변 사람들은 그 모습을 이상하게 여겼다. 사실 그 병사의 어머니가 운 이유는 장군에게 은혜를 받은 자신의 아들이 그 은혜에 보답하기 위해 전장에서 앞서 싸우다 죽게 될 것임을 알고 있었기 때문이다.

오기는 유가사상의 영향을 받아 장수와 병사가 아비와 아들처럼 서로를 아낀다면 천하에 두려울 것이 없다는 말을 남겼다. 하지만 그의 이타적 행동은 동시에 자신의 이익을 위한 행동이기도 하다는 점을 간과하면 안 된다. 오기는 병사의 고름을 빨아줌으로써 충성심과 감사하는 마음을 병사에게서 얻을 수 있었다. 그리고 주변의 다른 병사들도 그 광경을 지켜보며 큰 감동을 받았을 것이다. 병사들은 더욱 오기에게 충성할 것이고 전쟁터에

나가면 오기는 자신이 바라던 효과를 기대할 수 있게 되는 것이다.

이처럼 현실 속의 인간은 자신의 이익을 위해 이타적인 행위를 할 수 있는 존재다. 한비자는 인간이 이기적인 존재라고 보았다. 하지만 한비자는 인간의 어두운 면에서 절망하기보다는 난세를 바로잡을 희망을 발견했다. 인간이 이기적이고 이해관계에 따라 움직인다면 그것을 반영한 제도를 구축함으로써 천하를 다스릴 수 있을 터. 그것이 바로 상과 벌로 이루어진 법치法治라는 것이다. 인간이 이기적인 존재이고 이익과 손해의 경중에 따라 행동하는 존재라면 무거운 처벌 앞에서 함부로 범법행위를 하지 않을 것이다. 물론 법을 적용하는 데는 매우 중요한 원칙이 있었는데 한비자는 다음과 같은 원칙을 제시했다.

첫째, 법은 엄격해야 한다.

법을 어겼을 때 기대할 수 있는 이익보다 감내해야 할 불이익이 훨씬 더 클 때, 인간은 법을 함부로 어기지 않게 된다.

둘째, 법은 지위고하를 막론하고 공정하고 평등하게 적용되어야 한다.

지위가 높다고 해서 법을 어길 수 있고 처벌도 받지 않는다면, 법의 권위가 훼손되고 말 것이다.

셋째, 법은 신뢰성이 있어야 한다.

왕이 법대로 집행하지 않고 그때그때 친분이나 자신의 기분 또는 기호에 따라 집행을 달리한다면, 시스템의 근간이 무너지게 될 것이다. 사람들은 더는 법을 신뢰하지 않고 업신여기게 될 것이다.

군주의 필수적인 통치수단 : 법, 술, 세

한비자는 법가사상을 집대성한 인물로, 그 이전에 이미 상앙商鞅, 신불해申不害, 신도愼到 등의 사상가들이 존재했다. 상앙은 법法을 강조했고, 신불해는 술術을 강조했으며, 신도는 세勢를 강조했다. 여기서 법, 술, 세는 무엇일까?

법은 군주와 신하, 백성 모두가 지켜야 할 강력한 원칙이다. 신상필벌의 원칙에 따라 엄한 형벌과 큰상을 수단으로 하여 부국강병을 추구하는 것이다. 하지만 법 적용만으로는 천하를 완벽하게 다스릴 수는 없을 터, 그래서 등장한 개념이 바로 술과 세다.

먼저 술은 군주가 신하를 다스리는 일종의 처세술이다.

한비자는 이렇게 말했다.

"법은 사람들에게 최대한 널리 알려 명확하게 알 수 있도록 퍼뜨려야 하는 것이지만 술은 최대한 사람들이 알지 못하게 숨겨야 하는 것이다."

군주는 자신의 사리사욕을 취하려는 신하들의 속마음과 음모를 꿰뚫어 볼 수 있어야 한다. 군주가 신하를 제대로 부리지 못하면 국정이 온전하게 운영될 수 없다. 물론, 앞서 다룬 법과 술은 국정을 운영하는 훌륭한 수단이지만, 그 수단을 활용하기 위해서는 마땅히 군주에게 그럴 힘이 있어야 한다. 그 힘이 바로 세이다.

세치勢治는 군주의 위세로 신하를 제압하는 계책을 말한다.

한비자는 군주의 세를 호랑이의 이빨에 비유했다. 야생의 동물들은 호랑이를 두려워하지만, 이빨 빠진 호랑이는 두려워하지 않으며 능히 대적할 생각을 품게 된다. 법이 잘 지켜지기 위해서는 군주의 권위가 탄탄해야 한다.

법치주의, 술치주의, 세치주의를 종합하여 이를 체계화한 인물이 바로 한비자다. 그는 법술세야말로 한 국가의 군주가 나라를 다스리는 기본이라고 하였다. 한편 노자의《도덕경》을 끌어들여, 무위자연의 이치를 법치, 술치, 세치에 적용하여 독창적 사상체계를 완성하였다. 이는 한비자가 법가를 집대성한 법가의 거두로 평가받는 이유이기도 하다.

노자의 무위자연無爲自然의 이치

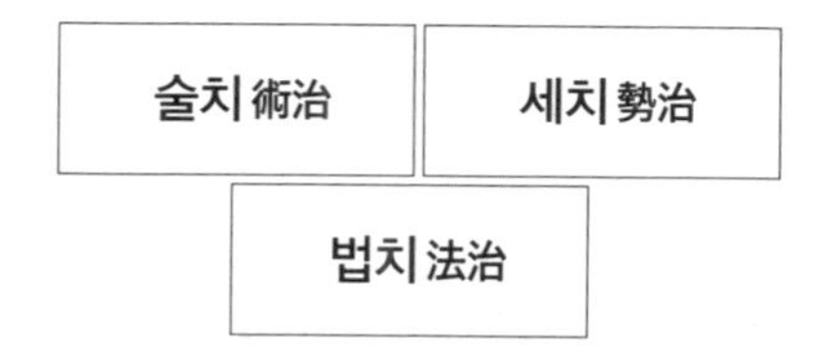

한비자는 제도와 법이 잘 만들어지고 지켜지기만 하면 왕은 가만히 앉아서도 온나라의 일을 돌볼 수 있을 것이라고 보았고 이는 무위無爲 하지만**억지로 하고자 하지 않지만,** 결국 행하지 못하는 바가 없다는 노자의 도道 사상을 실용화한 것이다. 잘 만들어진 제도 하에서는 성인이 아닌 평범한 군주도 훌륭한 정치적 효과를 달성할 수 있게 된다. 성인은 수백 년에 한 번 나올까 말까 하니, 평범한 사람들만으로도 나라가 잘 굴러갈 수 있는 제도를 구축하는 것이다.

순자, 노자 그리고 한비자

순자는 유가의 사상가이고 한비자는 법가의 사상가이다. 현실에 기반을 둔 법가사상은 이상주의적인 유가사상과 대척점에 서 있다고 볼 수 있는데, 어찌하여 유가사상가인 순자 아래에서 법가사상가인 한비자가 나올 수 있었을까?

사실 순자는 유가의 이단아였다. 공자와 맹자는 인간 본성은 선하다고 보았고 그 선한 내면을 외부로 발현시켜 사회를 안정시키는 것에 관심을 두었다. 하지만 순자는 인간의 본성이 악하다고 보았고 어지러운 세상을 바로잡기 위해서는 성현의 예로써 인간 내면의 악한 기질이 세상에 나오지 못하도록 외부에서 억제해야 한다고 보았다. 그리고 그 예라는 것이 한비자가 말하는 법으로 이어진다. 예와 달리 법은 그것을 어겼을 때 불이익처벌이 뒤따르는 강력하고 직접적인 통제 수단이다.

그리고 한비자의 사상은 앞에서 다룬 도가사상과 통하는 부분도 있다. 도가에서는 성인의 지혜는 쓸데가 없으며 무위에 의해 모든 것이 자연스럽게 흘러가야 세상이 안정될 수 있다고 보았다. 무위의 통치술을 말하는 것이다. 군주가 세를 쥐고 있으면 가만히 앉아 있어도 신하들은 열심히 일을 하게 된다. 술에 있어서 무위는 군주가 직접 일하지 않음을 의미한다. 군주는 신하를 세워 상벌을 다룰 수 있는 것이며 법에 있어서 무위는 군주가 직접 명령을 내리지 않아도 신하가 법을 적용시킴을 말한다. '법, 술, 세'라는 시스템이 제대로 작동하기만 하면 위대한 성인 내지 지자智者의 가르침이나 통솔력 없이 보통사람들만으로도 나라가 이상적으로 운영될 수 있다. 이것이 바로 한비자가 도가에서 영향을 받아 제시한 무위의 통치술이다.

위험한 현자

한비자는 자신의 조국인 한나라에 깊은 애국심을 갖고 왕에게 충성했으나 끝내 왕의 신임을 얻지 못했다. 하지만 진나라의 진시황은 한비자의 저서를 읽고 매우 감명을 받아 "내가 이 책의 저자를 만나 이야기할 수 있다면, 죽어도 여한이 없을 것이다."라고 하여 그를 높이 평가했다. 그때 순자 밑에서 한비자와 함께 동문수학한 이사李斯가 나서 한나라를 공격하여 한나라가 한비자를 진나라에 사자로 보내도록 압박할 것을 간언한다.

진시황은 그를 직접 만났으며 그의 탁월한 견해에 깊이 심취하였다고 전해진다. 그러나 이사는 한비자가 시황의 총애를 받는 것에 경계심과 질투심이 발동하여 동기인 한비자를 모함하기에 이른다. 한비자는 한나라의 충신이며, 뛰어난 그를 살려 보낸다면 훗날 진나라가 천하를 통일하는 데 반드시 걸림돌이 될 것이라고 참소讒訴한 것이다. 결국 진시황은 한비자를 감옥에 가두었고, 한비자는 이사의 모략을 알아차렸지만 끝내 억울하게 독살을 당하고 만다. 현실정치를 꿰뚫어 보고 미래를 설계한 한비자도 결국은 권력경쟁의 희생자가 되고 만 것이다. 역설적이게도 그의 탁월한 설득력이 그를 죽음으로 몰고 갔다던 것이다.

하지만 법가사상은 전국시대의 사회변혁에 가장 잘 부합하였고, 실시할 경우 다른 사상보다 즉각적이고 가시적인 효과를 기대할 수 있었기 때문에, 여러 군주들의 환영을 받았다. 전국시대에 수많은 제자백가가 등장하여 천하의 평화를 도모하려 했지만, 결국은 한비자의 사상이 채택되어 전국시대의 혼란이 종식되었다.

세계 고전 한눈에 보기!

한비자는 전국시대의 법가사상을 종합한 인물로, 그는 도덕적으로 이상적인 인간을 상정하여 정치술을 논하기보다는 현실에서 우리가 흔히 마주하는 인간 유형을 전제로 정치술을 논하고 있다. 인간은 본래 이기적이고 자신의 이익을 위해서라면 다른 사람을 해칠 수 있는 존재라는 것이다.

《한비자》에는 군주의 통치술로서 '법, 술, 세'가 서술되어 있다. 백성을 통치하기 위해서는 법이 필요하고, 관리를 견제하고 다스리기 위해서는 술이 필요하며, 군주가 법과 술로서 국가를 통치하기 위해서는 힘 즉, 세가 필요하다고 보는 것이다.

한비자는 군주가 이 세 가지를 모두 갖추어져야 한다고 주장했다. 이상적 인간을 상정하지 않고 인간의 이기적 본성을 전제로 정치술을 논했다는 점, 그리고 군주의 강력한 권력과 권모술수를 토대로 부국강병을 추구했다는 점에서 한비자는 동양의 마키아벨리로 평가되곤 한다.

27

《리바이어던》 군주의 권력은 민중들의 신약으로 탄생했다

—— 토마스 홉스

토마스 홉스 Thomas Hobbes, 1588~1679

영국의 정치철학자이자 사회계약론자다. 근대 자유주의의 맹아를 제공한 것으로 평가받는 인물이다. 자연상태를 만인의 만인에 대한 투쟁 상태로 규정했으며, 이를 극복하기 위해 구성원끼리 사회적인 계약을 맺고 국가에 권력을 이양한 것이라고 주장했다. 이는 신이 왕에게 신성한 권력을 부여했다는 왕권신수설에 배치되는 것으로, 당시로서는 꽤나 혁명적인 관점이라 볼 수 있다. 《리바이어던》《시민론》《인간론》 등을 남겼다.

《리바이어던》, 근대국가의 탄생

홉스의 《리바이어던》은 성서에 등장하는 괴물의 이름에서 따온 것이다. 괴물 리바이어던은 거인으로 묘사되곤 하는데, 그 거인은 왕관을 쓰고 있으며, 양손에는 칼과 지팡이를 들고 있다. 칼과 지팡이는 각각 왕과 교황의 권력을 상징하는 물건이다. 《리바이어던》에는 자연권을 양도받은 절대군주_{리바이어던}에게는 종교도 복종해야 한다는 홉스의 사상이 담겨 있다. 수학과 물리학이 가장 정확한 지식이라고 생각했던 홉스는 이 세계가 물질에 의하여 구성되고, 인과법칙에 따라 움직인다는 자연과학의 세계관을 받아들였다. 그리고 이것을 인간에게도 적용하여 이런 생각을 했다.

- 물체의 본질은 자기 보존에 있다.
- 인간도 물체다.
- 따라서 인간은 자기를 보존하기 위해 이기적, 다시 말해 비사회적으로 행동한다.

이 세 가지 조건이 인간의 초기 상태이다. 이때 모든 개인은 자기 욕구충족과 자기 보호를 위하여 자기 마음대로 행동할 권리를 가지고 있다. 이것을 자연권이라고 한다. 그러나 만약 각자가 자연권을 무제한으로 행사할 수 있다면 어떻게 될까? 자기 욕구의 충족을 위해 다른 사람의 물건을 훔치거나, 살인을 저지를 수 있다면, 결국 모든 인간은 폭력과 공포에 노출된 생활을 해야 할 것이다. 자신 또한 약탈과 살인의 대상이 될 수밖에 없기 때문이다. 무제한적인 자유는 곧 무제한적인 공포가 되어 돌아온다.

사람들은 이처럼 비참한 상태에서 벗어나기 위해 결국, 자신의 자연권을 억제하기로 했다. 자신의 자연권을 포기하는 계약을 맺음과 동시에 이것이 모두에게 지켜질 수 있도록 권력을 특정 집단이나 사람에게 몰아주어 국가**강제력**를 수립한 것이다. 수많은 개인들의 얼굴이 뭉쳐서 만들어진 리바이어던이라는 거인은 바로 홉스가 묘사한 국가의 모습이다. 인간은 이제 자연권을 국가에 양도하여, 제한적인 자유 속에서 공포를 제한할 수 있게 되었다. 살인의 자유를 국가에 양도함으로써, 살해당할 위협도 제한된 것이다. 이제 모든 사람은 국가에 종속되어, 질서와 생활의 안전을 보장받는다.

하지만 인간은 이기적이고 자기 욕망을 가장 중시하기 때문에, 이 계약은 언제든지 파기될 가능성이 있다. 여기서 국가는 그 권력과 강제력이 절대적일 필요가 생겨난다. 다시 말해 국가에서 분란이 일어나더라도, 죽음의 공포가 만연한 최악의 자연상태로 돌아가는 것보다는 사회계약을 이루고 있는 상태가 더 낫기 때문에 지도자를 함부로 바꾸는 것은 용납되지 않는다.

그래서 홉스는 군주가 국가의 통치권을 장악하여 절대권력을 보유하고 인민을 절대적으로 복종시킬 전제 군주제를 옹호하였다. 홉스는 원칙적으로 국민들의 적극적 저항권을 인정하지 않았다고 볼 수 있다. 다만, 예외적으로 자신의 생명보존을 침해하는 군주의 명령에는 복종할 의무가 없다고 보았다. 홉스가 저항권을 인정했는지를 두고 다양한 해석이 존재하지만, 저항 자체를 부정한 것은 아니라는 견해가 타당해보인다.

홉스가 비록 군주제를 옹호했지만, 군주가 휘두르는 강력한 권력은 결국 민중들의 신약을 통해 탄생한 것이다. 왕이라는 존재는 자기 자신을 보호하려는 민중이 만든 것이다. 이는 신이 왕에게 신성한 권력을 부여했다는 왕권신수설을 정면 반박하는 것으로, 당시로서는 꽤나 혁명적인 관점이라 볼 수 있다.

당시 의회파는 홉스를 왕권강화에 동조한 인물로 평가했다. 그의 말마따나 왕의 권력이 신에게서 나온 것은 아니지만, 왕에게 절대권력을 주어야 하는 또 다른 논리적 근거를 마련해주었기 때문이다. 왕의 반대편에 있던 의회가 권력을 잡자 홉스는 왕권옹호자로 몰려 1640년 프랑스로 망명하게 된다. 그곳에서 사회적 혼란을 마주하며 1651년 세상에 내놓은 책이 바로《리바이어던》이다.

모두에게 환영받지 못한 책

《리바이어던》은 총 4부로 구성된 작품이다. 앞서 서술한 내용은 제1부, '인간에 관하여'와 제2부, '국가에 관하여'에 해당하는 내용이며, 제3부, '그리스도 왕국에 관하여'와 제4부, '어둠의 왕국에 관하여'에서는 기독교의 폐단과 성직자들이 나아가야 할 방향에 관해 논했다. 3부와 4부의 내용이 성직자들의 심기를 매우 불편하게 만들었음을 짐작할 수 있다.

홉스가 보기에 교황과 성직자들은 그저 국가의 시민일 뿐인데, 이들은 자신이 신의 대리자임을 자처하며 주권자인 왕의 권력을 탐했다. 교회의 영향력을 내세워 국가의 법을 온전히 따르지도 않았고, 세금도 내지 않았다. 국가가 제공하는 평화는 다른 시민들과 똑같이 누리면서 말이다. 홉스는 이 부분을 책에서 날카롭게 드러냈다. 홉스가 살던 시대는 아직 교회의 영향력이 잔존하던 시대였고, 이러한 시기에 성직자들을 비판하는 책이 나왔으니 당연히 유럽 전체가 들썩였다. 교회는 홉스를 무신론자로 규정하였으며, 그가 신성모독을 했다고 주장했다.

교회 권력자들의 비난을 감내하는 것으로 끝나지 않았다. 의회파와 왕당파 인물들에게도 《리바이어던》은 환영을 받지 못했다. 왕권과 정치적으로 대립했던 의회파에게는 절대왕권을 지지했다는 이유로 큰 비난을 들어야 했다. 왕당파 인물들은 《리바이어던》이 겉으론 절대왕권을 지지하는 내용이기는 하지만, '절대군주'의 정당성이 '백성들의 합의'에 있다고 보았기 때문에, 왕권신수설을 부정한다며 비판을 가했다. 결국 《리바이어던》은 금서로 규정되었다. 하지만 홉스가 주장한 사회계약설은 이후 존 로크, 장 자크 루소 등의 근대 사상가들에게 큰 영향을 미쳤고, 이들의 주장은 이후 전개된 시민혁명의 주요한 이론적 토대가 되었다.

홉스, 로크, 루소의 사회계약론 한눈에 보기

구분	홉스	로크	루소
인간의 본성	성악설 (이기적이고 충동적) 이기적이지만 이성적인 측면도 보유 (합리적 이기성)	성무선악설 (백지설)	성선설
자연 상태	만인의 만인에 대한 투쟁 상태 (무질서, 폭력, 공포)	처음에는 자유롭고 평등하며, 정의가 지배하는 상태였으나 인간관계가 확대됨에 따라 자연권 유지가 불완전해질 가능성 존재(잠재적 투쟁상태)	자유와 평등이 보장된 평화로운 상태이지만, 점차 사회가 발전하고, 강자와 약자의 인위적 구분이 생기면서 불평등 관계가 생겨나고 자유를 억압받게 됨
자연권	안전보장 (자기보전)	생명, 자유, 재산권 보장	자유, 평등 보장

자연권 양도	전부 양도설 (생명권 제외)	일부 양도설 권한의 양도 (위임, 신탁)	양도불가설(주권) 전부 양도설(자연권)
정치 형태	절대군주체제 군주 주권론	대의민주정치 국민주권론	직접민주정치 국민주권론
저항권	적극적 저항권은 불인정	인정	제한적 인정 (집행자가 일반의지를 거스를 경우)

국가의 기원에 대해서는 다양한 논의들이 있어왔지만, 그중 현대 사회에 가장 강력한 영향을 미친 것은 17~18세기 영국, 프랑스에서 널리 퍼졌던 홉스, 로크, 루소의 사회계약론일 것이다. 로크와 루소의 사회계약론에 대해서는 뒤에서 자세히 다루지만, 효과적인 학습을 위해 각각의 요점과 특징들을 미리 파악해두기로 하자.

철학자마다 주장에 차이가 있지만 결국 국가는 계약을 통해, 다시 말해 자유로운 개인들의 합의를 통해 인위적으로 만들어졌다는 점에서 공통적이다. 사회계약론이 등장하기 전까진, 국가의 권위는 신에 의존하고 있었다. 사회계약론은 신에서 독립적인, 인간의 기준에서 국가의 기원을 설명한 시도였기 때문에 독창적이라고 할 수 있다.

홉스는 앞서 살펴본 바와 같이, 인간의 본성을 이기적이고 충동적이라고 보았다. 자연상태는 만인의 만인에 대한 투쟁상태이고, 개인들은 자신의 안전을 보장받고자 계약으로 국가를 탄생시켰다. 그리고 인간은 본래 이기적인 존재로, 사회계약은 언제든 파기될 가능성이 있으므로, 이를 차단하기 위해 국가와 군주의 권력은 절대적일 필요가 있다. 홉스는 절대군주제를 옹호했고, 원칙적으로 적극적인 저항권을 인정하지 않았다. 다만, 예외적으로 자신의 생명보존을 침해하는 군주의 명령에는 복종할 의무가 없다고 보았다. 홉스가 저항권을 인정했는지를 두고 다양한 해석이 존재하지만, 저항 자체를 부정한 것은 아니라는 견해가 타당해 보인다.

반면, 로크는 자연권을 국가에 '양도'한 것이 아닌, '위임**맡긴 것**'한 것으로 보았다. 그래서 국가는 위임받은 범위를 벗어나 권력을 남용하여 개인의 자연권을 함부로 침해할 수 없으며, 이에 대해 국민은 복종할 필요가 없다. 국민의 저항권이 인정되는 것이다. 로크의 논리는 국민 주권론으로 이어지고, 의회중심주의를 낳았다.

루소는 인간의 본성이 선하다고 생각했으며, 태초의 자연적 상태를 자유와 평등이 보장된 평화로운 상태로 보았다. 하지만 문명이 인간을 타락시켰다고 생각했다. 소유라는 관념의 탄생으로 인위적인 강자와 약자의 구분이 생겨났고, 힘 있는 사람들이 자신의 사유재산을 보호하기 위해 법과 정치 제도를 만들어, 자연상태에서 사람들이 누리던 자유와 평등이 완전히 없어졌다고 한다. 이때 자신의 자유를 되찾고 생명과 재산을 보호하기 위해 인간이 선택한 것이 바로 자신의 모든 권리를 사회에 넘기는 사회계약이라는 것이다. 계약상, 국가는 '일반의지'에 따라 모든 구성원들의 이익을 추구해야 한다.

루소에 의하면, 모든 인간은 개인의 이익을 앞세우는 특수의지와 공공의 이익을 추구하는 일반의지를 가지고 있다고 한다**일반의지는 개개인의 특수의지의 총합에 불과한 전체의지와 구별된다**. 일반의지는 전체의지 중에서 언제나 옳고 공동이익을 지향하는 의지만을 지칭한다. 루소는 이 일반의지를 주권 그 자체라 부르기도 했다. 일반의지에 의해 다스려지는 국가에 대해서는 저항권 행사가 불필요하게 된다.

사실 저항권이 필요한 경우는 군주, 다시 말해 행정권을 대행하는 정부의 대행인이 일반의지를 거슬러 권력을 남용할 경우일 것이다. 일반의지는 인민 자신의 의지이므로, 이에 복종하는 것은 곧 자신을 따르는 것이 된다. 인민은 스스로 제정한 법을 따름으로써 사회구성원으로서의 권리를 보장받고 시민적 자유를 얻게 되는 것이다**법은 일반의지를 구체화한 것**. 다시 말해, 사회 계약의 기반이 되는 것은 일반의지이고, 사회계약을 통해 만들어진 국가는 **제대로 된 국가라면** 철저하게 일반의지를 따라야 한다. 여기서 시민들이 직접 자신의 의사를 개진하는 직접민주제의 논리가 도출되는 것이다.

세계 고전 한눈에 보기!

인간의 본성을 이기적이고 충동적인 것으로 보았던 홉스는《리바이어던》에서 자연의 초기 상태를 만인의 만인에 대한 투쟁상태로 묘사했다. 자연상태에서는 협력이나 복종을 강제할 수 있는 권한이 존재하지 않으므로, 인간은 자기 욕구충족 및 자기 보호를 위해 약탈과 살인을 자행한다. 무제한적인 자유는 결국, 무제한적인 공포가 되어 돌아오고, 모든 사람은 자신의 안전을 보장받을 수 없게 된다.

사람들은 이처럼 비참한 상태에서 벗어나기 위해 결국, 자신의 자연권을 포기하는 계약을 맺었고, 동시에 이것이 모두에게 지켜질 수 있도록 권력을 특정 집단이나 사람에게 몰아주어 국가강제력를 수립한 것이다. 수많은 개인들의 얼굴이 뭉쳐서 만들어진 리바이어던이라는 거인은 바로 홉스가 묘사한 국가의 모습이다. 인간은 이제 자연권을 국가에 양도하여, 제한적인 자유 속에서 공포를 제한할 수 있게 되었다. 하지만 인간의 이기심으로 인해, 이 계약은 언제든지 파기될 가능성이 있으므로, 여기서 국가는 그 권력과 강제력이 절대적일 필요가 생겨난다. 다시 말해 분란이 일어나더라도 자연상태로 돌아가는 것보다는 사회계약을 이루고 있는 상태가 더 낫기 때문에 지도자를 함부로 바꾸는 것은 용납되지 않는다. 결과적으로 홉스는 절대군주제를 옹호하였고, 국민들의 적극적 저항권을 인정하지 않았다. 사실 적극적 저항권은 인정하지 않았지만 저항 자체를 부정한 것은 아니라고 이해하는 것이 무난하다.

하지만 군주의 권력이 신에게서 주어진 것이 아닌 민중의 신약

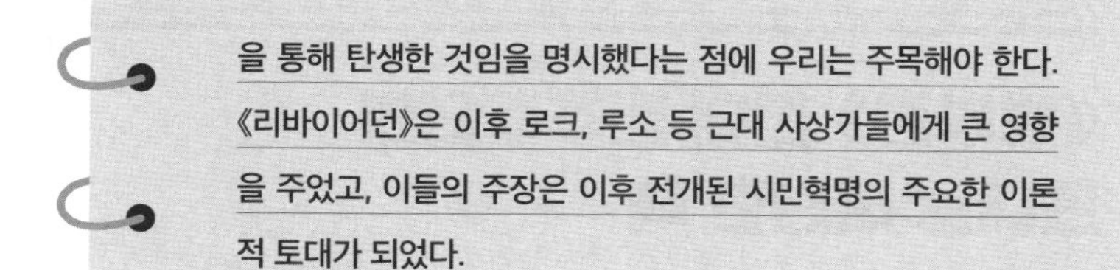

을 통해 탄생한 것임을 명시했다는 점에 우리는 주목해야 한다. 《리바이어던》은 이후 로크, 루소 등 근대 사상가들에게 큰 영향을 주었고, 이들의 주장은 이후 전개된 시민혁명의 주요한 이론적 토대가 되었다.

28

《정부론》 현대 민주주의의 토대를 마련한 책

—— 존 로크

영국의 철학자이자 정치이론가, 교육가다. 17세기 유럽의 정치체제를 개척한 자유주의의 아버지로 불리며, 경험주의의 아버지로 불리기도 한다. 로크는 영국의 첫 경험론 철학자로 평가를 받지만, 《사회계약론》도 동등하게 중요한 평가를 받고 있다. 로크의 정치사상이 근대 자유주의 전통에 미친 영향은 지대하다. 로크의 자연권은 천부인권으로 발전했고, 제도적 구상은 삼권분립으로 진화되었으며, 저항권은 자유주의의 정신이 되었다. 한편, 그의 백지설은 교육 분야에도 큰 영향을 미쳤다. 백지설은 간단히 말해 인간 정신은 태어날 때부터 백지이고, 삶을 살아가며 얻는 경험을 통해 지식을 쌓는다는 의미다.

왕권신수설을 반박하는 위험한 책

로크는 영국 역사에서 가장 파란이 많은 시기에 활동했다. 그는 청교도혁명과 명예혁명이라는 두 차례의 혁명을 경험했다. 이와 같은 격변 속에서 영국의 정치는 절대왕정에서 공화정으로, 그리고 공화정의 지나친 진전에 대한 반동으로 말미암아 다시 국왕주권제로 복귀되었다. 결국 명예혁명1688을 통해 국민주권, 제한 군주제의 확립을 보게 된다. 이 혁명에 이론적 토대를 제공해 준 사람이 바로 로크다.

왕이 곧 신이었던 엄혹한 시대, 무엇보다 로크는 자유주의자 입장에서 인간의 자유와 평등을 내세우며 절대왕정을 반박하는 《정부론》을 발표했다. '시민은 계약을 통해 국가를 형성했으며, 왕이라도 계약을 어기면, 시민은 저항할 수 있다.'라는 논리가 이 책의 핵심이다. 왕의 권력은 신이 부여해준 절대적인 권리라고 보는 '왕권신수설'에 정면 반박했기 때문에, 로크는 이 책을 발표할 때 자신이 저자라는 사실을 숨겨야만 했다.

실제로 이와 비슷한 종류의 책을 쓰고 말을 했던 사람들이 사형을 당하기도 했다. 로크는 《정부론》의 출간이 가져올 사회적 파장을 잘 알고 있었기 때문에, 원고를 완성했어도 한참동안이나 출간하지 못했다출간은 1690년이다. 1683년 섀프츠베리 백작의 숨통을 조이던 권력의 손길이 로크에게까지 다가왔고, 이제 영국에서 안전을 보장받을 수 없게 되자 로크는 네덜란드로 망명하여 집필 활동을 이어나갔다.《정부론》에 담긴 사상은 오늘날 보수적인 사상이 된 자유민주주의의 초석이 되었지만, 당시에는 기존의 질서를 뒤엎는 매우 진보적인 사상이었던 셈이다.

《정부론》은 크게 제1부와 제2부로 나뉜다. 왕권신수설에 대한 비판은 제1부에서 펼쳐진다. 그리고 제2부에서는 시민은 계약을 통해 국가를 형성하고, 왕이라도 계약을 어기면 시민이 저항할 수 있다는 논리를 펼친다. 이런 이유로 제2부를 '시민정부론'이라고 한다. 그는 이 책에서 정치권력을 입법권, 행정권, 연합권으로 분립하고 정부에 대한 저항권을 인정하여 명예혁명의 도덕적 정당성을 옹호하였다. 그의 권력분립론은 몽테스키외에게, 사회계약설은 루소에게, 그의 자유주의는 미국 독립선언문과 프랑스 인권선언에 영향을 미쳤다.

왕이 왕답지 못하면 갈아치워라

인간의 본성을 이기적이고 충동적인 것으로 보았던 홉스는 《리바이어던》에서 자연의 초기 상태를 만인의 만인에 대한 투쟁 상태로 묘사했다. 자연상태에서는 협력이나 복종을 강제할 수 있는 권한이 존재하지 않으므로, 인간은 자기 욕구충족 및 자기 보호를 위해 약탈과 살인을 자행한다. 결국 모든 인간은 폭력과 공포에 노출된 생활을 해야 한다. 자연상태에서 무제한의 공포를 느낀 개인들은 자신의 안전을 보장받고자 계약으로 국가를 탄생시켰다. 그리고 인간은 본래 이기적인 존재로, 사회계약은 언제든 파기될 가능성이 있으므로, 이를 차단하기 위해 국가와 군주의 권력은 절대적일 필요가 있다.

하지만 로크가 본 자연상태의 인간은 모두 완전히 자유롭고 평등한 상태였다. 자연권이란 자신의 생명을 보존할 권리를 말한다. 인간은 자신의 육체뿐 아니라 생존을 위해 만든 생산물에 대해서도 자연권을 행사할 수 있다. 이성적으로 생각해보면 누구라도 상대의 자연권을 침해하는 것이 서로에게 이득이 되지 않음을 알 수 있다. 그래서 자연상태의 인간은 자연법에 따라 평화롭게 살아간다.

하지만 화폐가 생겨나고 부를 축적하게 되자 각자의 소유물에 차이가 발생하게 되고, 때때로 다른 사람의 소유물을 침해하는 일이 일어나기 시작했다**잠재적 투쟁상태**. 문제는 자연상태에서는 소유권의 침해가 발생해도 잘못을 저지른 사람을 처벌할 방법이 없다는 것이다. 자연법의 집행이 사적인 상태에 맡겨지는 자연상태에서는 자연권 유지가 불완전해질 가능성은 언제나 존재한다. 어떤 사람이 부당하게 다른 사람의 자연권을 침해했을 때 이를 저지하고 처벌하지 않는다면, 자연상태는 곧 폭력과 혼란에 빠지게 될 것이다.

로크는 사회가 자연상태로 유지되면 다음과 같은 세 가지 문제가 생긴다고 보았다.

첫째, 옳고 그름을 따지거나 사람 사이의 다툼을 판결할 법률이 없다.

둘째, 정해진 법률에 따라 각종 분쟁을 판단하고 해결할 법관이 없다.

셋째, 정당하게 내려진 판결을 강제하고 집행할 권력이 없다.

결국 사람들은 다른 사람에게 자신의 자연권을 침해당하는 전쟁상태를 경험하게 된다. 전쟁상태를 경험한 사람들은 더 확실하게 자신의 생명과 자유, 그리고 재산을 보장받기 위해 자연상태를 벗어난 새로운 질서를 원하게 된다. 이에 자신들의 자연권을 통치자에게 위임하여 자연권에 따라 사회를 관리하기로 계약을 맺었다. 이것이 바로 국가다. 로크가 군주에게 대권을 인정한 이유는 분명하고 확실하다. 오직 사회의 공공선을 실현하기 위해서다. 국가의 목적은 시민들의 생명과 자유, 재산권을 보장하는 데 있다.

로크는 홉스와 달리 자연권을 국가에 '양도'한 것이 아닌, '위임**맡긴 것**'한 것으로 보았다는 점에 주목할 필요가 있다. 그래서 국가는 위임받은 범위를 벗어나 권력을 남용하여 개인의 자연권을 함부로 침해할 수 없으며, 이에 대해 시민은 복종할 필요가 없다. 저항권을 인정하지 않았던 홉스와 달리, 로크는 시민의 저항권을 인정했던 것이다. 이러한 로크의 논리는 국민주권론으로 이어지고, 왕이 군림은 하되 통치는 제한하는 의회중심주의를 낳았다.

절대왕권을 부정하는 내용의 파격성으로 인해, 로크는 네덜란드로 망명하여 수많은 가명을 사용하면서 숨어 지내야 하는 수배자 신세가 되었지만, 1688년 영국에서 명예혁명이 일어나 로크를 탄압하던 제임스 2세가 권력을 잃었다. 영국은 왕이 군림은 하되 통치는 제한하는 의회 중심의 민주주의 국가가 되었다. 절대왕권에 반대하여 수배 대상이었던 로크는 이제 영웅 대접을 받으며, 새로 추대된 왕 윌리엄 3세와 같은 배를 타고 귀국했다.

그는 1690년 그동안 출간하지 못했던 《정부론》과 《인간오성론》을 출간한다. 《인간오성론》에서 그는 인간의 정신은 비어 있는 석판과 같다고 하였다. 인간은 완전한 백지상태로 태어난 후 다양한 경험을 축적해가며 여러 가지 관념들을 습득한다는 것이다. 따라서 모든 지식은 절대적이지 않으며, 경험을 통해 참과 거짓을 확인해야 한다. 그의 백지설은 교육 분야에도 큰 영향을 미쳤다.

현대 민주주의의 토대를 마련한 책

로크는 평등을 부르짖었지만, 이는 모두의 평등이 아니며, 이미 가진 자들의 평등에 불과하다고 비판하는 사람들도 있다. 생계수단이 자신의 노동력밖에 없는 무산계급을 희생시키고, 토지를 소유한 기득권 세력의 이익을 옹호하는 논리를 펼쳤다는 것이다. 그래서 재산 소유의 극심한 불평등을 정당화했다는 것이다. 그럼에도 로크의 《정부론》이 현대 민주주의의 토대를 마련한 책이라는 데는 이견이 없다. 로크의 '자연권'은 '천부인권'으로 발전했고, 제도적 구상은 삼권분립으로 진화되었으며, 저항권은 자유주의의 정신이 되었다. 그리고 프랑스 혁명과 미국 독립전쟁에서 보듯, 그는 사후에 정치철학자로서 더욱 유명해졌다.

로크의 정치사상은 21세기를 살아가는 우리들에게는 상식처럼 들리고, 심지어 기득권을 옹호하는 경제논리처럼 들리지만, 그의 사상은 그가 살던 시대에서 가장 혁신적이었다. 역설적으로, 그의 사상에 기반하여 여러 혁명이 일어나고 사회가 변화하여, 오늘날과 같은 사회를 맞이하게 되었기 때문이다. 이런 사회 속에서 살아가는 우리에게 그의 정치사상이 지나치게 상식적이고, 보수적으로 보이는 것일지도 모른다.

세계 고전 한눈에 보기!

인간은 자연상태에서 자유로우며, 자신의 몸과 소유물의 주인이다. 그리고 인간은 누구나 평등하며 어떤 사람에게도 종속되지 않는다. 그런데 계약을 위해 자신의 자연권을 위임한 것은 무슨 이유인가? 다른 사람의 지배와 통제를 받아들이는 것은 왜인가? 《정부론》에서 로크는 '안전' 때문이라고 말한다.

자연상태에서의 문제는 소유권의 침해가 발생해도 잘못을 저지른 사람을 처벌할 방법이 없다는 것이다. 자연상태에서는…

첫째, 옳고 그름을 따지거나 사람 사이의 다툼을 판결할 법률이 없다.

둘째, 정해진 법률에 따라 각종 분쟁을 판단하고 해결할 법관이 없다.

셋째, 정당하게 내려진 판결을 강제하고 집행할 권력이 없다.

결국 사람들은 더 확실하게 자신의 생명과 자유, 그리고 재산을 보장받기 위해 자연상태를 벗어난 새로운 질서를 원하게 되고, 이에 자신들의 자연권을 통치자에게 위임하여 자연권에 따라 사회를 관리하게 하기로 계약을 맺었다. 이것이 바로 국가다.

국가의 존재 목적은 분명하다. 그것은 시민들의 생명과 자유, 재산권을 보장하는 데 있다. 만약 국가가 권력을 남용하여 개인의 자연권을 함부로 침해한다면, 시민은 이에 복종할 필요가 없다. 저항권을 인정하지 않았던 홉스와 달리 로크는 시민의 저항권을 인정하는 것이다.

《정부론》에 나타나는 로크의 정치사상이 근대 자유주의 전통에 미친 영향은 지대하다. 로크의 자연권은 천부인권으로 발전했고, 제도적 구상은 삼권분립으로 진화되었으며, 저항권은 자유주의의 정신이 되었다. 현재, 그의 정치사상은 현대 민주주의의 토대를 마련한 것으로 평가받는다.

29

《사회계약론》 프랑스 혁명에 영향을 끼친 책

——— 장 자크 루소

장 자크 루소 Jean-Jacques Rousseau, 1712~1778

스위스 제네바 공화국에서 태어난 프랑스의 사회계약론자이자 직접민주주의자, 공화주의자, 계몽주의 철학자다. 학문과 예술로 대표되는 문명상태가 오히려 인간의 도덕성을 퇴보시켰다고 주장하여 '계몽주의를 비판한 계몽주의자'로 불렸으며, 그가 제창한 인민주권론은 이후 프랑스 혁명에 큰 영향을 미쳤다. 《인간 불평등 기원론》《사회계약론》을 남겼다.

《사회계약론》, 프랑스 혁명에 영향을 끼친 책

1762년 출간된 《사회계약론》은 민주사회의 성립을 논한 루소의 대표 저서이다. 총 4부로 구성되어 있으며, 1부에서는 사회계약의 본질에 대한 일반적인 고찰을, 2부에서는 주권, 국민, 법에 대해, 3부는 정부와 정부를 구성하는 원리, 다양한 정부의 형태, 정부의 설립과 주권의 유지에 대해, 4부에서는 고대 로마 정치를 실례로 들어 투표와 선거, 로마시대의 통치 양식, 시민종교에 대해 말한다.

이 책에서 루소는 1755년 출간된 《인간 불평등 기원론》에 언급한 자연상태에서 출발하여 정당한 국가의 권력은 어떠한 모습이어야 하는지를 펼쳐 보였다. 인간의 본성을 이기적이고 충동적인 것으로 본 홉스와 달리, 루소는 인간의 본성이 선하다고 생각했으며, 태초의 자연적 상태를 자유와 평등이 보장된 평화로운 상태로 보았다.

하지만 그는 문명이 인간을 타락시켰다고 생각했다. 자연 속에서 인간은 홀로 살 수 없으므로 점차 한데 모여 살아가게 되었다. 그런데 공동생활을 경험한 인간들은 스스로 타인보다 더 강한 사람이 되기를 바랐고, 자신의 존재가 점차 상대화됨에 따라, 점차 소유욕이 발생하기 시작했다. 사적 소유가 이루어지자 소유자와 비소유자의 차이가 두드러지게 되었으며, 이는 결국 강자와 약자의 인위적 구분을 만들어냈다. 불평등 관계는 갈수록 심화되었으며, 사유재산에 대한 분쟁이 끊이지 않게 된 것이다.

이런 위험을 해결하고자 부자들은 나름의 묘책을 떠올리게 되는데, 바로 자신들에게 유리한 법과 정치 제도를 만들어, 사유재산을 보호하는 것이다. 이들이 만든 법과 정치 제도는 부자의 지배를 강화하고 빈자의 의무를 증강시켰다. 사회 내 인간관계를 평등한 것이 아닌 주종형태로 바꾸어 버렸다. 이로써 자연상태에서 사람들이 누리던 자유와 평등이 완전히 사라졌고, 이때 자신의 자유를 되찾고 생명과 재산을 보호하기 위해 인간이 선택한 것이 바로 사회계약이라는 것이다.

루소의 사회계약은 자연인이 자연적 자유를 포기하고, 자신의 모든 힘과 권리를 공동체 전체에 전면적으로 양도하는 계약이다. 자연적 자유를 양도하면 자유를 빼앗기는 것으로 생각하기 쉽지만, 자유를 공동체에 양도하는 것이므로 개인은 평등의 권리를 가질 수 있다. 이러한 과정에서 그들은 자연적 자유를 잃지만, 대신 시민적 자유를 얻게 된다. 여기서 시민적 자유란 의무와 이성에 따라 자신을 통제할 수 있는 자유를 일컫는다.

이 과정은 다음과 같이 정리할 수 있다.

첫째, 개인의 권리 전체를 특정 개인이 아닌 개인의 총합인 공동체에 양도한다.

둘째, 이는 누구나 예외 없이 전체를 양도한다는 점에서 절차적으로 평등하다.

셋째, 내가 권리를 양도한 만큼 자신도 다른 이의 권리를 받게 되므로 권리의 양적 측면에서 손해가 발생하지 않는다.

넷째, 권리와 힘을 양도받은 공동체는 이전보다 더 큰 힘을 발휘할 수 있고, 개인을 위협하는 재앙에 대처할 수 있다는 점에서 모두에게 이익만 남는다.

루소는 "인간은 모두 자유롭게 태어났지만, 어디서나 사슬에 매여 있다."고 했으며, 자연으로 돌아가기를 촉구했다. 그러나 현실적으로 자연으로 돌아가는 것은 무리이므로, 차선책으로 사회계약을 체결한 것이다. 루소는 사회계약이 공동의 이익을 추구하고자 하는 일반의지를 기반으로 이루어진다고 주장한다. 일반의지란 사회계약을 통해 각자가 자신의 모든 힘과 권리를 전체 공동체에 전면적으로 양도함으로써, 공동의 상위자로 형성된 것이다. 일반의지는 개인들 의지의 총합인 전체의지 중 공동체의 공공선을 지향하는 의지이므로, 일반의지에 인간이 복종하는 것은 곧 자신의 자유의지에 따르는 것이 되어, 예속이 아니라 자유를 실현하는 것이다.

사회계약을 통해 만들어진 국가는 일반의지를 따라야 한다

《사회계약론》 2부에서는 일반의지와 주권이라는 개념을 제시한다. 루소에 의하면, 모든 인간은 개인의 이익을 앞세우는 특수의지와 공공의 이익을 추구하는 일반의지를 가지고 있다고 한다. 여기서 일반의지는 개개인의 특수의지의 총합에 불과한 전체의지와 구별된다. 일반의지는 공공의 이익을 목표로 하는 보편적 의지를 말하며, 사적인 이익을 추구하는 특수의지와 상반되는 개념이다.

특수의지의 종합은 전체의지이며, 전체의지는 단지 개인의 각기 다른 의지 특수의지 의 종합인 것뿐이므로 일반의지와 다르다. 일반의지는 전체의지 중에서 언제나 옳고 공동 이익을 지향하는 의지만을 지칭한다. 루소는 이 일반의지를 주권 그 자체라 부르기도 했다. 국가의 주권은 전 인민에게 공통되는 이익을 목표로 하는 일반의지이므로, 일반의지에 의해 다스려지는 국가에 대해서는 저항권 행사가 불필요하게 된다.

일반의지는 인민 자신의 의지이므로, 이에 복종하는 것은 곧 자신을 따르는 것이 된다. 인민은 스스로 제정한 법을 따름으로써 사회구성원으로서의 권리를 보장받고 시민적 자유를 얻게 되는 것이다 법은 일반의지를 구체화한 것 . 다시 말해 사회계약의 기반이 되는 것은 일반의지이고, 사회계약을 통해 만들어진 국가는 제대로 된 국가라면 철저하게 일반의지를 따라야 한다. 여기서 시민들이 직접 자신의 의사를 개진하는 직접민주제의 논리가 도출되는 것이다.

계약상, 국가는 일반의지에 따라 모든 구성원들의 이익을 추구해야 하는데, 만약 권력자들이 자신들만의 이익을 위해 독재를 하게 되면, 이때 국가는 착취기관에 지나지 않게 된다. 그래서 인민은 항상 관리들의 행동을 감시해야 하며, 임면권을 자유롭게 행사해야 한다. 저항권이 필요한 경우는 군주, 다시 말해 행정권을 대행하는 정부의 대행인이 일반의지를 거슬러 권력을 남용할 경우일 것이다.

주권과 행정권의 분리

일반의지를 실현하기 위해서는 집행권자로서의 정부가 필요한데, 루소가 생각하는 정부는 국민의 의지를 집행하는 대리인에 지나지 않는다. 루소는 정부 또는 행정권이 주권에 종속된 기관이라고 천명한다. 정부는 위임된 권한을 행사할 뿐이라는 이러한 주장은 당시로는 무척이나 획기적인 것이었다. 주권과 정부를 명백히 구분시켜 정부를 주권 아래에 있다고 규정한 것은 주권을 위임받은 정부가 그 권력을 악용하여 주권을 대신하려는 경향을 간파했기 때문이었다.

루소는 《사회계약론》 3부와 4부에서 정부와 국가에 관해 설명하는데, 정부는 주권자인 인민의 의지를 집행하는 기관에 지나지 않는다고 못을 박았다. 집행권을 위탁받은 관리는 인민의 주인이 아니라 사무를 대행하는 사람에 불과하다는 말이다. 주권은 국민에게 있다. 그것은 양도되거나 분할될 수 없으며 왕이나 대표자에게 위임할 수도 없고 위임해서도 안 된다. 이것이 루소 정치사상의 핵심이고 본질이다. 당시 프랑스 사회에서는 왕이 절대 권력을 휘두르고 있었고, 정부의 권위는 절대적이었음을 상기해 볼 때, 《사회계약론》이 얼마나 불온한 사상으로 받아들여졌을지 더 설명할 필요가 없겠다.

하지만 《사회계약론》에 담긴 주권재민 사상, 기본적 인권, 자유와 평등의 사상은 훗날 프랑스 대혁명에 커다란 영향을 끼치게 된다. 1789년부터 1799년에 걸쳐 일어난 프랑스 혁명은 절대왕정의 전제정치와 구제도의 모순을 참지 못한 프랑스인들이 자유, 평등, 사랑박애의 정신을 내걸고 일으킨 혁명이다. 이들은 신분제와 봉건제를 무너뜨리고, 인민주권과 권력분립, 자유권 등의 보장을 추구했다.

세계 고전 한눈에 보기!

《사회계약론》에서 루소는 인간의 본성이 선하다고 생각했으며, 태초의 자연적 상태를 자유와 평등이 보장된 평화로운 상태로 보았다. 하지만 점차 사회가 발전하고 인위적 구분이 생기면서 불평등 관계가 생겨나고 자유를 억압받게 되었다고 한다. 그러나 다시 평등하고 자유로운 자연상태로 돌아가는 것은 무리이므로, 차선책으로 개인의 권리 전체를 공동체에 양도하는 사회계약을 체결했다는 것이다. 사회계약을 통해 만들어진 국가는 일반의지를 따라야 한다. '일반의지'란 자유와 평등을 지향하는 인간의 의지를 말한다.

일반의지는 공공의 이익을 목표로 하는 보편적 의지이며, 사적인 이익을 추구하는 특수의지와 상반되는 개념이다. 루소는 인간의 일반의지야말로 주권의 기초이며 법이나 정부의 정당성도 여기서 나온다고 보았다. 이 국민의 일반의지는 절대적이며, 타인에게 양도나 분할도 불가하다. 따라서 주권 또한 절대적이다. 또한 일반의지는 인민 자신의 의지이므로, 이에 복종하는 것은 곧 자신을 따르는 것이 된다. 인민은 스스로 제정한 법을 따름으로써 사회구성원으로서의 권리를 보장받고 시민적 자유를 얻게 되는 것이다. 따라서 루소가 구상한 국가는 의회주의 국가가 아니라 직접민주제의 국가이다. 《사회계약론》에 담긴 주권재민 사상, 기본적 인권, 자유와 평등의 사상은 훗날 프랑스 대혁명에 커다란 영향을 끼치게 된다.

30

《자유론》 모든 인간은 자유를 가질 권리가 있다

——— 존 스튜어트 밀

존 스튜어트 밀 John Stuart Mill, 1806~1873

영국 철학자이자 사회학자, 정치경제학자이다. 논리학과 윤리학, 정치학, 사회평론 등 여러 분야에 걸쳐 다양한 저술을 남긴 인물이다. 흔히 '배부른 돼지보다는 배고픈 소크라테스가 낫다'라는 문장으로 표현되는 '질적 공리주의'를 주장했으며, 이는 쾌락의 질적 차이를 인정하는 것이다. 양보다는 질이 높은 쾌락을 중요시했으며, 《자유론》《공리주의》《여성의 종속》 등을 남겼다.

배부른 돼지보다 배고픈 소크라테스가 되는 게 낫다

존 스튜어트 밀의 철학은 '공리주의'를 기반으로 하므로, 이를 먼저 이해하고 넘어갈 필요가 있다. 그의 《자유론》 역시 공리주의를 기반으로 하여 쓰인 것이다. 기존의 철학자들은 정언적인 도덕추론을 하였다. 행위의 결과보다는 의무와 권리에 따라 도덕성을 판단한 것이다. 다시 말해 결과에 상관없이 행동 그 자체의 본질적 성격을 고려한 것이다. 대표적인 철학자로는 임마누엘 칸트가 있다. 하지만 벤담으로 대표되는 목적론은 행위의 결과가 추구하는 목적에 부합한다면 그 행위를 옳은 것으로 본다. 도덕성의 판단기준이 행위의 결과에 있는 것이다.

공리주의자에게 있어 쾌락은 곧 선이고, 고통은 곧 악이다. 결국 어떤 행위가 가져다주는 쾌락의 양과 고통의 양을 계산하여, 합계에서 쾌락이 최대가 되는 행위를 선택하는 것이 도덕적으로 옳은 선택이 되는 것이다. 공리주의에서 중요한 것은 '유익함'의 정도를 측정하는 척도에 있다.

제러미 벤담은 '최대 다수의 최대 행복'이 인간 행동의 근거가 되어야 한다고 보았고, 이를 측정하기 위해 쾌락의 강도, 지속성, 확실성, 근접성, 생산성, 순수성, 범위성 등 7가지 기준을 제시했다. 이 7가지의 기준을 통해 끊임없이 쾌락과 고통의 양을 계산해나가며 공리를 증진시키자는 것이다. 그의 공리주의 개념은 입법에의 반영을 목적으로 하고 있는 만큼, 기존의 관념적인 윤리학과 비교해볼 때, 분명 현실 적용에 용이하다는 장점을 가지고 있었다.

하지만 벤담의 공리주의는 크게 두 가지 면에서 비판을 받았다. 하나는 쾌락의 총량을 중시하기 때문에, 자칫 소수의 행복이 무시당할 수 있다는 것이다. 물론 벤담이 다수의 이익을 위해 소수의 이익은 언제든 무시되어도 좋다고 한 적은 없으며, 개인의 이익추구 방향이 사회 전체적 이익과 조화를 이룰 수 있도록 하는 과정에서 나타나는 입법상의 불가피성이라고 보는 것이 타당하다. 다른 하나는, 사람들이 추구하는 모든 가치와 기호를 하나의 척도로 계산하여 나타내는 것은 무리이며, 각 쾌락에는 분명, 질적인 차이가 존재한다는 것이다. 벤담의 공리주의는 이러한 문제들을 해결할 수 없었고, 사람들은 점차 '쾌락의 양을 계산'한다는 것에 의문을 갖기 시작하였다.

반면 존 스튜어트 밀은 벤담의 공리주의를 이어받았지만, 벤담의 양적 공리주의에 문제가 있다고 보고 새로운 시각을 도입했다. 쾌락의 질적 차이에 주목하여 공리주의를 수정한 것이다. 예를 들어, 독서를 통해 얻는 쾌락의 양과 마약을 통해 얻는 쾌락의 양이 같다고 해도, 질적으로 두 행위는 결코 동일하지 않다. 그래서 밀의 공리주의를 질적 공리주의라고 한다.

최대 다수의 최대 행복을 실현하는 행위를 선택했을 때, 사회 전체 행복의 총량이 최대가 되어도, 그 사회의 구성원 전원이 이익을 얻는 것은 아니다. 대부분의 사람들은 행복해질지라도, 일부의 사람들은 손해를 보거나 불행해지는 경우가 발생한다. 예를 들어, 어떤 병원에 각각 심장, 신장, 간이 나쁜 세 사람의 환자가 입원해 있다고 하자. 그들은 장기이식을 하지 않으면 곧 죽게 된다. 그런데 그곳에 어느 주정꾼 한 명이 실려 들어온다. 이 남자는 친척도 없고 죽어도 찾아올 사람들이 없다. 이 남자 한 명을 살해하여 장기를 이식한다면, 세 사람이 행복을 얻고 한 사람이 불행해지므로 행복의 크기는 '3-1=2'가 된다. 그래서 한 사람을 희생시켜 이식을 진행하는 것이 최대 다수의 최대 행복을 실현하는 도덕적 행동이 되어 버린다.

밀은 이것이 아이러니라고 생각했다. 이것은 너무 이기적이고 기계적이라는 것이다. 벤담은 행복의 기준인 쾌락을 양적으로 계산했지만, 여러 가지 쾌락의 사이에는 분명 질적인 차이가 있다. 따라서 질이 낮은 쾌락이 양적으로 많아졌다 하더라도, 소량의 질 높은 쾌락을 넘어설 수는 없다. 아무런 죄도 없는 사람을 살해하여 생명을 연장하는 저급한 쾌락을 몇 사람 몫으로 모아도 타인을 희생시키지 않는 삶의 방식을 선택하는 쾌락을 넘어설 수는 없다고 밀은 생각하였다.

더불어 밀은 인간으로서의 품위를 지키는 일이 매우 중요하다고 보았다. 품위를 지키는 것과 어긋나는 쾌락은 일시적 욕망의 대상이 될 수는 있으나, 결코 근본적인 욕망의 대상이 되진 못한다는 것이다. 밀은 이러한 생각을 "만족한 돼지보다는 불만족한 인간이 더 낫다. 만족한 바보보다는 불만족한 소크라테스가 더 낫다."라고 표현했다. 하지만 밀의 질적 공리주의 역시, 행동의 결과를 중시하는 결과주의로 인해, 양적 공리주의와 마찬가지로 도덕을 결과적 행복의 수단으로 격하시켰다는 비판을 받는다.

《자유론》, 모든 인간은 자유를 가질 권리가 있다

각자가 자신이 좋다고 생각하는 방식대로 살도록 내버려두는 것이 각 개인을 타인이 좋다고 생각하는 방식대로 살도록 강제하는 것보다 인류에게 큰 혜택을 준다. _《자유론》

공리주의는 쾌락을 늘리는 행위가 선이라고 보기 때문에 도덕적 엄격성보다는 개인의 자유를 최대한 인정하고, 쾌락을 위협하는 것만을 규제하고자 한다. 벤담은 개인이 이익과 행복을 추구하는 것을 적극적으로 인정하자는 의견을 펼쳤다. 나아가, 밀은 질적 공리주의자로서 쾌락의 질적 차이에 주목했기 때문에, 인간으로서 품위를 지키는 것과 자유를 누리는 것을 매우 중요하게 생각했을 것이다.

자유란 무엇인가? 자유라는 개념은 관점에 따라 다양하게 정의될 수 있다. 밀이 《자유론》에서 말하는 자유는 의지의 자유**자기 일을 스스로 결정할 수 있는 자유** 보다는 시민적 혹은 사회적 자유에 가깝다. 다시 말해 다른 사람들과 함께 살아가는 사회 속에서 개인을 놓고 볼 때 무엇이 어디까지 허용될 수 있는지에 대한 자유이다. 밀은 인간의 생활과 행위 중에서 자기 자신하고만 관련되는 세 가지 자유를 꼽았고, 이것들이 모두 보장되어야만 진정으로 자유로운 사회가 될 수 있다고 보았다.

첫째, 내면적 의식의 영역**양심, 생각, 감정, 의견 등**
둘째, 기호에 따라 희망을 추구할 자유**개성에 따라 삶을 설계**
셋째, 결사의 자유**타인에게 해가 되지 않는 한 자유로운 모임 결성 가능**

밀은 개성 독창성, 독립성 을 중시하는 한편 사회성도 등한시하지 않는다. 그는 사회에서 보호받는 사람이라면, 누구든 자신이 혜택을 받은 만큼 사회에 갚아주어야 하며, 사회 속에서 사는 한 다른 사람들과 공존하기 위해 일정한 규칙을 준수하는 게 불가피하다고 주장했다. 다시 말해 타인의 이익을 침해하지 않는 범위 내에서 자신의 자유를 추구해야 한다는 것이다. 사실 공리주의는 쾌락을 늘리는 행위를 선으로 보지만, 동시에 개인의 쾌락을 지나치게 중시했을 때 나타날 수 있는 문제점도 간과하지 않는다.

다른 사람에게 해를 끼치는 것을 막기 위한 경우 말고는 문명사회에서 구성원의 자유를 침해하는 그 어떤 권력행사도 정당화할 수 없다.
_《자유론》

사람은 누구든지 자신의 삶을 자기 방식대로 살아가는 것이 바람직하다. 그 방식이 최선이어서가 아니라, 자기 방식대로 사는 길이기 때문에 바람직한 것이다. 남들이 이상하다거나 바보 같다고 손가락질해도 개인의 자유는 최대한 보장되어야 한다. 국가권력이 개인의 자유를 억누를 수 있는 경우는 타인에게 실질적인 피해를 줄 때뿐이다. 밀은 개인의 자유를 부당하게 억압하는 두 요인으로 부당한 정치권력과 사회적 관습 및 도덕률을 꼽았다. 밀은 정치적 압력보다도 주변에서 사회적 관습이나 도덕률로 개인에게 일정한 행위를 하거나 하지 못하도록 강요하는 것을 더 나쁘다고 보았다.

사상과 토론의 자유

《자유론》은 '다수의 횡포'에 대해 심각한 경고를 보내면서 시작한다. 밀은 이미 먼 미래를 바라보며 걱정하고 있었다. 민주주의의 요체라고 할 '다수의 지배'가 개인의 자유를 억압하는 '다수의 횡포'로 전락할 위험성을 잘 알고 있었던 것이다. 《자유론》에서는 개성에 대한 찬양과 사회적 일치에 대한 경계심이 곳곳에서 나타난다. 밀은 합법적 강제나 사회적 압력으로 개인의 의견과 행동을 결정하려는 시도를 거부한다. 밀은 소수나 한 명이 사회 전체와 다른 생각을 가지고 있다 해도, 그들에게 일방적으로 침묵을 강요해서는 안 된다고 주장한다. 밀은 그 이유를 네 가지로 설명한다.

첫째, 침묵을 강요당하는 모든 의견은 진리일 가능성을 가지고 있다.

둘째, 설령 그 의견이 틀린 것이라 해도 일정 부분 진리를 담고 있을 가능성이 있다.

셋째, 통설이 전적으로 옳은 것이라 해도 어렵고 진지하게 시험받지 않는다면, 사람들은 이를 합리적인 근거로 이해하지 못하고 하나의 편견으로만 간직하게 될 수도 있다.

넷째, 이로 인해 결국에는 주장의 의미 자체가 실종되거나 퇴색하면서, 그러한 통설이 무의미한 것으로 변하게 될 위험이 있다.

아무리 바보 같은 발언이라고 해도 다수가 소수에게 침묵을 강요하는 것은 잘못이다. 위에 언급한 4가지 이유로 소수의 의견은 존중받아 마땅하다. 인류의 역사를 보아도 항상 다수의 의견이 절대불변의 진리인 것은 아니었다. 세상을 발전시키는 창의적 발상이나 위대한 생각도 처음엔 이상해보이는 법이다. 개인의 독창성과 천재성이 단지 다수의 눈에 이상하게 보인다는 이유만으로 사장된다면, 이 얼마나 안타까운 일인가? 밀은 질적 공리주의적 접근을 통해 자유의 가치를 정당화하고, 모든 사람과 전체로서의 사회에 대해 자유가 갖는 긍정적 효과를 보여주고자 하였다.

세계 고전 한눈에 보기!

존 스튜어트 밀의 《자유론》은 사회가 개별성을 총체적으로 옥죄고 있다는 문제의식에서 쓰였다. 그래서 개인의 자유와 개별성을 강조하는 데 주력할 수밖에 없었는데, 이로 인해 그를 극단적 자유주의자나 개인주의자로 몰고가는 경우가 많다. 그러나 밀은 개별성만을 내세우지 않았다. 밀은 개인의 자유를 중시하면서도 사회성을 함께 고려하였다.

《자유론》에서 말하는 밀의 주장을 정리하면 이렇다.

"다른 사람들에게 해를 끼치지 않는 범위에서, 시민으로서 개인은 무한한 자유를 갖는다. 국가는 그러한 개인의 자유를 제한하면 안 된다. 국가가 개인의 자유에 간섭할 수 있는 때는 개인이 다른 사람에게 해를 끼칠 때이다. 그리고 국가는 개인이나 단체의 활동과 능력을 촉구하는 역할을 해야 한다. 그러나 국가가 그 역할을 제대로 수행하지 않거나 국가가 지신의 목적을 위해 개인을 억압할 때에는 국가의 역할은 축소되고, 개인에 대한 국가의 간섭은 제한되어야 한다."

세상이 아무리 바뀌어도 자유를 향한 열망은 모든 사람을 한데 묶을 수 있는 유일한 화두일지도 모른다. 오늘날, 개인의 자유와 자율에 대한 권리를 주장하는 목소리가 점점 커지고 있다. 그리고 개인의 자유에 대한 국가의 간섭과 억압을 점점 거부하고 있다. 《자유론》은 이러한 사회적 상황에 잘 들어맞는 책이다. 이 책은 국가를 향해 개인의 자유와 권리를 항변해주기에 세월이 흘러도 계속 관심과 사랑을 받을 수밖에 없다고 본다.

31

《정의론》 자유와 평등을 종합해낸 책

—— 존 롤즈

존 롤즈 John Rawls, 1921~2002

미국의 철학자로, 평생 정의라는 문제를 집중적으로 연구하여, 단일 주제 철학자라는 애칭을 자기고 있다. 1971년에 출판된 《정의론》은 자유와 평등이라는 다소 상충되는 가치를 종합해내는 것을 목표로 했다. 개인의 자유를 보장하는 한편, 소외된 이들을 위한 도덕을 함께 고려하는 등 자유주의와 평등주의의 장점을 모두 취했기 때문에, 롤즈의 정의관은 많은 철학자, 정치가, 행정가들에게 지지를 받았다.

정의에 이르기 위한 원초적 입장의 가정

롤즈가 연구·저술을 이어가던 20세기에는 공리주의 이론이 도덕철학 분야에서 지배적 위치를 차지하고 있었다. 이는 공리주의 이론에 흠결이 없어서라기보다는 이를 대체할 탁월한 도덕철학이론이 부재했기 때문이다. 공리주의에서 중요한 것은 '유익함'의 정도를 측정하는 것이다. 어떤 행동이 우리에게 얼마나 많은 이익을 주는가를 기준으로 옳고 그름을 판단한다. 어떤 행위가 가져다주는 쾌락의 양과 고통의 양을 계산하여, 사회 전체적 쾌락이 최대가 되는 행위를 선택하는 것이 도덕적으로 옳은 선택이 되는 것이다. 하지만 이러한 공리주의 이론은 다수자의 이익을 위해 소수를 희생시킬 수 있다는 문제점을 가지고 있었다.

롤즈는 모든 사람이 수긍할 수 있고, 누구에게나 정의로울 수 있는 자신만의 도덕이론을 완성하고자 했고, 그렇게 해서 나온 책이 《정의론》이다. 사람들마다 제각기 정의에 대해 다른 입장을 취할 수 있지만, 이 책은 모두가 옳다고 인정할 수 있는 정의를 이끌어내는 방법론을 담고 있다. 과거의 정의론자들이 결과적 정의관을 추구했다면, 존 롤즈와 로버트 노직으로 대표되는 최근의 정의론자들은 분배하는 절차상에 공정성이 있는가를 매우 중시한다. 여기서 로버트 노직에게 있어, 정의란 정당한 절차의 과정에서 획득한 개인의 소유권을 보호하기 위한 장치로서 의미를 갖는다. 이런 관점을 절차주의적 정의관이라고 한다.

롤즈는 정의의 기준을 끌어내는 방법론으로서, 먼저 원초적 입장을 가정하고 있다. 사회 속의 인간은 경제적 능력, 사회적 신분, 재능, 성별, 종교관이 모두 제각각이기 때문에, 의견을 완벽하게 일치시키기란 불가능에 가깝다. 롤즈는 그 안에서 공통의 정의, 다시 말해 모두의 옳다고 인정할 수 있는 정의를 이끌어내기 위해 '원초적 입장'이라는 하나의 사고 실험을 제안했다.

원초적 입장이 가진 본질적 특징은 각 개인은 자신의 특수한 사실을 알지 못한다는 것이다. 자신의 특수한 사실을 알지 못하는 것을 무지의 베일이라고 한다. 여기서 특수한 사실이란 타고난 재능, 가치관, 사회경제적 지위, 종교, 성별, 교육수준 등을 의미한다. 각 개인이 자신의 특수한 사실을 모르는 상태에서 정의에 대한 논의가 이루어진다면, 그 합의 내용은 다른 어떤 방식보다도 공정할 것이라고 롤즈는 확신했다. 무지의 베일을 쓰게 되면 나의 사회경제적 지위가 무엇인지 전혀 알 수 없으므로, 사람들은 평등주의를 선택하게 된다. 베일을 벗겼을 때 내가 부자일 수도 있겠지만, 반대로 가난한 사람일 수도 있기 때문이다. 결국 원초적 입장에서의 합의는 그 어떤 방식보다 평등하고 공정한 것이 된다.

정의의 두 가지 원칙

정의의 원칙

제1원칙 : 평등한 자유의 원칙

제2원칙 : 불평등 정당화 원칙
- 기회균등의 원칙
- 격차의 원칙

• 정의의 제1원칙 : 평등한 자유의 원칙

선거권이나 피선거권 같은 정치적 자유, 언론과 집회의 자유, 양심과 사상의 자유, 신체의 자유와 사유재산권 등의 기본권이 모두에게 평등하게 주어져야 한다는 것과 관련이 있다. 제1원칙은 공리주의식 논리를 거부한다. 공리주의의 이념은 최대 다수의 최대 행복을 실현시키는 것이므로, 사회 전체의 행복 총량을 증대시키기 위해 소수의 희생을 강요하게 되는 것은 필연적이다. 공리주의의 원칙은 효율성을 중시하며, 효율성은 평등이나 개인의 자유를 고려하지 않는다. 하지만 정의의 제1원칙에 의하면 다수의 행복을 위해 소수의 자유를 뺏는 것이 정당화될 수 없다.

• 정의의 제2원칙 : 불평등 정당화 원칙으로, 여기에는 각각 기회균등의 원칙과 격차의 원칙이 있다.

기회균등의 원칙은 누구에게나 똑같은 기회가 주어져 있어야 한다는 원칙이다. 모든 사람에게 똑같은 기회가 주어져 있고, 출발지점이 평등한 상황에서 경쟁한 후에 불평등이 발생했다면 이는 부정의가 아니다. 예를 들어, 누구에게나 높은 지위나 직책에 오를 수 있는 기회가 공정하게 주어진 상태에서 능력과 노력에 따라 차등적인 지위를 누리게 된다면, 이는 부정의가 아니다.

격차의 원칙은 사회적·경제적 불평등의 허용은 사회의 최소 수혜자**가장 적게 가진 사람들**에게 그 불평등을 보상할 만한 이득을 가져다 줘야 한다는 원칙이다. 따라서 어떤 불평등이 불운한 사람의 처지를 개선한다면, 그로 인해 소수의 사람이 더 큰 이익을 취하는 것은 부정의가 아니게 된다.

《정의론》은 개인의 능력에 따른 차등을 인정하는 자유주의와 평등을 지향하는 사회주의를 절충한 이론이다. 서로 대립하는 자유와 평등이라는 주제를 하나로 통합하기 위해 자유주의의 틀 속에 사회주의적 요구를 받아들이고 있다. 그래서 롤즈의 정의론을 평등주의적 자유주의라고 부르기도 한다. 만약 제1원칙과 제2원칙이 충돌하면 어떻게 해야 할까? 어떤 불평등이 사회의 전체적인 선을 증대시킨다고 해도 개인의 평등한 기본적 권리를 침해하는 제도는 부당하기 때문에, 롤즈는 의심의 여지없이 제1원칙인 평등한 자유의 원칙이 우선해야 한다고 주장했다. 평등한 자유의 원칙을 애초에 정의의 제1원칙으로 정한 것도 이런 이유에서다. 다시 말해 모든 사람의 기본적 자유와 권리를 보장하는 가운데, 정당화될 수 없는 자의적 불평등이 없는 사회를 만드는 것이《정의론》의 지향점이라 말할 수 있다.

《정의론》에 대한 비판

정의에 대한 롤즈의 철학이론이 모두에게 긍정적인 평가를 받은 것은 아니다. 당시 정치의 두 축을 담당하던 사회주의 진영과 자유주의 진영은 각자의 입장에서 롤즈의 《정의론》을 비판했다. 서로 대립하는 자유와 평등이라는 주제를 하나로 통합한 이론인 만큼, 사회주의자들은 그의 주장이 여전히 불평등한 수준의 타협안에 머물고 있다고 비판했고, 자유주의자들은 그가 지나치게 평등을 강조한다고 비판했다.

어떤 사람에게 재능이 있고, 그 재능이 자연적으로 부여받은 것이라면, 이 사람이 다른 사람보다 더 높은 소득을 얻는 것이 불합리한 것일까? 《정의론》에 담긴 롤즈의 견해를 따르면, 타고난 재능과 지능이 우수한 것은 단지 '자연적 복권'에 당첨된 결과일 뿐이다. 결국 타고난 재능에 따른 결과의 차이는 개인의 몫이 아니라는 결론으로 이어진다. 하지만 자유지상주의자들은 누군가에게 우수한 재능이 있다면, 설령 그것이 자연적으로 부여받은 것이라고 해도 보상받을 필요가 있다고 보았다.

롤즈의 동료였던 로버트 노직은 롤즈의 정의론을 가장 논리적으로 조목조목 비판한 철학자 중 한 사람이다. 노직은 국가가 분배적 정의에 관여한다는 것은 재산의 자유에 대한 침해라고 비판했다. 가난한 사람의 처지를 개선하기 위해 4시간의 노동을 통해 얻은 소득을 세금으로 내는 것과 4시간 강제 노동을 하는 것은 무엇이 다른가? 또한 복지국가는 개인의 책임감을 완화하고 나태함만 길러준다고 하였다. 실제로 서유럽의 사회주의 정권에 의한 복지국가는 실업자를 대량 양산해 장기 경기침체로 이어졌으며, 결국 사회 전체적 부의 하락을 초래했다.

베스트셀러 《정의란 무엇인가?》의 마이클 센델은 롤즈의 원초적 입장을 비판했다. 롤즈는 원초적 입장에서 당사자들이 현실과 아무런 관련이 없고, 자신의 특수한 사실을 알지 못한다고 가정했는데, 과연 이것이 구체적 현실에서 살아가는 인간에게 가능한 일일까? 기득권을 가진 사람들이 굳이 원초적 입장인 무지의 베일을 사용하지는 않을 것이다. 아마도 불가능할 것이다. 평생 살면서 인생에서 단 한번이라도 마주할 수 있을지 의문스러울 정도의 인간을 가정하고 있는 것이다.

《정의론》에 대해 여러 비판들이 있어왔지만, 그럼에도 불구하고 롤즈의 정의관은 많은 철학자, 정치가, 행정가 들에게 큰 지지를 받았다. 최대한의 자유와 공정한 기회를 모든 이에게 부여하면서도, 그것이 가진 불완전성으로 인하여 최소 수혜자를 보상해주는 데 주안점을 두었다는 점. 그리고 자유주의와 사회주의가 핵심적 가치로 내세우는 자유와 평등을 종합하려는 시도를 했다는 점에서 롤즈의 정의관은 의의가 크다. 그의 이론을 비판하는 이들 역시 롤즈의 이론 속에서 다양한 요소를 차용했기에, 사회적으로는 더욱 발전된 형태의 논의가 전개될 수 있었다. 인간 사회의 개선에 대한 믿음이 세상을 조금씩 바꾸기 시작한 것이다.

세계 고전 한눈에 보기!

롤즈는 모든 사람이 수긍할 수 있고, 누구에게나 정의로운 자신만의 도덕이론을 완성하고자 했고, 그렇게 해서 나온 책이 바로 《정의론》이다. 사람마다 제각기 정의에 대해 다른 입장을 취할 수 있지만, 이 책은 모두가 옳다고 인정할 수 있는 것을 이끌어내는 방법론을 담고 있다.

롤즈는 정의에 이르기 위한 방법론으로서 원초적 입장을 가정하고 있다. 사람들이 자신의 타고난 재능, 가치관, 사회경제적 지위, 종교, 성별, 교육수준 등을 모르는 상태에서 정의에 대한 논의가 이루어진다면, 그 합의 내용은 다른 어떤 방식보다도 공정할 것이라는 것이다. 롤즈는 이를 토대로 다시 정의의 2가지 원칙을 제시했는데, 제1원칙은 모든 사람의 기본적 자유와 권리를 보장해야 한다는 평등한 자유의 원칙이고, 제2원칙은 불평등 정당화 원칙으로서, 모든 사람에게 동등한 기회가 부여되어야 한다는 기회균등의 원칙과 사회의 최소 수혜자 가장 적게 가진 사람들 에게 그 불평등을 보상할 만한 이득을 가져다줘야 한다는 격차의 원칙으로 구성된다.

롤즈는 자유주의자로서 어느 정도의 차등을 인정하는 한편, 정당화될 수 없는 자의적 불평등을 지양하고 있음을 알 수 있다. 《정의론》에 대해 여러 비판이 있지만, 개인의 자유를 보장하는 한편, 소외된 이들을 위한 도덕을 함께 고려하는 등 자유주의와 평등주의의 장점을 모두 취하여, 많은 이들에게 지지를 받았다.

6장

우리나라를 이해하기 위한 고전

32

《대승기신론소》 대승불교철학의 가장 우수한 해설서

원효

원효 元曉, 617~686

신라시대의 고승으로 성은 설薛 씨이며, 원효는 그의 법명이다. 본명은 서당誓幢 또는 신당新幢이다. 648년진덕왕 황룡사에서 스님이 되어 수도에 정진하였으며 평생 불교의 사상을 융합하고 대중화하는 데 힘써 한국 불교 발전에 큰 기여를 하였다. 《대승기신론소大乘起信論疏》《금강삼매경론金剛三昧經論》《십문화쟁론十門和諍論》 등을 남겼다.

해골물에서 깨달음을 얻다

원효는 신라에 불교가 공인된 지 90년만에 태어나서 우리나라 역사상 최고의 불교 사상가가 된 사람으로, 강수, 최치원과 함께 3문장의 한 사람인 설총薛聰의 아버지이기도 하다. 원효의 어린 시절에 대해서는 거의 알려진 바가 없으며, 의상과 함께 불교 공부를 하러 당나라로 유학을 떠나던 중 해골바가지에 괸 물을 마시고 큰 깨달음을 얻어 도중에 다시 귀국했다는 일화가 전해오고 있다.

《송고승전宋高僧傳》에 의하면 원효는 진덕여왕 4년에650 의상과 함께 당나라 유학길에 오른다. 현장玄奘, 602~664에게 유식唯識 철학을 배우려고 고구려 요동까지 갔다가 그곳에서 첩자로 오인받아 여러 날을 갇혀 있다가 되돌아왔다. 그리고 10여 년 뒤인 661년에당시 45세 백제가 망해 바닷길이 열리자 이번에는 바닷길로 당나라를 가기 위해 당항성黨項城으로 출발하였다. 원효와 의상은 당나라로 가는 배편을 기다리고 있었으나, 며칠을 기다려도 어찌 된 일인지 오기로 한 배는 좀처럼 나타나지 않았다. 밤늦도록 선창가를 서성이던 두 스님은 다음 날 아침에 다시 선창으로 나오기로 하고 잘 만한 곳을 찾았다.

몇 걸음 앞도 분간할 수 없을 만큼 캄캄한 밤중이었다. 두 스님은 한참만에 이슬을 피할 만한 움막을 찾았고 그곳에서 잠을 청했다. 잠결에 원효대사는 목이 타서, 주변을 손으로 다듬다가 표주박을 발견하였는데, 그 안에 괸 물을 달게 마시고는 다시 잠이 들었다고 한다. 다음날 일어나서야 여기가 동굴 속이 아닌 무덤 속임을 알았으며, 어제 마신 물은 표주박 속의 물이 아니라 해골바가지 속의 썩은 물임을 알게 되었다. 그는 오늘 알아차린 해골바가지 속의 썩은 물도 어제 잠결에 목이 마를 때는 꿀물처럼 느껴졌던 경험을 통해 세상의 모든 것이 외부에 있는 그 무엇이 아닌 마음먹기에 달려 있다는 진리를 깨달았다. 사람이 마음을 먹기에 따라 외부의 세상은 달라 보이는 법. 어제와 오늘 사이에 달라진 것은 오직 나의 마음뿐이다.

불교는 깨달음을 얻기 위한 종교이고, 깨달음이란 세계와 존재에 대한 새로운 인식을 통해 얻어지므로 불교에서 마음은 매우 중요한 주제다. 이러한 불교의 관점에서 보면, 우리 눈앞의 모든 대상은 우리의 마음과 관계하여 생기는 것들에 불과하다. 이 세상의 모든 것은 존재의 문제가 아니라 인식의 문제임을 깨달은 이상, 원효에게 유학은 더 이상 의미가 없었다.

당나라로의 유학을 포기한 후 심법을 깨달은 원효는 자신을 소성거사小姓居士로 칭하고, 실계失戒한 파계승으로 "자루 빠진 도끼를 나에게 주면, 내가 하늘의 큰 기둥을 깎겠다."는 노래를 부르고 다녔는데, 아무도 그 뜻을 이해하지 못하였으나 김춘추와 김유신이 그 뜻을 알아차리고 과부였던 요석공주와 혼인을 맺게 되었다. 그 사이에서 나온 아들이 바로 후일 대학자가 된 설총이다.

한편 당시의 불교는 왕실의 적극적인 비호 아래 상당한 발전을 했으나, 귀족 출신으로 중국 유학을 다녀온 승려들이 주류를 형성하여 왕실과의 밀접한 관련 속에서 교화활동을 하였다. 당시의 신라 사회는 왕실을 중심으로 하는 귀족불교와 서민불교 사이에 괴리감이 형성되어 있었다. 원효는 지방의 촌락과 길거리를 두루 돌아다니며 《화엄경華嚴經》의 "모든 것에 걸림 없는 사람이 한 길로 생사를 벗어났도다."라는 구절로 노래무애가, 無碍歌를 부르면서 가무와 잡담 중에 불법을 널리 알려 서민들의 대중교화에 힘을 기울였다. 원효가 소성 거사를 자칭하며 속인 행세를 한 것은 대중교화의 한 방편으로 판단된다. 대중교화의 행적을 마친 원효는 소성 거사가 아닌 원효 화상으로 다시 돌아가 혈사穴寺에서 생애를 마쳤다.

정토사상과 불교의 대중화

원효의 사상은 크게 화쟁사상, 일심사상, 정토사상으로 요약할 수 있다. 화쟁사상과 일심사상에 대해서는 후술하도록 하고, 여기서는 정토사상을 먼저 다루겠다. 정토사상은 인간은 모두 평등하다는 원칙 위에 어려운 경전을 몰라도 '나무아미타불南無阿彌陀佛'만 외울 줄 알면 누구나 서방정토에 왕생할 수 있다는 단순한 신앙이다. 이는 현세의 고해에서 벗어나 누구나 극락에 갈 수 있다는 내세신앙으로, 당시 불교에 접근할 수 없었던 대중들에게 큰 환영을 받았다.

그 당시 불교는 귀족들만의 종교였고, 왕과 귀족을 제외한 일반 백성들은 결코 불교에 접근할 수 없었으며 부처가 될 수도 없었다. 원효는 혼자 또는 소수만이 진리를 깨달아 부처가 되는 일은 무의미하다고 보았다. 나 자신뿐 아니라 중생 모두가 부처에 이르러 구제를 받아야 한다고 생각했다. 그래서 그는 왕실과 귀족층에만 받아들여졌던 당시의 불교를 일반 백성에게 전파했으며 누구나 부처가 될 수 있다는 이론을 만들어 설파했다.

원효가 높게 평가받는 부분은 스스로를 낮춰 직접 대중들 속에 들어가 불교를 전파했다는 점이다. 원효는 그의 위상에 어울리지 않게 기괴한 행동들을 일삼곤 했는데, 거리에서 광대들이 가지고 노는 바가지를 두드리며 춤을 추고 백성들에게 불교를 전했으며, 거지와 어울려 잠을 자는가 하면, 가끔은 술집이나 기생집에도 드나들며 여러 사람들과 어울렸다.

그를 한 마디로 요약하자면 '자유로운 영혼을 가진 천재'라고 할 수 있다. 사람들은 그의 기괴한 행동에 손가락질을 하고 비난을 퍼붓기도 했지만, 오히려 자신을 내려놓고 백성들 속으로 걸어 들어갔기 때문에 불교를 만백성들에게 전파하는 데 성공할 수 있었던 것이다. 그의 노력으로 저잣거리의 아이들도 모두 부처의 이름을 알게 되었으며, 배움이 짧고 평생 글을 가까이하지 않은 사람들조차 '나무아미타불'을 외치게 되었다.

원효는 난해한 불교 이론이 백성들에게 깨달음과 공감을 주기에는 한계점이 많다는 사실을 알고 있었던 것이다. 그래서 그는 백성들에게 '나무아미타불'만 열심히 외우면 극락에 간다는 믿음을 주었고, 이는 일반 백성들이 불교에 관심을 가지게 만들어 불교에 정진하게 만드는 결과를 낳았다. 다시 말해 '나무아미타불'을 외우는 것은 깨달음의 화두이며, 불교를 공부하게 만드는 하나의 계기가 되는 것이다.

나무아미타불南無阿彌陀佛에서 나무南無는 귀의 또는 귀명한다는 뜻으로, 부처님께 귀의하려는 신앙의 출발이라 할 수 있다. 아미타불阿彌陀佛은 서방정토에 계시는 부처님을 가리킨다. 결국 나무아미타불은 서방정토에 살고 있는 부처님께 귀의하여 원하는 바를 이루거나 왕생을 구하고자 외우는 염불의 글귀다.

화쟁과 일심

원효가 활동하던 시기의 신라는 통일전쟁으로 백성들이 많이 지쳐 있던 상황이었고, 삼국을 안정적으로 통합하기 위해서는 여러 종파로 갈라진 불교를 화합시킬 사상이 필요했다. 당시의 불교계는 모든 것은 본성적 실체가 없다는 중관론中觀論과 정신과 물질 등 내외의 모든 것은 마음의 작용에 의해 창조되며 심식心識을 떠나서는 어떠한 실재도 없다는 유식론唯識論이 대립하여 혼란스러웠는데, 그는 일심과 화쟁이라는 개념을 제시하여 당시의 혼란을 극복하고자 했다.

• **중관론中觀論**

현상의 비본래성에 집중하여 그것을 밝히고 부정함으로써 해탈에 이르고자 했으나, 지나친 부정으로 인해 마침내 허무주의적 경향을 띠는 단계에 이른다.

• **유식론唯識論**

생멸변화하는 현실에서 번뇌망상을 타파하면 진여자성眞如自

性, 마음의 본래 성품을 말하며, 마음은 인간의 마음만을 말하는 것이 아니라 우주를 창조한 그 무엇, 다시 말해 진리를 뜻하는 말 이 드러나게 된다는 것인데 모든 교리를 잘 분별하고 정립했지만 지나친 긍정으로 유有에 집착하는 단계에 이른다.

양파의 대립은 인도에서 유래하였는데 중관파는 일체의 법은 공하다 하여 일체를 공한 것으로 비워내는 작업만을 하였다. 이에 반해 유식파는 일체의 법이 공하지만 대상을 인식하는 인식 자체가 공한 것은 아니라고 하여 인식의 발현체계를 해명하는 데 많은 노력을 기울였다. 한편 원효는 모든 것은 본성적 실체가 없다는 중관론과 마음의 본체인 식識을 떠나서는 어떠한 실재도 없다는 유식론의 대립을 극복하고자 했다. 그는 무와 유 한 쪽에 치우친 이원적 대립구도를 지양하고, 이 두 입장이 일심에서 화쟁이 가능함을 역설했다. 원효의 화쟁사상은 이후 고려시대 의천의 교선일치敎禪一致와 보조국사 지눌의 선교일화禪敎一化 사상으로 꾸준히 이어져 내려와 현대 한국 불교에도 많은 영향을 미치고 있다. 그리고 이러한 사상을 가장 잘 나타내고 있는 것이 바로 《대승기신론소大乘起信論疏》이다. 이것은 《대승기신론》에 대한 원효의 해설서다. 원효는 《대승기신론》을 유식과 중관의 종합이라는 자기 관점 속에서 풀이했다.

화쟁이란 화해와 회통의 논리를 이르는 말로, 서로의 다툼을 화합하려는 것이다. 당시 불교계는 서로 다른 여러 가지 이론들이 난무하여 나의 학설은 옳고 남의 학설을 그르다고 하는 등, 다양한 쟁론이 강과 바다를 이루고 있었고, 이 쟁론들을 화합하는 것이 원효가 해결해야 할 과제였다. 《대승기신론소》에 언급된 내용처럼 거친 바람 때문에 고요한 바다에 파도가 일어나더라도 결국, 파도와 바다는 둘이 아닌 것처럼, 현상계의 모든 대상과 질서는 이 일심의 견지에서 포괄될 수 있다.

일심은 모든 상대적 차별을 초월하여 존재하는 것으로, 모든 것의 근거이며 무차별적인 것이다. 현실의 모든 모습은 다양하고 모순적으로 전개된다고 해도 서로 상충함이 없이 존재한다. 《대승기신론》에서는 일심을 참되고 한결같은 본체적인 면과 변화하고 움직이는 현상적인 면으로 나누고, 이를 심진여心眞如와 심생멸心生滅이라 하였다. 진여와 생멸의 가장 밑바닥에는 일심이 있다. 일심에서 보면 진여와 생멸도 다르지 않다. 마음의 근원을 회복한다는 것은 일체의 차별을 없애고 만물이 평등하다는 것을 깨우침으로써, 만물을 차별 없이 사랑하는 마음을 얻는 것이다. 이 마음을 얻는 중생은 반드시 큰 깨달음을 얻는다.

원효사상을 달리 표현하자면 일심을 통한 화쟁사상이라고 할 수 있다. 원래 불교의 모든 교설은 불타의 깨달음을 원천으로 하는 것이다. 일체의 모든 경론과 교설은 이 깨우침의 영역이다. 즉 모든 경론이 한 마음의 펼침이며, 그것들을 모으면 그대로 일심으로 귀일되는 것이다. 또 여러 갈래의 종파 또한 한마음의 펼침에 불과하며 요약하면 역시 일심일 뿐이다.

이러한 맥락에서 일심론은 다양한 불교 이론의 다툼에 화쟁의 근거를 제시했다. 언어는 진리를 전달하는 수단이지만 언어만으로 표현되지 않는 부분이 분명 존재한다. 그럼에도 여러 불교 이론들이 자기 이론에만 집착하기 때문에 논쟁이 끊이지 않는 것이다. 마음의 근원을 향하면 대립은 극복될 수 있다.

《대승기신론소》, 가장 빼어난 대승기신론의 해설서

《대승기신론》은 2세기 무렵 인도의 고승인 마명馬鳴 대사가 대승불교의 근본 뜻을 이론과 실천의 두 측면에서 설명한 책으로마명의 저작으로 전해지고 있으나, 중국에서 지어진 위서라는 설이 있다, 두 가지의 중국 번역본이 존재한다. 하나는 진제眞諦라는 승려가 중국 양梁나라 무제武帝 때 번역한 것이고, 다른 하나는 실차난타實叉難陀가 중국 당唐나라 때 번역한 것이다. 그런데 그 원전인 산스크리트어본이 아직 발견되지 않아서 인도에서 유입된 책이 아니라, 중국에서 지어진 위서가 아니냐는 주장이 나오는 것이다. 어떻든 간에 이 책은 중국에서 큰 반향을 불러일으킨 것이 확실한데, 이는 원효가 해설한 《대승기신론소》의 영향이 작용한 것으로 보인다.

《대승기신론》의 주석서 가운데 원효의 《대승기신론소》, 중국 남북조 시대의 혜원慧遠이 쓴 《대승의장大乘義章》, 당나라 법장法藏이 쓴 《대승기신론의기大乘起信論義記》가 3대 주석서로 평가되는데, 혜원의 것은 위작이라는 설과 함께 모든 면에서 원효의 주석서에 미치지 못하고 있으며, 중국에서 대승기신론 연구의 대가로 손꼽히는 법장은 원효의 주석서 《대승기신론소》에 영향을 받아 전반적으로 원효의 주석과 해석을 거의 그대로 차용하고 있다. 이처럼 마명의 《대승기신론》이 나온 이래, 많은 주석서가 등장했으나, 원효의 《대승기신론소》가 최고의 해설서로 평가를 받고 있다. 중국 불교계에서도 원효의 책에 '해동소海東疏'라는 각별한 명칭을 부여하고 있다.

《대승기신론소》의 논점을 간략히 요약하면 다음과 같다.

한마음에 두 문이 있는데 하나는 진여문眞如門 이요 다른 하나는 생멸문生滅門 이다. 진여문은 열반에 이르는 문으로, 중생이 본디 갖추고 있는 분별과 대립이 소멸된 청정한 성품의 방면을, 생멸문은 중생이 본디 갖추고 있는 청정한 성품이 무명無明, 진리를 깨닫지 못함 에 의해 분별과 대립을 일으키는 방면을 의미한다. 진여문은 일체의 경계를 여윈 청정한 것이고 생멸문은 삼라만상이 나고 멸하는 것이다. 이로써 우리의 마음에는 청정함과 출렁임이 함께 내재하는데, 이 두 문은 본질적으로 떨어져 있는 것이 아니다. 곧 이 논論 의 가장 중요한 내용은 일심에 대한 설명이고 그것을 생멸문과 진여문의 이문二門 을 통해 설명하고 있다.

《대승기신론소》에서 원효는 일심을 이문으로 해석하면서 생멸문에 여래의 본성인 여래장如來藏 이 감추어져 있고, 진여문과 생멸문은 그 본성이 다르지 않기 때문에 서로 분리할 수 없는 관계에 있다고 했다. 그럼에도 불구하고 둘로 나눌 수 없는 일심을 진여문과 생멸문의 둘로 나눈 것은 분별심을 키우려는 것이 아니라 하나로 귀결시키기 위한 방편이다. 생멸문으로 전개된 일심을 돌이켜 진여문의 일심으로 되돌리는 과정이 수행이다. 진여문과 생멸문, 이 두 문은 결국 일심에서 나와 일심으로 돌아가므로 둘이 아니고 하나라는 가르침이다.

열반에 이르면 자비의 마음이 생긴다

인간에게는 열반涅槃의 마음인 심진여와 번뇌의 마음인 심생멸의 두 마음이 있다. 연못에 비유하자면, 우리의 마음도 번뇌를 제거하면 잔잔한 연못처럼 될 수 있다. 바로 열반涅槃의 경지에 이르는 것이다. 우리는 열반에 이름으로써 연못을 요동치게 했던 내적 요인을 제거할 수 있다. 하지만 우리의 마음이 진여문에 도달했다고 해서 번뇌의 마음인 생멸문이 바로 사라지는 것은 아니다. 연못은 더 이상 내적 요인에 의해 요동치지는 않지만 연못 외부에는 다양한 사람들이 존재하며 이들이 잔잔한 연못을 동요하게 만들기 때문이다.

열반에 이른 사람일지라도 다른 사람의 슬픔을 마주하면 슬픈 감정이 생기게 되고 기쁨을 마주하면 기쁨을 느끼게 된다. 스스로 잔잔한 연못도 외부의 바람에 의해 언제든 요동칠 수 있다. 자신의 번뇌 때문에 연못이 요동치는 것이 아니라 타인의 고통 때문에 요동치는 것이다. 연못을 요동치게 만드는 내적 요인을 제거하게 되면, 외부에 존재하는 타인의 고통에 대해 매우 민감한 상태에 이르게 된다. 그래서 한 인간이 번뇌를 제거하여 진여문에 이르면 다시 번뇌의 마음인 생멸문에 이를 수밖에 없다.

하지만 부처가 된 이후의 생멸문은 번뇌의 마음이 아니라 자비의 마음이다. 열반에 이른 사람은 집착과 번뇌로 고통당하는 중생들을 측은하게 대하며, 그들이 자신처럼 잔잔한 마음을 가질 수 있도록 도울 수 있다. 결국 자신의 번뇌를 제거하는 것은 이타의 길로 나아가는 하나의 초식이 되는 것이다. 여기서 대승불교의 길이 열리게 된다. 열반에 이르러도 열반에 머물 수 없는 아이러니. 이것이 의상이 깨닫지 못했던 대승불교의 진리다.

세계 고전 한눈에 보기!

《대승기신론소》는 2세기 무렵 인도의 마명이라는 승려가 지은 《대승기신론》을 원효가 해설한 책으로, 이 책에는 당시 동아시아의 사상 방향을 제시한 원효의 화쟁사상과 일심사상이 잘 나타나 있다. 화쟁이란 화해와 회통의 논리를 이르는 말로, 서로의 다툼을 화합하려는 것이다. 당시 불교계는 서로 다른 여러 가지 이론들이 난무하여 나의 학설은 옳고 남의 학설을 그르다고 하는 등, 다양한 쟁론이 강과 바다를 이루고 있었고, 이 쟁론들을 화합하는 것이 원효가 해결해야 할 과제였다.

일심은 모든 상대적 차별을 초월하여 존재하는 것으로 모든 것의 근거이며, 무차별적인 것이다. 현실의 모든 모습은 다양하고 모순적으로 전개된다고 해도 서로 상충함이 없이 존재한다. 거친 바람 때문에 고요한 바다에 파도가 일어나더라도 결국, 파도와 바다는 둘이 아닌 것처럼, 현상계의 모든 대상과 질서는 이 일심의 견지에서 포괄될 수 있다. 또 여러 갈래의 종파 또한 한마음의 펼침에 불과하며 요약하면 역시 일심일 뿐이다.

이러한 맥락에서 일심론은 다양한 불교 이론의 다툼에 화쟁의 근거를 제시했다. 원효의 화쟁사상은 이후 고려시대 의천의 교선일치와 보조국사 지눌의 선교일화 사상으로 꾸준히 이어져 내려와 현대 한국 불교에도 많은 영향을 미치고 있다.

33

《삼국유사》 한민족 문화콘텐츠의 보고

——— 일연

일연 一然, 1206~1289

고려 후기의 고승으로 출가하기 전의 성은 김, 이름은 견명見明이다. 자는 회연晦然, 일연이다. 칭기즈칸이 몽골족을 통일하고 제국을 건설한 해에 태어나, 최씨 무인정권과 몽골의 고려 침입을 함께 겪는 모진 세월을 살았다. 14살에 출가하여 78살 때는 국사國師가 된 고승이었는데, 곧바로 인각사麟角寺로 은퇴하여 《삼국유사三國遺事》를 완성하였다. 《삼국유사》는 고대 한국 신화, 설화, 향가를 집대성한 책으로 현대에서도 고대사를 연구하는데 《삼국사기三國史記》와 더불어 귀중한 자료가 된다.

《삼국유사》, 난세에 탄생한 민족의 고전

《삼국유사》를 기록한 일연의 본래 이름은 김견명으로 경상북도 경산에서 태어났다. 경산에서 출생한 대표적인 인물로는 일연 외에 원효와 설총이 있는데, 경산에서는 이 지역의 출신인 일연과 원효, 설총을 삼성현三聖賢 이라고 한다. 일연은 1214년, 9살 때에 전라도 무량사에서 선학禪學, 선종의 교리를 연구하는 학문 을 닦다가, 1219년 14살에 설악산 진전사陳田寺 의 대웅大雄 에게 출가하고, 1227년 22살에 승과僧科 에 급제한 뒤로 보당암 주지로 있으면서 수도에 정진하였다. 말년인 1283년, 78살 때는 충렬왕에 의해 국사로 임명되어 한 나라의 스승이 되었다. 일연은 김부식의《삼국사기》에서 삼국시대 이전의 역사를 다루지 않아 빠진 자료를 모아왔고, 인각사麟角寺 에서《삼국유사》를 집필하다가 1289년 84살의 나이로 열반했다.

일연이 활동하던 14세기 고려사회는 난세였다. 최씨 무신정권의 전성기에 이어 몽고의 침략이 30년 동안 이어지면서 민중들의 삶은 더욱 피폐해지고 있었다. 몽고의 침입과 강화천도, 그리고 몽고에 대한 굴복 등으로 찬란했던 1,000년 신라의 영화도, 높게 뻗어 가던 고려인의 기개도 옛일이 되어 버렸다. 외세의 침입으로 국토는 파괴되었고 백성들은 수탈의 고통에 시달렸다.

끈질긴 저항이 이어졌지만, 그로 인한 중생들의 상처는 너무나 컸다.

일연은 그처럼 엄혹했던 시절을 백성과 함께했고, 그들에게 잃어버린 민족적 자부심과 문화적 긍지를 일깨워줄 필요성을 느꼈다. 그 이전까지의 사대주의 사상과 모화주의 사상에 입각한 역사책이 아니라, 민족공동체의 정신적 역량을 총체적으로 집결하고, 흔들리는 공동체의 정체성을 다잡아서 새로 세울 수 있는 새로운 역사책의 필요성을 절감했다고 볼 수 있다.

일찍이 승려라는 신분으로 젊은 날 전국 곳곳을 돌아볼 수 있었던 일연은 직접 발로 뛰며 이야기들을 모았고, 유물과 유적 들을 현장에서 관찰하고 고증한 것들을 기록했다. 그러한 방대한 자료를 바탕으로 저술한 것이 《삼국유사》다. 그는 우리 민족의 뿌리와 자부심, 유구한 역사와 찬란한 문화, 불교적 이상세계를 담은 역사적 사건과 백성들의 심금을 울렸던 감동적인 이야기, 이 모든 것들을 방대하면서도 섬세한 필치로 써 내려갔다. 특히 다른 역사서에서는 보기 어려운 단군신화를 비롯한 우리 민족의 신화와 설화, 그리고 방대한 양의 불교 및 민속 신앙 자료를 한데 아울렀기에, 민족주체성의 토대 위에서 우리 고대사를 바라본 최초의 역사서이자 문학서로 볼 수 있다.

《삼국유사》의 구성

《삼국유사》는 모두 5권으로 9편 144항목으로 구성되는데, 9편은 왕력王曆, 기이紀異, 흥법興法, 탑상塔像, 의해義解, 신주神呪,

감통感通, 피은避隱, 효선孝善이고 각 내용은 다음과 같다.

- 왕력王曆 : 신라, 고구려, 백제, 가락 및 후고구려, 후백제의 연대표
- 기이紀異 : 고조선부터 후삼국까지의 단편적인 역사 57항목
- 흥법興法 : 불교가 신라를 중심으로 삼국에 수용되는 과정과 그 융성 및 고승들 행적에 관한 6항목
- 탑상塔像 : 불교의 상징인 탑과 절, 불상의 유래에 관한 31항목
- 의해義解 : 신라 고승들에 대한 전기 14항목
- 신주神呪 : 기이한 일과 행동을 한 승려들에 대한 3항목
- 감통感通 : 신앙의 영험함에 관한 10항목
- 피은避隱 : 은둔한 승려들에 대한 행적 10항목
- 효선孝善 : 효행, 선행에 대한 미담 5항목

저자 일연이 승려인지라 전반적으로 불교에 관한 기록이 많은 편이다. '왕력'과 '기이'를 제외한 나머지 편들은 그 내용이 삼국의 불교사라 해도 과언이 아니다.

《삼국유사》는 문학인 동시에 우리나라의 건국 기원을 다룬 신화적 성격을 띤 역사서다. 고대 왕조의 성립과 그 흥망성쇠를 비롯하여 왕과 귀인, 고승과 일반 서민에 이르기까지 온갖 인물 군상의 다채로운 이야기가 담겨 있다. 일연은 이 책을 집필할 당시 김부식이 《삼국사기》에서 유학적 관점에 의해 의도적으로 배제한 불교적·설화적 요소를 보완하려 했고, 민족 주체성의 토대 위에서 우리 역사를 재해석하고자 했다.

특히 《삼국유사》에 단군신화가 최초로 기록되는 것은 매우 상

징적인 의미가 있으므로, 여기에 고조선의 조條의 내용을 인용해 본다.

> 옛날에 환인桓因의 서자인 환웅桓雄이 천하에 자주 뜻을 두어, 인간 세상을 구하고자 하였다. 아버지가 아들의 뜻을 알고 삼위태백三危太伯을 내려다보니 인간을 널리 이롭게 할 만한지라, 이에 천부인天符印 3개를 주며 가서 다스리게 하였다. 환웅이 무리 3,000명을 거느리고 태백산太伯山, 지금의 묘향산 꼭대기 신단수神檀樹 밑에 내려왔다. 이 곳을 신시神市라 하고 이분을 환웅천왕桓雄天王이라 한다. 풍백風伯·우사雨師·운사雲師를 거느리고 곡식, 생명, 질병, 형벌, 선악 등 인간 세상의 360여 가지의 일을 주관하며 세상을 다스리고 교화하였다. 이때에 곰 한 마리와 호랑이 한 마리가 있어 같은 굴에 살면서 항상 환웅에게 사람이 되게 해달라고 기도하였다.
>
> 이에 환웅은 신령스러운 쑥 한 다발과 마늘 20개를 주면서 말하기를 "너희들이 이것을 먹고 100일 동안 햇빛을 보지 않으면 곧 사람의 모습이 될 것이니라."라고 하였다. 곰과 호랑이는 그것을 받아먹으면서 삼칠일三七日 동안 금기했는데, 금기를 잘 지킨 곰은 여자의 몸이 되었으나, 호랑이는 금기를 지키지 못해서 사람의 몸이 되지 못하였다.
>
> 그러나 웅녀熊女는 혼인할 사람이 없었으므로 매일 신단수 아래서 아이를 갖게 해달라고 빌었다. 환웅이 잠시 사람으로 변해 그녀와 혼인하여 아들을 낳으니 단군왕검檀君王儉이라 하였다. 단군왕검은 요堯 임금이 즉위한 지 50년 되는 경인년에 평양성에 도읍을 정하고 비로소 조선이라고 불렀다. _《삼국유사》, 기이紀異

단군신화의 내용은《삼국유사》외에도, 비슷한 시기 이승휴의《제왕운기帝王韻記》, 이규보의《동국이상국집東國李相國集》의 '동명왕東明王 편'에도 나오지만, 일연은 단군신화를 특별히 책의 시작점에 둠으로써 우리 민족의 역사성과 정통성을 확립하려 하였다. 단군신화 외에도, 이두로 쓰인 향가 14수가 기록되어 있어 국어국문학 연구에 좋은 자료가 된다. 특히 향가는《균여전》에만 11수가 수록되어 있을 뿐, 다른 전적에는 전혀 전하지 않기 때문에 향가 연구에서《삼국유사》는 특히 중요한 역할을 한다.

《삼국유사》와《삼국사기》

《삼국유사》의 특징과 그 가치는 그보다 150년 전에 왕명으로 김부식이 저술한《삼국사기》와 비교해보면 더 명확히 드러난다.《삼국유사》는 '유사遺事'라는 이름에서 볼 수 있듯이, 이전 역사 가운데 고려에 와서 없어진 일들에 관한 기록이자 정사에서 빠진 역사에 관한 기록이다. 이 책을 집필할 당시 일연은, 김부식이《삼국사기》에서 유학적 관점에 의해 의도적으로 배제한 부분을 보완하려고 하였고, 그렇게 후세에 알려지지 않았을 수도 있었던 민족생활사가 기록되었다는 점에서《삼국유사》의 가치는 높다고 볼 수 있다.

저술 형식을 보면,《삼국사기》는 기본적으로 기전체 형식을 전형적으로 띠고 있다. 기전체는 왕조사에 대해 연월에 따라 서술한 본기와 그 시대의 의미 있는 역할을 한 인물들에 관한 전기가 가장 큰 비중을 차지하고 있는 형식이다. 반면《삼국유사》는 일정한 형식에 구애받지 않고 비교적 자유롭게 서술한 형식으로 되어 있다.

책을 집필한 저자의 성향에 따라서도 내용이 달라질 수 있다. 《삼국사기》는 12세기 고려 유학을 공부한 지식인이었던 김부식에 의해 편찬된 것이다. 김부식은 고려사에서도 이름을 떨쳤던 막강한 권력층이었으며, 당시 인종의 명령에 따라 역사서를 편찬했다. 당시 유교사관을 가지고 있던 학자들에겐 삼국시대 이전의 사료들은 흥미가 없었으며, 술이부작述而不作의 원칙에 따라 사실을 사실대로 기록하려는 객관적인 서술태도를 가지고 있었다. 그래서 《삼국사기》에서는 단군조선에 대한 부분을 찾아 볼 수 없으며, 분명하고 믿을 만한 사실을 기록하고 그 출발점을 삼기 때문에 신라, 고구려, 백제의 삼국을 중심으로 내용이 전개된다.

반면 《삼국유사》는 13세기 후반 원나라의 간섭을 받던 충렬왕 때, 조계종 승려인 일연이 승려로서 젊은 시절부터 각 지역을 돌아다니며 직접 수집한 자료를 토대로 쓰인 책이다. 이 때문에 《삼국사기》보다는 정치적 외압이나 권력에서 비교적 자유로웠고, 국왕부터 일반 평민의 생각까지 넓게 아우를 수 있는 책이 될 수 있었다. 또한 《삼국유사》는 저자가 승려이기 때문에 불교적 관점이 많이 들어가 있으며, 단군신화를 비롯해 고대의 설화, 전설 등 현대인들의 관점에선 다소 비현실적인 내용들도 포함하고 있다.

이와 같이 《삼국사기》와 《삼국유사》를 다양한 관점에서 비교를 해보았다. 고려시대에 쓰인 이 두 저서는 같은 내용을 다루더라도 보는 관점이 다르면, 얼마든지 다른 내용의 역사서가 나올 수 있다는 것을 명백히 보여주는 예이다.

공식적인 정사인《삼국사기》는 국가적인 관점에서 쓴 서적이라 증명된 사실만을 담았지만, 유교적 합리성과 왕실의 입맛에 따라 고의로 바꾼 사실들도 있다. 이러한 면에서 보았을 때 국가에서 편찬한 공식 저서들도 100% 객관적이진 않다는 것을 알 수 있다. 그래서 우리는 같이 시대에 쓰인 많은 서적을 비교하면서 역사적 사실을 바로 잡아야 한다. 같은 듯 다른 서적들은 하나씩 볼 때보다 함께 비교하면서 볼 때가 더 큰 가치가 있다.

세계 고전 한눈에 보기!

《삼국유사》는 난세에 탄생한 고전이다. 일연이 살던 당시 14세기 고려사회는 무신정권의 전성기에 이어 몽고의 침략이 30년 동안 이어지면서 민중들의 삶은 더욱 피폐해지고 있었다. 일연은 그처럼 혹독했던 시절을 백성과 함께 했고, 그들에게 잃어버린 민족적 자부심과 문화적 긍지를 일깨워주고자, 저술한 것이 바로《삼국유사》다.

《삼국유사》는 '유사'라는 이름에서 볼 수 있듯이, 이전 역사 가운데 고려에 와서 없어진 일들에 관한 기록이자 정사에서 빠진 역사에 관한 기록이다. 이 책을 집필할 당시 일연은, 김부식이《삼국사기》에서 유학적 관점에 의해 의도적으로 배제한 요소들을 보완하려 했다. 이 책은 고구려, 백제, 신라 삼국뿐 아니라 고조선부터 고려까지, 우리 민족의 흥망성쇠의 역사를 폭넓게 다루고 있다.

또한 다른 역사서에서는 보기 어려운 단군신화를 비롯한 우리 민족의 신화와 설화, 그리고 방대한 양의 불교 및 민속 신앙 자료를 한데 아울렀기에, 민족 주체성의 토대 위에서 우리 고대사를 바라본 최초의 역사서이자 문학서로 볼 수 있다. 후손들이 그 존재조차 몰랐을 역사를 되살렸다는 점, 그리고 일반 역사서와는 달리 당시 백성들의 생활 모습이나 불교문화까지 세세히 담았다는 점에서《삼국유사》는 현재 국문학, 지리, 사상, 종교, 민속 등의 연구에 있어서 기존의 어떤 역사서들보다도 중요한 자료로 쓰이고 있다.

34

《근사록》 사물의 이치를 탐구하여 선한 본성을 회복한다

——— 주희

주자 朱子, 1130~1200

주희朱熹는 중국 남송의 유학자로, 주자라는 존칭으로 불린다. 공자, 맹자 등의 학문에 전념하였으며 주돈이周敦頤, 정호程顥, 정이程頤, 장재張載 등의 유학사상을 이어받았다. 그는 우주가 형이상학적인 '이'와 형이하학적인 '기'로 구성되어 있다고 보았으며, 인간에게는 선한 '이'가 본성으로 나타난다고 하였다. 그러나 불순한 '기' 때문에 악하게 되며 '격물格物'로써 이 불순함을 제거할 수 있다고 하였다. 《사서집주四書集註》《근사록近思錄》《자치통감강목資治通鑑綱目》 등을 남겼다.

성리학의 집대성자

춘추전국시대에 활동했던 공자와 맹자의 원시유교 이후로, 유교가 보다 수준 높은 이론적 체계를 갖추게 된 것은 남송의 유학자 주희에 이르러서다. 주희는 중원의 문화에서 멀리 떨어진 외딴 시골에서 성장했다. 어린 시절 불교와 노자의 철학에 흥미를 가졌고, 19살에 과거에 합격, 24살에 이연평李延平, 주희의 스승을 만나 사숙하면서 유학을 본격적으로 공부하였다. 19살에 진사시에 급제하여 이후 71살에 생을 마감할 때까지 여러 관직을 거쳤으나, 현지에 부임하지 않아도 되는 명목상의 관직을 지낸 경우가 대부분이었기 때문에 학문에만 전념할 수 있었다.

당나라 이후, 분열된 중국을 다시 통일한 송나라 태조 조광윤趙匡胤은 새로운 체제에 맞는 새로운 사상과 인재들이 필요했고, 개국 이래로 문신우대정책을 펼쳤다. 문신우대정책으로 천하의 인재들은 앞다투어 학문에 몰두했고, 이 과정에서 등장한 신지식인들이 바로 사대부다. 사대부들은 지금까지 성행하던 불교사상은 시대의 혼란을 잠재울 수 없고, 현실문제에 적극 개입해서 대처하라고 가르치는 유학만이 이 시대의 새로운 사상으로서 가장 적합하다고 주장했다.

하지만 당시 불교와 도가가 우주나 자연, 인간의 심성 등을 논하면서 이미 심오한 철학적 체계를 갖추고 있던 것에 반해, 유가는 사실상 철학적으로 내세울 만한 이론적 체계가 부족했다. 당시 유학자들은 학문적 위기를 극복할 논리가 필요했는데, 이 과정에서 주희는 공자, 맹자 등의 학문에 전념하는 한편, 송학의 흐름을 이어받아 주돈이 **周敦頤**, 정호 **程顥**, 정이 **程頤**, 장재 **張載** 등의 사상을 하나로 집대성하여 성리학을 확립했다. 인간의 본성을 탐구하기 때문에 성리학이라고 하며, 주희가 완성했기 때문에 주자학이라고도 한다.

정이는 이기이원론 **理氣二元論** 에 입각해, 물질적 세계는 음양의 기에 의해 성립하며, 기의 배후에는 음양을 음양답게 하는 이가 존재한다고 보았다. 심성론에서는 성즉리 **性卽理** 라고 하여, 주자의 이기론에 직접적 영향을 주었다. 정주학 **程朱學** 이라는 명칭이 말해주듯, 주희의 학문은 특히 정이의 학설을 계승하고 있는 것이다. 성리학은 깊은 철학적 고찰을 통해 우주의 원리와 그것이 반영된 인성의 본성을 밝혀내고자 했다. 이는 공자나 맹자의 사상에서 찾아 볼 수 없었던 형이상학적인 측면이 강화된 것으로 유학에 새로운 방향이 제시된 것이다. 주희 이전의 유학이 5경 중심의 실용적 유학이었다면, 주희 이후의 유학은 4서 중심의 보다 철학적인 면을 띄게 되었다.

주희의 성리학은 오랫동안 중국을 비롯하여 동아시아 전반에 가장 큰 영향을 끼쳤다. 주희가 세상을 떠난 지 백여 년 후, 그의 사상은 일본으로 건너갔으며, 사백여 년 후에 일어난 메이지유신 **일본의 대혁명** 에도 직접적인 영향을 주었다. 그의 사상은 조선의 지식인들에게도 절대적인 영향을 미쳤는데, 사서에 대한 그의 주석서는 과거에 합격하기 위한 필독서였고, 우리에게 친숙한 유학자인 이황, 이이도 역시 주자학파였다. 조선 후기 송시열이라는 학자는 다음과 같은 취지의 주장을 했다.

> **세상의 모든 이치는 주자가 이미 완벽하게 밝혀 놓았다. 우리에게 남은 일은 다만 그의 이치를 실천하는 것일 뿐이다. 그러므로 주자의 말씀에서 조금이라도 어긋나는 주장을 하거나 주자와 다른 경전의 주석을 다는 자는 사문난적일 뿐이다. _ 송시열**

율곡 이이의 학풍을 계승한 송시열은 당시 정치적·사상적으로 대단히 명망이 높았던 학자로 임금을 배신하는 역모보다도 주자를 비판하는 것을 더 큰 죄라고 여겼다. 이처럼 주자학은 조선 후기까지 막대한 영향력을 발휘했다. 주희가 중국 남송의 유학자임에도 필자가 '우리나라를 이해하기 위한 고전' 파트에 《근사록》을 포함시킨 것은, 그가 우리나라에 끼친 사상적 영향력을 고려했기 때문이다. 주희의 철학을 모르고서는 조선 성리학자인 이황과 이이의 철학을 논할 수 없으며, 조선 전반에 흐르는 사상적 흐름 역시 매끄럽게 이해할 수가 없게 되어 있다.

《근사록》, 신유학의 생활 및 학문 지침서

《근사록》은 주희와 그의 벗인 여조겸呂祖謙이 태극설太極說을 주장한 주돈이, 태허론太虛論을 주장한 장재, 천리天理와 기일원론을 주장한 정호, 성즉리와 이기이원론을 주장한 정이 등 성리학의 대가 네 명의 저서 가운데 중요한 부분 622조목을 추려서 주제별로 분류하여 14권으로 편찬한 책이다1175년.

622조의 항목이 14권으로 분류되었는데, 각권의 편명은 후대의 학자들이 붙인 것으로, 도체道體, 위학爲學, 격물궁리格物窮理, 존양存養, 개과천선改過遷善, 제가지도齊家之道, 출처진퇴사수지의出處進退辭守之義, 치국평천하지도治國平天下之道, 제도制度, 군자처사지방君子處事之方, 교학지도教學之道, 개과급인심자병改過及人心疵病, 이단지학異端之學, 성현기상聖賢氣象 으로 구성되어 있다.

제1장 도체편은 도의 근본을 말하는 편으로, 《근사록》에서 가장 중요하면서도 난해하다. 우주의 근본 비밀은 오랜 성찰과 사색 끝에 깨달을 수 있는 것으로. 초학자가 쉽게 접근할 수 있는 부분이 아니기에 편집을 같이한 여조겸은 도체편을 맨 뒤에 두자고 주장했다. 하지만 주희는 배우는 자들이 먼저 학문의 목표와 방향을 알고 2편으로 넘어가야 한다고 주장하여, 결국 1편에 있게 되었다. 도체편의 본문 첫머리에 '해당편은 성性의 본원과 도道의 체통을 논하는 것으로 학문의 강령이다.'라는 어구가 등장하고, 주돈이의 '태극도설太極圖說'을 실은 것으로 보아 주희가 이를 얼마나 중요시했는지를 알 수 있다.

주돈이의 태극도설은 유교사상을 중심으로 유불도 3교를 통합한 것으로, 그는 우주 만유의 궁극적 본체를 '태극'으로 설명하면서, 태극의 동적 측면을 양이라 하고, 정적 측면을 음이라 했다. 우주 내의 모든 사물은 음양의 조화에 의한 것이고, 음양이 발전하여 목화토금수의 오행을 낳는 다고 하였다. 이처럼 성리학은 태극론의 입장에서 자연과 우주의 근본을 태극, 음양, 오행의 묘합으로 설명하고 있다. 조선 성리학자 퇴계 또한 주희와 같은 취지에서 《성학십도聖學十圖》 맨 첫머리에 '태극도설'을 실었고, 난해하여 어리둥절해하는 제자들에게 이것부터 가르쳤다고 한다.

제2장 위학편에서는 학문의 목표가 외부가 아닌 내부에 있음을 강조한다. 다시 말해 성공이나 출세를 위해 공부하는 것이 아니라 내적 성장을 위해 공부해야 함을 강조하는 것이다. 제3장 격물궁리편은 사물에 대한 탐구와 이해를 위한 조언을, 제4장 존양편은 불교 수련법에서 차용한 내면의 각성법을, 제5장 개과천선편은 잘못된 행동과 판단을 바로잡아 다시 예로 돌아가는 것에 대한 내용을 다룬다.

여기까지가 수신修身에 해당하는 내용이다.

제6장 제가지도편은 집안을 가지런하게 하는 방법을, 제7장 출처진퇴사수지의편은 나가고 물러나며 사퇴하고 지키는 의리를, 제8장 치국평천하지도는 나라를 다스리고 천하를 태평케 하는 방법을 다루고 있다. 제9장 제도편은 제도를 만들고 운용하는 방법에 대하여, 제10장 군자처사지방편은 군자의 일처리에 대하여, 제11장 교학지도편은 교육현장에서의 지침들에 대해, 제12장 개과급인심자병편은 적절한 실무를 방해하는 마음의 편견과 고집 등, 병폐들을 지적하고 그 교정법을, 제13장 이단지학편은 중국을 천 년 동안 지배한 불교를 비판하는 내용을, 제14장 성현기상편은 유교의 계통에 대해 다루었다.

우주 만물의 근원, 이기론 理氣論

성리학은 이 세계의 모든 만물은 '이理'와 '기氣'로 구성되어 있다고 보며 우주의 만물을 '이'와 '기'로 설명한다. 이를 이기론이라고 한다. '이'는 어떤 것이 그것으로 존재할 수 있는 법칙, 원리, 본질을 의미하는 개념이며, '기'는 어떤 것의 이치가 실현될 수 있는 물질, 현상, 힘, 에너지, 욕망 등을 의미하는 개념이다. 주자는 모든 사물이 이와 기의 결합으로 되어 있기 때문에 이와 기가 서로 떨어질 수 없으며 이기불상리, 理氣不相離 , 동시에 원리로서의 이와 재료로서의 기의 역할이 분명히 다르기 때문에 이와 기는 서로 뒤섞일 수 없다 이기불상잡, 理氣不相雜 고 보았다. 주자는 모든 사물은 이를 갖추고 있기 때문에 이의 측면에서는 똑같다고 보았다. 하지만 현실에 존재하는 만물이 서로 다른 것은 기의 맑고 흐림 또는 바르고 치우침의 차이가 있기 때문이라고 보았다. 그는 인간의 본성은 선한 이가 발하여 나타나는 것이나 불순한 기로 인하여 악하게 되는 것이라고 보았다.

서양 이원론과의 교차점

철학사에서 이원론의 원조는 단연 플라톤이다. 그는 눈에 보이는 모든 사물의 배후에는 그것들의 본질에 해당하는 이데아가 있다고 믿었다. 의자의 종류와 형태는 무수히 많지만 모두 의자로 인식되는 이유는 의자의 이데아가 있기 때문이라는 논리다. 플라톤은 사물만이 아니라 아름다움, 차가움, 푸른색 등 추상적인 개념에도 각각의 이데아가 있다고 믿었다. 이데아의 세계를 상정하면 세계는 필연적으로 둘로 나뉜다. 현실의 세계와 이데아의 세계다.

성리학의 대표적 쟁점이었던 이기론 역시 전형적인 이원론의 구조를 보인다. 이기론의 이는 만물의 존재원리이고 기는 만물의 구성요소인데, 서양의 중세철학과 비교하면 이는 보편자, 기는 개별자에 해당한다. 다시 말해 이는 사물의 보편성과 공통점을 이루며, 기는 사물의 특수성과 차이를 이룬다.

인간의 내면의 본질을 규명한 심성론

심성론은 이기론을 바탕으로 인간의 내면적 구조와 본질을 규명하고자 하는 이론이다. 심성론에 따르면, 심心은 성性과 정情을 통괄한다심통성정, 心統性情. 성이란 하늘에서 부여받은 이치로, 본연지성本然之性과 기질지성氣質之性으로 나눌 수 있다. 본연지성은 기질의 영향을 받기 이전의 순선한 것이고, 기질지성은 본연지성이 기질의 영향을 받아 나타나는 것이다. 모든 사람의 본연지성은 동일하지만, 기질은 사람마다 다르기 때문에 사람마다 기질지성이 달라지는 것이다. 또한 정은 성이 외부의 사물에 감응하여 나타난 감정으로 4단과 7정을 말한다.

주자의 학문은 인간의 본성을 탐구하기 때문에 성리학이라고 하며, 주희가 완성했기 때문에 주자학이라고도 한다. 주희는 어떻게 하면 인간이 선해질 수 있는지에 관심이 많았다. 그리고 그 해결의 가능성을 '성즉리'의 개념으로 표현했다. 성즉리란 인간의 본성이 곧 하늘의 이치라는 뜻으로, 인간의 본성이 하늘이므로 인간은 본래부터 선하다고 풀이할 수 있는 것이다. 맹자의 성선설과 맥락을 같이한다.

그렇다면 여기서 의문이 하나 생긴다. 인간의 본성이 선하다면, 왜 이 세상은 혼란으로 가득한 것일까?

그는 우주가 형이상학적인 '이'와 형이하학적인 '기'로 구성되어 있으며, 인간의 본성은 선한 이가 발하여 나타나는 것이나 불순한 기로 인하여 악하게 되는 것이라고 보았다. 그래서 선한 본성을 회복하기 위해서는 사물을 통해 '이'를 탐구하는 공부를 해야 한다고 주장했다. 사물을 깊이 탐구하여 '이'를 발견하면 자신의 성품을 깨달아 곧 본성을 회복한다는 것이다**격물치지, 格物致知**. 이는 곧 자신의 숨겨진 본성을 깨닫느냐 깨닫지 못하느냐의 문제로 치환한다. 자신의 선한 본성을 깨닫고 그대로 행하는 자만이 선한 사람이 될 수 있는 것이다. 비유적으로 설명하자면, 자신의 땅에 보물이 묻혀있더라도, 그 보물을 찾지 않고 내버려두면 부자가 될 수 없는 것이다.

학문 수양의 두 가지 방법, 거경궁리론

거경궁리**居敬窮理**는 주자학에서 중시하는 학문 수양의 두 가지 방법이다. 거경은 내적 수양법으로 항상 몸과 마음을 삼가서 바르게 가지는 일이고, 궁리는 외적 수양법으로 널리 사물의 이치를 궁구하여 정확한 지식을 얻는 일이다. 주자에 따르면, 순선한 본연지성이 온전히 드러나기 위해서는 본연지성이 기질의 영향을 받지 않도록 수양이 필요하다. 그는 이를 위해 먼저 인간 자신을 포함한 세계의 참모습을 밝게 알아야 한다고 하였다**격물치지**.

그래서 사물의 이치와 도리를 먼저 알아야 그에 맞는 올바른 행동을 할 수 있다는 선지후행先知後行을 강조하였다. 주자는 이와 더불어 선한 본성을 보존하고 함양하여 잘못된 길로 빠지지 않도록 살펴 경계해야 한다존양성찰, 存養省察고 주장하였다. 주자에 따르면, 이러한 노력을 통해 인간은 천리天理를 보존하고 이기적 욕망을 제거하여 이상적 인간인 성인이 될 수 있다.

세계 고전 한눈에 보기!

《근사록》은 중국 송나라 때의 유학자 주희와 그의 동료 여조겸이 그들의 사상에 많은 영향을 주었던 북송시대의 대표적인 유학자 주돈이, 정호, 정이, 장재의 저작 가운데 학문의 요점과 일상생활에서 반드시 실천해야 하는 내용들을 발췌하여 초학자들을 위해 편찬한 책이다. 유학사상을 하나의 철학 체계로 완성시킨 성리학 최고의 입문서다.

《근사록》은 가까운 곳에서부터 인仁을 실천하라는 의미를 던지면서도, 다른 한편으로는 선대 유학자들의 성과를 집대성하고 유학의 방향을 새롭게 전환시켰다는 점, 동아시아 사상계의 큰 줄기로 자리 잡은 주희의 성리학 체계를 담고 있다는 점에서 역사적으로 중요한 책이라고 평가받는다.

그는 우주가 형이상학적인 '이'와 형이하학적인 '기'로 구성되어 있으며, 인간의 본성은 선한 이가 발하여 나타나는 것이나 불순한 기로 인하여 악하게 되는 것이라고 보았다. 그래서 선한 본성을 회복하기 위해서는 사물을 통해 '이'를 탐구하는 공부를 해야 한다고 주장했다. 사물을 깊이 탐구하여 '이'를 발견하면 자신의 성품을 깨달아 곧 본성을 회복한다는 것이다 격물치지.

주희의 성리학은 오랫동안 중국을 비롯하여 동아시아 전반에 가장 큰 영향을 끼쳤다. 주희가 세상을 떠난 지 백여 년 후 그의 사상은 일본으로 건너갔으며, 사백여 년 후에 일어난 메이지유신 일본의 대혁명에도 직접적인 영향을 주었다. 그의 사상은 조선의 지식인들에게도 절대적인 영향을 미쳤는데, 사서에 대한 그의 주석서는 과거에 합격하기 위한 필독서였고, 우리에게 친숙한 유학자인 이황, 이이도 역시 주자학파였다.

35

《성학십도》 성군의 길을 제시한 10개의 그림과 해설

—— 이황

이황 李滉, 1501~1570

조선 중기의 학자, 문신이다. 관직에 나아가 정치에 힘쓰기보다는 학문을 연구하는 데 더 정진했다. 이언적의 주리설主理說을 계승했으며, '이'에 능동성을 부여하여 주자의 이기이원론理氣二元論을 독자적으로 발전시켰다. 특히 기대승과의 사단칠정 논쟁은 조선 성리학의 수준을 한 차원 높였다는 평가를 받는다. 학문을 닦는 데 정진하여 도산서원을 설립하였으며, 그의 학풍은 유성룡, 김성일, 정구 등에게 계승되어 영남학파를 이루었다.

정치적 혼란기 속에서 인간의 도덕성을 탐구하다

이황은 어린 시절부터 학문에 대한 열정이 매우 대단했다고 전해진다. 6살 때 천자문을 익혔으며 12살에 《논어》를 공부하면서 본격적인 학문의 길로 들어섰다. 하지만 23살인 1523년 중종 18에 성균관에 들어가 공부하고 24살부터 과거를 보았지만 3번 모두 낙방했다. 이이가 과거에서 9번이나 장원급제한 것과는 대조적으로 대기만성형의 인물이었던 것 같다. 또한 시험을 잘 보는 것과 진리를 깊이 탐구하여 밝혀내는 것은 다른 능력일 수도 있을 것이다. 이후 27살에 경상도 향시에 응시하여 생원 2등으로 합격하였고, 다음 해에 진사시험에 2등으로 합격했다. 32살인 1532년 문과 초시 2등으로 합격했고, 34살에 문과에 급제하여 승문원 부정자라는 최하위직으로 관직생활을 시작했다.

비록 관직은 낮았지만, 이황의 전정에는 유리하게 작용했을 것이다. 이황의 어머니는 일찍이 아들이 뜻이 너무나 높고 바르니 세상에 어울리지 않는다는 것을 잘 알고 있었다. 만약 높은 벼슬에 오르면 세상이 용납하지 않을 것이라 하여 이황에게 높은 관리가 되지 말 것을 당부하였다. 그의 어머니의 말마따나 이황이 너무나 높은 관직에 올랐다면 정쟁에 휘말렸을지도 모를 일이다.

이황이 활동했던 16세기의 조선은 정치적·사회적 혼란기였다. 조선왕조는 건국 초기부터 성리학을 국가의 중심학문으로 삼았지만, 그것을 실질적으로 소화하기까지 상당한 혼란기를 겪었다. 특히 정치적으로 훈구파와 사림파의 대립이 극심했다. 훈구파는 조선 건국에 참여하거나 중종반정에 가담하여 실질적인 권력을 휘두르던 기득권 세력이었던 반면, 사림파는 조선 건국에 참여하지 않은 선비들로 이들은 과거라는 시험제도를 통해 정계로 진출하였다.

사림파는 개혁을 주장했지만 이미 부와 권력을 손에 쥐고 있던 훈구파는 사림파의 개혁적이고 급진적인 주장에 위협을 느낄 수밖에 없었다. 그래서 훈구파는 사림파를 견제했는데, 훈구파가 사림파를 몰아내기 위해 일으킨 사건을 사화士禍라고 한다. 무오사화, 갑자사화, 기묘사화, 을사사화가 일어났는데, 특히 을사사화 때는 이황이 일시적으로 파면을 당하고, 이황의 형이 유배를 당해 죽는 사건이 일어난다.

어머니의 당부와 더불어, 당시 정치적 상황은 이황이 정치에 적극적으로 관여하기보다는 관직에서 물러나 학문에 정진하게 되는 계기가 되었다고도 볼 수 있다. 동시에 이황은 이러한 정치적 혼란 속에서 어떻게 하면 인간이 순수하고 도덕적으로 될 수 있는지에 대해 탐구하게 되었다.

이황은 49살에 풍기군수를 끝으로 관직에서 물러나기로 결심할 때까지 중앙에서 29종의 벼슬을 지냈다. 그후 고향에 돌아온 그는 작은 암자를 짓고 독서와 사색에 몰두하려 했으나 70살에 세상을 떠날 때까지 왕명으로 4번이나 서울로 올라가 성균관 대사성 오늘날의 국립대 총장격, 공조판서, 예조판서 등을 거쳐 학자로서는 최고 명예직인 양관 대제학왕의 정책을 학문적으로 뒷받침하는 홍문관과 왕의 교서를 작성하는 예문관의 장 등에 이르기까지 원치 않는 벼슬을 억지로 하였다.

이황은 당시 17살의 어린 선조에게《성학십도聖學十圖》를 올리고 68살에 완전히 은퇴해 학문연구와 제자 양성에 전력을 기울인다. 특히, 주자의 철학을 깊이 있게 연구한 결과 '동방의 주자'라는 칭호를 얻었다. 공부에 대한 열정으로 소화불량, 안질, 현기증에 시달리던 이황이었지만, 만년에 학문을 대성하고 성인의 경지에 이르렀을 때, 모든 것을 초월한 탓인지 건강이 다시 회복되었고 수척했던 몸도 보기 좋게 살이 올랐다고 한다.

이는 귀하고 기는 천하다

성리학은 이 세계의 모든 만물은 '이'와 '기'로 구성되어 있다고 보며 우주의 만물을 '이'와 '기'로 설명한다. 이를 이기론이라고 한다. '이'는 어떤 것이 그것으로 존재할 수 있는 법칙, 원리, 본질을 의미하는 개념이며, '기'는 어떤 것의 이치가 실현될 수 있는 물질, 현상, 힘, 에너지, 욕망 등을 의미하는 개념이다. 그리고 '이'와 '기' 중 무엇을 더 근원적인 요소로 보느냐에 따라 사상적으로 주기론主氣論 과 주리론主理論 이라는 두 갈래 길이 나타난다. 주기론은 만물에서 기가 근원적 요소이며 이는 기의 변화생성의 과정일 뿐이라고 생각한다. 주리론은 이가 근본적 요소로서 기는 단지 이에 의해 변화 생성되는 재료에 불과하다 생각한다.

이황은 '이'가 발하여 '기'가 '이'에 따르는 것을 4단으로, '기'

가 발하여 '이'가 '기'를 타는 것을 7정이라 하였는데, 이를 이기호발설理氣互發說 이라 하며, 이는 이와 기의 차이를 토대로 이를 기보다 더 중시하는 이기이원론理氣二元論 적 주리론의 입장이다.

이황은 인간 존재의 본질을 순수한 것으로 여기고 도덕적 각성과 삶의 경건성을 강조한다. 그는 인간의 마음은 본래 순수하나4단, 7정이 있기 때문에 불완전하며 악한 마음이 생기게 된다고 보았다. 4단은 인간이 선천적으로 지닌 선하고 순한 윤리적 마음으로, 여기에는 불쌍히 여기는 마음측은지심, 惻隱之心, 부끄러워하는 마음수오지심, 羞惡之心, 사양하는 마음사양지심, 辭讓之心, 옳고 그름을 가리는 마음시비지심, 是非之心 이 있다맹자는 인간의 이 네 가지 마음을 근거로 인간의 본성이 선하다고 주장했다. 반면, 7정은 선악이 섞여 있는 불완전한 것으로 인간이 느낄 수 있는 모든 자연적 감정이다. 이는 희로애락애오욕喜怒哀樂愛惡欲 으로 각각, 기뻐하는 마음, 분노하는 마음, 슬퍼하는 마음, 즐거워하는 마음, 사랑하는 마음, 싫어하는 마음, 욕심내는 마음을 의미한다.

이황은 인간은 존귀하고 선하다고 보았기 때문에 선한 마음의 단서인 4단을 이가 움직여서 생기는 마음으로, 불완전한 마음인 7정을 기가 움직여서 생기는 마음으로 규정했다. 인간의 본성은 선한데 그 선한 4단의 마음을 제대로 발현하는 사람을 군자로, 7정에 휘둘려서 본래의 선함을 발휘하지 못하는 사람을 소인배로 본 것이다. 이처럼 이황은 '이'의 존엄성과 절대성을 확보하는 데 집중했다.

주자의 이기이원론과 다른 점은 이황은 '이'에 능동성을 부여하고 있다는 점이다. 주자가 말하는 '이'는 형이상의 실체이며, 의미적 존재이며, 그것의 능동성을 인정하지 않는다. 반면 이황은 '이'라는 것이 모든 선의 근원이기 때문에 절대성과 능동성을 지닌다고 했다. '이'는 존귀하고 '기'는 비천하다는 견해로 이황은 인간의 행위에 있어 도덕적 근거를 확보하기 위해 애썼음을 알 수 있다. 기존의 성리학보다 '이'의 존엄성과 절대성을 더욱 부각시켰으며, 이 논리에 따라 사람들에게 도덕적 경건함을 요구했다. 인간에게 있어 '이'는 쉽게 말해 순수한 도덕정신인 것이다.

사단칠정 논쟁

정지운의 《천명도설天命圖說》에는 '4단은 이에서 드러난 것이고, 7정은 기에서 드러난 것이다.'라는 구절이 있다. 그런데 이황이 그 구절을 '4단은 이가 드러난 것이고, 7정은 기가 드러난 것'이라고 고쳐주었다. 여기서 청년 유학자 기대승이 반론을 제기하면서 사단칠정 논쟁이 시작되었다. 이황은 4단과 7정을 질적으로 다르게 보았고 '이'에 능동성을 부여했기에 '4단은 이가 드러난 것'이라는 표현을 쓴 것이다. 하지만 기대승에 의하면 4단이라는 마음도 결국 7정으로 대표되는 자연적 감정에 포함된, 특히 절도에 맞는 윤리적 마음일 뿐이다.

청년 유학자인 기대승은 이황이 지나치게 '이'와 '기'를 이원화하고 있다며 비판했고, 이황과 기대승은 그렇게 8년 동안 편지를 통해 서로의 학문적 견해를 주고받으며 논쟁을 벌이게 된다. 이황은 12년 동안 100여 통의 편지를 주고받았으며 그중 8년을 4단7정에 관한 학문적 논쟁으로 보냈다.

이황은 인간의 도덕적 본성을 7정인 감정보다 우선시했으며 4단과 7정을 서로 대립적인 것으로 보았다.

만약 사물에 나타나는 여러 가지 '이'를 두루 탐구하여 '이'를 남김없이 통찰해낼 수 있는 경지에 이르면 '이'는 지극히 허虛하면서도 지극히 실實하고, 지극한 무無이면서도 지극한 유有이며, 동動하면서도 동함이 없고, 정靜하면서도 정함이 없고, 더할 수 없이 맑고 순수한 것이며 추호만큼도 이에서 덜어낼 수도 없는 것으로 음양오행과 만물의 근본이 되면서도 음양오행과 만물에 제약을 받지 아니하는 것이니 어찌 '기'와 섞여 한 덩어리가 된다고 할 수 있으며, 어찌 '기'와 더불어 한 사물이 된다고 할 수 있다는 말인가? _이황

다시 말해 이황은 '기'의 독자성을 부정하고 '이'가 '기'보다 우월함을 강조하는 것이다. 이황은 '이'와 '기'가 서로 떨어질 수 없다는 원칙에는 동의하지만 본질적으로는 그 근원이 달리한다고 보았다. '이'와 '기'는 우주를 구성하지만, '기'는 우주를 구성하는 질료로서 '이'에 종속되어 있을 따름이다. 만약 이러한 '이'와 '기'의 차이를 섞어 혼동한다면 사물과 인간의 본성을 이해하는 데 혼란이 초래될 뿐만 아니라 윤리와 도덕의 기준이 되는 선악의 구별도 불가능해질 것이라고 확신했기에, 더욱 '이'와 '기'를 이원화하여 구분하는 이기이원론적 입장을 취했다.

반면 기대승은 4단과 7정은 서로 대립적인 것이 아니며 두 가지가 서로 융합되어 나타난다는 이기일원론적 입장을 취했다. 그리고 '기'에 독자성을 부여한다. '이'와 '기'가 모두 어떤 현상의 시발점에 해당할 수 있다는 것이다. 인간의 본성에서 어떤 것이 우러나오든 그것을 어떻게 실천하는가에 따라 충분히 달라질 수 있다고 본 것이다. 요약하자면, 이황은 본래 갖고 있던 도덕적 감정이 인간의 행동을 지배한다고 보았고 기대승은 타고난 것도 후천적 기질에 의해 달라진다고 보았다.

원래 본성이 발할 때 기가 잘못 작용하지 않으면 본연의 선이 곧 이루어지는데, 이것이 바로 맹자가 말한 4단이다. 이것은 순수하게 천리가 드러난 것이긴 하지만 7정의 범위를 벗어날 수는 없다. 4단은 바로 7정 중 '드러나서 절도에 맞는 것'의 묘맥일 뿐이다. _기대승

이황은 4단이 '이'에서, 7정은 '기'에서 나온 것이라며 이분법적으로 표현했지만, 기대승은 4단이 별도로 존재하는 것이 아니라 7정 중의 선한 마음일 뿐이라고 주장한다. 기대승은 4단의 수오지심, 측은지심 같은 것들이 7정의 희로애락과 구분할 수 없는 감정이라고 보았다. 과연 남을 불쌍히 여기는 측은지심의 마음이 우리의 희로애락의 감정, 우리의 욕망, 심지어 육체적인 것들과 전혀 무관하다고 할 수 있을까?

현대적 관점에서 논리적 도구를 가지고 논쟁을 들여다보면, 이황의 주리론은 인간의 순수한 마음을 우리의 현실과 무관하게 무리하게 구분했다는 평가를 내릴 수 있다. 하지만 이황도 기대승과의 논쟁을 통해 자신의 학문적 견해를 일부 수정하기도 했으며, 이황의 사상은 그전보다 상당한 체계를 갖추게 되었다. 기대승과의 8년 동안 논쟁을 거쳐 그는 "4단은 이의 발이고, 7정은 기의 발이다."라는 명제를 수정하여 "4단은 이가 발하여 기가 따르는 것이요, 7정은 기가 발하여 이가 타는 것이다 四端理發而氣隨之

七情氣發而理乘之."라고 최종 입장을 정리한다. 그의 평생에 걸친 학문적 업적은《성학십도》에 정리되어 있다. 이황의 타협안인 이기호발설은 4단과 7정 모두에 이와 기라는 범주를 적용했지만, 4단에는 여전히 이가 중심적 역할을 하게 된다. 이황은 그의 주장을 완화하였으나, 근본적으로 문제가 된 이발의 주장을 끝까지 버리지는 않았다.

이황과 기대승 사이의 논쟁과 사상적 교류는 한국 성리학의 수준을 한 차원 높이는 데 기여했다고 평가되며, '기'의 독자성을 강조한 기대승의 주장은 이이의 기발이승일도설氣發理乘一途說로 이어진다. 4단과 7정 모두 기가 발하고 이가 탄 것이라는 것이다. 이이 역시 4단은 7정에 포함되어 있으며 7정 가운데 선한 일면이 4단이라고 보았다.

기가 드러나서 이가 탄다는 이황의 말은 옳지만, 단지 7정만이 그러한 것은 아니다. 4단 또한 기가 드러나서 이가 타는 것이다. _이이

아리스토텔레스의 견해가 그의 스승인 플라톤의 견해보다 더 논리적이고 현실적이라고 해서 플라톤의 위상이 결코 격하되는 것은 아닌 것처럼 이황은 '이'의 우위를 분명히 하고, 이로써 인간의 순수한 마음인 4단을 소중히 해 인간의 순수한 도덕정신을 부각시켰다는 점에서 높은 평가를 받을 수 있다. 이황의 이기호발설은 정통 주자학의 학설에 근거했지만, 이理에 능동성을 부여하는 등 나름대로 독창성이 전개된 조선 성리학의 핵심이다.

《성학십도》, 성군의 길을 제시한 10개의 그림과 해설

《성학십도》는 성리학을 10장의 그림과 함께 풀이한 책으로 성리학의 대가들의 글과 이황 자신의 사상을 적절히 배합한 작품이다. 이황의 평생에 걸친 학문적 결실을 보여주고 있다. 《성학십도》라는 명칭은 본래 《진성학십도차병도進聖學十圖箚幷圖》이나 일반적으로 진進·차箚·병도幷圖의 글자를 생략해 '성학십도'로 명명되고 있다. 진은 글을 왕선조에게 올린다는 의미이고, 차는 내용이 비교적 짧은 글을 왕에게 올린다는 뜻이다. 병도는 도표를 글과 함께 그려 넣는다는 뜻이다.

성학이라는 말은 곧 유학을 지칭하는 것으로 모든 사람으로 하여금 성인이 되도록 하기 위한 학문이 내재되어 있다는 의미로 풀이된다. 이는 곧 넓은 의미의 성학으로 해석된다. 《성학십도》가 68살의 노대가老大家 이황이 17살의 어린 나이로 왕위에 오른 선조에게 즉위 원년에 올렸던 소였음을 감안할 때, 선조로 하여금 성군이 되게 하여 온 백성들에게 선정을 베풀기를 간절히 바라는 우국충정에서 저술된 것임을 알 수 있다.

《성학십도》는 서론인 진성학십도차進聖學十圖箚에서 시작해 10개의 도표와 그 해설로 전개된다. 도표는 태극도太極圖, 서명도西銘圖, 소학도小學圖, 대학도大學圖, 백록동규도白鹿洞規圖, 심통성정도心統性情圖, 인설도仁說圖, 심학도心學圖, 경재잠도敬齋箴圖, 숙흥야매잠도夙興夜寐箴圖이다.

10개 도표 가운데 7개는 옛 대가들이 작성한 것들 중에서 골랐고, 나머지 3개 소학도, 백록동규도, 숙흥야매잠도는 이황 자신이 작성한 것이다. 십도의 내용은 도표와 함께 앞부분에 경서經書

와 주자 및 그 밖의 여러 성현의 글 가운데 적절한 구절을 인용한 뒤 자신의 생각을 밝히는 식으로 전개된다. 이황은 기존의 유학사상과 자신의 사상을 서로 유기적으로 결합하여 배치함으로써 자신만의 독창적인 사상을 형성한 것이다.

제1도에서 제5도까지는 '천도天道에 기본을 둔 것으로, 그 공과功課는 인륜人倫을 밝히고 덕업德業을 이룩하도록 노력하는 데 있는 것이다.'고 하며 그 대의를 밝히고 있다.

제6도에서 제10도까지는 '심성心性에 근원을 둔 것으로, 그 요령은 일상생활에서 힘써야 할 공경하고 두려워하는 마음을 높이는 데 있는 것이다.'고 하였다.

그러므로 앞의 5개 도표는 천도에 근원해 성학을 설명한 것이고, 나머지 5개 도표는 심성에 근원해 성학을 설명한 것으로 분석된다.

유학의 근본정신은 수기안인修己安人과 내성외왕內聖外王이다. 자신의 심신을 수양해서 다른 사람을 편안하게 해주고 안으로 성인이 되고 밖으로 왕이 되어 다스린다는 의미다. 이런 맥락에서, 성학십도는 선조를 성군으로 만들기 위해 왕의 도리를 밝힌 글이다.

서론 '진성학십도차'에서 이황은 "성학에는 커다란 단서가 있고, ……백성의 지도자가 된 분의 한마음은 온갖 징조가 연유하는 곳이고, 모든 책임이 모이는 곳이며, 온갖 욕심이 잡다하게 나타나는 자리이고, 가지가지 간사함이 속출하는 곳이기 때문에 조금이라도 태만하고 소홀해 방종이 따르게 된다면, 산이 무너지고 바다에 해일이 일어나는 것 같은 위기가 오고 말 것이니, 어느 누가 이러한 위기를 막을 수 있겠는가 ……그래서 조심하고 두려워하며 삼가는 애틋한 마음가짐으로 날마다 생활을 해도 오히려 부족하다고 생각했던 것이다."고 하면서《성학십도》를 올리는 진의를 밝히고 있다. 이황은 왕 한 사람의 마음씀이 매우 중요하다는 것을 강조하면서, 마음가짐을 조심하고 두려워하며 삼가는 경敬의 내면화를 중요시하였다.

이황은 편저 형식을 통해 성리학에 비친 우주관, 인간관, 윤리관, 심성관, 수양관을 일목요연하게 정리하고 있다. 모든 부분에서 이황의 독창성이 두드러지는 것은 아니지만, 10개의 도상으로 '성리학'의 체계를 집약적으로 제시한 것으로서, 도학적 학문정신의 핵심을 가장 간결하게 응집시켜 놓은 것이라는 점에서 의의가 있다.

율곡은《성학십도》를 가리켜 이황의 평생 학문이 응축된 것이라 인정하였으며, 자신이 훗날 선조에게 올린《성학집요聖學輯要》의 참고 자료로도 활용하였다. 퇴계 자신도 이를 임금에게 올리면서 "내가 나라에 보답함은 이 도에 그칠 뿐이다."라고 술회하였다는 사실에서, 그가 얼마나 심혈을 기울인 저작인지를 짐작할 만하다. 이 저작은 선조의 명으로 병풍에 쓰였고, 그 이후의 역대 임금들도 강연에서 자주 강의하게 했다. 또한 일찍이 일본으로 건너가 유학자들의 필독서로서 존중받았다.

세계 고전 한눈에 보기!

동방의 주자라 불리는 퇴계 이황이 68살에 한양 생활을 마감하면서 17살에 즉위한 어린 선조를 성군으로 인도하기 위해 왕의 도리를 밝힌 글이 《성학십도》이다. 여기서 이황은 수신이 정치의 근본임과 동시에 수신의 방법과 그 철학적 근거를 밝히고 군주의 도덕적 수양을 강조하고 있다. 이황은 성리학의 핵심을 10개의 그림으로 제시한 다음, 자신의 해설을 덧붙였다. 10개의 도상으로 '성리학'의 체계를 집약적으로 제시한 것으로서, 도학적 학문정신의 핵심을 가장 간결하게 응집시켜 놓은 것이라는 점에서 의의가 있다.

이황은 기존의 유학사상과 자신의 사상을 서로 유기적으로 결합하여 배치함으로써 자신만의 독창적인 사상을 형성한 것이다. 율곡은 《성학십도》를 가리켜 이황의 평생 학문이 응축된 것이라 인정하였으며, 자신이 훗날 선조에게 올린 《성학집요》의 참고 자료로도 활용하였다.

36

《성학집요》 조선의 제왕을 위한 성리학 교과서

— 이이

이이 李珥, 1536~1584

조선 중기의 성리학자이자 정치가다. 호는 율곡栗谷이며, 어머니는 신사임당이다. 이황과 더불어 조선 성리학을 대표하는 유학자 중 하나로 탁월한 식견과 통찰력으로 학문, 정치, 경제, 국방 등 모든 영역에서 구체적인 개혁안을 제시하였다. 특히 임진왜란을 예견하여 십만 명의 병사를 기르자는 십만양병설을 주장하였다. 그는 이황의 주리론主理論과 서경덕의 주기론主氣論을 조화시켜 한국 성리학의 이론을 발전시켰으며, 그의 사상은 김장생 등에게 계승되어 기호학파를 낳았다. 《동호문답東湖問答》《만언봉사萬言封事》《성학집요聖學輯要》《격몽요결擊蒙要訣》 등을 남겼다.

아홉 번의 과거시험에서 장원한 구도장원공

이이는 덕수 이 씨로, 1536년중종 31년 강릉 북평현에서 아버지 이원수와 어머니 사임당 신씨의 셋째 아들로 태어났다. 깊은 학문과 출중한 그림실력으로 명성이 자자했던 그의 어머니 신사임당은 그를 직접 가르쳤다. 이이는 어머니가 공부하는 모습, 그림을 그리는 모습을 보며 성장했고 많은 영향을 받았다. 공부를 마치 놀이처럼 여기면서 성장한 이이는 13살에 진사 초시에 장원으로 합격하였으며, 당시 시험관은 이에 경악하여 "이 아이는 하늘이 내린 귀재로다."라며 탄식했다고 전해진다. 이이의 타고난 천재성과 신사임당의 탁월한 교육이 빚어낸 결과인 것이다. 그는 어린 시절 신동으로 불렸으며 29살까지 무려 9번의 과거시험에서 장원으로 급제하여 구도장원공九度壯元公이라는 칭송을 받았다.

1551년, 이이가 16살이 되었을 때, 어머니를 잃고 3년 동안 산소 앞에서 움막을 짓고 근신한 다음, 인생의 무상함을 달래보고자, 다시 금강산에 들어가 불경을 접했으나 마음의 평화를 얻지 못했다고 한다. 그러던 중 《논어》를 접하고 크게 깨달아, 1555년 20살에 하산하여 평생 동안 그의 행동규범이 될 자경문自警文, 즉 좌우명 11조를 지었다. 좌우명 1조에는 '조금이라도 성현에 미치지 못한다면 나의 할 일이 끝난 것이 아니다'라고 되어 있는데, 그만큼 그의 학문의 궁극적 목표가 성인이 되는 것에 있었음을 알 수 있다.

1557년, 22살에 결혼하였고 다음해, 안동의 도산으로 이황을 방문했다. 당시 이황의 나이는 58살이었는데, 이이와 학문을 논한 그는 "이이가 명석하여 많이 보고 기억하니 후생을 두려워할 만하다."라며 감탄했다고 한다. 흔히 재주가 있는 사람은 덕이 부족한 경우가 많은데, 이이는 재덕을 겸비하여 자신의 재능을 과시하지 않고 계속 학문에 정진하였다.

그는 학식이 뛰어났지만, 이황과는 달리 과거시험에서 탁월한 성과를 거두었음은 물론, 평생 동안 호조좌랑, 예조좌랑, 대사헌, 이조판서, 병조판서 등 요직을 맡았다. 그는 성리학자였지만, 성리학적 입장만을 고수하진 않았다. 불교와 도가의 노장철학을 비롯해서 다양한 철학에도 이해가 깊었다. 이뿐만 아니라 정치, 경제, 교육, 국방 등 현실적 문제에도 관심이 많아 탁월한 견해를 제시하였다. 이황과 달리 현실참여에 적극적이었고, 보국안민을 위해 십만양병설을 주장하거나, 대동법과 사창제를 장려하는 등 사회개혁에 강한 의지를 보였다. 학문에 있어서는 이황과 조선시대 유학의 쌍벽을 이루는 학자로 기호학파를 형성하였다.

이이의 철학사상

이황과 기대승의 4단7정 논쟁을 살펴보았다. 이 논쟁에서 이황은 이**理**의 우위성을 강조하는 이기이원론적 입장에서 이와 기를 엄격하게 구분하였다. 4단과 7정을 각각 이발과 기발로 나누어 설명한 것이다. 하지만 기대승은 기氣를 중시하는 이기일원론적 입장에서 7정 밖에 따로 4단이 있는 것이 아니라 7정이 4단을 포함한다고 주장하였다. 4단은 7정 가운데 순선한 것만을 가려낸 것에 지나지 않는 것이다. 한편 이이는 기대승과 마찬가지로 7정이 4단을 포함한다는 칠정포사단七情包四端의 논리를 전개하며 이황의 학설에 반대했다. 이이에 의하면, 4단은 7정의 한 부분으로 선한 부분일 따름이지 7정과 분리해서 따로 존재하는 어떤 것이 아니다.

'이'란 사물이 사물로 존재할 수 있는 본래의 성질이자 보편적 원리이며, '기'란 이것이 도리에 맞게 실제로 나타나게 할 수 있는 재료이자 힘이다. 그는 이와 기가 논리적으로 구분되기는 하지만 공간적으로나 시간적으로는 분리될 수 없다고 보았다. 이 세계에서 나타나는 모든 현상과 사물이 존재하기 위해서는 반드시 하나로 만나지 않으면 안 되기 때문이다.

예를 들어, 컵에 물이 담겨 있는데, 동그란 컵에 담긴 물, 네모난 컵에 담긴 물은 그 모양이 다르지만 물은 똑같은 물일뿐이다. 여기서 컵이 기라면, 물은 이에 해당한다. 기를 옮기면 항상 이도 옮겨지지만 이만 따로 옮길 수는 없다. 그러므로 항상 이와 기는 떨어질 수 없다. 따라서 이와 기는 어느 한 쪽이 귀하거나 천한 것이기보다는 상호의존적이며 상호보완적인 관계이다.

이이는 이러한 이와 기의 관계를 이기지묘理氣之妙라는 말로 나타냈다. 이기지묘는 이와 기의 오묘한 조화의 관계를 밝힌 논리 구조를 말한다. 현실에 있어서 존재와 가치, 관념과 사실, 이론과 실천의 일치와 조화를 꾀함과 동시에 모든 사고의 독단을 화쟁하는 논리다. 이이는 이를 떠난 기도 있을 수 없고 기를 떠난 이도 있을 수 없다는 기본 입장을 취한다. 그러나 이기를 분리할 수 없다고 하여 순수한 이와 잡박한 기를 혼돈할 수는 없다고 보았다. 이이는 불상리不相離, 불상잡不相雜으로써 이기지묘를 설명하였다. 불상리란 서로 떠나지 않는다는 뜻으로 이기를 둘로 나눌 수 없다는 것이다. 불상잡이란 서로 섞일 수 없다는 뜻으로 이와 기가 그 실제의 의미는 다르다는 것을 지적한 말이다. 이황은 이를 존귀하게 여기고 기를 비천하게 여겨 엄격하게 구분했지만, 이이는 이를 공통된 특성으로 기를 차별성으로 보았다.

이와 기는 존귀와 비천의 문제가 아니라 공통성과 차별성의 문제다. 이는 공통된 것, 기는 국한된 것. 여기에서 이통기국론理通氣局論이 나오게 된다. 다시 말해 물 모양이 둥글거나 네모난 것은 기국에 해당하고, 그릇에 담긴 물이 본질적으로 동일한 것은 이통에 해당한다. 이이의 이기론은 다양한 현상 속에 보편적 원리가 내재하며, 이러한 보편적 원리는 기의 작용에 의한 현실의 구체적 현상론과 따로 떨어져 존재하는 것이 아니라는 것으로 요약된다. 이러한 관점에서 이이는 4단과 7정 모두를 기氣의 작용으로 보았다. 모든 활동과 작용은 기의 운동에서 나타나며 기가 발하면 이는 단지 여기에 올라탈 뿐인 것이다. 이것이 기발이승일도설氣發理乘一途說이다.

기발이승일도설은 사물의 본체는 기에 의해 움직인다는 생각이다. 이러한 생각은 그의 삶에도 그대로 적용되어 실제를 중시하는 배경으로 발전된다. 이이는 의리와 실리, 이념과 현실을 대립적인 관계가 아닌 상보적인 관계로 보았고 이를 통해 성리학이 정치, 경제, 국방, 교육 등 사회 전반의 개혁사상과, 조선 후기의 실학으로 전개될 수 있는 기초가 마련되었다.

이이는 성리학에 근거하면서도 불교와 도가사상에도 깊이 심취하는 등 사상적인 면에서 탄력성을 보유하고 있었으며, 이황이 도덕적 수양을 강조한 것과 달리 정치적 실천을 강조하는 실공實功사상을 강조했다. 그는 이론적으로 성리의 원리를 밝히는 것만이 도학道學이 아니라, 그것을 실천하는 것이 도학이라고 말했다. 다시 말해 학문적 수양과 정치적 실천을 선후의 관계로 보지 않고 동시에 진행해야 하는 것으로 파악했다. 그때문인지 그는 이론에만 얽매이기보다는 현실의 다양한 문제들에 대해 큰 관심을 가지고 구체적인 대안들을 제시하였다.

《성학집요》, 성인이 되기 위한 배움의 요점

《성학집요》는 이이가 39살 홍문관 부제학으로 있을 때 《대학》의 본뜻을 따라서 성현들의 말을 인용하고 설명을 붙인 책으로, 선조에게 바친 일종의 제왕학의 지침서이다. 쉽게 말해 정치의 근본인 임금이 유교 정치이념을 보다 쉽게 체득할 수 있도록 성학의 내용을 정리해 바친 글이다. 개혁을 추진해야 할 주체인 사림 세력이 동인과 서인으로 분열되어 다투는 상황을 체험한 이이는, 만사의 중심에 있는 임금이 확고하지 않고서는 개혁이 이루어질 수 없음을 절감하였다. 이에 선조가 성군으로서의 정치를 펼치기를 바라는 뜻에서, 제왕학을 터득하는 데 도움이 되는 말을 경서와 역사책에서 뽑아 정리해 선조에게 바친 것이다.

'사물의 이치가 탐구된 뒤에 앎이 끝까지 이르고, 앎이 끝까지 이른 뒤에 뜻이 성실해지고, 뜻이 성실해진 뒤에 마음이 바르게 되고, 마음이 바르게 된 뒤에 몸이 닦여지고, 몸이 닦인 뒤에 집안이 가지런해지고, 집안이 가지런해진 뒤에 나라가 다스려지고, 나라가 다스려진 뒤에 온 세상이 평화로워진다.'

《대학》과 《중용》에 나오는 내용인데, 이 문장이야말로 《성학집요》의 내용을 압축해놓은 것이라 볼 수 있다. 《성학집요》의 구성은 통설統說, 수기修己, 정가正家, 위정爲政, 성현도통聖賢道統의 5편으로 되어 있다.

제1편은 통설統說로 서론에 해당한다. 책을 엮은 배경과 목적, 가치, 성학에 대한 일반론을 설명하고 있다. 당시 24살이던 선조를 위해 저술하였고, 학문을 하고자 하는 모든 사람에게 유익하도록 하기 위해서 책을 지었다고 언급하고 있다. 서론에 의하면, 《성학집요》는 사서와 육경에서 도학의 정수를 추출, 간략하게 정리한 것이라고 한다. 사서육경四書六經은 너무 방대하기에 여기서 도를 구하고자 한다면 길을 잃기 십상일 것이므로, 그 중에서 핵심을 추출하여 한데 엮어 놓음으로써 도를 향해 가는 길을 밝히고자 했다는 것이다. 여기서, 사서란 《논어》《맹자》《중용》《대학》을 말하는 것이고, 육경이란, 《시경》《서경》《역경》《예기》《춘추》《악기》를 말한다. 통설은 수기와 치인을 합해 말하고 있으며, 《대학》의 명명덕明明德 · 신민新民 · 지어지선止於至善에 해당한다.

제2편에서 제4편까지는 본론에 해당하며 핵심 내용이 담겨 있다. 제2편 수기는 자기 몸을 수양하는 방법을, 제3편 정가正家는 가정을 올바르게 다스리는 방법을, 제4편 위정爲政은 치국평

천하 즉, 나라를 다스리는 정신과 방법에 대해 제시하고 있다.

제5편은 결론에 해당하는 부분으로 성현도통聖賢道統을 담고 있다. 과거 성현들의 업적을 통해 끊어진 도통을 이어 가야 하고 개인은 부지런히 자기를 수양하고, 왕은 나라를 바르게 다스려야 한다는 교훈을 역설적으로 담고 있다.《대학》의 이념이 실제적으로 실현된 흔적을 더듬고 있는 것이다.

《성학집요》는 결국 유학을 공부하고 그 가르침에 따라 자기의 덕을 완성하여 다시 가정, 사회, 국가를 다스리는 데 필요한 이념들을 정수만 추려 모은 것이다. 이이는《성학집요》를 구성하면서 이들 내용이 임금에 의해 실현되기를 기대하였는데, 이것이 바로 제왕학의 요체라는 것이다. 그러나 이이가 거듭 밝혔듯이《성학집요》가 비단 제왕의 길을 밝히는 데만 의미를 지니는 것은 아니다. 이것은 사서와 육경 속에 기술되어 있는 도학의 정수를 모아 놓고 있는 것이므로, 이를 통해 학문의 본령으로 들어가면 많은 성취를 기대할 수 있으리라는 것이다. 한 마디로《성학집요》는 임금에게 있어서나 범부에게 있어서나 그 마음의 총명을 밝혀 주는 등불이라 할 것이다.

선조는 이 책을 높이 평가하여 치국안민에 큰 도움이 될 것이라 칭찬을 아끼지 않았다. 이이의 학통을 이은 기호학파는 물론이고, 학문적으로 쌍벽을 이루던 이황의 영남학파의 학자들도 그들의 학문과 정사를 위해 이 책을 활용하였다.

이황과 이이

이황과 이이는 학문적으로 독자적인 성리학적 체계를 수립하여 조선 성리학의 수준을 한 차원 높였으며, 생활에 있어서는 재才와 덕德을 모두 갖추어 만인의 존경을 받았다는 점에서 공통점이 있다. 그들이 그토록 유교 경서를 공부하고 연구했던 것은, 단순히 경서에 언급된 지식 그 자체를 습득하기 위함이 아니었다. 그들은 옛 성인의 가르침이 유교 경서에 담겨져 있다고 믿었고, 따라서 그것을 열심히 공부하여 자신들도 성인이 되고자 했던 것이다. 《성학십도》와 《성학집요》는 모두 인仁의 길을 갈구하고 있으며, 학문적 목표를 성인이 되는 데 두었다.

그러나 주리론의 입장에 선 이황은 현실 정치와는 거리를 두면서, 주자학의 본질인 학문과 제자 양성에 주력했고, 주기론의 입장에 선 이이는 주자학의 이념을 현실에 적극적으로 적용하고자 노력했다. 부패하고 혼란한 사회를 바로잡고 도탄에 빠진 백성들을 구제하고자 현실정치 속에 들어가 정치, 경제, 사회, 교육 등 여러 분야에서 개혁론을 펼쳤다.

이이의 《성학집요》는 이황의 《성학십도》에 대응하는 책으로 알려져 있다. 이황의 《성학십도》에서는 임금이 스스로 성학을 따를 것을 제시한 반면, 이이의 《성학집요》에서는 현명한 신하가 군주에게 성학을 가르쳐 그 기질을 변화시켜야 함을 역설한다. 이처럼 이이가 성학에서 신하의 비중을 격상시킨 것은 당시 정권을 담당하고 현실을 주도하면서 개혁을 추진해야 하는 이이의 시대적 역할을 반영한 것으로 볼 수 있다. 이황의 사상은 19세기 말 이항로 등의 위정척사운동의 이념적 지주가 된 반면, 이이의 현실개혁 사상은 실학파에 영향을 주어, 한원진, 임성주, 최한기 등을 거쳐 개화사상 및 애국계몽사상으로 이어졌다.

세계 고전 한눈에 보기!

《성학집요》를 풀어 설명하면, '성인이 되기 위한 배움의 요점을 모아 정리한 책'을 의미한다. 《성학집요》는 율곡 이이가 그의 나이 39살 때, 홍문관 부제학 벼슬을 하던 당시 완성하여, 선조에게 올린 책이다. 선조가 성인이 되길 바라는, 그래서 조선이 성인이 다스리는 나라가 되기를 바라는 이이의 마음을 엿볼 수 있다. 내용을 구체적으로 들여다보면, 이이 자신이 직접 집필한 부분은 드물다. 유교 경서 및 중국의 옛 성현들이 남긴 글 가운데 중요하다고 생각한 것들을 주제별로 모아 정리하고, 그에 대한 간략한 설명을 첨부했다.

통설, 수기, 정가, 위정, 성현도통 등 5편으로 나누고, 그 각각을 다시 여러 장으로 세분화하여, 유교의 사서 가운데 하나인 《대학》에 나오는 수신제가치국평천하의 가르침과 관련이 있는 옛 성현의 말을 정리한 뒤, 자신의 설명을 간략하게 첨부한 형식이다.

37

《목민심서》 백성을 부양하는 마음을 담은 책

—— 정약용

정약용 丁若鏞, 1762~1836

조선 정조 때의 실학자로 18세기의 실학을 집대성하고 발전시킨 사상가로 평가받는다.

정약용은 토지제도 개혁을 제시한 경세치용학파 이익의 사상과 상공업 발전과 기술의 중요성을 강조했던 이용후생학파 박지원의 영향을 받아 한국 실학을 체계화하였다. 수원 화성 건축 당시 거중기를 고안하였으며, 《경세유표 經世遺表》《목민심서 牧民心書》《흠흠신서 欽欽新書》 등을 비롯하여 500여 권의 방대한 저서를 남겼다.

유배지에서 실학을 집대성하다

조선 후기 실학을 집대성한 정약용은 경기도 광주군 마현에서 진주 목사의 벼슬을 지낸 정재원의 넷째 아들로 태어났다. 어린 시절부터 총명하여 글을 빠르게 익혔으며, 7살에 한시를 지었다고 한다. 그는 23살의 나이에 진자 시험에 합격하여 성균관에 들어갔으며, 여러 시험을 통해 그 재능과 학문을 인정받아 정조의 총애를 받았다. 27살에는 대과에서 2등으로 합격하여 벼슬길로 나아갔다.

그는 정조의 총애 속에서 탄탄대로의 길을 걸었다. 1789년에는 한강에 배다리를 준공시키고, 1792년에는 수원화성을 건설할 때, 도르래의 원리를 이용하여 작은 힘으로 무거운 것을 들어 올릴 수 있는 거중기를 고안했다. 정조는 억울하게 죽은 부친 사도세자의 명복을 빌기 위해 1년에 몇 차례씩 수원에 행차했는데, 한강에 놓인 배다리와 그 수원성을 쌓을 때 사용한 거중기를 정약용이 발명해냈으니 정약용에 대한 정조의 신임이 얼마나 두터웠을지 짐작해볼 만하다.

서학에 대한 남다른 관심은 그를 사상적으로 발전시키기도 했지만, 그가 천주교에 입교한 사실은 정치적 진로에 커다란 장애가 되었다. 그 당시 천주교라는 것은 성리학적 지배구조에 대한 명백한 도전으로 받아들여졌기 때문이다. 평소 정약용을 경계하던 세력들은 서학에 심취해 있던 정약용을 어떻게든 천주교와 연류 시켜 혐의를 뒤집어씌우려고 했다. 그는 천주교 신앙과 관련된 혐의로 여러 문제에 시달려야 했다. 정약용이 정말 천주교 신자로서 신앙심을 가지고 있었는지는 확실히 밝혀진 바는 없지만, 평소 서학에 많은 관심을 가지고 연구를 했음을 고려해볼 때 종교적 믿음보다는 어디까지나 학문적인 관점에서 접근한 것으로 보인다. 실제로 그는 뚜렷한 종교적 활동을 전개하지 않았다.

그를 총애하던 정조가 붕어하자, 그를 시기하던 많은 사람들에 의해 1801년 천주교난때 천주교도로 몰려 유배를 당하게 된다. 잠시 경상도 포항 부근에 있는 장기로 유배되었다가, 곧이어 발생한 황사영 백서사건**황사영이 천주교 박해를 막기 위해 외세의 군대를 끌어들여 정부를 뒤집으려는 역적 행위를 하려다 발각된 사건**의 여파로 다시 문초를 받고 전라도 강진으로 유배되었다.

아래는 정약용이 1801년 추운 겨울날 유배지인 강진읍에 도착하여 지은 시인데, 그의 강한 신념과 의지를 느낄 수 있다.

> **생각이 마땅히 맑아야 하니 맑지 못함이 있다면 곧바로 맑게 해야 한다. 용모는 마땅히 엄숙해야 하니 엄숙하지 못함이 있으면 바로 엄숙하게 해야 한다. 언어는 마땅히 과묵해야 하니 말이 많다면 그치도록 해야 한다. 동작은 마땅히 후중하게 해야 하니 후중하지 못하면 곧바로 더디게 해야 한다. _《객중서회 客中書懷》**

그는 1801년부터 1818년까지 무려 18년이라는 세월을 유배지에서 보내게 된다. 그러나 유배생활이 꼭 그에게 불리하게 작용한 것은 아니었다. 정치적으로는 몰락기와 다름없었던 유배기는 오히려 학자로서 실학을 집대성하고 완성시킬 수 있는 좋은 기회가 되었기 때문이다. 오직 책을 읽고 연구에만 매진할 수 있었기 때문에 방대한 저서도 남길 수 있었다. 그는《경세유표》《흠흠신서》《목민심서》등을 비롯하여 평생 동안 500여 권의 저서를 집필했는데 이 중 대부분이 유배기에 완성된 것들이다.

《경세유표》는 국가제도의 전반적 개혁안을,《흠흠신서》는 형벌을 공정하게 하기 위한 방책을 담고 있다. 그는 무엇보다도 유교 경전에 대한 새로운 해석을 통해 관념론적인 주자학의 공허함을 극복하고자 노력했다. 실제로 그는 전제, 세제, 법제, 병제 등 개혁안을 고안하며 봉건사회가 갖고 있는 모순들을 해결하고자 했다.

《목민심서》 백성을 다스리는 자세를 다룬 책

《목민심서》는 조선 후기 실학의 집대성자인 정약용이 강진의 유배지에서 쓴 책이다. 타락한 관리들이 백성을 대하는 현장을 목격하고, 그 개혁의 의지를 펼치기 위해 쓰였다. 그는 소년 시절부터 목민관이었던 부친을 따라 여러 지방을 전전하면서 백성을 다스리는 자세를 배울 수 있었고, 자신이 곡산 등 지방관리 등을 지내며 직접 백성들의 삶을 보고 느낄 수 있었다. 이를 바탕으로 책에 백성들을 다스리는 지방관이 지녀야 할 자세, 마음가짐, 지켜야 할 준칙에 대해 다루었다.

《목민심서》는 부임赴任, 율기律己, 자기 자신을 다스림, 봉공奉公, 공을 받듦, 애민愛民, 백성을 사랑함, 이전吏典, 호전戶典, 예전禮典, 병전兵典, 형전刑典, 공전工典, 진황賑荒, 해관解官 : 관원을 면직함 등 모두 12편으로 구성되어 있으며, 각 편을 6조로 나누었다. 그래서 총 72조로 구성되어 있다.

'부임편'부터 '애민편'까지의 4편은 총론에 해당하며, 관리들의 몸가짐과 기본 태도를, '이전편'부터 '공전편'까지 6편은 각론으로 실무에 대한 사항을, 마지막 2편인 진황편과, 해관편은 관직에서 물러갈 때의 태도를 다루고 있다. 각 조의 서두에서는 지방 수령으로서 지켜야 할 원칙을 간단하게 제시하며, 이어 설정된 규범들에 대해 자세히 설명한 다음, 모범이 되는 역사적 사례를 들어 자신의 견해를 논평했다.

《목민심서》에는 지방관의 부임부터 해임에 이르기까지 청렴하고 검소한 생활을 하는 법, 자기 자신을 바르게 하는 법, 공적인 일을 수행하는 법, 백성을 사랑하는 것, 아전들을 단속하는 법, 세금, 예절, 군사, 재판, 그리고 흉년에 백성을 구제하는 법, 그리고 퇴임하는 일들이 광범위하게 기술되어 있다. 이 책 역시 국가 재정의 기반이 되는 농민의 생산과 경제에 초점을 두고 있다.

다만, 정약용이 서문에서 밝혔듯이, 그는 이 책에 제기된 문제들이 모두 해결될 것으로 생각하진 않았으며, 당시 상황에서는 실현 가능성도 없었다. 특히, 농민의 경제적 평등을 지향한 토지개혁안은 혁신적이었지만, 봉건 지배층이 경제력을 독점하고 있는 조건에서 실현되기는 어려운 것이었다. 그럼에도 불구하고 정약용은 18세기 사회에서 대두되던 모순점을 제대로 파악하고 지적했으며 개혁의 의지를 집대성하고 개혁의 당위성을 뚜렷하게 제시해준 인물임은 틀림없다.

정약용의 애민사상

《목민심서》 서문에서는 군자의 학문은 수신修身이 절반이고 나머지 절반은 백성들을 다스리는 것이라고 했다. 그리고 백성들을 다스리는 관리로서 요구되는 덕목으로 율기자신을 다스림, 봉공공을 받듦, 애민백성을 사랑함의 3가지를 들고 있다. 정약용은 원래 인간이란 모두 평등하고 신분적 차별과 빈부의 차이가 없었으며, 지배계급도 백성들을 위해 존재하는 것이기 때문에 지배자들은 마땅히 백성들을 위해 일해야 한다고 주장했다. 정약용의 애민사상은 그의 각종 개혁안으로 나타났으며, 백성들의 삶을 개선하는 것을 핵심적인 과제로 삼고 있었던 현군 정조와도 그 뜻이 맞았기에 서로 정치적 동지가 될 수 있었다.

하지만 그가 만민평등의 원리를 이론화하거나 신분제 철폐로 사회적 평등을 달성하고자 하는 수준의 단계에 이르렀던 것은 아니다. 그가 사회적 불평등과 봉건적 모순점에 대해 문제의식을 가지고 있었던 것은 사실이지만, 어디까지나 사회 분업에 따른 기능적인 측면에서 접근한 면이 더 크다. 그의 사상은 원시 유가적 경서를 기반으로 한 것이기 때문에, 그의 민본주의 사상도 당시의 고정적 신분관에서 크게 벗어나지는 못했다. 하지만 《목민심서》에 담겨 있는 그의 애민사상과 국가의 부강을 염원하는 내용은, 오늘날의 정치인 및 사회지도층에게도 훌륭한 귀감이 되기에, 한국사회에서 널리 권장되고 읽히고 있다.

목민지도, 백성을 예로써 대하라

정약용의 학문은 크게 경학經學과 치인治人으로 구성된다. 경학은 6경4서로써 자신의 심신을 수양하고 다스리는 것을 말하고, 치인은 그러한 경학을 근본으로 하여 세상을 다스리는 것을 말한다. 정약용이 말하는 치인은 경세학을 실현 도구로 한다.

《목민심서》의 서문에서도 군자가 해야 할 일의 절반은 수신이고 나머지 절만은 목민이라고 하였다. 정약용의 목민지도牧民指導는 예를 근본으로 하고 있다. 이는 목민관이 백성을 예로써 대해야 하며, 백성을 법으로 다스리는 것은 차선책이라는 의미다.《목민심서》 전반에는 백성에 대한 도덕적 교화가 흐르고 있다. 법은 강제력을 가지고 위엄으로써 천하를 다스리는 일벌백계의 계율이다. 백성들은 두려운 마음에 마지못해 법에 복종할 뿐이다. 하지만 예로써 백성들을 다스리면, 백성들은 진실된 마음을 갖게 되고, 결국 사회 질서가 저절로 유지될 것이라 정약용은 생각했다. 정약용의 목민지도는 공자의 예악론禮樂論과 맹자의 왕도론王道論에 기반을 둔 것이다. 공자는 예와 악으로써 백성들을 제도하고 정치를 펴도록 했으며, 맹자는 공자의 예악론을 인의예지의 실천규범으로 발전시켜 왕도론을 제창했다.

정약용은 관념적이고 현실과 다소 동떨어졌던 당시의 주자 성리학을 극복하고자 공맹의 원시 유교에 주목한 것이다. 본래 공자의 도는 수기와 치인일 뿐인데 오늘날의 학자들이 이론과 형이상학적 논변에만 치우친 학문으로 만들었다는 것이다. 그는 이기 논변에 치우친 당시 성리학의 형이상학적 탐구경향을 비판하고 실행과 실천이 가능한 실학적 사고로 6경과 4서를 새롭게 재해석하였다.

세계 고전 한눈에 보기!

《목민심서》는 조선 후기 실학의 집대성자인 정약용이 강진의 유배지에서 쓴 책이다. 타락한 관리들이 백성을 대하는 현장을 목격하고, 그 개혁의 의지를 펼치기 위해 쓰였다. 이 책은 지방관의 부임부터 해임에 이르기까지 청렴하고 검소한 생활을 하는 법, 자기 자신을 바르게 하는 법, 공적인 일을 수행하는 법, 백성을 사랑하는 것, 아전들을 단속하는 법, 세금, 예절, 군사, 재판, 그리고 흉년에 백성을 구제하는 법, 그리고 퇴임하는 일들이 광범위하게 기술되어 있다. 이 책 역시 국가 재정의 기반이 되는 농민의 생산과 경제에 초점을 두고 있다.

이 책을 관통하는 핵심적인 개념은 애민사상이다. 정약용은 지배계급도 백성들을 위해 존재하는 것이기 때문에 수령은 마땅히 백성들을 위해 일해야 한다고 주장했다. 또한 백성에 대한 도덕적 교화를 중시했으며, 법으로 다스리는 것은 차선책이라고 하였다. 이 책은 당시 사회에서, 주목받지 못했고, 실현되기 어려운 개혁안도 있었지만, 18세기 사회에서 대두되던 모순점을 제대로 파악하고 지적했으며, 백성들을 향한 다산 정약용의 애민사상과 더불어, 개혁의 당위성과 의지가 뚜렷하게 담겨 있다는 점에서 의의가 있다. 《목민심서》에 담긴 내용은, 오늘날의 정치인 및 사회지도층에게도 훌륭한 귀감이 되기에 널리 권장되고 읽히고 있다.

38

《기학》 동양의 정신, 서양의 지식을 만나다

—— 최한기

최한기 崔漢綺, 1803~1877

조선 후기 실학자이자 과학사상가. 최한기는 19세기를 대표하는 학자 중 한 명으로 동서양의 학문을 다방면에서 집대성하여 한국 근대사상의 성립에 큰 기여를 한 인물이다. 중국에서 발간된 수많은 서양 서적을 접하여 이를 바탕으로 동양의 이기론을 서양의 경험론과 접목해 독창적인 기철학으로 전개했다.

엄청난 독서광

최한기는 개성 출신으로 10살의 어린 나이에 부친인 최치현과 사별하고 큰집 종숙부인 최광현의 양자로 입양되었다. 그의 고향은 개성이지만 양아버지 최광현을 따라 서울로 가면서 인생 대부분을 서울에서 보내게 된다. 최한기가 활동했던 그 당시 시대적 상황은 세도정치로 인해 부정부패가 만연하고 가혹한 수탈로 백성들의 삶이 궁핍했으며, 외교적으로는 쇄국정책으로 서양 문물이 들어오지 못하여 나라의 발전이 지연되고 있었다. 최한기는 신진문물을 받아들이고 변화하는 시대에 발맞춰야 시대 흐름에 뒤처지지 않을 수 있다고 보았다.

그 당시 개성 지방은 관리의 등용이나 진급에 있어 차별대우가 심했는데, 제아무리 능력이 우수하고 뜻이 높은 인재도 세도정권의 권력자와의 연줄이 없으면 하급관리에서 벗어나기가 어려웠다. 최한기는 그 현실적 한계를 깨닫고 23살에 과거에 합격했음에도 벼슬을 멀리하고 학문을 연구하고 저서를 남기는 데 몰두했다.

그는 특히 서양의 학문을 접하고 수많은 저서를 편찬하는 데 몰두했다. 그의 양아버지 최광현은 많은 책을 소유하고 있었고, 경제적으로 부유했기 때문에 최한기는 연구에 전념할 수 있었고 쉽게 구할 수 없는 서양의 서적들을 중국에서 다양하게 수입하여 접할 수 있었다. 그는 좋은 책이 있으면 돈을 아끼지 않고 구입했고, 그런 까닭에 형편이 어려워져 노년에는 도성 안의 큰 집을 팔고 도성 밖으로 나가 셋집을 얻어 사는 처지가 되었다. 정약용보다도 더욱 방대한 저술을 남긴 실학자가 있었으니, 그가 바로 최한기다. 그가 편찬한 저서 중에는 온전한 형태로 전해 내려오지 못한 것들이 많지만 족히 1,000여 편에 이른다고 한다.

최한기는 학문을 연구함에 있어 다음과 같은 신념이 있었다고 한다.

- 20대 : 분야를 가리지 않고 폭넓게 공부하며 탐색한다.
- 30대 : 취사선택하여 핵심만 얻어야 한다.
- 40대 : 자신을 이 세계와 연결시켜야 한다. 모든 경험과 지식을 자신만의 것으로 만든 후 그것을 밖으로 쏟아야 한다.
- 50대 : 이후에는 이미 공부했던 분야의 내용을 정리한다.

실생활에 도움이 되는 학문만이 참된 학문이다

조선 성리학의 주리론과 주기론의 대립, 그리고 4단7정 논쟁은 우주 만물을 논함에 있어 세상 모든 사물과 현상의 본질로 대변되는 이와 물질적이고 개별적 에너지인 기를 두고 그 관계를 어떻게 정립할 것인가를 놓고 벌인 논쟁이었다. 이 논쟁은 분명 주자의 성리학을 조금 더 독창적인 모습으로 발전시켰지만, 관념적인 세계에 지나치게 몰두하여 현실을 도외시했다는 비판을 받기도 한다. 최한기는 주자학을 심학으로 규정하고 인간의 마음에만 매몰된 학문이라고 비판했다. 최한기의 문제의식은 주자학처럼 마음속에 있는 도덕적 본체를 어떻게 실현할 것인가에 있었던 것이 아니라, 자연, 인간, 사회를 포괄하는 객관 세계의 법칙을 어떻게 하면 정확하게 인식하고, 그에 걸맞은 실천을 할 것인가 하는 데 있었던 것이다.

최한기는 실생활에 도움이 되는 학문만이 참된 학문이고, 그렇지 못한 학문은 허학虛學이라고 하여 냉정한 평가를 내렸다. 그리고 기학氣學만이 참된 학문이라고 했다. 그는 과학적으로 밝혀진 사실을 바탕으로 모든 것을 생각했다. 최한기는 상업, 의술, 수공업 기술의 중요성을 설파하였고 눈에 드러나는 것, 실질적으로 취할 수 있는 것이 바로 기라 하여 기가 이보다 우위의 입장에 서 있음을 주장하였다.

서양의 문물이 들어오면서 서양의 철학과 과학 그리고 기술에 대해 관심을 갖는 학자들이 하나둘씩 등장하기 시작했고, 우리는 이들을 실학자라고 부른다. 실학자로서의 최한기는 기존 유교적 전통과는 이질적으로 서양의 경험론인식·지식의 근원을 오직 후천적 경험에서 찾는 철학적 입장을 채택하여 동양철학의 이기론을 발전시켰다. 맹자가 강조한 인간 본연의 선한 습성도 사실은 경험적으로 얻어지는 것에 불과하다는 것이다. 인간의 모든 앎은 선천적인 것이 아니라 후천적 경험을 통해 습득되는 것이다. 인간은 자신의 감각기관인 눈, 코, 입, 귀 등을 통해 경험을 축적하고 축적된 정보를 바탕으로 추측이라는 것을 할 수 있다. 그의 사상은 분명 서양의 영향을 받은 것이며 《추측록推測錄》과 《신기통神氣通》을 비롯한 수많은 저서에서 서양 학문을 소개하고 있다.

《기학》, 동양학과 서양학의 생산적 만남

최한기가 활동했던 그 당시 시대적 상황은 세도정치로 인해 부정부패가 만연하고 가혹한 수탈로 백성들의 삶이 궁핍했으며, 전국 도처에서 민란이 일어나고 있었다. 대외적으로는 서양 열강이 과학기술과 천주교를 앞세워 밀고 들어오는 상황이었고, 조선은 쇄국정책으로 서양 문물의 수용이 지체 되고 있었다. 최한기는 신진문물을 받아들이고 변화하는 시대에 발맞춰야 시대 흐름에 뒤처지지 않을 수 있다고 보았고, 이에 새로운 학문적 바탕을 마련할 필요를 느꼈다. 여기서 새로운 학문이란 구질서의 이념적 토대였던 주자학적 성리학을 대체할 새로운 사상체계를 의미한다. 이렇게 최한기는 동양의 유학정신과 서양의 과학적 지식을 결합하여 《기학》이라는 저술을 탄생시켰다. 《기학》에는 19세기 조선사회가 봉착한 한계상황을 타개하고, 세계의 개방화 추세에 맞춰 조선을 개혁해보려는 최한기의 고뇌가 담겨 있다.

《기학》은 2권으로 되어 있다. 제1권에는 기학이라는 학문의 필요성과 의의, 그리고 그것의 효과를 강조하면서 기존의 여러 학문들의 한계를 비판하고 있다. 나아가 기학이 이전의 학문과 어떻게 다른지를 밝히고 있다. 제2권에서는 제1권에서 언급한 견해들을 기반으로 더욱 구체적이고 본질적인 문제를 다룬다.

최한기는 기를 우주의 근본적 존재로 파악하고 우주의 모든 존재는 기의 산물이라고 보았다. 기는 고정된 것이 아니고 활발하게 움직이며 돌고 변화한다. 가장 작은 단위인 물질이 모였다가 흩어졌다 하면서 세상의 각 주체들을 구성하는 것이다. 나무나 돌처럼 보이는 것뿐만 아니라 생각이나 감정처럼 보이지 않는 것도 그 근원은 물질의 운동인 것이다.

이는 기에 포함되어 있는 것으로 '기가 있으면 반드시 이가 있고, 기가 없으면 이도 없다.'라고 하여 정통 주자학자들이나 이일원론자들이 한결같이 주장하는 이의 절대성을 부인하고 기일원론을 주장했다. 이제 개별자에 달라붙어 공통 속성으로 존재하는 이는 개별자의 존재 없이는 갈 곳이 없는 처량한 신세가 되고 말았다. 최한기는 여기서 더 나아가 기를 측정가능하고 양화가능한 개념으로 다루고 있다.

최한기의 기학은 이 중심으로 이해되어 오던 성리학적 사상체계를 기 중심의 사상으로 전환시켰으며, 동양사상의 학문적 개념들은 재해석하고 발전시키는 한편, 서양의 과학을 주체적으로 흡수하여 새로운 학문체계를 수립하였다. 이를 통해 조선사회는 새로운 문명을 맞이하는 데 필요한 사상적 기틀을 마련하게 되었다.

세계 고전 한눈에 보기!

최한기가 활동했던 그 당시 조선의 시대적 상황은 세도정치로 인해 부정부패가 만연하고 가혹한 수탈로 백성들의 삶이 궁핍했으며, 전국 도처에서 민란이 일어나고 있었다. 대외적으로는 서양 열강이 과학기술과 천주교를 앞세워 밀고 들어오는 상황이었고, 조선은 쇄국정책으로 서양 문물의 수용이 지체 되고 있었다. 최한기는 자신이 살던 시대를 동서 문명이 교류하는 시대로 파악하고, 서구의 과학기술과 선진문물을 수용할 것을 역설했다. 그의 철학적 문제의식은 그러한 변화를 정확하게 인식하고 제대로 대처하자는 것에서 출발한다.

이에 최한기는 구질서의 이념적 토대였던 주자학적 성리학을 대체할 새로운 사상체계를 마련할 필요를 느꼈다. 이렇게 최한기는 동양의 유학정신과 서양의 과학적 지식을 결합하여 《기학》이라는 저술을 탄생시켰다. 최한기는 기를 우주의 근본적 존재로 파악하고 우주의 모든 존재는 기의 산물이라고 보았다.

최한기의 기학은 이 중심으로 이해되어 오던 성리학적 사상체계를 기 중심의 사상으로 전환시켰으며, 동양사상의 학문적 개념들은 재해석하고 발전시키는 한편, 서양의 과학을 주체적으로 흡수하여 새로운 학문체계를 수립하였다. 이를 통해 조선사회는 새로운 문명을 맞이하는 데 필요한 사상적 기틀을 마련하게 되었다.

39

《동경대전》 사람이 곧 하늘이다

—— 최제우

최제우 崔濟愚, 1824~1864

호는 수운 水雲 이며, 본관은 경주이다. 모든 사람이 천주 天主 인 한울님을 공경하고 모심으로써 군자가 되고, 나아가 보국안민의 주체가 될 수 있다는 경천 敬天 사상과 시천주 侍天主 사상에 바탕을 두고 동학을 창시했다. 신분차별에 철저히 반대하며 평등사상을 내세웠고, 서양 세력의 침략에서 나라를 구하고 백성을 평안케 한다는 점에서 동학은 단순한 종교라기보다는 반봉건적, 반외세적 성격을 가진 종교였다. 이후 동학의 교세가 빠르게 확장되자 두려움을 느낀 조정은 동학을 사학으로 규정하고 탄압하기 시작했다. 결국, 최제우는 체포되어 사도난정 邪道亂正 의 죄목으로 1864년 처형당한다.

동학의 창시자

동학의 창시자 최제우는 1824년 경주의 몰락양반 가문에서 태어났다. 가난한 환경에서 자랐지만 어릴 때부터 총명했고 13세에 울산 출신의 박씨와 결혼했다. 그러나 10살 때 어머니를, 17살 때 아버지를 여의면서 일찍이 고아가 되었고 생활은 각박했다. 인생의 덧없음을 느낀 최제우는 아버지의 3년상을 마친 뒤 진리를 깨우치기 위해 1844년부터 10년 동안 전국을 배회하면서 지냈다. 비록 그의 생활은 윤택하지 못했지만, 세금제도인 삼정의 문란과 외세의 침략으로 도탄에 빠진 민중의 삶을 직접 눈으로 보고 체험한 덕에, 당시 조선 사회가 안고 있던 문제를 이해하고 구세제민救世濟民의 뜻을 세울 수 있었다.

1854년 유랑생활을 청산하고 울산으로 돌아온 최제우는 자신이 체험한 혼란한 세상을 구하기 위한 새로운 종교와 사상을 창조할 방안을 찾기 위해 수련에 매진하게 되었다. 1855년 최제우는 금강산 유점사楡岾寺에서 신인神人에게서 얻었다는 일명 《을묘천서乙卯天書》를 통해 본격적인 수도를 위한 탐구와 수련을 시작했다. 천명을 알기 위해 1856년33살 여름 천성산에 들어가 지성으로 49재를 올렸으나, 작은아버지의 죽음으로 중단되었다. 기도를 시작한 지 47일째 되던 날 작은아버지가 돌아가셨을 것이라는 이상한 예감이 들어 경주로 돌아왔는데, 과연 그가 예감한 그날 그 시각에 작은아버지가 세상을 떠나 장례 준비가 한창이었던 것이다. 천도교에서는 이것을 최제우의 신통력이라 해석한다.

이후 다시 천성산에 들어가 지성으로 49재를 올리며 도를 닦았다. 1859년 경주 구미산 아래의 용담정으로 거처를 옮겼고, 이때 어리석은 중생을 구제한다는 뜻으로 이름을 제우濟愚로 개명하였다고 한다. 그러다 용담정에 머문 지 6개월이 지난 1860년 4월 5일음력 도를 닦던 중 갑자기 몸이 떨리고 정신이 아득해지면서 천지가 진동하는 소리가 들리는 등 종교적 체험을 하게 되었다. 이는 득도의 순간이자 동학이 창시되는 순간으로, 이때 한울님과 대화를 나눈 것으로 전해진다. 그때 최제우의 나이 37살이었다.

그는 깨달음을 얻은 뒤, '용담가龍潭歌' '안심가安心歌' 등의 한글 가사를 지어 포교활동을 시작했으나 1861년 지역 유생들에게 서학으로 몰려 경주를 떠났다. 최제우는 서학에 대항한다는 뜻에서 창시한 자신의 동학이 서학으로 몰린 것에 대해 더욱 분발하여 '포덕문' '논학문' 등을 저술하며, 교리와 사상을 체계화하였다.

최제우가 창시한 초기의 동학은 시천주侍天主사상에 바탕을 두고 있었다. 시천주사상은 최제우가 창시한 동학의 근본사상으로 한울님을 모신다는 뜻이다. '시侍'는 모신다는 뜻이고 '천주天主'는 한울님이니, 사람이 한울님을 모신다는 의미이다. 지위고하, 남녀노소를 막론하고 모든 사람이 천주인 한울님을 경외하고 내면화하는 과정을 통해 군자가 될 수 있다는 신분평등의 이념이기도 하다. 각 개인이 한울님을 모신다는 것은 각 개인이 인격적 존엄성을 가진 주체로서 우뚝 선다는 것을 의미한다. 양반 중심의 신분제 사회에서 새로운 세상과 평등을 말하는 동학은 양민, 천민, 유생에 이르기까지 광범위한 계층의 지지를 받았다. 이후 동학의 세가 빠르게 성장해 조정의 압력을 받게 되자, 1863년 8월 최시형에게 도통道統을 잇게 하였다.

동학의 등장 배경

유교는 명분이 백성을 위한 왕도정치의 실현에 있었지만, 실상은 지배층의 통치구조를 정당화하기 위한 수단으로만 활용되었다. 특히 세도정치기에는 권력가에게 뇌물을 바치고 관직을 사는 매관매직이 성행하면서, 그 재물을 확보하기 위해 백성들에게 가혹한 세금을 거두는 등 각종 수탈이 자행되었다. 홍수, 지진, 역병까지 가중되면서 백성들의 삶은 더욱 피폐해졌다. 세도 정치기의 사회 혼란 속에서 기성 종교인 유교와 불교는 제 역할을 다하지 못했으며, 외래 종교인 천주교는 점차 세력을 확대해 가며 우리나라의 고유한 풍속을 해치고 있었다.

이러한 시대적 상황 속에서 최제우는 새로운 사상을 열고자 유불도에 민간사상을 융합하여 '동학'을 창시했다. 동학은 시천주사상에 기초하면서도 위기에 처한 나라를 바로잡고, 도탄에 빠진 백성을 편안케 한다는 보국안민輔國安民을 내세웠다. 또한 사회 안의 비인간적인 모든 차별, 예컨대 양반과 평민, 적자와 서자, 노예와 주인, 남녀, 노소, 빈부 등의 차별에 철저히 반대하며 평등사상을 폈다는 점에서 동학은 단순한 종교라기보다는 반봉건적 성격을 가진 종교였다. 동시에 서양 세력의 침략에서 나라를 구하고 백성을 평안케 한다는 점에서 민족적·반외세적 운동의 성격까지 가진 종교라고 볼 수 있다. 동학이라는 명칭은 서학에 대항한다는 의미에서 최제우가 붙인 것이다.

이미 사회에 대한 불만이 극에 달했던 당시의 백성들은 새로운 미래와 신분의 평등에 대해서 말하는 동학에 더욱 의지하게 된다. 누구나 천주인 한울님을 경외하고 내면화하는 과정을 통해 군자가 될 수 있다는 생각은 그 당시의 백성들에게 평등사상을 심어주었고 이는 새로운 세상에 대한 희망의 불씨가 된 것이다. 다만, 일반 농민들은 종교로부터 윤리적 측면보다는 현실 구복적인 이익을 갈망하는 경우가 많았기에, 이에 부응하여 동학은 길흉에 대한 예언, 질병의 치료 등 당시 유행하던 민간신앙의 요소까지 흡수하였다.

《동경대전》, 동학의 경전

최제우가 지은 한문 저술들은 1880년 제2대 교주인 최시형에 의해 《동경대전東經大全》으로 편찬되었으며, 한글 가사들은 이듬해 《용담유사龍潭遺詞》로 묶여 간행되었다. 한문체로 엮은 《동경대전》은 지식인층을 대상으로 한 경전이고, 가사체로 엮은 《용담유사》는 글을 모르는 백성들을 위한 것이었다. 《동경대전》과 《용담유사》에 나타난 동학의 신앙 대상은 천天, 천주天主, 한울님으로 표현되는데, 천주는 사람과 별개로 존재하는 게 아니라 모든 사람의 마음속에 모셔지고 있다는 시천주를 바탕으로 하고 있다. 각 개인이 한울님을 모신다는 것은 각 개인이 인격적 존엄성을 가진 주체로서 우뚝 선다는 것을 의미하며, 신분이나 계급, 남녀 노소 상관없이 모든 사람이 평등함을 의미한다.

《동경대전》은 포덕문布德文, 논학문論學文, 수덕문修德文, 불연기연不然其然의 네 편으로 되어 있다.

이 경전의 첫째 편인 '포덕문'은 천덕天德을 펴는 글이란 뜻이다. 서학西學이 아닌 동학의 각도覺道를 알리는 최제우 자신의 선언문의 성격을 띠고 있다. 포덕문 속에는 하늘의 뜻을 따르지 않는 혼란한 시대상, 수운 자신의 종교체험 및 득도 과정, 서세동점西勢東漸, 서양이 동양을 지배한다의 위기를 극복할 보국안민의 의지 등이 표현되어 있다.

둘째 편인 '논학문'은 동학을 논한 경문이라는 뜻으로, 서학에 대치하여 서학이 아닌 동학을 자각창도하게 된 까닭과 경위, 그리고 포덕을 위하여 마련하게 된 주문呪文 21자를 말한 다음, 어진 사람과의 문답형식을 빌려, 서학에 대비한 동학의 교리와 사상 전반을 밝혀주고 있다.

셋째 편인 '수덕문'은 문도들에게 덕을 닦는 것에 힘쓸 것을 당부하며, 수도의 방법과 절차를 설명한 것이다. 최제우의 덕행과 더불어 제자들이 도를 이루고 덕을 쌓는 것을 찬미하는 내용이 나타나 있다.

마지막 편인 '불연기연'은 사상적으로 가장 원숙하고 심오하였던 만년의 저작으로, 천도의 인식론적 근거를 통찰, 개진한 저서이다. 불연不然, 그렇지 아니함과 기연其然, 그러함은 하나의 철학적 개념이다. 최제우에게 있어 '불연'과 '기연'은 이원적으로 확연히 구분되는 세계가 아니라, '불연이 기연이자 기연이 불연'이라는 상호개방적이자 연관적 연속적/과정적 인 일원 不二 의 세계이다.

여기서 불연은 보이지 않는 숨겨진 질서에 대한 인식, 논리이며, 기연은 눈에 보이는 드러난 질서에 대한 인식이자 논리이다. 최제우는 이 불연기연의 논리를 통해 드러난 질서의 이면에는 숨겨진 차원의 질서가 있어서 겉으로는 모순, 반대되는 현상도 근원에서는 통합되어 있다는 사실을 피력하고 있다. 현상에서 서로 다른 것처럼 보이는 것들이 근원에서 하나로 통합될 수 있다는 것을 의미한다. 이런 통합적 인식은 현상 세계의 다양한 투쟁과 대립, 상극을 조화와 화합, 상생으로 전환시킬 수 있다. 이 부분은 원효의 일심 및 화쟁사상과도 상통하는 것이다.

동학의 전개 과정

최제우가 창시한 초기의 동학은 사람이 한울님을 모신다는 시천주사상에 바탕을 두고 있었지만, 2대 교주인 최시형에 이르러서는 하늘을 사람처럼 여긴다는 사인여천 事人如天 의 의미로 확대되었고, 이는 인간 중심에 대한 가르침이 더욱 뚜렷한 형태로 발전한 것으로 천민, 상민, 양반을 가리지 않고 모두 한울님처럼 대해야 한다는 것을 의미한다. 3대 교주 손병희는 더 나아가서 사람이 곧 한울님이라는 인내천 人乃天 이라는 개념을 동학의 종지로 교의화하였다. 동학에서의 '천 天 '에 대한 규정은 한국 사회가 근대화되어감에 따라, 보다 인간 중심적으로 변모하여 사람이 곧 한울님이라는 인내천이라는 개념이 대두된 것이다.

이와 같은 동학사상은 대인관계에서 지배와 복종의 관계가 아닌 평등하고 수평적인 관계를 가르쳐줌으로써 인격적 존엄성에 대한 근대 평등사상의 기초를 마련하였다. 당시 고통받던 대중에게 평등을 외치는 동학은 매력적인 종교였다. 하지만 동학의 영향력이 지속적으로 증대되자 위협을 느낀 지배층은, 성리학적 위계질서를 교란하는 동학을 사학으로 규정하고 탄압하기 시작했다.

결국 최제우는 체포되어 혹세무민惑世誣民의 죄목으로 1864년 처형을 당한다. 교주의 죽음에도 불구하고 동학의 교세는 오히려 확장되어만 갔고, 죽은 교주의 억울함을 풀어보려는 신원운동이 전개되었다. 처음에는 교주 최제우의 명예회복과 더불어 정식 종교로 인정받기 위한 종교적 운동의 형태로 발발했다. 하지만 탐관오리 척결과 일본과 서양을 배척한다는 주장까지 제기되면서 점차 정치투쟁의 성격을 갖게 되었다. 동학은 1894년, 전라도 고부에서 일어난 농민봉기를 계기로 확대된 동학농민운동에서 핵심축을 담당하게 된다. 이후, 동학은 3대 교주인 손병희로 이어지며 이때부터 동학은 천도교로 명칭이 바뀌었고1905년 일제 강점기 동안 우리나라의 독립운동에 사상적으로 큰 영향을 미치게 된다.

세계 고전 한눈에 보기!

《동경대전》은 동학 창시자 최제우가 지은 한문 저술들을 제2대 교주인 최시형이 1880년 편찬한 것이다. 가사체로 엮은 《용담유사》는 글을 모르는 백성들을 위한 것이었다. 《동경대전》에 나타난 동학의 신앙 대상은 천, 천주, 한울님으로 표현되는데, 천주는 사람과 별개로 존재하는 게 아니라 모든 사람의 마음속에 모셔지고 있다는 시천주를 바탕으로 하고 있다.

이는 지위고하, 남녀노소를 막론하고 모든 사람이 천주인 한울님을 경외하고 내면화하는 과정을 통해 군자가 될 수 있다는 신분평등의 이념이기도 하다. 각 개인이 한울님을 모신다는 것은 각 개인이 인격적 존엄성을 가진 주체로서 우뚝 선다는 것을 의미한다. 양반 중심의 신분제 사회에서 새로운 세상과 평등을 말하는 동학은 양민, 천민, 유생에 이르기까지 광범위한 계층의 지지를 받았다. 동학은 신분차별에 철저히 반대하며 평등사상을 내세웠고, 서양 세력의 침략에서 나라를 구하고 백성을 평안케 한다는 점에서, 단순한 종교라기보다는 반봉건적·반외세적 성격을 가진 종교였다.

《조선상고사》 역사는 아와 비아의 투쟁이다

—— 신채호

신채호 申采浩, 1880~1936

일제강점기의 독립운동가, 사학자, 언론인이다. 본관은 고령高靈이며, 호는 단재丹齋다. 황성신문, 대한매일신보 등에서 활약하며 내외의 민족 영웅전과 역사 논문을 발표하여 민족의식 고취에 힘썼다. '역사라는 것은 아我와 비아非我의 투쟁이다.'라는 명제를 내걸어 민족사관을 수립, 한국 근대사학의 기초를 확립했다. 《조선상고사朝鮮上古史》《조선상고문화사朝鮮上古文化史》《조선사연구초朝鮮史研究艸》《조선사론朝鮮史論》《이탈리아 건국삼걸전建國三傑傳》《을지문덕전乙支文德傳》《이순신전李舜臣傳》《동국거걸최도통전東國巨傑崔都統傳》 등을 남겼다.

비타협적인 투쟁에 일생을 바친 독립운동가

비타협적인 투쟁에 일생을 바친 독립운동가이자 역사학자인 신채호는 근대적 민족주의 사관을 확립한 역사가이자 민중해방을 위해 무정부주의를 주장했던 아나키스트이기도 했다. 신채호는 1880년 11월 7일 충남 대덕에서 신숙주의 18대손으로 태어났다. 부친은 신광식申光植이며 모친은 밀양 박씨이다. 9세에 《자치통감資治通鑑》을, 14살에 사서삼경을 독파하는 등 어린 시절부터 총명했다고 한다. 1897년 신기선의 추천으로 성균관에 들어가 이남규의 문하에서 공부했고, 1898년19살 독립협회에 가입하여 활동하다 동지들과 함께 투옥되기도 했다. 1901년에는 충북 청원에 문동학교를 세워 애국계몽운동을 펼쳤고, 1905년26살에는 성균관 박사가 되었으나, 그해 을사늑약이 체결되자 관직에 나갈 뜻을 포기하고 낙향하였다.

낙향한 신채호는 장지연과 함께 《독립신문》의 후신인 《황성신문》에 논설을 쓰기 시작했다. 그러나 이 신문은 을사늑약의 부당성을 폭로한 장지연의 〈시일야방성대곡是日也放聲大哭〉으로 문제가 생겨 정간되고 말았다. 신채호는 이듬해, 외국인이 발행인이어서 사전 검열을 받지 않아도 되는 대한매일신보大韓每日申報에 입사하여 주필로 활약했으며, 내외의 민족영웅전과 역사 논문을 발표하여 민족의식 고취에 노력했다. 1907년 항일결사조직인 신민회와 국채보상운동 등에 가입 · 참가하고, 이와 관련해 다수의 글을 발표했다.

1910년 한일합병이 되자 신채호는 일제의 억압을 피해 중국으로 망명했다. 그리고 블라디보스토크에서 광복회를 만들고 상하이와 베이징을 넘나들면서 1919년 상하이에서 거행된 대한민국임시정부 수립에도 참여했다. 하지만 당시 임시정부의 대통령이었던 이승만과 의견을 달리해 임시정부 공직을 사퇴하고 주간지 《신대한新大韓》을 창간하여 임시정부 기관지 《독립신문》과 이승만을 맹렬히 비판하였다.

1922년 무력급진 노선의 의열단 단장인 김원봉의 부탁으로 그가 보낸 무정부주의 이론가인 유자명과 함께 의열단의 행동 강령인 〈조선혁명선언〉을 기초한다. 〈조선혁명선언〉은 신채호의 비타협적 민족주의 사상과 유자명의 무정부 이론이 결합된 것인데, 이를 계기로 신채호는 무정부주의에 관심을 갖게 되었다. 신채호는 일제 침략세력과 맞서기 위해서는 외교나 문화 같은 간접적 방법보다는 민중에 의한 암살과 파괴 등 직접적이고 폭력적인 방식이 더 효과적이라고 생각했다. 또한 민족자본 육성이나 교육을 통한 민족의식 고취로 독립을 성취하자는 준비론자들을 비판했다. 자신의 사명이 조선사 연구에 있다고 믿은 신채호는 조선 역사의 잘못을 개선하기 위해 노력했는데, 그가 한결같이 강조하고 추구한 것 중 하나는 중국에 대한 사대를 극복하는 것이었다.

신채호의 역사 연구는 편협한 의리론, 정통론적인 이데올로기에서 벗어나 실제 증거를 통해 역사적 사실을 객관적으로 밝히는 철저한 민족주의 역사관에 바탕을 두고 있었다. 그래서 광개토왕릉을 비롯해 고구려와 발해의 옛 유적지를 직접 돌아보았고, 《조선사연구초》《조선상고사》《조선상고문화사》 등의 원고를 써서 우리 고대사를 체계화하는 데 많은 업적을 쌓았다. 역사를 객관적으로 서술하기 위해서는 사료의 선택, 수집, 비판이 선행되어야 한다는 실증주의적 역사방법론은 역사를 역사과학의 위치로 끌어올려, 유교적 중세사학을 청산하고 근대사학을 성립시켰다는 평가를 받고 있다. 《조선사연구초》는 신채호가 《동아일보》에 발표했던 조선사 관련 논문을 홍명희가 모아 1930년에 간행한 것이며, 《조선상고사》와 《조선상고문화사》는 신채호가 각각 1920년대 초, 1910년대 후반에 써놓은 것으로 안재홍이 1931년부터 1932년까지 《조선일보》에 각각 연재했다.

1928년 잡지 《탈환》을 발간하고 자금을 조달하기 위해 일본령 대만으로 갔다가 대만 지룽에서 일본 경찰에 체포되어 대련으로 압송되었고, 10년형을 선고받고 뤼순 감옥에 수감된 지 8년 만인 1936년 뇌일혈로 옥사했다. 적과 타협 없이 독립투쟁을 전개하는 동안 '독립이란 주어지는 것이 아니라 쟁취하는 것이다.'라는 결론에 도달했다. 이와 같은 견해가 곧 그의 역사연구에도 그대로 반영되어 고조선과 묘청의 난 등에 새로운 해석을 시도했고, '역사라는 것은 아와 비아의 투쟁이다.'라는 명제를 내걸어 민족사관을 수립, 한국 근대사학의 기초를 확립했다.

《조선상고사》, 근대 민족주의 사관의 시작

1900년대 후반까지 신채호 사상의 특징은 영웅주의적 민족주의 사관이었다. 영웅이 역사의 주체와 동력이라 여겼으며, 국가의 운명은 뛰어난 영웅에 달려 있다는 영웅사관을 가지고 있었다. 신채호는 광개토대왕, 을지문덕, 최영, 이순신 등 외적과 맞서 싸운 군사적 영웅들의 평전 저술에 많은 노력을 기울였다. 해외 영웅전들을 번역하기도 했는데 량치차오의 저서를 번역한《이태리건국삼걸전》등이 있다. 그러다가 1908년을 기점으로 하여 기존의 영웅사관에서 민중사관으로 역사관의 변화를 보이기 시작했다. 후에 3·1운동이 일어나면서 1920년대 평등사상이 고양되고 독립운동에서도 민중 지도자가 나오자 〈조선혁명선언〉에서 민중을 역사의 주체로 올려놓는 사상적 변화를 꾀하게 된다.

신채호가《조선상고사》를 저술하는 시기에 이르러서는 민중을 역사의 주체로 인식하는 근대적인 사관에 이른다.《조선상고사》는 우리나라의 상고시대의 역사를 서술한 책이다. 단군시대부터 백제의 멸망과 그 부흥운동까지의 역사적 이야기가 담겨 있다.《조선상고사》는 독립운동으로 10년 실형을 받고 뤼순 감옥에서 투옥 중인 신채호가 1931년 6월부터 10월까지《조선일보》에 〈조선사〉라는 제목으로 연재한 글을 엮은 것으로, 신채호가 순국한 지 12년이 지난 1948년에 출간되었다.

《조선상고사》의 구성을 보면 전체 12편으로서 편명은 제1편 총론, 제2편 수두**단군신앙** 시대, 제3편 3조선분립시대, 제4편 열국쟁웅**列國爭雄** 시대 대**對** 한족격전시대, 제5편 고구려 전성시대, 제6편 고구려의 쇠퇴와 북부여의 멸망, 제7편 고구려, 백제 양국의 충돌, 제8편 남방제국 대**對** 고구려 공수동맹, 제9편 3국 혈전의 시**始**, 제10편 고구려 대수전역**對隋戰役**, 제11편 고구려 대당전역**大**

唐戰役, 제12편 백제의 강성과 신라의 음모 등으로 구성되어 있다.

제1편 총론에서 신채호는 그의 역사이론을 전개하였다. 그는 역사를 '아我와 비아非我의 투쟁으로서의 역사'를 파악하고 있다. 그럼 '아'와 '비아'는 무엇인가? 그는 《조선상고사》 총론에서 다음과 같이 말한다.

> **무엇을 '아'라 하며, 무엇을 '비아'라 하느냐. 깊이 팔 것 없이 얕게 말하자면, 무릇 주관적 위치에 선 자를 '아'라 하고, 그 외에는 '비아'라 하나니, 이를테면 조선인은 조선을 '아'라 하고, 영英·미美·법法·로露 등을 '비아'라 하지만, 영·미·법·로… 등은 각기 제 나라를 '아'라 하고, 조선은 '비아'라 하며, 무산계급은 무산계급을 '아'라 하고, 지주나 자본가 등을 '비아'라 하지만, 지주나 자본가 등은 각기 제 붙이를 '아'라 하고, 무산계급을 '비아'라 하며, 이뿐 아니라 학문에나 기술에나 직업에나 의견에나 그밖에 무엇에든지, 반드시 본위인 아가 있으면, 따라서 '아'와 대치한 '비아'가 있고, '아'의 중에 '아'와 '비아'가 있으면 '비아' 중에도 또 '아'와 '비아'가 있어, 그리하여 '아'에 대한 '비아'의 접촉이 번극煩劇할수록 '비아'에 대한 '아'의 분투가 더욱 맹렬하여, 인류사회의 활동이 휴식될 사이가 없으며 역사의 전도前途가 완결될 날이 없나니, 그러므로 역사는 '아'와 '비아'의 투쟁의 기록이니라. _《조선상고사》 총론**

다시 말해 그는 역사의 원동력을 사물의 모순과 상극관계에서 파악하고 있는데, 이는 독일 철학자 헤겔류의 소박한 변증법적 논리가 도입된 것으로 생각된다. 특히 그는 이러한 투쟁관계가 역사로서 채택되기 위해서는 시간적인 상속성과 공간적인 보편성을 가져야 한다고 주장하였다. 총론에서 저자는 역사를 객관적으로 서술하기 위하여서는 사료의 선택, 수집, 비판이 선행되어야 한다는 역사학연구의 방법론으로서의 실증주의를 강조하고 있다. 이러한 역사이념과 방법을 제시하면서 신채호는 과거의 사대주의적 이념에 입각하여 한국사를 서술한 유학자들과 당시 식민주의 사가들을 비판하고, 그 비판 위에서 이 저술의 목적과 성격을 분명히 하고 있다.

제2~4편에서는 한국상고사를 수두단군신앙 시대, 3조선분립시대, 열국쟁웅시대 대對 한족격전시대로 구분하고, 이를 부여와 삼한으로 이어지는 정통으로 보았다. 특히 단군신화의 비과학성을 지적하면서 조선족이 '아리라'를 중심으로 '불'을 개척하면서 형성된 공동체 신앙에서 제주祭主, 제사의 주장로 종사하는 자를 단군으로 파악했다. 또 삼한도 전후 삼한으로 나누고 한사군은 실재하지 않았거나 요하 지역에 존재한 것이라고 결론지었다. 이는 우리 역사 영역이 한반도가 아닌 만주와 북중국 일대에 걸쳐 있었음을 강조한 것이다.

한편 부루夫婁를 단군의 손孫이자 부여 왕으로 보아 정통성을 인정하고 '고구려, 한무제의 9년 전쟁설'을 펴면서 고구려의 건국을 200년 이상 올려 잡고 있다. 이 부분에서 주목할 점은 단군의 활동무대를 만주로 한 것과 단군의 중국에 대한 식민활동이다. 여기서 만주 중심의 단군 이해는 부여, 고구려 중심의 고대사 체계화 및 발해사의 한국사화와 관련되고, 또 만주 중심의 밑바탕에는 한말 일제하에 전개된 만주의 우리국토화운동 및 독립운동의 기지화 운동과 연결된다.

이어 제5~10편에서는 삼국의 성립과 대외 항쟁기를 다루었는데, 고구려야말로 한민족을 외세에서 보호하고 대외항쟁에서 승리를 거둔 이상국가이자 삼국 중의 정통으로 파악했다. 백제에 대해서도 근초고왕, 동성왕 때 요서지역과 산동의 전진지역까지 공격, 소유했다는 요서경략설遼西經略說, 삼국시대 당시 백제가 중국의 요서 지방을 지배했다는 학설 을 주장했는데, 일본 역시 식민지였음을 강조하고 있다. 그의 대외 식민활동을 강조하는 단군관은 한말 사대주의 청산작업과 자강독립운동 및 일제하 국권회복운동의 기반구축을 관련시키려는 데에 있었다. 신채호가 《삼국유사》를 통하여 전통적인 사료들의 틀을 넘어서서 단군 문제를 이해하려고 한 것은, 단군 문제가 한말 일제하 민족주체성의 과제와 연결되고 있었기 때문이었다. 반면 신라의 비중은 크게 두지 않고 있으며, 단지 지증왕 때의 강성 원인을 화랑의 존재에서 찾고 있다.

제11편에서는 신라가 당과 연합하여 백제, 고구려를 멸망시킨 것은 '김유신의 음모'이며 고구려의 고토를 상실했다고 보아, 신라 정통론을 부정하고 삼국통일에 대해 매우 부정적인 평가를 내리는 한편, 백제부흥운동의 경과를 상세히 서술하고 있다. 이어 해동역사의 긍정적 평가를 통해 발해사를 한국사에 편입할 것을 강조하고 있다.

신채호는 이 책에서 삼국 가운데 고구려를 가장 중시한다. 이는 신채호의 역사관 '아와 비아의 투쟁'과 관련이 있는데, 고구려는 역사 내내 중국과 대립하면서 '아와 비아의 투쟁'을 가장 잘 보여준 국가에 해당하기 때문이다. 반면 신라는 '아와 비아의 투쟁'에서 배신을 하고 뒤통수를 때린 나라로 간주하면서 평가가 좋지 않다. 제12편의 제목이 '백제의 강성과 신라의 음모'다. 제목에서 신라 역사에 대한 신채호의 좋지 않은 평가가 보인다.

사대주의 역사관에 대한 비판

신채호는《조선상고사》에서 종래의 한국사의 인식체계를 거부하고 새로운 인식체계를 수립하였다. 종래의 단군, 기자, 위만, 삼국으로 계승되는 인식체계와 단군, 기자, 삼한, 삼국의 인식체계를 거부하고 신채호는 실학시대의 이종휘의《동사東史》에서 영향을 받은 듯, 대단군조선, 고조선, 부여, 고구려 중심의 역사인식체계를 수립하였다. 그리고 종래 사학자의 평가에서 김부식의《삼국사기》를 '춘추필법의 노예성에 근거한 사대주의'로 비판하고,《천부경》《서곽잡록》등 상대적으로 비유교적인 사서를 민족주체적 사료로 중시했다. 앞서 언급했듯, 신채호가 사학을 연구함에 있어 일관되게 추구한 것 중 하나가 중국에 대한 사대를 극복하는 것이었기 때문에, 유교적 합리주의의 사관을 지녔던《삼국사기》의 김부식에 대해선 항상 비판적이었다.

《조선상고사》는 일제 강점기 당시에 민족주의적 사학을 시도했다는 점에서 의미가 있다. 민족의 뿌리를 찾고자 하는 의도에서 그 당시 열악한 연구 현실에도 불구하고 한국인의 고대사를 밝히려 시도한 근대적 역사학의 시초라는 점에서 큰 의의가 있는 사료로 평가된다. 우리 고대 문화의 우수성과 독자성을 잘 드러내었다. 하지만 이 책은 종래의 우리나라의 고대사 인식과는 다른 특이한 면을 제시하면서 문제점도 내포하고 있다. 교설적인 성격이 다분히 나타나면서 민족주의 의식이 지나치게 짙게 역사학에 투영되어 역사 서술과 그 가치평가의 공정성을 감소시킨 면도 있다. 옥중에서 사료를 정확하게 인용하지 못하고 기억에 의존해서 서술한 부분도 있기 때문에, 어떤 부분에서는 그가 애써 강조한 실증성이 결여된 부분도 있다. 이때문에 이 책의 내용과 서술은 신중한 이해 아래, 수용되어야 할 것이다.

세계 고전 한눈에 보기!

《조선상고사》는 독립운동으로 10년 실형을 받고 뤼순 감옥에서 투옥 중인 신채호가 1931년 6월부터 10월까지 《조선일보》에 <조선사>라는 제목으로 연재한 글을 엮은 것으로, 신채호가 순국한 지 12년이 지난 1948년에 출간되었다. 독립운동가이자 역사학자인 신채호가 중국 중심의 역사관과 식민사관을 극복하고 근대적 역사관에 입각해 저술한 한국 근대사학의 이정표로, 자료의 해석, 역사 서술의 객관성, 종합성 등을 강조하여 한국사학을 근대 사학으로 발전시켰다. 새로운 민족주의 사관에 입각해 단군에서 백제 부흥운동까지의 한국 고대사를 '아와 비아의 투쟁'의 관점에서 서술했다.

일제 강점기라는 시대적 한계를 극복하기 위해 민족주의적 사학을 시도했다는 점에서 의미가 있으며, 우리 고대 문화의 우수성과 독자성을 잘 강조한 측면이 있다. 그러나 민족주의적인 시각이 짙게 투영되어 역사 서술과 그 가치 평가의 공정성을 감소시킨 면이 있다. 또한 신채호가 옥중에서 사료를 완전히 정확하게 인용할 수 없어서 오로지 기억에 의존해 서술해야 했기 때문에, 사료의 오류가 발견되기도 하므로 이 책의 내용과 서술은 신중한 이해 아래 수용될 필요가 있다.

참고문헌

강성률 지음,《이야기 동양철학사》, 살림출판사, 2014.

강성률 지음,《청소년을 위한 동양철학사》, 평단문화사, 2009.

강신주 지음,《철학 vs 철학》, 오월의 봄, 2016.

김용옥 지음,《노자가 옳았다》, 통나무, 2020.

김효민 외 60인 지음,《동양의 고전을 읽는다》, 휴머니스트, 2006.

니콜로 마키아벨리 지음, 김운찬 옮김,《군주론》, 현대지성, 2021.

루트비히 비트겐슈타인 지음, 이영철 올김,《철학적 탐구》, 책세상, 2019.

르네 데카르트 지음, 양진호 옮김,《성찰》, 책세상, 2018.

마르틴 하이데거 지음, 전양범 옮김,《존재와 시간》, 동서문화사, 2008.

막스 베버 지음, 김덕영 옮김,《프로테스탄티즘의 윤리와 자본주의 정신》, 길, 2010.

미셸 푸코 지음, 오생근 옮김,《감시와 처벌》, 나남, 2020.

박병철 지음,《비트겐슈타인철학으로의 초대》, 필로소픽, 2015.

박서현 지음,《데카르트의 방법서설》, 웅진지식하우스, 2019.

반덕진 지음,《세상의 모든 고전: 동양사상편》, 가람기획, 2013.

반덕진 지음,《세상의 모든 고전: 서양사상편》, 가람기획, 2014.

버트런드 러셀 지음, 서상복 옮김,《러셀 서양철학사》, 을유문화사, 2019.

사마천 지음, 소준섭 옮김,《사마천 사기 56》, 현대지성, 2016.

석지현 엮음,《법구경》, 민족사, 2016.

아리스토텔레스 지음, 천병희 옮김,《정치학》, 숲, 2009.

안광복 지음,《처음 읽는 서양철학사》, 어크로스, 2017.

안광복 지음,《청소년을 위한 철학자 이야기》, 신원문화사, 2002.

유대철 지음,《아퀴나스의 신학대전》, 웅진지식하우스, 2019.

임마누엘 칸트 지음, 김석수 옮김,《순수이성 비판 서문》, 책세상, 2019.

이병창 지음,《현대철학 아는 척하기》, 팬덤북스, 2016.

이준형 지음,《위대한 철학 고전 30권을 1권으로 읽는 책》, 빅피시, 2022.

이종란 지음,《동양 철학자 18명의 이야기》, 그린북, 2011.

이종환 지음,《플라톤 국가강의》, 김영사, 2019.

장자 지음, 김학주 옮김,《장자 : 절대적인 자유를 꿈꾸다》, 연암서가, 2010.

장 자크 루소 지음, 김영욱 옮김,《사회계약론》, 후마니타스, 2022.

장 자크 루소 지음, 이환 옮김,《에밀》, 돋을새김, 2015.

정약용 지음,《목민심서》, 보물창고, 2015.

정진일 지음,《정수 동양철학 개론》, 박영사, 2019.

전호근 지음,《한국 철학사 : 원효부터 장일순까지 한국 지성사의 거장들을 만나다》, 메멘토, 2018.

존 로크 지음, 권혁 옮김,《통치론》, 돋을새김, 2020.

존 롤즈 지음, 홍성우 옮김,《정의론》, 세창미디어, 2015

존 스튜어트 밀 지음, 서병훈 옮김,《공리주의》, 책세상, 2018.

존 스튜어트 밀 지음, 박문재 옮김,《자유론》, 현대지성, 2018.

지그문트 프로이트 지음, 이환 옮김,《꿈의 해석:무의식의 세계를 열어젖힌 정신분석의 보고》, 돋을새김, 2014.

찰스 다윈 지음, 송철용 옮김,《종의 기원》, 동서문화사, 2018.

최진석 지음,《나홀로 읽는 노자 도덕경》, 시공사, 2021.
칼 구스타브 융 지음, 이은봉 옮김,《심리학과 종교》, 창, 2010.
칼 마르크스 지음, 김문현 옮김,《경제학 · 철학 초고 / 자본론 / 공산당선언 / 철학의 빈곤》, 동서문화사, 2008.
쿤 지음, 박은진 옮김,《과학혁명의 구조》,해제, 2004.
토마스 아키나리 지음, 오민혜 옮김,《압축 고전 60권》, 알에이치코리아, 2021.
토마스 홉스 지음, 최공웅, 최진원 옮김,《리바이어던》, 동서문화사, 2016.
투키디데스 지음, 천병희 옮김,《펠로폰네소스 전쟁사》, 숲, 2011.
페르디낭 드 소쉬르 지음, 김현권 옮김,《일반 언어학 강의》, 그린비, 2022
프리드리히 니체 지음, 장희창 옮김,《차라투스트라는 이렇게 말했다》, 민음사, 2004.
프리드리히 니체 지음, 정동호 옮김,《차라투스트라는 이렇게 말했다》, 책세상, 2000.
플라톤 지음, 박종현 옮김,《에우티프론/소크라테스의 변론/크리톤/파이돈: 플라톤의 네 대화편》, 서광사, 2003.
헤로도토스 지음, 박현태 옮김,《역사》, 동서문화사, 2008.